+ 游侠仙踪系列 +

A Dragon Apparent

出云之龙

——柬埔寨、老挝和越南游记

[英] 诺曼·刘易斯 | 著 路旦俊 | 译

南方出版传媒
花 城 出 版 社
中国·广州

图书在版编目（CIP）数据

出云之龙 ： 柬埔寨、老挝和越南游记 / （英）诺曼
• 刘易斯著 ； 路旦俊译. -- 广州 ： 花城出版社，
2018.12
（游侠仙踪）
ISBN 978-7-5360-8792-7

Ⅰ. ①出… Ⅱ. ①诺… ②路… Ⅲ. ①游记－作品集
－英国－现代 Ⅳ. ①I561.65

中国版本图书馆CIP数据核字(2018)第272186号

合同版权登记号：图字 19-2013-119
A DRAGON APPARENT TRAVELS IN CAMBODIA, LAOS & VIETNAM
NORMAN LEWIS

出 版 人：詹秀敏
丛书策划：孙 虹
责任编辑：孙 虹 蔡 宇
技术编辑：薛伟民 凌春梅
封面设计：厶介设计 | SIJIE DESIGN

书 名	出云之龙：柬埔寨、老挝和越南游记 CHU YUN ZHI LONG：JIAN PU ZHAI LAO WO HE YUE NAN YOU JI
出版发行	花城出版社 （广州市环市东路水荫路 11 号）
经 销	全国新华书店
印 刷	佛山市浩文彩色印刷有限公司 （广东省佛山市南海区狮山科技工业园 A 区）
开 本	880 毫米 × 1230 毫米 32 开
印 张	11 1 插页
字 数	209,000 字
版 次	2018 年 12 月第 1 版 2018 年 12 月第 1 次印刷
定 价	45.00 元

如发现印装质量问题，请直接与印刷厂联系调换。
购书热线：020-37604658 37602954
花城出版社网站：http://www.fcph.com.cn

目 录

Contents

本书原版（初版）的图片已丢失。现在书中使用的图片为重新扫描版，尽管清晰度不够，但相信这些图片对读者来说有胜于无。

1982 年版前言

我在撰写本书之前周游了东南亚，当时的越南、柬埔寨和老挝等国的古老文明已经开始衰败。这种衰败是与西方接触的必然结果，也是法国人入侵并让其沦为殖民地的必然结果。然而，昔日的美丽和辉煌仍然在这些国家大量存在，因为它们与世隔绝，又有茂密的雨林和覆盖一半国土面积的山脉做保护。

生活在越南中部高原的主要是具有马来亚—波利尼西亚血统的部落，他们居住在壮观的长屋①中，直到日本人到来后才为人们所知。他们自称是摩伊人②。我们造访那里时，他们的生活与数千年前的祖先别无二样。虽然法国人强征了他们当中的数百人去茶园干活，但除此之外，无人打扰他们，因而可以延续其复杂、非常讲究仪式（在我这样的外人眼中）以及田园牧歌般的生活。长屋可以容纳整个村子，但这些房子如今已踪影全无，消失在了越南战争中 B25 轰炸机的

① 长屋：最初指易洛魁人和其他北美印第安部落的长形集体住所，也经常被用作议事厅，后来泛指世界其他地区一些原始部落的类似住所。

② 摩伊人：越南埃地人、日来人、扎雷人等民族的统称。

狂轰滥炸中。幸存下来的村民们被迫参军，与越共为敌，而越共在美国放弃越南之后又对他们进行了报复。

除了这些热情可爱的民族外，越南人、柬埔寨人和老挝人都是佛教徒，本质上谦和、宽容，沉湎于与众不同的快乐与满足中。与日本一样，这里的人们也喜欢在特定的季节去远足赏花。西贡（今胡志明市）有着独特的夜景，但只有在出现某种月相时才能看到。此时，富有的官吏——他们当时仍然存在于文化上相当于中国一个省的地区——会在大家已经落座、准备接受这种审美体验时，出钱让人放飞白鹳，任由它们展翅掠过天空。傍晚五点，当人们在西贡滨水区享受习习海风时，周围会突然冒出一个个摊位，出售五颜六色的软饮料。人们选择这些冷饮时既要考虑它们的口感，也要考虑它们的颜色是否吉利。在越南，做任何事都讲究正确的方式。这是一种温和却又颇具说服力的约定，暗藏着各种微妙的暗示，以及手势和言辞中的细微差别，让野蛮的外国人茫然不知所措。欧洲殖民主义败坏了印度支那，却未能将其野蛮化，许多长期生活在那里的欧洲人乐于入乡随俗，尽其所能培养古老文明的遗风。老挝被视为东南亚的人间天堂，柬埔寨紧随其后。法国官员对此心知肚明，相互激烈竞争，希望能被委派到这两个国家。许多老谋深算的官员凭关系在万象①或琅勃拉邦②谋到一个职位后，立刻娶一位老挝太太，建一个神龛，给自己的家神上香，并且将剩余的空闲时间花在了用鲜花装点佛教洞窟上。

这两个讲究礼仪、充满魅力的世外桃源都在越南战争中遭到破

---

① 万象：老挝首都。

② 琅勃拉邦：老挝城市，琅勃拉邦省首府，位于南康江与湄公河汇合处，是老挝现存最古老的城镇，距今已有一千多年的历史。

坏，人们道德沦丧。雨点般落在这些小国神殿和塔式寺庙①上的炸弹数量，与世界大战期间落在整个欧洲的炸弹数量相当。

按照礼节要求，来访者应该首先拜见这些国家的最高领导人。我经人提醒，造访了诺罗敦·西哈努克国王的王宫。他后来自贬为亲王，并成功地将法国人以及后来的美国人阻挡在国门之外多年。他很年轻，温文尔雅，说话时轻声细语。我们并排坐在同一张沙发上，为西方对他国家传统文化的侵害而哀叹。就在那一年，尽管他一再抗议，金边还是修建了一家电影院。他的臣民蜂拥而去，观看《毒药与老妇》②，永远抛弃了古老的皮影戏，而寺庙舞者也不再吸引那些观看过弗雷德·阿斯泰尔③和金吉·罗杰斯④银幕表演的人。

有些达官显贵则比较正式。保大皇帝⑤喜欢来访者匍匐至他面前，或者至少要单腿跪地，象征性地表示忠顺，但我设法避开了这些繁文缛节。许多惊喜在等待着旅行者。一位传言中凶猛残忍的军阀可能只会与你谈论如何培育菊花。一位南越前省长坐在饰有龙纹图案的

---

① 塔式寺庙：原文为 pagoda，在越南指中国宝塔式建筑，译作“宝塔”，但在柬埔寨和老挝，该词指小乘佛教的寺庙，故译作“塔式寺庙”。

② 《毒药与老妇》：好莱坞 1944 年拍摄的戏剧惊悚片，由加里·格兰特和普瑞斯希拉·兰恩主演。

③ 弗雷德·阿斯泰尔（1899—1987），美国电影演员、歌舞剧明星，在其长达 76 年的演艺生涯中成就非凡，代表作有《飞向里约》《柳暗花明》等。

④ 金吉·罗杰斯（1911—1995），美国电影演员、歌舞剧明星，1940 年因《女人万岁》而获奥斯卡最佳女主角奖。

⑤ 保大皇帝（1913—1997），即保大帝，原名阮福永瑞，越南历史上最后一个王朝阮朝的第 13 任、也是末代君主，称号先后为安南国王（1926—1945）、越南皇帝（1945）以及南越国家元首（1949—1955，年号保大）。

马桶上接待了我——这种惬意的方式被视为不拘小节。高台教①教宗会短暂露面，身后的随从是一群十二岁的白袍女孩，据说是他的妻妾。这种主张“万教大同”的宗教所供奉的圣贤包括圣女贞德②、维克多·雨果③和德·拉·罗什富科公爵④。

当时驻扎在柬埔寨的法军统帅是德斯·埃萨尔将军。我曾见过他两次，第一次比较正式，在他的指挥部；第二次十分随意，地点是孙夫人开的浪漫、闻名遐迩的鸦片馆。他已经习惯于每天傍晚在那里抽两筒鸦片，以此让自己放松下来。这位将军在我们第一次见面时信心十足、兴高采烈；第二次在抽了两筒鸦片之后显得沉闷，或许还有一点萎靡不振。他眼中的未来没有出路，只求自己能心安理得。他的手下有两千五百名柬埔寨士兵，但他不得不接受这样一个事实：没有任何办法能够将他们变成战士。他说，他们的宗教信仰已经磨灭了他们身上所有的进取心。这里的每个男人都得在寺庙里待上一年，在那里

---

① 高台教：20世纪起源于越南的新兴宗教，与和好教一起是越南特有的两种宗教之一，也是越南的第三大宗教。高台教是各种宗教的一种综合体，将在越南盛行的东西方各种宗教：佛教、天主教、基督教、伊斯兰教、道教、儒教全都糅和在一起，主张“万教大同”，诸神共处。释迦牟尼、老子、孔子、观世音、耶稣、安拉，甚至李白、关公、穆罕默德、牛顿、维克多·雨果、莎士比亚、丘吉尔、萨拉丁、孙中山等历代东西方圣贤都被列为该教所供奉的对象。

② 圣女贞德（1412—1431），法国民族英雄，在英法百年之战中为法国立下汗马功劳。

③ 维克多·雨果（1802—1885），法国文学史上最伟大的作家之一，著有长篇小说《悲惨世界》《巴黎圣母院》等。

④ 德·拉·罗什富科公爵（1613—1680），法国箴言作家。生于巴黎一个贵族家庭，早年热衷政治，但政途蹇连，被迫退居乡间并潜心著书。1665年出版《箴言集》，其内容质疑人类一切高贵行为背后的动机，开卷第一条即说：“男因勇气而神勇，女因节操而守节，此未必然也。”他的一句有关爱情的箴言常被后世引用：“真爱犹如鬼魅：众口相传，然尝目击者，鲜矣。”

接受“不得杀生”的理念灌输。在这样一个国家，你还能指望什么呢？

将军说，麻烦的根源在于佛教让东南亚人失去了我们西方人理解并推崇的动机。如果人生的目标只是得到美德，那么任何形式的竞争又有什么意义呢？如果人们努力聚集财富只是为了将它赠予他人，以得到精神上的升华，那为什么还要努力工作呢？为什么要上战场呢？

这基本上是实情。到处都是塔式寺庙，里面住满了僧侣，靠化缘维持生计。每座寺庙每年都会筹备一个为期五天的节日，因此一年当中总有某个地方在筹备某个节日，让那些以贫困为美德的村庄有机会向所有来宾分发礼物，摆脱掉财富过剩的负担。金边肯定是世界上唯一一座有时在乘坐出租车时反而会被司机给小费的城市。

当然，夺取任何形式的生命都是不合适的，不管这种生命形式多么卑贱。虔诚的佛教徒们会让蚊子吸吮他们的鲜血，当水蛭在稻田里吸附在他们身上时也要小心翼翼地对待它们。一位和尚曾经责备我踩死一只蟑螂，并且警告说这只蟑螂的前生有可能就是我祖父。那些不得不靠捕鱼为生的村庄则借助“救鱼儿一命，不让它们溺水而亡”的理论来绕开道德禁忌，并且一致认为如果鱼儿后来碰巧死了，吃它们的肉没有任何害处。湄公河两岸随处可见待售的活鱼，身上系着装饰性的彩带，卖鱼的人出于良心常常给它们扇风，甚至偶尔吹笛子抚慰它们。

即便在当时被略嫌忧郁的秋天，丛林和山区也有游击队，在那里武装对抗法国人，但他们几乎没有给和平的旅行者带来任何不便。他们自称“伊沙拉克”①（自由战士），背着吉他去作战，让人联想起古

① 伊沙拉克：即高棉民族统一战线，是柬埔寨人民反抗法国侵略的政治组织，成立于1946年，1950年召开人民代表大会，推举山玉明为主席。

时候意大利城邦之间的象征性战争——交战一天后可能只有一个人伤亡。当我行走在自由战士控制地区的丛林小径上时，我小心翼翼地将行动时间限制在下午，也就是他们肯定在午休的时候。在漫长的新年节日期间，人们不再作战，每个人都回家一周左右，祭奠先祖，参与仪式性的赌博活动，供奉和尚，睡觉。

后来爆发的是真正的战争，由美国驻金边大使馆通过无线电秘密指挥。南越已经在烈性炸药、毒药和烈火的蹂躏下变成了不毛之地。基辛格先生说，多米诺骨牌效应已经开始，现在轮到柬埔寨和老挝了，让它们经历地球上前所未有的大屠杀。这场大屠杀摧毁的不是当今，而是过往；既是对物质世界的消灭，也是对文化和价值观的摧毁。不会有凤凰从这里的灰烬中涅槃。幸存下来的东西甚至都不足以再现人们对这个世界已经失去的东西的记忆。

诺曼·刘易斯

1982 年

译者前言

路旦俊

第一次知道诺尔曼·刘易斯是80年代中期在美国读人类学时，奥姆奎斯特教授提到了刘易斯，并且建议我们阅读他写的《出云之龙》与《金色大地》。人类学教授居然会推荐大家看游记！震惊之余，便去图书馆借书；随后，便被刘易斯的历险式游记所吸引，继而对他这个人产生了兴趣。然而，刘易斯的生平扑朔迷离，能查到的信息少之又少，但这更激发我的好奇心。几番努力后，终于查到了下列信息：

诺尔曼·刘易斯1908年6月28日出生于伦敦北郊。父亲是药剂师，靠兜售用奎宁和蒜汁调制的长寿药为生。四个孩子中三个夭折，只有刘易斯一人幸存下来。刘易斯天资聪慧，从小就对奇异之事表现出特有的兴趣。由于太过聪明，他在学校里成为众人欺负的对象。父母只好在他10岁时将他送往威尔士的喀麦登，让他与几个性格怪异的姑妈生活在一起。

刘易斯的父母都是唯灵论者，最大的希望就是让儿子成为通灵体。刘易斯虽然对那些声称有超自然力量的人很感兴趣，却从小就对父母的信仰持怀疑态度。不过，他的这种兴趣贯穿了他的一生，并且我们总能从他的作品中看到一些影子。

从恩菲尔德文法学校毕业后，恰逢经济大萧条，他在这期间断断续续地干过多个职业，婚礼摄影师、解剖样本拍卖师、雨伞批发商，甚至赛车手。他最终创建了自己的连锁相机店，认识了第一任妻子科瓦加，但科瓦加的父亲却是流亡在英国的意大利西西里黑手党的律师！

不过，具有拉丁血统的科瓦加一再鼓动刘易斯远行，他的第一本书《西班牙历险记》（1935）便是他们侨居西班牙时的作品。他对旅行的热爱以及他的语言能力引起了英国外交部的注意。他于1935年作为间谍被派往也门，回国后出版了《阿拉伯的沙与海》（1938）。二战爆发后，他娴熟的阿拉伯语能力又使他被英国情报部门招募，在北非有许多丰富的经历。1943年，刘易斯被派往那不勒斯，将自己的经历写成了《1944年的那不勒斯》。随后与科瓦加离婚。50年代初去印度支那，将自己的所见所闻写成了《出云之龙》。随后继续在世界各地旅行，先后写出了《金色大地》（1952）、《不断变化的天空》（1959）、《世界一瞥》（1986）、《东方帝国》（1993）等。他还创作过十多部小说，但均不如他的游记出名。刘易斯于2003年7月22日去世。

正是由于如此丰富多彩的人生经历，以及童年时家庭给他打上的思想烙印，刘易斯的作品才得以在游记体裁中独树一帜。他的作品不是传统意义上的游记，许多内容及描述完全可以归入民族志的范畴，比如《出云之龙》中对摩伊人的描述；另一些内容在可以归入历史纪实的范畴，比如《出云之龙》中他与西哈努克会面及交谈的情节。透过这种杂合式但包罗详尽的内容，我们看到了一个多元化的刘易斯。

刘易斯是好奇的。他对异国风情和习俗有着难以抑制的兴趣，而这种兴趣又在不断驱使他去探究真相，并做出合理的解释，尽管有些解释令人忍俊不禁。比如，他对越南人偏爱牙医的描述。“越南人对看牙医如痴如醉，我甚至觉得牙医是最为顾客盈门的行当。牙医的挂图就在占卜者的各种挂图旁，乍看上去很容易将它们混淆；阴森可怖、色彩醒目的头部剖面示意图，上面标出了哪些地方可以镶金牙。几乎没有哪个民族可以抵挡镶金牙的诱惑，而在越南人的眼里，按照约定俗成排列的几颗金牙既是对自己的容貌感到一丝自豪，又是在不露声色地证明自己的财富。”

刘易斯是细致的。他的观察可谓无微不至，大到与法国殖民官员见面时的场景，小到对宴会上的美味佳肴，寥寥数笔就能给读者呈现精心勾勒出的一幅幅大小不一的风俗画。“半透明的章鱼仔悬挂在乙炔灯上。精美的瓷盘上放着鲜美的卤猪鼻，周围摆了一圈鸡冠，构成一个拼盘，令人垂涎欲滴。鲜红的烤鸡烤鸭像欧洲名门望族的家徽一样展示在世人面前，弯曲的脖子优雅高贵；还有一些鸡鸭则完全被压扁，形如咸鱼。猪肉被切成精确的几何图形，在经历从猪到肉的过程之后，鲜亮的表面像玩具肉店中的摆设一样缺乏真实感。”

刘易斯是可爱的。

刘易斯是睿智的。他常常能透过表面现象看到问题的本质，并且直言不讳地将自己的看法表达出来。比如，他对普通法国官兵对待越南人的态度所进行的分析。“我相信这就是法国普通士兵的态度。只要有一丁点机会，他都会将依赖于他的任何人变成某种宠物——甚至是越南农民。他不久便开始感到自己对他们的生存负有义务，正如我所见到的行政长官感到自己对摩伊人负有义务一样。士兵们丝毫没有像法国平民那样对越南人抱有偏见。”然而，官兵们一旦遇到种植园主这样的强硬对手，也只能低头认输。

刘易斯是尖刻的。他用近乎刻薄的语言来描述在印度支那传教的美国传教士。“他们住在邦美蜀最豪华的别墅中，不仅配有两辆汽车，还配有一架飞机。……我敏锐地意识到，这位牧师所感兴趣的压根儿不是作为一个群体的当地人，只是那些‘我们的基督徒’。有些人半心半意地收集邮票，他则半心半意地收集灵魂。”

刘易斯是有文采的，他的叙述看似平淡无奇，却是他的标志性文风，充满了讥讽和超级幽默，而敏锐、精准用词，又使他的游记读起来近乎于报告文学。“坐在我身旁的是一位中年妇女，保养得很好，头发盘成一个非常复杂的发髻，几根镶有宝石的发簪插在发髻中，形成了一个小小的雏菊花型。原先洁白整齐的牙齿由于多年来疏于护理已经发黑，略微露出白色的牙龈。她的身上散发着浓郁的茉莉花香水味，而由于大多数女性乘客都偏好这种刺鼻的精油，车厢内不久便有了一种葬礼上才有的浓烈芳香。我的旅伴带了一个类似化妆盒的小盒。汽车上路后不久，她就从里面选了一颗槟郎，咀嚼了起来。每隔一段时间，她便会探身到我这边，冲着窗外吐出一股细细的槟郎汁。汽车停下来时，我注意到被风刮到蓝色车身上的橙色槟郎汁倒也给车身增添了一丝美感。”

但刘易斯也是傲慢的，喜欢从西方文明的角度去看待自己的所见所闻。他对去过的地方以及接触过的当地人所进行的描述中充斥着“肮脏的”、“野蛮的”、“懒散的”、“邪恶的”、“不道德的”、“有罪的”等词，我们常常会看到“糟糕的道路”、“更糟糕的汽车司机”、“破旧的车辆”、“不可理喻的当地人”、“怪异的食物”等等描述。

《出云之龙》是游记，而且是一本博学的游记，带着深邃的哲学见解，以及清晰、独特的文体。

阅读《出云之龙》是个享受的过程，翻译它却是个漫长且痛苦的经历。刘易斯继承了英国老学究们的传统，旁征博引，事事追求准确，看似娓娓道来的描述中往往夹杂着精确但冷僻的用词，语句结构也冗长复杂，让译者在翻译的过程中经常搜肠刮肚后仍觉得词不达意。虽然前后断断续续地翻译了两年才完成，但遗憾之处依然较多。这大概就是“翻译是一门由遗憾构成的艺术”的真实写照。

背 景

印度支那位于中国正南方，西面为缅甸和暹罗①。在世界地图上，它只是一条狭长的海滨地带，最下方向四周散开——东亚的烂尾。印度支那纯粹是一个政治实体；原本是法国殖民地，相当于灭亡的安南帝国②及其附属国。这种临时性的联合体目前正处在瓦解过程中。

不同种族的后代分散居住在印度支那的这些

① 1949 年之前的泰国旧称。

② 越南古称。“安南”之名，最早见于唐调露元年（679 年）所置之安南都护府（治所在今河内）。“安南国”之名，南宋绍兴十四年（1144 年）、绍兴二十六年（1156 年）均见于记载；待到淳熙元年（1174 年）初，李朝国王李天祚遣使入贡，南宋孝宗始正式“诏赐国名安南，封南平王李天祚为安南国王”；次年八月，又“赐安南国王印”。“安南国”之名自此始。此后，其国王屡为元、明、清各朝封为“安南国王”。清嘉庆八年（1803 年），清朝改“安南国”为“越南国”。

国家中，其种类之多与欧洲相仿，但他们密不可分地混居在拼图游戏般的种族孤岛和飞地中，从中只诞生了三个国家：越南、柬埔寨和老挝。两千五百万总人口中，一千七百万为越南人。柬埔寨人和老挝人过着简朴克己的生活，信奉着敛心默祷、自我克制的宗教，是社会进步的旁观者。整个印度支那的人口集中在几个肥沃的山谷和三角洲，大部分乡间荒无人烟，与数千年前树木没有被砍伐殆尽的中国非常相像。内陆地区既没有被完全勘测，也没有被完全考察。那里到处都是猎物：大象、老虎、鹿，以及多种牲畜。由于它们只熟悉手持弓弩的猎人，因此人们可以轻而易举地驱车行驶在丛林道路上，接近并杀死它们。

越南的中部和南部生活着摩伊人，也就是 19 世纪初被认为唯一长有尾巴的人类。对这些手持弓箭的部落的安抚直到 1934 年才开始。内陆深处的某些部落仍未向法国占领当局屈服。

印度支那的早期历史是原始土著人——北方的蒙古人以及南方的马来人和波利尼西亚人的历史。他们受到伟大的文明邻国中国和印度的影响。马来人和波利尼西亚人的结合缔造了两个灿烂、神经质的文明：高棉人和占人①的文明。这两个文明在取得过于早熟的成就之后，在战争中过度耗费了自己的实力，走向了衰亡。占人在中国的南伐过程中先是被镇压，继而被吸收，成为越南人；而剩余的高棉人无精打采、退化，被同一批人赶到了暹罗边境。细心的越南农民今天仍然焚烧冥币，安抚那些早已消亡的民族的亡灵，因为越南人占有了他们的土地。

---

① 亚洲中南半岛民族，主要分布在柬埔寨和越南，少数分布在老挝和泰国，属于蒙古人种南亚类型，与马来人相近，使用占语，有文字。

最早抵达印度支那的欧洲人都是传教士和商人，被越南当局归为“红发蛮人”。越南人的美德让欧洲人赞叹不已，越南人的热情好客也让欧洲人着迷。耶稣会①修士勃利②在1622年写道，“所有其他东方国家都将欧洲人视为异教徒，本能地痛恨他们，并且在我们初次来到他们中间时便离我们而去。但是交趾支那③的情况正好相反：因为他们争先恐后地接近我们，提出五花八门的问题，请我们与他们共餐，总而言之，对我们尊重有加，穷尽各种礼节……这种充满爱心、随意的天性是他们相互之间和谐的根源。他们相互之间熟悉得如同亲兄弟，宛如一家人……如果有人在吃东西（不管东西有多少）的时候不与周围的人分享，不给周围的人一点，将被视为最卑劣的行为。”

但是，勃利以及在他之后去越南的人很快便开始抱怨。这个国家显然有什么东西在走向没落，其迹象便是恶魔会常常现身，而且总是狰狞可怖。勃利有一次手持十字架、刻有“上帝的羔羊”的小蜡盘和圣物去面对恶魔，结果还是晚了一步，只看到恶魔留下的三个脚印，“两拃④长，上面还有公鸡爪子印”。这里的法律也严厉到了令人震惊的地步。一方面，无论男女老少，哪怕是稍微违反礼仪，都会被当街鞭笞，然后再跪下来感谢下令惩罚他的官吏。一位官员因为耽误了向皇帝递交请愿书而被当场斩首。另一方面，这里宽松到近乎荒蛮的执

---

① 天主教主要修会之一。1534年由西班牙贵族依纳爵·罗耀拉在巴黎创立，1540年经教宗保罗三世批准。耶稣会为半军事组织，仿军队建制，纪律森严。以一般修会三愿（贫穷、贞洁、服从）为基础，但强调绝对服从教宗。

② 勃利（1583—1632），耶稣会派往东南亚的意大利传教士。

③ 交趾支那：法国在19世纪用武力侵占整个越南后，于1884年将越南分为三个部分，以北部（北圻）为东京，中部（中圻）为安南，南部（南圻）为交趾支那，并定东京和安南为保护国，交趾支那为直属殖民地。

④ 手掌张开时拇指尖和中（或小）指尖的距离，约为23厘米。

法力度，又让初来乍到的人同样无法认同。最高刑期为三年，如果犯人有年迈的父母要赡养，他可以以类似假释的形式在家服刑；而那些辩解自己出于无奈才行窃的人有时会被赦免。

正是为了纠正这些道德弱点，欧洲人才开始施加压力，要求当地人改变宗教信仰。当越南人不为所动时，欧洲人只能通过武力将宗教的宽容原理强加到他们身上。1858 年，法国人在经过五十多年逐步扩大影响之后，开始直截了当地征服这个国家。越南当时被称作安南。在它被吞并之后，柬埔寨和老挝请求接受法国保护。柬埔寨人之所以做出这样的决定，据说是因为法国人保证他们将来可以留下自己捕捉到的白象。他们以前必须将这种独特的神圣动物交给越南皇帝。

第二次世界大战期间，日本人没有遇到任何抵抗就占领了印度支那，法国人与他们一直合作到 1945 年 3 月。此后，日本人看到盟军在西方节节胜利，便决定软禁越南的法国当局，建立了以保大皇帝为首的傀儡政府。该政府随着日本的战败而垮台，取而代之的是胡志明①领导的纯国民政府——越盟②。保大皇帝退位，短暂担任了胡志明政府的“顾问”后终于离开了越南。不久之后，一支法国远征军在西贡登陆，开始了当前这场战争。

经过五年交战，法国人重新占领了大多数主要城镇、北方盛产稻

---

① 胡志明（1890—1969），越南劳动党（今越南共产党）中央委员会主席（1951—1969）。

② 全称为“越南独立同盟会”，1941 年成立，是越南近代历史上的反殖独立组织，早先一直组织并领导越南人民抗击法国占领军。1956 年后，越盟逐渐发展为越南南方民族解放阵线，直至 1975 年越南统一。

米的东京①三角洲的大部分地区，以及南方交趾支那的一半领土。越盟控制着越南五分之四的领土，以及柬埔寨海岸，这样才能确保武器可以顺畅地从暹罗运送到交趾支那的南方军队手中。虽然越盟的军事实力不详，但估计约 10 万人，略少于他们的对手——法国军队。不过，越盟还有无数游击队员，他们白天实际上就是唯唯诺诺的农民。越盟有充足的小型自动武器，大多从暹罗和菲律宾购得，最近刚刚从中国得到了最新式的火炮。

1949 年，印度支那三个国家获准“在法兰西联邦②内独立”，已经退位的保大皇帝被人从自愿流亡中召唤回来，出任由法国扶持的越南国元首。如今看来，这一举措显然没有达到预期目的，未能将越南持不同政见者召集到皇帝的麾下，因而也未能结束战争。

长达四年的实际胶着状态过后，战火再次燃起。越盟领导在 1950 年春向我保证，他们将在当年秋季发动全面进攻，力图在 1951 年雨季到来之前将法国人赶出越南。1951 年 1 月，在本书校对清样之际，所预言的进攻已经持续了四个月，越盟已经在北方占领了东京的大部分地区，正在包围河内。在本书问世之前，肯定还会发生进一步的变化。

---

① 此处的东京指越南北部大部分地区。越南人称之为北圻，意为“北部边境”。“东京”名字的由来与越南历史上的李朝有关。越南建国之初，丁部领建都于华闾峒（丁氏故里），后来李公蕴建立李朝，迁都大罗城（唐代安南都护府治所），改名“升龙”。陈朝内乱，胡季犛迁都西都清化，国家分裂。后来黎利赶走明军，迁回东都升龙，改升龙为“东京”。公元前 111 年起，越南处于中国封建王朝的管辖之下，直到中国的宋朝以前都是中国的郡县，当时越南叫作“交趾”“安南”。这就是越南历史上的郡县时代。由于受到中国的这种影响，所以才将自己的首都叫作“东京”。

② 法国与它在非洲等地的殖民地于 1946—1958 年间结成的政治联盟，后改为法兰西共同体。

第一章

西贡与越南人

1949 年，世界各地航空公司和客轮公司的低级职员都收到了堆积如山的小册子，并且被告知在上海、广州和昆明这样的地名上盖注“暂停”字样。他们后来改用了“航线中断”图章。如果你曾打算去中国，那么现在为时已晚。你只能靠阅读介绍中国的书籍来聊以自慰，而你对顽固不化的古老中国的了解可能也将仅限于此。此刻，舞美们正忙得不亦乐乎，可能需要很长时间才能完成自己的工作。等到大幕再次开启时，呈现在世人面前的将是一个让老中国通和马可·波罗①备感陌生的国度。等那一天到来时，你会感觉像某位好奇的旅行者，只能遵从官方的旅程安排，

① 马可·波罗（1254—1324），意大利威尼斯商人、旅行家、探险家，自称在中国元朝期间随父亲和叔叔来过中国，并撰写了《马可·波罗游记》，对西方产生过深远影响。

只能欣赏那些重建的奇迹——混凝土构成的涅槃凤凰。

既然中国已经进入了脱胎换骨的烈火之中，那么远东之旅如果还能成行的话，似乎已经到了刻不容缓的地步。那里现在还剩下什么呢？这场变革正迅速蔓延到整个亚洲，下一个经历这个过程的将会是哪个国家？哪一个国家值得现在去看一看，否则将再也见不到它目前的状态？我觉得答案是印度支那，而且那里更有意思，因为与远东国家相比，对那里的介绍屈指可数。

于是，1950 年 1 月中旬，我决定不再冒险推迟行程，而是在巴黎登上了法国航空公司的一架飞机，飞往西贡。

*　*　*

第四天清晨，飞机划破交趾支那的天空，曙光斑斑驳驳地落在我们的脸上。旅客们半醒半睡地在座位上扭动着身子，空姐训练有素的微笑僵硬地挂在脸上。发动机开始减速，飞机平稳地从高空一路下滑，进入平原早晨清新的空气中，宛如平静湖面上的一只蜻蜓。第一缕阳光冲破天边品红色的雾霭，我们的下方呈现出儿童图画书般的景色。一抹绿色，一根根线条淡淡地在上面划过，黄色的是道路，蓝色的是运河。

法国外籍军团的一位上校心神不安地醒了过来，试着用麻木、僵硬的脸部肌肉重新调出一副轻松愉快的表情，尽管他已经投身于暴力事业。飞机下方有什么东西引起了他的兴趣。他唤醒了一位朋友，两个人一起擦拭舷窗玻璃，向下望去。我们正好飞越一条大道，可这条大道非常奇怪，每隔一定距离似乎就有一个凹口。“我们的防御岗楼。”上校轻声说，脸上露出赞许的微笑。几分钟后，我们的下方隐隐约约地出现了纵横交错的农田和沟渠，再次引起了大家的兴趣。在那看似深渊的地方，一切都因过于遥远而显得那么不真实，道路仿佛用尺子画出来一样笔直，道路相交处有一些茅屋挤在一起，顶上冒出一缕佛香似的青烟，盘旋而上。既然在如此高度都能清晰可见，那必然是滚滚浓烟。“一次军事行动。”上校说。不知何故，他说这句话的时候，身体也似乎在对应着下面所发生的一切。旅途疲惫的身体重新恢复了威严之态。这种刚刚恢复的神父般的威严，让其他旅客噤若寒蝉。

我们的眼皮底下正在发生暴行，可我们却与它宛如隔世。空间像时间一样，麻醉着人们的想象力。人们不难理解，从涂炭生灵的角度来说，轰炸机是何种助纣为虐的东西。

这便是东南亚给我的第一印象，极具象征意义。

* * *

乘飞机旅行时，一些平庸的事会破坏你的第一印象。西贡机场算是让你先体会到了什么叫世界级别——它像太平间一样功能齐全。大客车沿着拿破仑式的林荫大道将我们带到了一个国际化的航空港。然后便是宾馆：法国每座火车站对面都能见到的那种不是宫殿的宫殿建筑。到目前为止，我还没有真正接触到东方。我极不情愿地要了个房间，推开百叶窗，从高处俯瞰这座城市，希望得到第一印象，却不料惊飞了一群麻雀。

西贡是位于热带国家的法国城市。人们通常称其为远东的巴黎，这完全合情合理，就如同人们将牙买加的金斯顿称作西印度群岛的牛津一样。这种灵感纯粹来自广告考虑，因而没有愚蠢、热情或太多卖弄。这里没有厚颜无耻的建筑，没有和谐的规划概念。西贡是一座怡人、毫无色彩、毫无特点的法国外省城市，挤缩在一块狭长三角洲上。成千上万的小船从市内千奇百怪地驶进周围的大小河流中，船上搭载着数不胜数的当地居民。西贡的南面曾经是独立的堤岸①唐人街，如今已逐渐发展成一个大城市，与奇形怪状的暹罗城并驾齐驱。西贡这块布料上也有一些小洞，里面填满了数千用树枝和稻草建成的小屋，偶尔会在一场意外火灾中化为灰烬。西贡富庶的部分有许多店铺、咖啡馆和电影院，还有一座简朴的红砖小教堂。两万欧洲人居住在几条林荫大街上，尽量不与当地人交往，尽管周围有一百万越南人和华人。

忍饥挨饿了二十个小时之后，我居然荒唐地在早餐就享用了一条长长的红鳎鱼，并且为茶水略微带有来自地面和厨房的味道而高兴。餐后，我走进了柔和的黄色阳光中，立刻看到了一幅景象，足以弥补西贡令人失望的西方化的欢迎。街上交通繁忙却悄然无声，只有脚踏三轮车和自行车；一辆公共汽车突然从一条小街道闯进车流，追上一位骑车人，将他撞到，并且压扁了自行车。公共汽车驾驶员和骑自行车的人均为华人或越南人，驾驶员跳下车，跑过去恭喜骑车人死里逃生。两个人都很高兴，骑车人拎着压扁的自行车离去，脸上仍然挂着灿烂的笑容。我在印度支那旅行期间目睹过多起事故，但是没有哪一起能够像刚才这起事故那样清晰地反映出东西方对待生活和财富的本质区别。

但是我仍然急于看到西贡市中心之外的世界，于是便一头钻进了

---

① 越南胡志明市（西贡）最古老的地区，是这里名副其实的唐人街，位于胡志明市西南的第十一郡，1932 年与西贡合并成双联市。

小巷，结果立刻遭到了一位海关和货物税部门人员的逮捕。他衣着考究，下面的装束类似热带灯笼裤。他彬彬有礼地说，我形迹可疑，他相信我在走私外汇。为谨慎起见，他还是将我带到了海关大楼。他们搜了我的身。在没有发现黄金或美元之后，官员们大失所望，一再向我道歉，并且让我看了登记簿，凭借最近缴获的大量赃物来证明他们很少看错人。

这一事件表明，欧洲人很少离开宽阔的林荫大道，因为他们属于那里。如果他们偶尔抄近路，那也是有目的的，而在官员的眼里，随意闲逛很像有企图地转悠。话虽这么说，我的原本打算就是将我在远东的头一两天花在这种漫无目的的闲逛上，趁着头脑仍然清醒、愿意接受一切事物之时收集鲜活的第一印象，免得有一天不再为太多的事感到惊奇，或者对太多的事视而不见，又或者将太多的事视为理所当然。安排周游该国的事可以缓一缓。

* * *

从我穿行在那些熙熙攘攘、炎热的街道那一刻起，我便发现远东人的生活是在众目睽睽之下进行的。他们在这一点上与世界任何其他地方的人都不同。街道是房屋的延伸，两者之间没有明显界限。黎明，这在西贡意味着宵禁结束之时。人们起床后走到人行道上，在那里完成大部分洗漱，因为那里更为宽敞。然后，他们吃饭，打牌，打瞌睡，冲澡，看牙医，请医师给他们拔火罐、按摩，找人算命——所有这一切都在街头完成。欧洲国家重视隐私，伊斯兰国家更甚，但这里却丝毫没有保护隐私的愿望。就连一些看似不错的住房，它们的一楼似乎也都有个大房间，全家人集体生活在里面，大门敞开，客人们

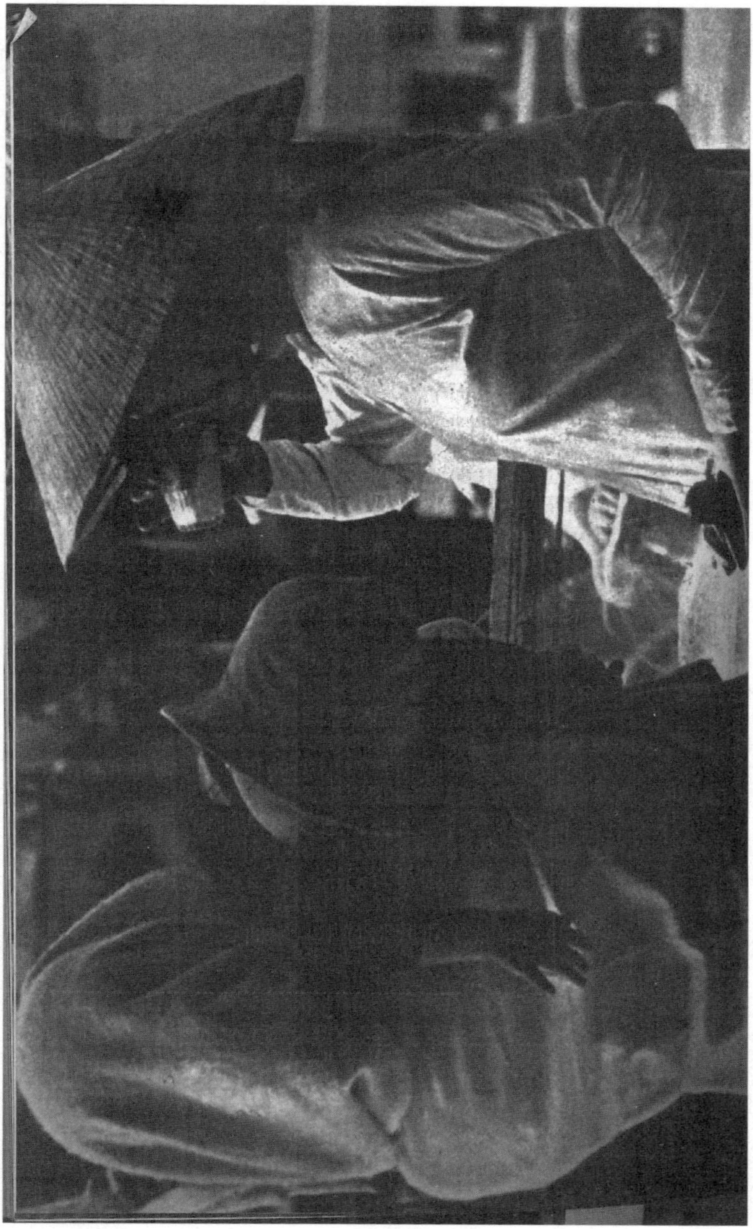

西贡街景

进进出出。

这里的人会时不时地吃点东西，而且就坐在路边的小亭子里。亭子装饰着彩绘玻璃屏风，大概是从日本进口的，因为上面表现的是日本主题：凶神恶煞般的日本武士和飞虎。大商店则会展示精心装饰过的食品。半透明的章鱼仔悬挂在乙炔灯上。精美的瓷盘上放着鲜美的卤猪鼻，周围摆了一圈鸡冠，构成一个拼盘，令人垂涎欲滴。鲜红的烤鸡、烤鸭像欧洲名门望族的家徽一样展示在世人面前，弯曲的脖子优雅高贵；还有一些鸡鸭则完全被压扁，形如咸鱼。猪肉被切成精确的几何图形，在经历从猪到肉的过程之后，鲜亮的表面像玩具肉店中的摆设一样那么不真实。在这里，对食欲的招揽与其说是残忍的，还不如说是精细琐碎的。

人们不免对一些美食的起源感到好奇。油炸鸭头以及某种涉水禽带蹼的爪子，难道这些就是费时费力、精心准备的结果？为的就是迎合极其雅致之人的味觉？因为这两样东西几乎无肉可言。难道真如一位越南人所说，这两样东西与燕窝和鱼翅等中国传统佳肴一样，最初只是饥民们万不得已的最后选择，却在万般厌恶中食用了它们之后又逐渐形成的一种嗜好？如果假设是真的，那么这种嗜好带来的一些结果则令人啼笑皆非。熊掌大概原本只是猎人们扔给乞丐的东西，如今却只有百万富翁在最高档的中餐馆才吃得起。西贡的商人为从西非进口的每千克顶级鱼翅支付约五十英镑，而从越南沿海岛屿中采来的燕窝为越盟购买武器做出了巨大贡献，因为这种财富来源位于越盟控制区之内。

许多人在买东西的时候喜欢与商贩赌一把，而正是由于这个原因，大多数摊位都备有一碗骰子，供顾客使用。这里采用的是翻倍或血本无归的规则，商贩们的胜算概率略高。据说，家庭主妇们会在自己的黄道吉日买东西时赌上一把，这就意味着在略大于百分之五十的情况中，她们会输光日常开销，两手空空地回家。就连孩子们也用小骰子在印有美丽图案的碗中赌一把，奖品是糖果。孩子们在投骰子之前通常会念念有词，祈求自己好运，发出的声音恰好是《伏尔加船夫曲》① 的头四个音符。

赌博是越南人挥之不去的恶习，也是令全国人疯狂的事，在新年聚餐时几乎变成了一种仪式。不管是什么年龄或行当，越南人会单独留出一天，聚集在一起，倾其所有，全都押在落下的骰子上。这背后的动机似乎具有宗教特点，是一种听天由命、自我牺牲的行为，一种精神抚慰，一种信仰表现。

由于越南人笃信命运之神变幻莫测，因此人人都有占卜问卦的需求，而满足这种需求的方式可谓五花八门。欧洲人对各种预测科学的态度总是迟疑不决、躲躲闪闪，而且总是与下午茶和教会节日联系在一起，而这里展示的不胜枚举的算命方式却令人咋舌。形形色色的江湖骗子各自具备扮演其角色的天赋，有些人饱经风霜的脸上写满了睿智，有些人则留着中国先哲才有的蓬乱白胡子。他们面前的人行道上摆放着各自使用的独门工具：纸牌、奇形怪状的石头、一碗黄沙、占卜所用的镜子、会占卜的鸟。他们身后的墙上挂着一块块幕布，上面绘着星象图、人体各个部位的命运图、世界各地骨相占卜师们惯用的光头形象，以及仿佛出自儿童之手的面相图、星座图，还有同样生动如画的以动物为象征的中国生肖。

不过，这些合法的广告方式许多时候都添加了一种在我看来不太

① 流传很广的俄罗斯民歌，反映了船夫迈着沉重的步伐拉纤的场面，经俄国男低音歌唱家夏里亚宾演唱后传遍全球。

合适的新元素。这种元素不仅造成其功能的混乱，而且不可原谅地歪曲了预言的本质。这便是算命人在以图画的方式暗示，人们可以欺骗命运。有些画在警告人们，厄运正在等待那些没有光顾算命人生意的人。降临到他们头上的灾难也与时俱进，那些可怜的人正被寓意深刻的蘑菇云炸成碎片。那些小心谨慎、不断打听自己命运的人却似乎有能力化险为夷，因为他们会在皎洁的月光下拥抱异性，或者乘坐显然产自美国的轿车。这一切显得那么不合乎逻辑。如果未来果真已经命中注定，那么我们将会化为原子，或者以一辆美国轿车的形式梦想成真。人不可能二者兼有。但一位占卜者如果永远没有变化，就有可能在竞争对手面前一败涂地，而他的竞争对手就在三四米开外，可以告诉前来算命的人，他有办法使人化险为夷，哪怕对方命中注定厄运连连，也能避开原子弹，拥有汽车。

越南人对看牙医如痴如醉，我甚至觉得牙医是最为顾客盈门的行当。牙医的挂图就在占卜者的各种挂图旁，乍看上去很容易将它们混淆；阴森可怖、色彩醒目的头部剖面示意图，上面标出了哪些地方可以镶金牙。几乎没有哪个民族可以抵挡镶金牙的诱惑，而在越南人的眼里，按照约定俗成排列的几颗金牙既是对自己的容貌感到的一丝自豪，又是在不露声色地证明自己的财富。事实上，天然、纯白状态的牙齿由于酷似动物的獠牙，一直让敏感的越南人震惊不已。直到不久前——在一些乡村今天仍然如此——越南人都会用黑釉将牙齿涂黑。据说，从前有位皇帝在接见一位欧洲大使时，惊恐地脱口而出：“这位长着狗牙的是何人?”这种轻度恐惧症给无数公民提供了一种富有艺术性的谋生手段。有时候，上下颚均在黄金的包围之中，每颗牙齿的正面都会刻上图案，而且常常是纸牌上的花纹，只略微露出一点原来的白色。

西贡滨水区

从受欢迎的角度来说，排在牙医之后的要数摄影师。有意思的是，在那些展示摄影师艺术的肖像中，越南美女身上的欧洲人特征多于东方人特征。按照当地的标准，摄影师避开了她们的薄嘴唇，以及远东到处可见的颌骨略微外凸的长相。只有蒙古人种的单眼皮以及浅浅的小眼睛透露出这些脸庞的本质。人们不免想知道，被我们视为他们长相中最典型、或许也最缺乏魅力的这些特点是否也对她们缺乏吸引力……这是不是一个新的例证，能够证明电影具有推广标准化的强大效果。

毫无疑问，像世界各地一样，电影也在这里产生了毁灭性的影响。街头墙壁上只要还有一块空白地方，电影海报必然就会将那里占满。海报的主题恐怖，充满了血腥味：受害者的肠子缠绕在卷扬机上的折磨场面、士兵们在战场上被活活砍死或者炸得粉身碎骨的场面，总是血淋淋的，血流成河。如果描绘的是一个比较家庭化的场景，那一定会带有色情动机。海报中的男人身穿晚礼服，女人则身穿连裤紧身内衣。这些都是东方电影制片厂的产品。我后来得知，这里的进口影片几乎是清一色的美国西部片，而且对这些影片的描述深深影响了大众的想象力，几乎成了这些电影的代名词。如今的趋势不是说“我要去看电影”，而是“我要去看西部片”，或者去看越南语或汉语中的“大片”。水牛比尔①及其后人被人从坟墓里挖了出来，或者被重新塑造，以满足当地人的这种嗜好。西部片所伪造的历史场景无时无刻不在玷污着人们的视线，而且还经过远东想象力的诠释：凶残的牛

① 即威廉·弗雷德里克·水牛比尔·科迪（1846—1917），美国南北战争军人、陆军侦查队队长、驿马快递骑士、农场经营人、边境拓垦人、美洲野牛猎手和马戏表演者。美国西部开拓时期最具传奇色彩的人物之一，有“白人西部经验的万花筒”之称。

仔手持每个白人都会拥有的冲锋枪，在个子矮小、眼睛㖞斜，在颇似越南人的印第安人中滥杀无辜。

*　*　*

街头的景象千变万化，最终让我颇感疲惫。我走进一家华人开的咖啡馆，接待我的女服务员用镊子夹着一条湿毛巾递给我。我接过毛巾，学着其他顾客的样子，擦了擦脸和手。我要了啤酒，端来的酒瓶标签上画着一只龇牙咆哮的老虎。酒味很淡，微微带有一点香味。女服务员将找给我的零钱放在桌上，一小堆脏兮兮的纸币。我后来得知，餐馆里的服务员会把特别脏的零钱找给顾客，希望顾客能将它们当作小费留下来。她随后走了回去，与其他服务员一起满怀敬意地聆听收音机里播放的《当爱尔兰的眼睛微笑时》①。街对面的留声机店里正在播放一位华人女歌手的唱片，嘹亮的歌声有时会盖过收音机里的旋律。我朝那里的橱窗看了一会儿才注意到，便携式留声机和萨克斯管当中还有几个制作精美的鳄鱼皮箱，里面装着时尚烟鬼使用的镶银鸦片烟具。这个漂亮的橱窗陈列中还躲藏着多个粉红色的小蜥蜴，鼓着黑色的眼睛。

正当我坐在咖啡馆里时，一支送葬队伍从店外经过，走在最前面的是两个男人，一个吹笛，另一个敲鼓。灵车巨大，通过狭窄的街道时非常艰难。逝者家的孩子们在棺材周围快乐地玩耍，几位身着白袍的丧主被半搀扶半拖拉着走在后面。丧事操办人当中有一位端着一盘香烟，散发给经过的路人。除了送葬队伍外，这条街道上的“车流”

① 又译作“爱尔兰的微笑”，是创作于1912年的经典英文歌曲。

只有去集市的马驹和轻便马车，车轴上挂着一捆捆鸭子，脑袋轻轻地摩擦着路面。

离咖啡馆店门一码①开外，一位草药医生设了个摊子，出售晒干的蜥蜴等动物丑陋的小躯干，以令人惊骇的方式浸泡在瓶子里的无名器官、晒干的昆虫、一大堆动物牙齿、形状和大小各异的动物角。他还有一瓶瓶配好的药物，能够止咳，也能够延年益寿。类似连环画的系列图画在向人们介绍服用这些药物的益处。图画中的每个人都对慢性咳嗽病人唯恐避之不及。越南人谈情说爱时并非永远一帆风顺。这一点似乎与牙粉制造商在其欧洲广告中的宣传有着异曲同工之处。咳嗽病人只有在痊愈之后才会被他的心上人所拥抱。另一种药似乎能治疗平庸，因为服用这种药一个疗程后就能让购买它的人从流浪汉摇身一变，当众站在麦克风前口若悬河。

*　　*　　*

对于一位从西方初来乍到的陌生人而言，这一切非常有意思，但我也从这数小时的经历中发现了一个令人不安的事实：作为欧洲人，我在这里仿佛根本不存在。我没有与任何越南人有过眼神交流，没有看到凝视的目光，也没有看到任何熟悉的手势或淡淡的微笑。就连孩子也对我视而不见。早期旅行者们所描述的快乐、爱交际、对陌生人非常好奇的越南人如今已变得沉默寡言。他们很文明，不会像中美洲的印第安人那样有时在看到白人时吐痰，但他们对白人完全冷漠，仿佛已经达成了一致意见，认为这是对付无法容忍的白

---

① 英制长度单位，1 码合 0.9144 米。下同。

人存在的最佳方式。就连拉黄包车的苦力在接受为安全起见付给他的双倍车钱时，也只是默默地接过钱，然后立刻将目光转向别处。一旦发现自己也是这种普遍厌恶的对象、也是一个白鬼子时，那种感觉令人极其不舒服。

第二章

普世宗教

肩负新闻报道或者文学创作使命的西贡访客，他的第一项重要任务便是向情报与宣传处出示证件。这样做是因为他必须首先得到该部门的支持，才能在这个国家四处走动，因为内陆地区几乎没有任何游客居住设施。总之，动身之前必须得到通行证。

于是，我在抵达西贡的次日就去了上述机构，接待我的是署长德·拉·福尼埃尔先生。我计划在一个仍处于战火中的国家尽可能多去一些地方。我原以为这样的计划必然会遭到官方的劝阻。如果运气好，我希望获准造访一两个较大的城市，或许乘飞机去。如果运气不好，我担心他会直截了当地告诉我只能待在西贡。因此，当这次见面的结果完全出乎我的意料时，我感到万分惊讶。不断遭遇出人意料的情况正是旅行吸引人的一个方面，但这种情况通常总是反方向的。困难和挫折常常比人们担心的还要糟糕。

署长很年轻，豪爽又热情。我刚开口说出自己的计划，他就滔滔不绝起来。他丝毫没有为有人在这种时候想周游这个国家而感到意外，反而觉得这个想法合情合理，值得称道。墙上有一幅地图，他站在地图前，开始用大幅度的挥手动作以及快速、地道的英语将各种距离和危险化为乌有。这趟旅行的大致情况就在他有力的挥手动作中描绘了出来。

“我建议您先去老挝。”署长说，“那可是人间天堂。没到过那里的人无法想象。我之所以建议您先去老挝，是因为你想赶在大雨将那地方冲走之前到达那里。大概正好能赶上，不然的话，你就会被困在那里。”

“你是说会没有飞机?”我插嘴道。

“不。”署长说，“飞机无法起飞。更有可能与外界失去联系，直到他们在年底将桥梁修好。也就是说，除非你能赶到湄公河边。所以你最好现在就动身，不必要的冒险毫无意义。”

署长用铅笔在地图上画了一条粗实的短线。“第一步，去大叻①，那里是捕象地区的中心。去拜见皇帝，或许可以让他带你去捕猎。最好是在有人护送的情况下去那里。你肯定会发现这比坐飞机更有意思。这些天袭击事件有所减少。不管怎么说，没有冒险就没有收获。”

我很赞同这一点，同时也为官员有这种令人咋舌的新颖态度而着迷。署长信心十足地穿过尚未完全探险过的丛林，一头扎进中部

---

① 越南南部城市，林同省首府。

高原。

“我估计你心中想的不是豪华之旅吧？我是说，你不会介意偶尔与士兵们挤住在一起吧？”

我们越过昆嵩[①]。“疟疾，”署长说，“而且是非常可怕的种类。只要你继续前进，就没有什么可担心的。这种危险习以为常……越盟？你当场就会知道的。没有必要去冒险。”

然后，我们将目光转向了西边。署长认为再往北走不是明智之举，因为一些部落至今仍未正式归顺。再说，乡间的地图测绘并不准确。当然，也可以哄骗地方官员，让他们额外安排一次小规模的探险活动。他迟疑了一下，显然在心中琢磨这种可能性，然后才不太情愿地打消了这个念头，将巴尔沃亚[②]式的目光转向横在我们与暹罗边境之间的数百英里[③]丛林和沼泽上。

“我们得想办法抵达湄公河。也许可以找个顺路的士兵或者猎人，开辆吉普车。我们称之为‘凭运气’[④] ……巴色[⑤]，这就对了。”署长手一挥，盘踞在那个地区、被法国人称作下流匪帮的土匪顷刻之间灰飞烟灭。“……如果不是巴色，那就是沙湾拿吉[⑥]？”署长的大手在将地图中这些不同选项分割开来的纬度上方飞舞，然后将我们带回到安南中部的十字路口，转向另一个方向，用一根勇敢的手指辟出一条道路，后来将其形容为丛林旁的“消化道”。“一旦到了湄公河边……”署长耸了耸肩。这场历险几乎到了尽头，因为剩下的一千多

---

① 越南中部城市，位于昆嵩省中部。

② 巴尔沃亚（1475—1519），西班牙探险家，1513 年发现太平洋。

③ 英制长度单位，1 英里约等于 1.6 千米。下同。

④ 原文为法语。

⑤ 老挝下寮地区最大城市，占巴塞省首府。

⑥ 老挝第二大城市。

英里只需乘坐独木舟就能返回西贡。“……除非你凭运气遇到有人碰巧往北去万象。然后，当然，如果你愿意，而且机会合适，你可以穿过那里，进入苗族地区的川圹①……或许还可以从那里去缅甸或云南边境。”

署长大人显然不情愿丢下这些激动人心的前景，回归到西贡安全可靠但单调乏味的生活中，因为这里根本没有“凭运气”的机会。

“凭运气”，这个短语开始触动我的想象力，并且从那一刻起无时不在我耳边回响。它成了我四处旅行的基调。

剩下的任务交给了署长的下属——菲力先生。他得把署长丰富的想象力化作脚踏实地的各种安排。他看了一眼署长建议的行程后，立刻噘起了嘴巴。至于北部和西部的未知区域，他拿不准。署长肯定明白他在说什么。他的任务是确保我抵达大叻，那里会有一位施奈德夫人负责接待我，然后再将我交给邦美蜀市②的一位达斯廷先生。在那之后，一切将取决于我选择的旅行方向，当然还有当地的情况。

达斯廷先生知识渊博，会负责一切。菲力交给我三张越南地图——自然地图、人种分布图和地质图，这也是送给所有官方客人和新闻记者的地图。然后便是一堆出版物：一些法国杂志专门介绍印度支那的特刊，以及介绍当代经济和政治形势的官方文件。这是介绍法国观点的非常智慧、高效的办法，我感到多少有点吃惊的是许多访客居然对如此丰富的内容不以为然。

尤其令人欣慰的是，一旦离开西贡，此次旅行中任何看似专门的安排便会消失，取而代之的将是变幻莫测、毫无规划的命运安排。

---

① 老挝东北部省份。

② 越南西原多乐省省会，西原地区最大的城市。

菲力陪我一起去长途汽车公司办公室。它负责提供驶往大叻的长途汽车服务。看到所有最佳座位均已售出，他有些失望。最佳座位在过道两边，因为万一车队遇袭，坐在你与窗户之间的乘客在一定程度上可以替你挡住子弹。我只买到了前排角落里的座位，虽然视野异常开阔，但左右两边均毫无遮挡。

由于我还得在西贡停留几天，菲力向我提出了一个颇具诱惑力的建议。高级专员兼法国在印度支那的最高官员皮农先生次日将赶赴五十多英里外的西宁镇①，正式在其总部拜访高台教教宗。由于军方会为这种场合提供严密保护，也由于这是逃离西贡枯燥乏味、处处受约束的生活的好机会，每个有办法的人都设法得到了邀请。对于新闻记者而言，只需提出申请即可。

我从菲力的介绍中得知，高台教听上去非常奇特，值得去一探究竟。他说，那里有座大教堂，简直像迪士尼幻想出来的杰作；东方所有信仰被一网打尽，才创造出浮夸的宗教仪式，而这一切又都被移植到了模仿自罗马天主教会的组织机构上。目前更为重要的是，高台教信徒有一支可怕的私属武装，并且凭借它控制着交趾支那的一部分。法国人之所以容忍他们，是因为他们反对越盟，因而在一定程度上瓦解了国民阵线。越南人当中还有全副武装的佛教徒和天主教徒，相互火拼，也与越盟作对，但这些都不像高台教那样兴旺发达，也缺乏高台教的权势。菲力认为，如果我花几个小时阅读一下相关主题，或许我可以从这次经历中得到最大收获。于是，他代表他的部门送给我一本书，《高台教的历史与哲学（改革后的佛教、越南招魂术、欧亚大

① 越南西宁省首府，位于西贡（今胡志明市）西北96千米处，是越南本土宗教——高台教的总部。

陆的新宗教)》，作者是加勒利埃尔·格布隆。他以欧洲信徒的身份对高台教的描述在我看来有一点商业味道。格布隆还被形容为“于1941 年摆脱了血肉皮囊”。

七点半左右，我回到宾馆，打开巨大的吊扇，走过去开窗户。下面的广场灯火通明，天空仍然留有一丝晚霞。窗户关得有点紧，我得稍微用力才能将它推开。就在我推开窗户的那一刹那，一声巨响震撼着我的耳鼓。广场对面，一团浓烟从咖啡馆餐桌旁懒洋洋地升到空中，然后散去。两个身影从一张餐桌旁站起来，相互搀扶着，像两个已经酒足饭饱的醉汉一样踉踉跄跄地走开。其他顾客将头伏在桌上，仿佛进入了梦乡，只有一个人起身，以极慢的动作手舞足蹈。一位路人跪在地上。几秒钟后，傍晚出来散步的人改变了方向，镇定自若地开始从各个角落向咖啡馆聚拢。我下楼去看看是否需要帮忙，但处于痉挛状态中的伤者已经有人照料，一切都在恢复正常。服务员们快速拿走看似被葡萄酒染红的桌布。一个男孩走了出来，一手拿着把硬邦邦的扫帚，一手拎着个小桶，开始清扫被弄脏的人行道。一位警官坐在那里，一只手裹着餐巾，另一只手打着响指，极不耐烦地要服务员过来给他点菜。不到十分钟，每张餐桌旁再次坐满了顾客。那天晚上，全西贡总共报告遭受到八枚手榴弹袭击。这枚手榴弹造成了十五人伤亡，创下了西贡当时的记录。郊区的迫击炮袭击要到晚上十点之后才开始。

那天晚上睡觉前，我开始了一项重任：从格布隆著作中那些可怕的玄学术语中提取教义精华。我得知，高台教正式创建于 1926 年，其源头为交趾支那众多招魂教派中的一支。该教派所借助的工具在英语中被称作“占卜板”，在法语中被称作“la Corbeille-à-bec”。这是一种配有铅笔的板状物，人的手就悬停在其上方。信奉该宗教的人借助“占卜板”得知，自己可以与李白通灵。李白有时也被称作中国的荷马。他在“焚书”事件之后，在唐朝重新创立了中国文学。①

仍在添加过程中的圣徒名录略显寒酸，包括维克多·雨果、亚兰·卡甸②、圣女贞德、德·拉·罗什富科公爵、圣伯纳德③、施洗者圣约翰④和玉帝。这些圣徒常常通过招魂手段与高台教的领袖们交流，就一些重要仪式问题做出规定，比如在祖庙烧纸钱。似乎在东方招魂术中，来自西方的“引导人”享有某种特权，他们与印度酋长、佛教僧侣和中国圣人一起，在相当于欧洲招魂术的实践中扮演重要角色。

从哲学的角度来看，高台教似乎在努力将对立的原罪和救赎等教义与通过轮回使灵魂升华的学说相融合时遇到了一些困难。该宗教所规定的各种仪式具有强烈的东方色彩：祭坛上必须摆放用于仪式的蜡烛、香炉、供奉的果品和一个绘制的为云雾环绕的眼睛（高台教的符号），人们必须经常在祭坛前伏地拜祭。教宗特许信奉高台教的西方人免除伏拜仪式，“目前可以用深鞠躬代替”。

交趾支那有一个人人必须遵守的习俗，一切有组织的出行都将在天亮之前开始。之前的旅行者都提到过这一习俗，其背后的考虑

---

① 原文如此。

② 亚兰·卡甸（1804—1869），法国里昂人，发表通灵术学说。

③ 科莱弗的圣伯纳德（1090—1153），法国教士，罗马教皇顾问，加入西多会后为之制订会规，并为西多会的发展作出了巨大贡献。他也是第一位被封圣的西多会修士。

④ 据《圣经》记载，圣约翰是耶稣的表兄。耶稣开始传福音之前，他在旷野向犹太人劝勉悔改，并为耶稣施洗。

是尽可能在凉爽的几个小时里多赶一些路。实际上，至少在当下，结伴出行的人当中总有一些人无法找到交通工具，将他们带到约定好的集合地，因而必须派车去接他们；而其他人则有可能由于宾馆的服务生忘记叫早而迟到——这些服务生要么没有听懂叫早安排，要么就是采用这种被动的抵抗方式来对付可恨的欧洲人。宝贵的凉爽时间就这样一分一秒地被浪费掉了，而最终动身离开西贡时，天已经大亮。就这次的出行而言，一路上还有更多的耽搁在等待着我们：名目繁多的安保措施，路障造成的停顿，车队遇到障碍物后的逶迤蜗行，沿途等待前方主要哨所电话通报路况。就在我们这样慢吞吞地前进过程中，太阳跃出了地平线，清晰地突显出了某条未曾注意到的沟渠上漂浮的大堆垃圾。热浪造成的效果让人一时间失去了方向感，仿佛一间凉爽的屋子里突然打开了一个电炉。但空气很快就被晒热，不到半小时，人们的感觉就像在 7 月的热浪中遇到交通堵塞时坐在车内。

车队由大约二十辆民用汽车组成，护送队伍包括三辆装甲车以及几辆卡车，卡车上的阿尔及利亚士兵头上缠着白色包头布。外国客人被精心分散安排在不同的车上。我坐的是一辆雪铁龙，将自己的命运托付给了一位会说英语的工作人员。我推测，这位博韦先生的任务是对这趟旅行进行实时点评，并且按照当时的官方说法偶尔称赞高台教几句。实际情况却让他感到很是恼火，因为他旁边的前排座位上坐着一位他的同事，而这位仁兄不会说英语，并且以为我听不懂法语，每次听到高台教都会牢骚满腹，话语中夹杂着诸如“该死的”和“讨厌的”这样的字眼。不过，即便是从法国人的角度来看，这也算不上什么，因为当时的官方态度正处在再次转向的过程中。博韦不久也开始不再纠结于自己的官方任务。他真正感兴趣的是英国文学，尤其是约翰·高尔斯华绥①笔下的英国文明，与交趾支那政府雇员近乎野蛮的生活形成鲜明对比，令人十分怀念。

车队一旦真正上路，速度倒也非常快。除了遇到路障不得不放慢车速，这辆雪铁龙一直保持着六十英里的时速。道路两旁是淡灰色的稻田，田里连个人影也没有，只有阳光在浑浊的水面上反射，模糊不清。我们经过时，一群群白鹭懒洋洋地拍打几下翅膀，仿佛腾跳一样笔直地升到空中，然后不安地落在原地。远处有几个村庄，坐落在高出水面的小山丘上；那里也有一些孤零零的别墅，外观具有地中海风格，有游廊，也有正在剥落的拉毛粉饰，唯一不同的是花园里冲着我们龇牙咧嘴的陶瓷狮子，以及屋顶上滑稽的龙或者天蓝色的陶瓷海豚。有时候，类似别墅的建筑变成了残垣断壁。到处都没有人的踪迹。老百姓显然接到了命令，要像天子（也就是皇帝）经过时那样闭门不出。有时候，在一些我估计是被视为危险的地段，一排排越南士兵会背对着公路站立，手握枪支严阵以待。我们会时不时地从岗楼下经过，这些低矮的建筑用罗马式的小砖块砌成，上面是法国普罗旺斯式的屋顶，四周则围着一圈圈用削尖的毛竹做成的栅栏。这些岗楼的机枪理论上可以覆盖整个公路沿线，里面的士兵也应该在周围地区巡逻。这些低矮的要塞给四周平坦单调的景色增添了一份愉悦，使它多了一丝意大利托斯卡纳的味道。

前进了约三十五英里之后，我们便进入了高台教的领地。据我的官方向导说，这里已经完全恢复了平静。他的朋友提到了土匪和老鼠，并且朝窗外吐了口痰。我问为什么这里的岗楼相互距离更近，为

---

① 约翰·高尔斯华绥（1867—1933），英国小说家和剧作家，1932 年诺贝尔文学奖得主，代表作为《福尔赛世家》三部曲。

什么机枪手蹲在那里，瞄准每一条小道。博韦先生说万无一失总没有错，然后叹了口气，将话题重新拉回到英国乡间上层社会的繁文缛节上。

我们抵达的第一座高台教辖区小镇是浪滂①，这里已经安排了一个欢迎会。四周聚集了数千名儿童，大概方圆数英里内的孩子都被召来了。孩子们个个洗得干干净净，穿着最好的衣服，列队站在道路两旁，一只手握着有六种颜色的花束，另一只手则敬着法西斯式的礼。自发的欢呼声震耳欲聋，我相信这些瓷娃娃般欢天喜地的孩子正玩得开心，根本不明白这一切都是为了什么。博韦先生在看到法西斯式的敬礼时似乎有些尴尬，但他的朋友却对这一幕感到开心。

浪滂的名流身着丝质正装，也聚集在那里，准备与客人们交流。越南文明全部源自中国。在这个国家，人生最好的光阴是最后数十年。西方常见的围绕这个年龄段的沮丧——那种自己已经毫无用途的孤独感——在这里却为一种精神满足以及一种随着年龄增长而自然增加的威望所取代。高台教的创建者是退休官吏和职业人士，他们确保任何不是爷爷辈的人都不得涉足高台教的等级制度。我走向一位快乐的老人，恭维他有这么多仍然在欢呼、敬礼的孩子。老人充满睿智的脸上露出了笑容。他解释说，这要归功于吃斋，因为吃斋是高台教的信条之一。

“当然，我们不会硬性要求每个信徒一夜之间彻底断绝自己的各种恶习，而是先要求他们每周有一天不吃荤，然后逐渐感化他们，直到他们完全放弃吃肉。”

---

① 越南西宁省下辖的一个县。

“那是否所有人都做到这一点了？”

“那当然，可以算一个奇迹，”老人开心地说，“他们几乎一夜之间抛弃了自己肮脏的过去，就连五岁大的孩子也恳求父母永远别再让他们看到鱼和肉。这真是段奇妙的经历。”

我们开心地聊了一会儿。朋友告诉我，他是高台教八卦台①的四等官员，是一位主教级别的律师，不久将被荣升为三等总检察长，行使首席大主教的职权。在那之后，他将一路顺畅，直至取得最后的辉煌，也就是他在德高望重岁月里一切努力的巅峰——红衣主教兼立法委员等级，与教宗本人只差五级。虽然在实现那灿烂目标之前还得经历多项苦行，可那又算得了什么呢？到了他这个年龄，人几乎已无欲无求。老人脸上挂着灿烂的笑容，然后指出那才是最高境界。所有戒律——比如与妻子脱离关系——只有到了更高级别上才会起作用。这是一个循序渐进的过程，因此，到了真正需要为上帝的王国放弃一切的时候，你会为此做好所有准备。这一切充满了人性。

虽然看似充满人性，可那些孩子呢？他们几乎刚刚蹒跚走路就得自愿学会放弃一切。一位高台教九等医生给我做了解答，他也是高台教福天部②的成员，只是在该领域只做到忠实信徒级别。

他说：“我们承受着各种形式的营养不良。你看看这些孩子，看看他们皮肤的状况。他们大多从头到脚都有炎症。”

我告诉他，我看到的孩子简直是健康的化身。

---

① 高台教的立法机构。
② 高台教负责协助孤寡贫困的信徒生老病死的机构。

“那当然。”他说，“你不会指望他们让糙皮病①患者站在第一排，对吗？”

我们离开之前，博韦又一次感到很尴尬。我们突然听到了密集的迫击炮声。博韦认为那是数英里外的事，风将炮声传到了我们这个方向。可是交趾支那没有风——至少我在那里时没有风。

在西宁迎接我们的是当地的行政长官。他身着一件华丽的旧官吏式深蓝色绸褂，上面隐约可见黄色团花纹，宛如顶级信笺上的水印。行政长官有着一张饱经风霜的小脸。他按照当地风俗竭力控制着脸上的表情。作为行政长官，他得时刻面带笑容，而每当他微笑时，便会露出一排金牙上洁白的心形珐琅质。他带着无比旺盛的精力，花了至少半个小时欢迎每一位客人，然后飞奔而去，回来时拿了一架业余摄影机，在每一位法国要人身上浪费了几英尺胶片。款待我们的是香槟和饼干。既然这里提倡人们出于礼貌对周围环境感兴趣，我便开始参观行政长官典型的欧式别墅一楼的各个房间。

这位行政长官以西方方式装饰了自己的豪宅，似乎认为以这种方式为自己世界观的现代性打广告很合适。桌子上铺着的奢华桌布、椅子、印度小地毯、陶器上油腻的厚釉——这一切让人联想起托特纳姆法院路②的橱窗。不过，这种类型的东方人几乎无法阻挡一丝地方色彩闯进他们欧式装饰风格平淡无奇的“好品位”中。即便闯入的色彩毫无其他优点，我也觉得至少它很有趣。这位行政长官在本该无可

① 即维生素 B3 缺乏症，症状为皮肤出现红斑，很像日晒斑，有烧灼和瘙痒感。随之有渗液，形成疱疹及大疱，然后结痂，色素沉着，皮肤变得粗糙并有鳞屑。

② 伦敦市中心的一条商业街，有许多主营豪华沙发、床上用品等的店铺。

挑剔的墙壁上贴了几张四大罪恶的图画。在本该挂上凡·高《向日葵》复制品的地方，张贴着西贡艺术品商店里出售的对赌徒、醉鬼、鸦片瘾君子和好色之徒的严厉警告图。这位行政长官大概是上了当，因为这些杰作采用了典型的西方复制技术，平庸、偏蓝的单色图案有着令人称奇的摄影感。不过主题本身却非常温和，非但没有阴森可怖的味道，反而多了一份敛心默祷的味道，属于纯越南式的，如同苏格兰高地城堡的照片属于英国式的一样。在这些具有催眠效果的描绘人生罪过的图中，我唯一能记住的细节是最后一张图中床边悬挂的精美蚊帐。越南需要一位罗兰德森①或者荷加斯②来劝化它的罪人。东方版的《杜松子酒巷》③ 会卖出一百万张。

下一项活动安排是参观圣殿。根据我第二天读到的报纸对仪式的描述，教宗范公稷（意为“南方的旭日”）身着天国大元帅的制服，在金色华盖伞下恭候我们的到来。他手持元帅权杖，按照高台教文献的说法，一切妖魔鬼怪都会在这根权杖面前逃之夭夭。

从体形上看，这位教宗似乎难以胜任如此重任。他身材矮小，貌不惊人，带着无可救药的阴郁气质。总之，圣殿令人称奇的建筑细节掩盖了他的存在，而这座圣殿的设计要归功于他本人。

这座建筑远看像东方塔式寺庙与南欧巴洛克教堂相结合后产生的怪物，近看后才发现它粗俗到了登峰造极的地步，人的轻度厌恶变成

---

① 此处应该指英国画家托马斯·罗兰德森（1756—1827），被誉为“现代漫画之父”，代表作有《辛塔克斯大夫一生的旅行》等。

② 此处应该指英国画家威廉·荷加斯（1697—1764），被称为“英国绘画之父”，代表作有《征服墨西哥》（又名《印度皇帝》）、《乞丐歌剧之一场景》。他还画了许多讽刺社会不良现象的连续性组画，如《妓女生涯》《浪子行径》《文明结婚》等，色调新颖，技巧娴熟，均被复制成版画广为流传。

③ 荷加斯创作的著名版画。

西宁的高台教圣殿

了咋舌的惊恐。这座圣殿肯定是出于崇高目的而建造的最不知廉耻的粗俗建筑。这是迪士尼彩色幻想片中的糖果宫殿，一个极端形式的露天游乐场结构。门楣之上有一个大为不敬、荒诞不经的雕塑，耶稣骑在老子的肩膀上，而耶稣的肩膀上则又骑着孔子和佛祖。他们的造型颇像即将登台表演的日本杂技演员。进入殿内后，人们原以为会继续听到从附近情侣隧道①传来的震耳笑声，但问题是范公稷究竟出于什么考虑，才建造出这样一个内部石柱林立且攀有粉红色龙的建筑、这样一个混乱的象征物、这样一个堆积了各种宗教玩意儿的典当铺？难道他是在刻意迎合教民们的迷信低级趣味？或者这些一辈子远离艺术的人为了展现他们的宗教狂热，必须永远接受这些丑陋不堪的形式？

仿佛是为了支持后一种理论，这场运动的创始人和负责人无一例外大半辈子都为某种职业或者公共事务所羁绊。如果他们天生没有品位，那么要想在他们各自的行当中出人头地，他们便没有时间来培养品位。我饶有兴趣地注意到，在此后的仪式中，尽管南越总督在神龛前使劲地磕头，他却根本没有示意高级专员皮农先生陪他一起磕头。高台教信徒们从中国以及安南皇帝与外国使节的交往经历中受益匪浅，充分认识到欧洲人似乎天生不愿意磕头，因此免除了西方信徒以磕头表示虔诚的形式。不过，皮农先生的确同意双手合十，捏着点燃的香火，在老子、孔子、佛祖和耶稣面前低头默想，虽说距离稍微远了一点。

高台教将其圣殿选定在西宁绝非碰巧。离镇子数英里外便是一座四面对称的孤山，突兀地耸立在平原上，从几乎海平面的高度上升到

---

① 情侣隧道：游乐场里供情侣乘小车或小船通过的黑暗、弯曲的隧道。

三千英尺。由于方圆五十英里内再也没有其他山丘打破交趾支那那平坦、毫无特色的单调地形，这座森林覆盖、宛如梅子布丁的山丘黑黝黝的侧影颇为壮观。在世界的东方，每一个宗教都有自己的圣山，而眼前这座耸立的山丘显然具有令人难以抗拒的诱惑力，因而自远古时候起就是天启之地。它的山坡上布满了洞窟，有天然形成的，也有人工开凿的，里面先后放置过无数教派的圣物。在我看来，这座圣山如今落入越盟的手中是件最为不幸的事，否则我们会有一次非常有意思的造访。只是捣毁偶像的革命之举显然不会放过那些古老信仰的圣物。

不过，西宁街头还是能够看到其他一些遗存，让人一瞥这座城市令人骄傲的过去：一群群面黄肌瘦的占族人，身穿象征着高台教信徒不同等级的悔罪长袍。中世纪结束时，安南人从中国向南迁徙，淹没、吸收并消化了占婆国①灿烂的文明。如今，已经支离破碎的占族只剩下了一些尘埃，散落在交趾支那和柬埔寨的偏远村落中。但是他们仍然在这里坚守着自己的圣地。

这些占族人属于马来－波利尼西亚土著人，也是唯一在遥远的过去接受了印度殖民者文明的种族。他们曾给马可·波罗留下过深刻印象，但是据16世纪到过这里的天主教多明我会②修道士加勒利埃尔·德·圣安东尼奥的记载，他们的文明有着梦魇般的元素。它就像

---

① 东南亚古国之一，位于今越南中南部，建于公元192年前后。十一世纪国运昌盛，十四世纪中叶由于部族分裂转衰。1471年，越南后黎朝攻取占婆大部分土地。1802年阮氏立国安南，掠取占婆全部土地，定都顺化，占婆亡。

② 亦称“布道兄弟会”，天主教托钵修会的主要派别之一。1215年，多明我会由西班牙贵族多明我创立于法国图卢兹，1217年获教皇洪诺留三世批准。多明我会以布道为宗旨，着重劝化异教徒和排斥异端。

阿兹特克①文明，灿烂但不均衡，而且有些心理变态。占族人完全可以位居当时技术成就的先进行列，他们发明了新型农业技术，修筑了庞大的灌溉工程，并且鼓励艺术和科学的发展。然而，他们的智力有一半没有得到开发。一些石器时代的信仰，就像复活节岛上那些令人毛骨悚然的石像，总是若隐若现。圣安东尼奥说，他们会在一些特定的日子里屠杀六千多人，收集好死者的胆汁送给国王，国王则在胆汁中沐浴，以期长生不老。

那段辉煌、邪恶的过往历史的退化遗民要么信奉婆罗门教，要么信奉伊斯兰教，再不然就既信婆罗门教也信伊斯兰教。东南亚这种不断变化的嗜好永无止境，而对它的宽容则是绝对的。现代占族人可以随心所欲地信奉印度教的三神祇②、林伽（男根）、湿婆③的公牛、女巫、真主——他们相信真主是一位 11 世纪的占婆国王——外加穆罕默德和其他神祇（他们的名字来自对穆斯林神圣祷文中一些词的一知半解，每一位神都有自己的特殊作用）。他们喜欢将孩子取名为“狗”“猫”“老鼠”，以免妖魔鬼怪对孩子产生兴趣。正是由于这个原因，好几位占婆国王的名字意思均为“排泄物”。人们因此认定，占族人应该很容易给他们那早已异常庞大的宗教仪式和信仰目录再添加高台教强加给他们的几个名称。

我从报纸上的一篇报道中获知，在离开圣殿时，“走在队伍最前

---

① 墨西哥古文明，14—16 世纪创建了阿兹特克帝国，留下了灿烂的文化遗产。

② 即湿婆、梵天和毗湿奴。

③ 印度教三大神之一，毁灭之神，前身是印度河文明时代的生殖之神“兽主”和吠陀风暴之神鲁陀罗，兼具生殖与毁灭、创造与破坏双重性格，呈现各种奇谲怪诞的不同相貌，主要有林伽相、恐怖相、温柔相、超人相、三面相、舞王相、璃伽之主相、半女之主相等变相。林伽是湿婆的最基本象征。

面的是一头独角兽、一条龙、一个演奏进行曲的小乐队，随后便是各色人等，抬着佛祖的车、孙中山和维克多·雨果的肖像，以及圣女贞德的塑像”，我们一路前往梵蒂冈。据报道，街道两旁排满了护法，身穿红色、黄色和白色宽松长袍。我在那乱哄哄的场面中肯定没有注意到这一点，否则我一定会非常愿意看一看队伍中的独角兽。可惜我当时没有看到，后来也没有看到。不过，我想起了那条龙，那头精美、不断窜动的怪物时不时地依靠后腿跃到空中，绝望地随着婉转起伏的笛声和鼓声节奏摇晃着脑袋。该报道没有提及高台教军队中那些配备了仿真木制步枪的仪仗兵。当我提起那些玩具枪时，我被告知那完全是出于对周围神圣气氛的尊重。

这座梵蒂冈城又是行政长官别墅的翻版，只是教宗显然对落地钟情有独钟。在火鸡羽毛扇带来的凉风中，宾主双方无休无止地相互表达美好祝愿。这种陈词滥调有时也会中断片刻，那时便去花园散步，或者去香槟吧台喝上一杯，然后又是新一轮的阿谀奉承。没有人会为这种中断感到尴尬，仿佛这种中断根本就没有发生过一样。

在随后的宴会上，我的身旁坐着一位高台教上校。他神秘兮兮地微笑着告诉我，他是这个“交通大为改观时代的全球宗教”的秘密警察头子。宴会上安排的全是素菜，虽然法国客人已经被告知可以要鸡蛋，但是谁也没敢那样做。总共七道菜，其中六道菜的主要原料都是黄豆。我起初误以为那是某种炖得时间太久、毫无味道的肉食，由于种种原因被误端了上来。我和那位上校交谈甚欢，毫不客气地相互夹菜——当然是黄豆。虽然虔诚的高台教信徒滴酒不沾，但我注意到在场的许多达官显贵在这一点上比较宽容。那位上校本人喝了好几杯红葡萄酒，然后快活地和我聊起了他这一行的技术。

坐在我左边的年轻人问我是否熟悉维克多·雨果的作品。我点点头，依稀想起了某首诗的第一行："父亲，这位英雄的笑容如此甜蜜——"

"我是雨果一位家人的转世。"年轻人说。我向他表示了祝贺，然后问他是否也写东西。他谦虚地说，既然家族中已经出了一位大文豪，而且这位大文豪被公认为有史以来最伟大的诗人，他再动笔写东西就有些鲁莽狂妄了。他顺便问我，是否意识到这位大师最出色的杰作都是在他去世后创作的，或者如他所言，在他"中断转世"之后？随后，这位给我透露此惊人消息的年轻人接着解释说，他是官方委派的维克多·雨果遗作编辑；不过这一任务比较简单，因为只有少数最高级别的人获准与李白、圣女贞德和雨果进行通灵联系。与维克多·雨果的一切联系都以诗歌的形式进行，而这再加上雨果的生前著作最终将成为谋求高位的人必须牢记的文集。这种类似中国古代文官科举制度的做法引起了我的兴趣，于是我便请他给我一份这位诗人的最新作品，结果得到了呈献给教宗的对创世纪的记叙。我在这里引用了其中的几行：

教宗（提及维克多·雨果在对创世纪的描述中所使用的"水"一词）："这正是基督教《创世纪》所谈到的水形吗？"

维克多·雨果：

"是的，这种气体叫作氢，

不管它浓密与否，都最为圣洁。

如果说上帝的灵魂游出水面，

那必须在这种意义上理解：

他的星体是光，

他用热情感染非生命物，

产生氧气层并付诸行动，
两种气体接触引起轰鸣。
——哦，你的手在抽搐，
那我们明天再接着诉。”

就在这些宴请活动在西宁进行之时，法国军队正在大约七十英里以南的美拖①受到高台教信徒的攻击。法国人说高台教信徒已经变成了土匪，当法国人要求他们缴械投降时，双方开始交火。教宗范公稷立刻否认自己有任何责任，并且指出那些叛乱分子早已离开了他的教会，加入了拒绝承认他的权威性的十一个分裂教派之一。这些分裂出去的教派对于高台教而言，与其他地区的少数民族有着相同的政治用途。

① 越南湄公河三角洲著名的水乡，距胡志明市75千米，以盛产水果出名。

第三章

礼拜天出游

我回到了西贡，在旅程真正开始之前还有一天时间。这一天恰逢礼拜日，一大早我就慢慢走到了植物园。一群群越南美女骑着自行车，奔同一个方向而去，身上的丝质长袍飘在身后，给人的感觉仿佛她们不是在踩自行车，而是飘浮在空中。越南女性所穿的长袍让人联想起中国古代装束。这里的人们偏爱白色丝绸，再加上越南姑娘总是那么洁白无瑕，举止如天鹅般优雅，因而人人宛若天仙。公园里随处可见这种精灵似的姑娘，三三两两地行走在林荫小径上，时而也有殷勤的青年相伴——他们身着棉布衬衣和短裤，戴着软毡帽，构成了一道与天气完全不符的风景。如此打扮的姑娘属于店员及以上的社会阶层。家仆，或者法国人所称的女佣，也个个打扮得令人赏心悦目，但衣着比较简朴，只穿着宽松长袍。令人称奇的是，下层社会居然可以大胆地头戴圆锥形草帽，以防中暑；而资产阶级虽然留着各种发型，既有自然下垂到腰际的长发，也有烫过的卷发，却不愿意戴帽子。顺便说一下，姑娘们所戴的斗笠可谓精美之至，采用的是涂有天然漆的半透明材料，轻柔地缝制在圆形框架上。礼拜天外出散步时，靠一根丝带固定在头上，丝带两端各有一个蝴蝶结，另一个蝴蝶结则系在下巴下。它带来的效果极其娇媚。我可以肯定，那些女店员或者打字员必定后悔不已，因为她们受社会地位限制，无法佩戴如此得体的装饰物。

西贡人举行如此高雅聚会的一个借口便是拍照。大家公认的几个拍照取景点经久不衰。考古博物馆坐落在一座塔式寺庙般的建筑内，一群如花似玉的少女时刻在附近游荡，一面等待着轮到她们拍照，一面抚摸着那些龙的塑像的鼻子。另一个备受推崇的景点是湖边。湖水蒸发后剩下的水只有数英寸深，水面上漂浮着斑驳的泡沫，荷花亭亭玉立在一米高的空中。湖边有一条平底船。这可是拍照的标准配置，只是人们需要付出巨大的努力才能让它在水面上掀起涟漪。拍照的姑娘在船上站稳脚跟，莫名其妙地露出哀怨神情，而摄影师在用荷叶遮住船缆后才开始拍照。他这边刚一拍完，小船便被拖到岸边，另一个姑娘登船，再次摆出拍照的姿势。已经拍完照的姑娘则在同伴的陪同下悄然离去。

植物园里展示的自然史与其说令人兴奋，还不如说非常迷人。虽说不会刻意在公园内寻找热带大自然所展示的邪恶一面，但我在这里还是没有见到马蜂或苍蝇之类的讨厌昆虫，因而颇感惊讶。几只寻常蝴蝶在展翅飞舞，与英国任何荒原中见到的蝴蝶并无两样。这里也有花朵，却是星星点点的紫色小花，有着天鹅绒般的厚实花瓣，绽放在

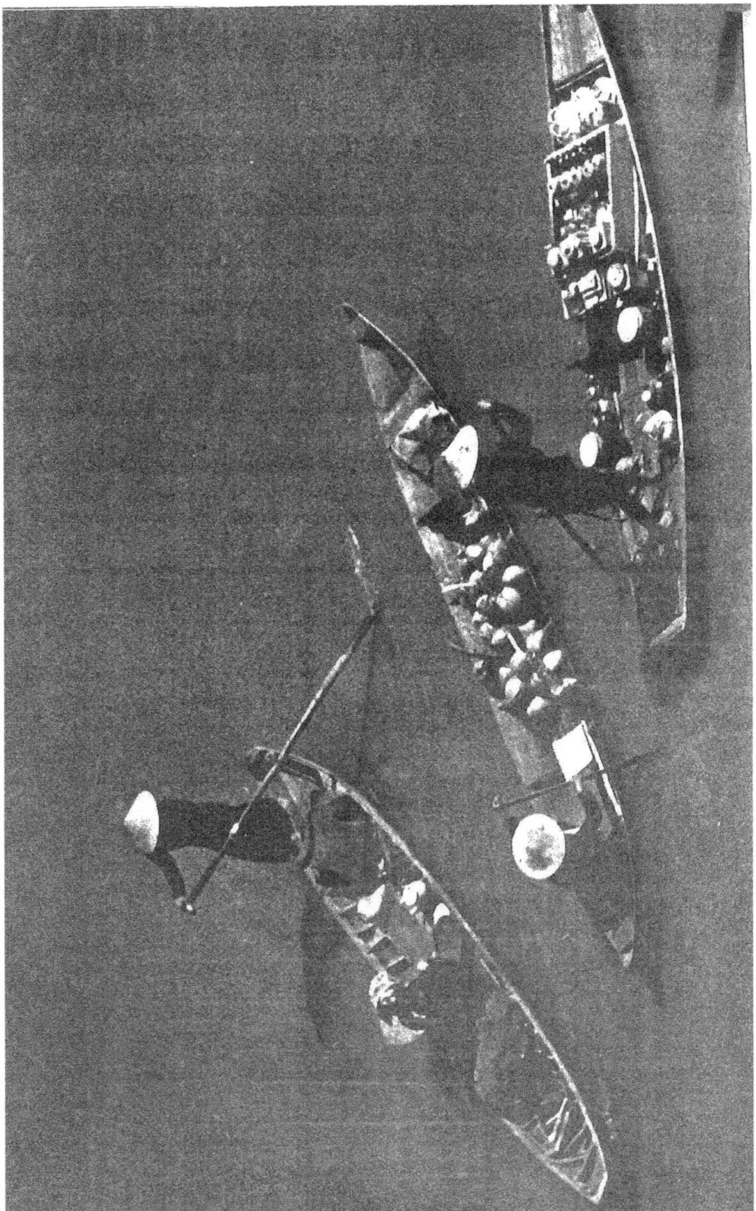

中国河上的小贩

某棵树的树干或者较粗的树枝上。由于这是一种当地特有的树木，我无从得知它的名称。这里唯一有文字说明的是那些来自达卡①和马达加斯加②的珍稀物种，看样子人们必须亲临现场才能研究印度支那的植被。树梢上有鹤在建窝，构成了一幅非常中国化的美景：在淡绿色树叶的映衬下，阳光穿透了它们翅膀上紫灰色的羽毛。无论我走到何处，头顶上方的某个地方总有一只鸟不知疲倦地鸣唱出一支哀怨的音调，只是我始终未见它的身影。仿佛一只布谷鸟飞进了一个巨大的空罐，在里面一刻不停地重复着它鸣叫的第一个音。我后来意识到，在印度支那随处可以听到这种鸟鸣声。

越南人在这些地方的行为举止无可挑剔。这里到处都弥漫着一种灌输道德规范式的井然气氛。游客们温顺地观赏着笼中的鹿；掷骰子来购买冰淇淋，将冰淇淋外面的包装折好后装进口袋里；心满意足地默默地看着可供挑选的八部“夏洛”③ 原版电影，9.5 毫米的手摇放映机，架设在一辆自行车上；光顾算命人的摊位，任由后者给他们搭脉、用放大镜仔细查看他们的眼球后才泄露天机；从售货亭购买人造花供品，淡蓝色的售货亭顶棚上写着纯粹起装饰作用的文字“请使用……牌的牙膏与肥皂”，厂家的名称已经被抹去。

这里的一切都那么怡人、文雅。

我下午去了河边，这里带给我一种全新的感觉。西贡一半的越南人生活在水上，我只要去西贡，而且只要有一两个小时的空闲时间，

---

① 孟加拉国首都，当时仍是巴基斯坦的一部分。
② 位于大西洋中的非洲岛国。
③ 此处应该指法国著名男演员安德烈·夏洛（1882—1956），主要作品有《飞燕金枪》《玉女倾城》等。

交趾支那：在稻田以及泥浆中捕鱼

都会去河边观赏普通人生动、沸腾的生活场面。我曾多次沿着河岸散步，一旦出了“海之圈”俱乐部周围五十米，就从未看到过一个欧洲人。

搬到水面上生活，最初的原因肯定是建造一条小舢板的费用与搭建一座小屋的费用相同，但遭遇火灾的风险却大大降低，而且还不存在土地税的问题。不仅如此，如果有人偶尔想换一下风景，最简单的办法便是将船移至另一个地方。河面上的温度比城内低几度，只要愿意，随时可以跳进河里游泳。女人们洗衣服的苦差事迎刃而解，在水中放进几条钓线，人们偶尔还能钓上来一条鱼。总而言之，好像根本没有理由生活在别的地方。由于中国河及其支流上的小船太多，生活在上面的人也太多，无数专门在水上为他们服务的行当也应运而生。河面上有舢板餐馆，里面煮着一锅锅面汤；卖水的人摇着小船，船底覆盖着白色搪瓷，里面装着饮用水；水上有各种各样的商店，当然还有在水面上游荡的魔术师。

要想抵达码头，只需沿着西贡的主要大街——卡特纳路——步行不到五分钟。现在是下午五点，可以顶着已经不再毒辣的太阳，沿着水边走一走。码头工人正在水边装卸货物，四百米外的河对岸是无人之地，白天还可以去那里，但是到了午夜，越盟有时会出现在那里，冲着市中心发射迫击炮弹。再往前去，河岸上原本到处都是小屋，但是法国人清除了那里，结果反而加剧了难民问题。此时，码头工人正在吃晚饭，小吃店的主人摆出了一长排餐桌。每张餐桌上都有三个瓶子，一瓶虎牌啤酒，两边各放着一瓶色泽艳丽的矿泉水。等待着客人们的是一个个有着美丽花纹的大碗，里面摆放着孵了一半的鸡蛋，鸡蛋的一侧切出了小孔，让顾客自己挑选孵化的程度。

我继续往前走，来到布拉吉角的水滨咖啡馆，坐下来舒舒服服地享受美景。周围的动静不仅与我以前经历过的一切截然不同，而且更为剧烈。人们已经习惯了拥挤的人群，习惯了街头、娱乐场所、火车站或者餐馆里聚集的壮观人群，可是这种人群或多或少都会在忙于相同的活动。但是在这里，数百号形形色色的人各自忙着自己的事，过着自己的生活，大多与周围的人毫不相干。

岸边停泊着几艘大帆船，甲板上有花园、宠物、几只鸡，笼子里有一只金丝雀，包装箱里种着鲜花。有人不停地在这些甲板花园里慢条斯理地干着琐事，时而给鲜花浇水，时而看看母鸡是否下了蛋。透过帆船侧面的窗口，可以观察到里面的日常生活。偶尔会有一个光腚孩子从里面跳出来，想落到水中的另一个孩子的头上，结果溅起一团水花。五十条舢板的船帆构成一道风景线，船帆下有人在活动，或打牌、掷骰子，或聊天、睡觉。有人上岸后赶着家养的猪在河边溜达。二十多个垂钓者弯着腰，纹丝不动地盯着鱼线，其中最怪异的一个居然试图在街头窨井中试试自己的运气。以打鱼为生的人则在小船上忙碌着，将杠杆尽头的三角大网放入水中。大家或许认为这种方法偶尔会捕捞上来一条大鱼，可实际情况并非如此。我看到他们捕上来的鱼没有一条超过三英寸。捕虾的人似乎运气稍好。他们站在齐膝深的漆黑淤泥中，用柳条筐在泥浆中摸索着。这个活儿虽然很脏，但他们至少还是捉到了虾子。女人们只要不在做饭，便会将时间用在沐浴上，不放过身上的任何一个部位，但同时又不会将她们身上任何不必暴露的地方暴露在外。不知出于何故，人们不停地移动着这些帆船和舢板，将它们时而挪到这里，时而挪到那里，然后再将它们停回到远处。在此过程中，他们总是在千钧一发之际躲开与驳船夫相撞，后者正在港口来回摆渡，将旅客送到河对岸。小贩们鱼贯而过，动听地高声吆喝着或者敲着各自的铜锣，让人们关注他们兜售的物品。周围有数不清的闲人在游荡，他们对这些小贩视而不见，全神贯注地替十几个赌局发表着自己的高见。远处，进行滑稽剧表演的船只缓缓驶过。这些船有三层甲板，还有又高又窄的烟囱，栏杆像在新奥尔良见到的栏杆一样花哨，船上到处写满红色的汉字。

第四章

驶往大叻的车队

驶往大叻的车队凌晨五点出发。由于怀疑——而且事后证明确实如此——旅店的门童可能不会给我叫早，我几乎一整夜都没有合眼，躺在床上慢慢出汗，聆听着远方偶尔传来的迫击炮声，以及军用卡车在街头巡逻时发出的隆隆声。我的旅行装束为衬衣加短裤，尽管这次旅行究竟要持续多久我自己也不得而知，我的包里却只装了一些基本必需品：一条长裤，一件正式场合（如果必要的话）穿的外套、一顶蚊帐、抗疟疾药片、驱蚊霜和相机。一位法国熟人一本正经地建议我带上一把手枪，不是为了自卫，而是为了万一落到越盟的手中时，将最后一颗子弹留给自己。我拒绝了他的建议。我随身携带着情报处颁发给我的旅行证，上面煞有介事地盖着“特殊使命”几个字，并且将我形容为“路易斯·诺曼，英国作家，隶属于乔纳森·凯普出版社①，贝德福德广场三十号”。这份旅行证需要经常更新，而对我的描述也在此后逐渐被偷工减料、歪曲，直至最后变成了“贝德福德三十号，路易·诺曼”。我就是凭借这个称号完成了全部旅行。

凌晨四点半，我迷迷糊糊地醒来，快速穿衣，下楼来到广场，想找个三轮车夫。像往常一样，旅店门口就有三四个，正趴在车把上打瞌睡。我坐到座位上，笨手笨脚地将包放在腿下，然后我们出发。由于三轮车夫不懂法语，外国人通常不会用言语给他们指方向。他们只是一路向前骑行，每到一个拐弯处，乘客便会挥动左手或者右手，指明方向。

我们赶到红砖大教堂②背后时，车队中的民用车辆正在聚集。与我同车的其他旅客影影绰绰地躲在汽车旁，直到最后一刻才上车。周围只有我一个欧洲人，但是谁也没有注意我。这年头，白人们更喜欢坐飞机旅行。

汽车内部进行过改造，容纳的旅客比外观所显示的多了一倍。改造的方式很简单，那就是安装的座位只能让一个十岁孩子感到舒服，而且前后座位间的距离很短，人的双腿被前排座位牢牢卡住。遇到这样的情况，我只能感谢上帝，与我做伴的是少言寡语、性格内向的越南人，而不是满满一车兴高采烈的阿拉伯人。车内的人都穿着平常干活时所穿的棉布黑衣服，唯一的例外是驾驶员。他穿着黑缎宽松衣

① 位于伦敦的英国出版社，由赫伯特·乔纳森·凯普于1921年创办。

② 即西贡圣母大教堂，因采用红砖修建，故又称“红教堂”，是越南胡志明市最著名的地标之一。位于胡志明市中心，是天主教胡志明市总教区的主教座堂，也是该市最大的教堂。

裤，上面绣着中文吉祥语，头上戴着一顶看似价格不菲的金黄色呢帽。他身高约五英尺，体重约五十千克；从体型的角度来说，他似乎难以驾驭这样一辆严重超员的汽车。我注视着他费力地转动巨大的方向盘，同时注意到他的后背上用大头针别着一张告示，上面用两种语言提醒旅客们不要和他说话，免得分散他的注意力。我认为这是明智之举。

坐在我身旁的是一位中年妇女，保养得很好，头发盘成一个非常复杂的发髻，几根镶有宝石的发簪插在发髻中，形成了一个小小的雏菊花型。原先洁白整齐的牙齿由于多年来疏于护理已经发黑，略微露出白色的牙龈。她的身上散发着浓郁的茉莉花香味，而由于大多数女性乘客都偏好这种刺鼻的精油，车厢内不久便有了一种葬礼上才有的浓烈芳香。我的旅伴带了一个类似化妆盒的小盒。汽车上路后不久，她就从里面选了一颗槟榔，咀嚼了起来。每隔一段时间，她便会探身到我这边，冲着窗外吐出一股细细的槟榔汁。汽车后来停下来时，我注意到被风刮到蓝色车身上的橙色槟榔汁倒也给车身增添了一丝美感。

在我们这辆车的前后，整个车队一眼望不到尽头，而且似乎全是华裔商人的卡车。卡车顶上罩着竹篷，看似机动有篷马车。像往常一样，车身上写着“吉祥如意”“寿比南山”“财源广进”等汉字。据说，遇到袭击时，被夹在这些华人的卡车之间是件非常糟糕的事，因为这些卡车只要一听到枪声便会陷入毫无章法的惊恐中。车队前后两端均有装甲车。偶尔遇到道路足够宽的地方，这些装甲车就会紧张不安地沿着长长的车队驶过来，活像母鸡在呵护焦躁不安的小鸡。问题是这里的道路很少允许两辆车并排而行，因而恰恰在一些狭窄的地方，当整个车队蜿蜒五英里，装甲车又被卡在车队中间无法动弹时，车队遭到袭击也就不足为怪了。

驶出西贡后最初的三四十英里，我们一直穿行在平坦的乡间，两旁都是稻田。路边有许多孤零零的别墅——交趾支那的“豪宅”，屋顶上盘着巨蟒般的烟青色的瓷龙，花园里摆放着狮子和大象的瓷塑。越南的动物造型向来不会让人感到胆战心惊。它们的表情总是那么和蔼可亲，甚至有几分轻浮。人们不免觉得，制作它们不仅是为了装饰，还是为了表达幽默。屋顶似乎是各种瓷塑最喜欢聚集的地方，或许是因为这样能够制造出最佳的侧影效果。最典型的例子包括欢天喜地、胡子拉碴的先哲塑像，有的小心翼翼地翘起一条腿，手中敲着小鼓，有的则任由一些卖弄风情的女子冲着他们挤眉弄眼。或许是一家人去海滨度假后带回来的纪念品？谁知道呢。总而言之，这些豪宅大多已人去楼空，或者被军方征用；但是那些选择坚守的家庭无一例外地会在正门附近立一根柱子，在柱子顶上安一个小平台，上面放着祭神用品：一碗饭、一壶茶、香火，甚至一包香烟。

这里属于勃利到过的地区，也是第一批耶稣会传教士不辞辛劳传教的地方。他们在这里受到了热烈欢迎，但是这里无处不在的恶魔也让他们心烦意乱。“他们以人的形状在城里到处游荡，非但没有引起恐惧，反而为人们所接受。”

这里的村子四周都有栅栏，各个角落更是修筑得固若金汤。村子里有瞭望塔——当地人称其为“岗楼”；一些貌似石油钻井平台的结构上架设着机枪。有的地方还能看到一些较大的住宅在其屋顶上添加了一个矮楼。据说，人们只有在白天才能安全进入这些村子，而且即便是在白天，有些村庄也只让车队进入。这里的路面坑坑洼洼，越盟支持者经常挖出横穿道路的小沟。连续数英里，整个车队只能放慢至步行的速度，而我们也只好在这种乡民们刻意破坏所造成的永无止境的坑洼路面上颠簸。村庄周围的景色非常祥和，到处散落着古老的坟墓，占据了大量耕地。一些颇为壮观的坟墓修建在略微显眼的地方，周围景色宜人，目的是希望得到先人们的庇佑。附近偶尔可以明显看到有园林营造活动。这些坟墓有的用石块砌成，经过日晒雨淋后多了一份美感；有的坟墓周围铺有地砖，同样赏心悦目。它们常常给人留下这样一种印象：大地的一次痉挛吞没了一群别墅，地面上只留下了平坦的屋顶，以及起装饰作用的栏杆。

我们停靠的第一站是边和①，所有旅客下车买东西吃。我还没有入乡随俗到买一碗中式米粥或者干咸鱼的地步，结果只好饿肚子。没过多久，这种不愿意适应新环境的态度还是发生了变化，因为此后在乡间旅行时，每次出发的时间都特别早，我根本没有时间吃早饭，或者更准确地说，吃“小早点”。再说，也根本无法在边和舒舒服服地吃东西，因为一大群乞丐从村子里拥了出来，可怜巴巴地沿着车队慢慢向前走，给人看他们身上令人毛骨悚然的伤口。许多人都患有象皮病②。这些乞丐的到来从一个方面否定了法国人的说法，即越南人从不施舍他人。

我在这里还注意到，电话线已经被无数蜘蛛占领。它们绕着电话线织网，将电话线包裹在了一张细长的大网中。在这个巨大的合作项目中，每隔一定距离便会有一只四英寸大小的蜘蛛，警惕地守卫着它所分到的领地。可是我们在边和等待的半小时中，我没有看到这些蜘

---

① 越南南部工商业城市，同奈省首府，位于湄公河三角洲东北部，距离胡志明市 32 千米。

② 也称“淋巴丝虫病”，是一种由血丝虫引起的慢性人体寄生虫病。丝虫卵通过蚊虫传播进入人体，影响淋巴系统。患者的腿、臂等会严重肥大，因此被称为“象皮病”。

蛛捕获任何苍蝇，因此我无法得到布鲁斯①般的灵感来认定这些蜘蛛是在协同合作。

离开边和城不久，车队便驶进了森林。一连数英里，道路两旁近一百米内的树木被砍了个精光。然后，森林突然再次冒出来，从四面八方向我们逼近。汽车从树下驶过时，柔软、弯曲的竹子轻抚着车顶。见到热带森林时，作家所面对的问题与画家相同。森林细节模糊，缺乏统一的主题，色泽上也趋于单调乏味。虽然森林有着大量巴洛克般繁复的各种形状，但遗憾的是，这些形状无法汇聚成西班牙巴洛克建筑中的祭坛画。这片森林的深处或许生长着美丽动人的兰花，甚至这个地区独有的、花朵超过数英尺大小的花卉，但我们只能看到枯燥乏味的杂乱树叶，宛如英国人为了保护自己的隐私所种植的那些浓密、常常污秽的树丛。

一条巨蟒扭曲着身子从我们前面的道路穿过，引起了片刻骚动。这就是我们在动物园内看到的那种总是一动不动地盘在笼子一角的大蛇。看到有蟒蛇如此目的明确地运动，真是件难得的事。驾驶员没有压到巨蟒，他刹车、倒车，但还是未能避免压到巨蟒的尾巴——巨蟒强有力的肌肉稍微一弯曲便将尾巴缩了回去。跟在我们后面的华人卡车为了躲避，一头扎进了灌木丛。这种情况下经常发生的相互谩骂在这里却没有出现。卡车自己倒了出去，我们则继续前进。

中午，车队停在了一个村庄，村庄的名字“一一三千米处”很是浪漫。村庄周围有一圈边防哨所，让人浮想联翩。虽然森林稀疏了一

① 此处应该是指美国昆虫学家查尔斯·托马斯·布鲁斯（1879—1955），以昆虫分类及习性方面的研究著称，代表著作有《昆虫分类学》。

些，但我们仍然没有驶出林区，这里的海拔约为三百米。到处可见光滑、神秘的巨石，其中一些巨石的顶上建有小屋，靠梯子上下，而另一些巨石顶上甚至有小要塞。正是在这里，我第一次见到了许多西方人心目中最典型的东南亚一景——袒露的女性乳房。附近有一个摩伊人村庄，几位摩伊人姑娘正在军营的宿舍区游荡。她们很瘦，显得营养不良，却有着波利尼西亚人无可挑剔的身材，身上挂着用紫色小花编成的花环。几群摩伊人少男少女顺着道路逶迤而去，对我们视而不见。他们显得肮脏、堕落、痛苦不堪。我后来得知，这就是这些部落与文明接触后无可避免的命运。他们当中有几个人穿着英国战斗服上装，却袒露着臀部，显得十分怪异。

村中有吃饭的地方，供应猪肉炖豆子——爱不爱吃是你的事——这里还可以买到淡啤酒，价格相当于每瓶五先令①。这里到处弥漫着前线的气氛，但士兵们显然乐此不疲。他们将碗碟推到一旁，更喜欢用折刀叉起肉食，就着一大块面包大吃大喝。不过，法国人在整顿军纪方面向来比较糟糕，或许是因为他们能体现我们文明中优雅的一面，不愿意从严治军。这家餐厅虽然简陋粗俗，但是与一艘美国军舰驶进大兵们闯入的直布罗陀港后任何一家酒吧的情形相比，这里或许像哈布斯堡王朝②的某位冒牌货的沙龙一样井然有序。

再次上路时，我们发现身旁多了一名护卫——一名越南士兵，配

---

① 英国旧辅币单位，1 英镑等于 12 先令。

② 欧洲历史上统治领域最广的王室，其家族成员曾出任神圣罗马帝国皇帝，奥地利公爵、大公、皇帝，匈牙利国王，波希米亚国王，西班牙国王，葡萄牙国王，墨西哥皇帝与意大利若干公国的公爵。18 世纪王朝衰落后，经常有人冒充该家族后人，寻找政治机会。他们充当沙龙主人，结交名流，为自己造声势。

有冲锋枪。他上车的时候，身后紧紧跟着一只白蝴蝶，仿佛那是他所熟悉的某个神灵。他坐到驾驶员身旁，打起了瞌睡，任凭那只蝴蝶在他面前飞舞。我们现在进入了最危险的一段旅途，一年前途经这里的大多数汽车都会在遇袭后被点燃，伤亡人数多达数百人。两架侦察机在头顶盘旋，假如有必要，会随时通过无线电发出警报。一旦车队遭袭，通常会有伞兵空降下来，但他们需要一两个小时才能赶到现场，而此时一切都已结束。越盟经常会集中军力专门袭击车队，等援军赶到时，他们已经消失得无影无踪。

道路缓缓上升，车辆痛苦地慢慢行驶在山坡上，因此从弯道上看过去，车队就像断成几截的毛毛虫。我们渐渐离开了茂密的森林，终于驶进了热带草原。这里到处都是荒草，偶尔有几棵落叶树，颇似栓皮栎，上面稀稀拉拉地点缀着淡黄色花朵。热浪袭人。由于公共汽车是专门为适应某个遥远的北方的气候设计的，窗户只能拉低几英寸，而随着太阳渐渐西沉，车内洒满了刺眼的阳光，让人躲都躲不开。我们慢慢驶向大叻。穿越“影子之谷”时，我们的护卫醒了过来，打开枪的扳机，让司机停车后走了下去。我这时注意到，这里的树木已经摆脱了一层层寄生虫，缠绕的藤蔓不见了踪影，树枝上也不再悬挂藤本植物。道路宽了许多，开始有了滨海大道的模样。松树开始出现。我们正驶进大叻。

大叻是印度支那的度假胜地，因而有着常常与度假胜地这一美称联系在一起的种种凄凉。它充分利用其海拔一千米以及松林的优势，孤注一掷地企图营造出一种亚高山氛围，却仍旧只是毫无灵气的仿品，一处不算太成功的败笔。即便是仿品，只要足够大胆，有时也能创造出自己独特的魅力。可是大叻的模仿行为却小心谨慎，犹豫不决。它看似法国上萨瓦省①某个毫无生气的度假之地，由某位在上海担任了多年副领事的人所开发。不过，关于大叻，有一点必须承认；这里的生活，即便是在和平年代，也不缺乏冒险，因为天黑后在街头散步会劈面遇见老虎（尽管这种可能性极小）。

我们绕过一个可怜巴巴的小湖，湖岸像汉普斯特荒野②上的某个池塘一样修整得一般高，顺着大街蜿蜒前进，沿途经过特伊沙龙、克里隆烤肉店、一家舞厅、“上海时尚”酒吧，进入了广场。我们在十三个小时内行驶了二百五十英里，可是我现在遇到了新问题。在西贡的时候，有人要我与一位施奈德夫人联系，她在这里担任某种没有明说的要职，负责外国人的事务。在这座可能游客遍地的小城，施奈德夫人可以给我找到一个房间，并且为我此后去邦美蜀的行程安排好一切。她的地址无人知晓。说到这一点，其实谁都不知道大叻人的确切地址，尤其是像施奈德夫人这样的要人。但街头碰到的任何人都将告诉我她住在哪里。

由于已经从西贡给这位夫人发过电报，告诉她我何时抵达，我原以为她本人或者她派来的人会在汽车站等我，可是没有。旅客们一一被自己的亲戚接走，人群逐渐散去。此时已是下午 6 点，街头空无一人，天色也越来越暗。当地的出租车行业只有几辆大小如设德兰③小型马所拉的马车。汽车站只剩下了一辆这种马车，我只好走到赶车的越南小孩面前。

---

① 法国的一个省，毗邻瑞士和意大利。

② 英国伦敦北部一块荒地，如今为公园和别墅区，曾因 19 世纪英国风景画家康斯泰博的名画《汉普斯特荒野》而为人熟知。

③ 英国苏格兰东部的群岛，所产的小型马闻名全球。

诺曼·刘易斯：你认识施奈德夫人吗？

男孩：我认识。

诺曼·刘易斯：她住哪儿？

男孩：那边，我知道。（手臂朝着松林覆盖的黑黝黝的山坡方向一挥。）

诺曼·刘易斯：可是，她是住在城里呀？

男孩（有些不耐烦）：是的，是的，我认识施勒－勒夫人。

面对男孩信誓旦旦的答复，继续问下去显得毫无意义。于是我上了车，马驹掉过头来对着荒野，我们出发了。我们刚刚抵达小城的郊区，马车便停在了一家小店门外。

“施勒－勒夫人。”男孩说。

里面那位越南女士不可能是我寻找的对象。果不其然，在我慢慢地将施奈德夫人的名字清晰地说了五六遍后，男孩恍然大悟。我要找的当然不是这位施勒－勒夫人，而是施奈德夫人，那位非常重要、非常有名的施奈德夫人。

“是的，当然，我认识！我认识！”

在得到最详细的线路描述之后，我们再次上路。看样子施奈德夫人所住的街道没有名称，她的别墅也没有名称。不过，只要严格遵守指令，就不会走错路。糟糕的是，郊外到处是山坡，我们这匹比成年圣伯纳犬大不了多少的马驹已经累坏了。在一些坡度较小的道路上，我们下车步行；而遇到上山的道路，我们还得帮忙拉车。暮色渐浓，我们终于看到了一条与描述似乎相符的大道，只是大叻的所有大道与别墅几乎一模一样，未经修筑的土路、弯弯扭扭的小径，以及为从未降落的大雪专门修建的飞檐。我顺着大道从一栋别墅走到另一栋别墅，但任凭我怎么敲门，都无人应答。我有时会看到屋后有越南仆人的身影，可一旦他们意识到我已经看到他们，便会悄无声息地躲藏起来。最后，我终于遇到了一个法国女人。这也是我在这座外观像法国小城的地方遇到的第一个法国女人。她从楼上的窗户探出身，朝她认为的施奈德夫人的别墅方向指了指。于是我再次下了马车，穿过一座花园，里面落满了松针，成功地悄悄逼近了一个上了年纪的越南家仆。这大概是名厨子，因为我看到他正在擦洗锅子。我挡在他与后门之间，免得他逃跑，然后开始问他。

在这里有必要解释一下洋泾浜法语及其性质，因为此刻正是我意识到必须掌握其基本要点的时刻。洋泾浜法语也被称作蹩脚的黑人法语，虽然缺乏洋泾浜英语富有想象的创造力，却比后者简单，算是一种弥补。它大约只有一百多个单词。动词全部用不定式，除非单词的发音特别难，而遇到这种情况，人们便会设计出一种特殊的洋泾浜法语。就这样，connaître（认识）变成了 connaisse。发音也有所改变。越南人不会去理睬难念的外国辅音。他们不会发出法语中的 r 音，而越南语中的 f 音念出来时有着浓烈的 p 音味道。例如，bière de France（法国啤酒）变成了 bí’ de Pla’ 或者 bí’ de Pa’；或者“je veux du fromage Roquefort”（我想要洛克福牌奶酪）这样的句子被翻译成了“Moi content po’ -mo’ Lo’ -po’”。当开始与这位厨子交谈后，我才意识到这些困难。

诺曼·刘易斯：施奈德夫人，她住在这里吗？

厨子：我不懂。

诺曼·刘易斯（刻意说得非常清晰，而且毫无必要地强调最后的 r 音）：施奈德，施奈德夫人。

厨子（淡淡地一笑）：施－德？

诺曼·刘易斯（半天才回过神来）：对。

厨子：对。

诺曼·刘易斯：她在家吗？

厨子：我不懂。

诺曼·刘易斯（开始明白洋泾浜法语）：施－德夫人在吗？

厨子：夫人出门了。

诺曼·刘易斯（不愿意就此罢休）：她快回来了吧？

厨子：对。

诺曼·刘易斯：什么时候？

厨子（开始使用世界通用的为了讨好外国人而设定的不确定的未来时刻）：马上。

诺曼·刘易斯（不依不饶）：她去哪儿了？

厨子：不知道。（这次表达的意思是“我不懂”或者“我不知道”。）

诺曼·刘易斯（开始怀疑对方说的是不是同一个人）：夫人，她结婚了吗？

厨子：对。

诺曼·刘易斯：也就是说，她有丈夫？

厨子：不。

诺曼·刘易斯：那她是个寡妇？

厨子（绝望地想将一切表达清楚）：先生不是丈夫，先生是医生。夫人没回来，夫人出门了。先生在等夫人，他们要一起吃饭。

如果多几个小时的练习，我应该立刻能从上述对施奈德夫妇活动的详尽描述中明白，夫人回家后又出去了，可能在与某位邻居喝酒，她丈夫是医生，一会儿就回家，而且夫妇俩将在家中用晚餐。而实际情况却是，这场对话无休无止地进行着。我很快便接二连三地得知，夫人是政府雇员，是一名医生，既是政府雇员又是医生，在休假，回了法国，在城里购物，没有住在城里。

我的车夫起初想帮忙，却更是忙中添乱。此刻，他突然厌倦了这一切，用清晰的法语索要六十披亚士特①，相当于一英镑，然后这位亚洲小车夫赶着车悠然地驶进了夜色中。最终，连厨子也进了门，丢下我独自站在那里，成为蚊虫的猎物，忍受着讨厌的金龟子般的昆虫一而再再而三地嗡嗡撞到我的脸上。就在这时，一辆卡车驶了过来，施奈德夫妇下了车。他们见到我在等他们时颇感意外，告诉我他们已经给西贡回了封电报，说是在巴里维恩旅馆为我订了房间，并且已经为我次日在市政厅安排了采访。尽管没有为我的造访做准备，他们还是坚持要我留下来吃晚饭。他们问我计划在大叻待多久，我说我想尽早离开大叻。施奈德夫人问我希望她何时安排我去觐见保大皇帝，因为他的别墅就在马路尽头。我刚才经过那里时似乎并没有特别留意。这就是安南国皇帝们的结局！

虽然我在西贡时有人提及有可能随皇帝一起外出狩猎，可我没有料到他们会正儿八经地安排一次觐见，于是我支支吾吾地说没有认真思考过这个问题。施奈德夫妇似乎颇感意外。这是我第一次意识到，在远东旅行的作家和记者人人都急于采访恰好就在附近的皇室成员，

---

① 也称法属披亚士特，旧货币单位，流通于当时的越南、老挝、柬埔寨和泰国部分地区。

任何没有对此表现出急切之情的行为都被视为傻瓜——甚至是缺乏教养。仅仅因为某位无足轻重的旅行家没有表达想觐见他们的愿望，这些皇亲国戚居然就会感到自尊心受损。这真是匪夷所思。总之，我的女主人认为觐见一事可以等上一两天，因为我在一周内离开大叻的可能性不大。她接着向我解释，我得沿着通往西贡的公路往回走，抵达南面约七十五英里处，公路将在那里与通往邦美蜀的干道相交。次日上午将有一个从西贡驶往邦美蜀的车队，但我肯定无法衔接上。下一个车队将在约一星期后出发。我感到很是奇怪，西贡的人居然会做出如此安排，让我途经大叻去邦美蜀。施奈德夫人说，他们或许过于盲目地解读了地图。森林中有两条道路，均要穿过三十英里外一个名为吉岭的村庄，但其中一条是皇帝的私人狩猎道路，必须得到他的许可才能使用，而另一条道路两年前才修成，或许要数月后才会——施奈德夫人突然有了一个主意：不是有人说几天后将有一位宪兵军官要去邦美蜀吗？她拿起电话，接通了宪兵队。果不其然，我的运气真是不错，一位舒埃列中尉第二天上午就要动身。他的车内正好有个空座位，他将非常高兴在凌晨 5 点这个不合时宜的时间来接我。

施奈德先生开车将我送到了巴里维恩旅馆。旅馆的外观颇为自负，属于羞怯的功能主义与冒牌的西班牙风格混杂在一起的恶俗例子。我的入住过程可谓越南人非暴力抵抗的范例。首先是施奈德先生打包票，说他已经通过电话给我预订了一个房间。前台的男接待员查了名单后摇摇头。施奈德先生请他再确认一次，于是接待员一个个地仔细核对每个房间，显然是在核对每个房间的客人名字。没有，没有人为诺曼·刘易斯预订房间。施奈德先生尴尬地转过脸来望着我："真是奇怪。我亲自打的电话。"

"能不能请你再查一遍？"他问。接待员摇摇头："没有预订房间。"

“那我要找经理。”

“经理不在。”

施奈德先生绝望地问：“你们什么房间都没有了吗？”

“我们当然还有空房。”

“那你刚才为什么不说？”

“你问是否有预定，我说没有预定。”

我虽然很累，但还是松了口气。我在登记簿上签了字。接待员好像突然想起了什么。

“你早晨几点钟走？”

“5 点。”

“走之前要用早餐吗？”

“嗯，如果不太早的话——”

“是太早了。”

就在我等人将我的行李拿上楼的时候，我看到了这辈子见过的最令人惊奇的衣着打扮。一辆美国汽车驶到了旅店门口，一群富有的华人走了进来。姑娘们穿着卷边格子呢长裤和开襟羊毛衫，与她们同行的男子看似一位越南官吏，身着印花绸袍，头上却戴着一顶花呢帽子。这算是我即将看到的神秘东方的预演！

我的房间里摆放着最廉价的现代派家具，卫生间散发着臭味，水瓶里没有水。行李员拒绝接受五披亚士特（一先令八便士）的小费，坚持要十披亚士特。巨大的蚊子懒洋洋地在房间里飞舞，但飞行的速度太慢，我只用了五分钟就将它们一一清除干净。我很高兴只需在大叻住一晚。

我躺在床上，思索着多么容易接触到当代东方君主这个问题。我随身带了一本克劳福德撰写的《一位交趾支那特使的日记》，其中对他1822年造访越南的经历有着令人着迷的叙述。我翻到他未能觐见安南国皇帝——目前这位君主的先人——那一段。克劳福德望眼欲穿地等了两个月，却始终未能达到目的，因为任命特使的是印度总督，而不是英国国王本人。他的经历与那些派去与中国皇帝建立外交关系未果的使节的经历极为相似。

克劳福德不久便发现，虽然交趾支那人热情好客，彬彬有礼，丝毫没有暹罗人的贪婪，但他们却“非常讲究，哪怕是琐碎小事也喜欢兴师动众，讲究排场”。在他与西贡几位官吏初步接触时，他们总共花了八个小时研究他携带的总督致皇帝的书信中的措辞。这些官吏一方面承认来访的意图可能充满了对皇帝的敬意，另一方面又指出将这种措辞野蛮的原件上呈给皇帝有悖这个国家的法律。

例如，“（总督）阁下出于对交趾支那皇帝陛下的无比敬意和尊重向他献上礼物”一句。“他们无法接受这种措辞，因为正如他们向我们解释的那样，称呼交趾支那皇帝陛下时理所当然地必须充满敬意和尊重。”

在这些官吏的建议下，这句话被翻译成了“我送给陛下一些礼物，因为陛下是一位伟大的国王”。其他一些修改的地方还包括称呼皇帝陛下为“老挝和柬埔寨的君主”，如克劳福德所述，以彰显“他刚刚征服了这两个国家的大片土地”。“这些官吏告诉我，将交趾支那国王称作‘奴隶之王’是对他的玷污。”

在首都顺化①，这份已经修改过的中文翻译的文件再次受到了批

① 位于越南中部，是越南平治天省的省会，南距胡志明市1 071千米，从17世纪到20世纪40年代，曾先后为越南旧阮、西山阮和新阮封建王朝的京城，是越南的三朝古都。

驳。这里的官吏为总督提及已故皇帝驾崩感到震惊，因为他“不应该被视为已故，只是去了天国”。“这件冗长烦人的事（进一步修改）从上午10点钟一直持续到下午5点……”

但这一切于事无补。交趾支那人继续彬彬有礼，善解人意。

“‘这很自然，’官吏笑着说，‘你应该动用一切权宜之计，才能得到觐见如此伟大国王的殊荣。’”

对方同时暗示，克劳福德的前任——某位罗伯茨先生——1805年出使安南国时就犯下了大逆不道的罪过，因为他按照礼节呈献的礼品中“包括反映占领塞林伽巴丹①以及提普苏丹②之死的版画”。一位华裔商人捎信给他们，信中说朝廷“不想与他们有任何联系……交趾支那人认为赤发白齿的人，即欧洲人，有着老虎般好战和掠夺的天性”。

克劳福德还想做最后的尝试，但一切已回天无力。时刻有人款待他、宴请他，有一次他们甚至请他品尝三大碗已经孵化了十至十二天的鸡蛋。他离开时被告知，法国国王五年前派来的使节也曾遭遇过类似冷遇，皇帝拒绝接受对方赠送的礼物。这算是对他的一种安慰。

如果将此与我本人后来的经历相比较，我就能据此对印度支那不同王国的威望的下降程度进行一定的评判。

---

① 印度卡纳塔克邦南部城镇，1799年曾被英国攻占。

② 提普苏丹（1750—1799）：印度南部邦国迈索尔的军事首领。1787年获巴迪沙（大王）称号。在印度历史上，他被视为反抗英国殖民侵略的民族英雄。1799年在迈索尔都城塞林伽巴丹沦陷时阵亡。

第五章

未知区域

由于施奈德夫妇已经提醒过我，说这位中尉喜欢准时，于是4点半刚过，我便站在了旅店前宽大的车道上，等待着，略微瑟瑟发抖。印度支那上高原的问题在于，虽然太阳升起后不久，阴凉处的气温就会高达九十华氏度①，但黎明前的气温却很低，感觉很像英格兰某个温暖的十二月的一天。除了吱吱呀呀的蝉鸣外，我偶尔还能听到远处传来的母鹿的嘶鸣声。5点整，远处传来了汽车的嘎嘎声，前车灯的亮光在树林间摇曳。一辆雪铁龙摇摇晃晃地驶了过来，舒埃列中尉下了车，向我做了自我介绍。他四十多岁，来自法

① 约为32摄氏度。

国普罗旺斯，英俊的脸庞上带着一丝忧郁。他属于那种举止冷静、性格内向、少言寡语的南方人，与人们心目中热情似火的地中海地区的人正好相反。舒埃列的脸上写着焦虑，我怀疑他是否正遭受胃溃疡的折磨。我几乎根本听不懂他那急速、节奏单调的话语，而恰恰是他说话的方式透露出了他的身世。

汽车一路嘎嘎作响。在如此糟糕的路面上，任何车辆都坚持不了太久。司机是名越南中士，名叫尼阿。他是我见到的第一位和蔼可亲的越南人，脸上时刻挂着笑容。舒埃列坐在副驾驶座上，不停地数落着他的车技，我则坐在后座上，周围都是行李。天刚蒙蒙亮，没过多久，短路现象造成了车灯时明时暗。舒埃列不停地冲着司机唠叨着这一点，尼阿过了一会儿笑嘻嘻地告诉他，他无法在黑暗中查找到短路的地方，再说他也不是电工。尼阿说的每个词我都能听懂，但是舒埃列那刺耳、含糊的回答却让我听起来很是费劲。舒埃列问我包里是否有手枪，我说："没有，为什么？"舒埃列说如果我们一路上没有至少碰到一只老虎或者豹子，那才怪呢。越盟巡逻兵？——没有，根本不可能有。我们离他们的控制区的正常边境线有三十英里，而我们将要去的地方属于真正意义上的无人区。也就是说，就人们所知，那地方根本没有人。两百英里的原始丛林，据说连个村庄都没有。你在那种地方是不会见到越盟的。他们也是凡人，无法仅仅靠空气生活。反正中士带了支步枪，万一碰到老虎，我们可以朝它随意开一枪，碰碰运气。当然，他绝对不会支持在执勤出行时狩猎，但我们可以将这称作自卫。

黎明带着一丝凉意。我们抵达了吉岭村。村子其实就是道路两旁各有一排小屋而已。我曾希望能在这里喝上咖啡，可此时天色太早。几个摩伊人在街上游荡，抽着长长的银烟斗。他们身上裹着毯子，毯子一角耷拉到左肩后，仍然保持着长袍般的尊严。毯子的四边织有复杂的精美图案。

太阳升起时，我们已经行驶在了丛林小道上。道路很窄，大部分路段都只允许一辆车通过，路面的颜色也时不时从橙色到砖红色。我们正穿过未开发的地区，周围是连绵的群山，一些山峰海拔最高达一千多米。整个世界被包裹在泡沫般的绿色植被中，较远处群山上的绿色植被看似纹理密集的青苔，在阳光照射下，多了一份春天般的生气。下到山谷中之后，周围的景色逐渐变窄；到了海拔最低的地方，我们几乎是在竹林之中穿行。这里的竹子似乎扼杀了所有其他形式的植被。来到海拔稍高的地方后，我们穿行在一排排间距相等的树木之间。这些树木没有枝杈，光滑的树干直插云霄，在那里分叉后形成一个个华盖。从树根到大约二十英尺高的地方，树干上长着一簇簇薄薄的叶片。千奇百怪的寄生植物根本无法在这里生根。每棵树似乎都在独享各自的生长区域。我看到有一棵树的树干几乎完全被另一种入侵植物所包裹。

另外一些树木则未能适应丛林的社会环境，结果上面长满了寄生蕨类植物。这些蕨类植物在粗糙的树干缝隙中生根，而这些树木上还挂满了瀑布般的藤本植物、兰科植物和匍匐植物。奇怪的是，其中一些寄生植物的形状很有规律，尤其是一些垂直树枝周围由肥厚的树叶形成的一个花冠，宛如一个装得太满的篮子，里面的东西溢出来后形成了透雕状的绿色结构，花纹一再反复，恰似给排队进电影院的观众表演戏法的街头艺人手中撕碎的报纸。在 2 月初这个时节，兰花尚未绽放，但我们偶尔会在谷底几乎淹没一切的竹林中瞥见凤凰木怒放的红花。路边还有一种到处可见的野花，外形像柳叶菜，却开着紫色花朵。一些颜色暗淡的蝴蝶在这些花朵间飞舞，我估计在昏暗的森林深处见到的都是这种蝴蝶。它们通常为黑色，翅膀上有星星点点的绿色或蓝色晕彩。它们并没有停留在花朵上，而是像啄食果实的鸟儿那样在空中翻飞，用细长的口器探访花朵。它们成千上万地在众多溪流上方翻飞，我们有一次经过一片热带草原时，看到它们在某个小山丘状的东西上方飞舞，走近后才发现那原来是大象的排泄物。我们起初只看到蝴蝶停留在上面，美丽的暗色翅膀微微反着光。

从林终有一天会重新占领道路。这一逐渐吞噬的过程已经开始，也让我很是好奇。由于大多数树木均没有低矮树枝，因此它们很少面临横向压力；没有两旁的植被之墙无情逼近的情况发生。原来，植物种子自行落在道路上后已经发芽，到了在英国可以移盆装点寄宿公寓的地步。这里有许多叶兰、月桂般的植物种类，刚刚冒出来的嫩叶常常有着怪异的纹理，毛茸茸的、斑驳的，或者上面覆有一层蜡质。有些植物开着橙子花般的小花，蜘蛛给这些花朵披上了一层新娘面纱般的薄纱，更增添了它们的婚礼幻觉。我看到了几种熟悉的鸟，包括食蜂鸟、翠鸟和伯劳鸟。我们有一次还从一只游隼旁经过，只见它极不舒服地栖息在一根左右摇摆的细竹枝上。中尉为老虎始终没有出现感到难堪，并且说现在太阳已经升起，应该不会再看到老虎了。不过，一群长臂猿从树上下到了道路上，惊讶地一动不动地等着我们逼近。在最后一刻，就在司机已经使劲踩下刹车之时，它们带着顶级杂技演员般的动作离开了。前方不时出现丛林飞禽，大小如矮脚鸡，飞行起来时像乌鸫一样活跃。看样子野外也存在着农场中能够见到的一夫多妻制——只是规模要小得多——因为公鸡的身旁总是离不了两三只母鸡。司机尼阿为白白浪费如此狩猎良机而唉声叹气，但是中尉在严肃纪律方面绝不通融，哪怕我们看到一头巨大的野猪站在道路中央，侧身对着我们，懒洋洋的，无动于衷，低头在地面上拱着。没有比这更好的目标了，可是当我们离它只有几米远时，它连脑袋都没有抬一下，而且事先没有任何动静便突然消失得无影无踪，仿佛化为了乌有。

下午，我们驶出了丛林，进入了林中空地——一片片林地与杂草草地交替出现。造成这种现象的原因可能是土壤天然肥力的极端变化，或者一些原始部落过去在该地区的破坏性耕种活动。数英里草原，然后随着土壤的改善，取而代之的是一丛丛蕨类植物和灌木，四周静静地点缀着野蔷薇。最后，我们再次见到了苍翠欲滴的丛林，猛然出现在我们面前。中尉说，这里到处都有猎物，尤其是大象、老虎和白肢野牛——一种印度支那特有的大型凶猛野牛，给当地所有猎人提供了素材，让他们讲述最令人毛骨悚然的逃生故事。而我们一头也没有看到。

舒埃列中尉已经连着数小时显露出了恼火的迹象，其表现形式为不停地数落司机的车技。在这种道路上开车其实需要高超的技艺，路面松软，到处是急转弯、大坡度、一块块刚长出来的植被——我们不得不直接撞上去。我觉得尼阿开得相当不错，到目前为止还没有让我们车仰人翻，而且我一直在心满意足地欣赏着周围的景色。但中尉不这么看。他开始一刻不停地指手画脚，动不动就下达各种指令，内容大致为：

“好了——慢慢驶过弯道。现在猛踩油门——用力踩到底。不，不要减速。进入直道后你反正要减速，所以现在减速干什么？脚踩着油门，现在换挡——最低挡——这就对了，可你还是慢了一步：这样会熄火的。永远不要在那种拐弯处减速，要在那之前就换挡。现在猛踩油门——嗨，慢一点！你究竟在干什么？我的上帝，我们还没有回过神来，你就会将我们甩出去的。你又来了——我说过你会熄火的。”

尼阿显然有些不知所措。他尽量按照舒埃列的指令开车，可是在山坡上熄火两次后，舒埃列问他是不是累了，要不要休息一下。尼阿一声不吭地下了车，走到车的另一边，而舒埃列则坐到了驾驶座上。舒埃列的车技可谓疯狂至极。汽车轰鸣着全速冲上每个坡道，蜿蜒驶过松软的路面，并且以汽车大奖赛的方式穿过每一个弯道。这是令人兴奋的体验。

这样过了大约十分钟，我们碰到了一段坡度不大的下山路，左边是百尺悬崖，悬崖下有一条深涧，右边则是河岸。道路已经变宽，舒埃列认为他能够以四十英里的时速驶过这个弯道。我只看到一群绿色长尾小鹦鹉从生长在山涧中的一棵树顶上飞走，却无法目送它们飞远，因为周围的景色在瞬间离我而去。我刚才还在凝视鸟儿从树顶飞去，突然间整个景色倒了个个儿，我看到道路在离我而去，陡峭的河岸在向我们迎面扑来。我听到舒埃列连声说了三遍“我的上帝”；我用双脚死死抵着前排座位，身子竭力往后仰。“嘭”的一声巨响，有什么东西击中了我的头顶，我们似乎被撞到了空中，然后向后退。我们顺着行驶的方向倒退了十五米左右，车门全都开了。我第一个摔了出去，接着便看到尼阿和舒埃列从左右两边滚了出来。尼阿坐在道路上，双手捂着脑袋；舒埃列站起身，后退了几步。他的脸上到处是血，已经滴落到了衬衣上。我的耳朵嗡嗡作响，但我知道自己伤得并不严重。尼阿爬起来，坐到踏脚板上后说了声“啊，真倒霉”，然后便是一串越南语。他咧嘴一笑，和我一起过去查看舒埃列的情况。舒埃列的眉脊上有一道很深的大口子，脸上和胳膊上也有许多小伤口。他的胸口撞到方向盘上，碰坏了方向盘。我用一块干净手帕擦掉了他身上出血最多的地方，然后从包里取出刀疤胶，往他的伤口上挤了一点。

半小时后，大家恢复了一点体力，过去查看汽车的状况。车已经报废，一个前轮有一半压在了底盘下。幸运的是，我们离最近的哨所只有大约三十千米，只是再过两小时天就要黑了。舒埃列似乎认为在车内过夜不是明智之举，尼阿后来给我解释了其中的原因。运气再次眷顾，尼阿突然想起附近有一个摩伊人卫兵使用的窝棚，离我们所在的地方最多不过一二英里。我们轻装上路，半小时后来到了丛林深处的一小片空地上，那里有一个用竹席搭建而成的窝棚，架设在竹桩上。两个摩伊人身穿军上衣，裹着腰布，从门口窥视着我们。他们见到我们时的神情，就像我们是声名狼藉的亲戚。简短、多疑的审视过后，他们同时将目光转向了别处，希望对我们熟视无睹的做法有可能打消我们打搅他们的念头。尼阿喊了一声，他们其中一人过来站在阶梯顶上。尼阿向他招手示意，但他却扭过头去，仿佛要向另一个人求救似的。最终，两个人带着再明显不过的反感慢慢下了梯子。舒埃列小题大做，详细告诉尼阿应该说什么，尼阿说他只会说一点点他们的语言，然后竭尽全力开始翻译。两个摩伊人站在那里，浑身不自在，满脸不高兴。这两个青年二十岁左右，性情温和，长相像姑娘。他们按照当地风俗拔掉了门牙，头发在脑后盘成了一个发髻，手腕上套着几个窄窄的黄铜手镯，其中一人的军装口袋里露出一根银质长烟斗。尼阿首先解释说舒埃列是军官，他们必须服从他的命令，问他们明不明白。他们半信半疑地点点头。

“很好，”舒埃列说，“问他们有什么武器。”

摩伊人说他们有两把步枪。

“让他们去把枪拿来。”舒埃列说，看似松了口气。

摩伊人小跑而去，回来时带着步枪，而且是标准的提枪姿势。舒埃列检查了每一把枪，打开枪栓机械，查看了枪管。他似乎很满意。

“问他们总共有多少子弹。”

尼阿翻译了过去，但两位摩伊人摇摇头。他们没有子弹。

“我的上帝啊，”舒埃列说，“那他们用什么自卫？”摩伊人说他们各有一把弩。“有箭吗？”舒埃列带着一丝讥讽问。摩伊人说有，他们有箭，还有砍刀。“很好，”舒埃列说，“让他们去把砍刀拿来。”摩伊人扛着砍刀走了回来。砍刀很沉，弯曲的刀刃非常锋利，约十八英寸长，可以被用作刀或者斧。“很好，”舒埃列说，“让他们立刻动身去达克宋，尽快赶到那里，搬来救兵。我这就给哨所指挥官写张便条。”

在尼阿竭尽全力将这翻译成他们的语言时，你可以看到摩伊人的脸由晴转阴。他们只是说听不懂，而且翻来覆去就这一句话。朴实、光滑的古铜色脸庞在这之前一直温厚困惑，如今突然变得毫无表情。智慧之光熄灭了，更确切地说，被关闭了。

舒埃列只好低头认输。他知道，这些摩伊人无论如何也不会愿意摸黑在丛林中行走。他问尼阿是否愿意陪其中一个摩伊人一起去，尼阿显得有些不舒服，但还是同意了。可是，当他再次向两个摩伊人提出这个建议时，他们立刻进入了第二道防线，说他们的中士已经命令过他们，在他回来之前不得离开。中士去哪里了？他受伤后走了，至于去了哪里，他们不得而知。看样子这件事已经发生了数日，或许数周，可他命令他们待在那里别动，于是他们就待在了那里。尼阿很是恼火。难道他们不明白中尉比中士更重要，中尉的命令可以撤销中士的命令吗？摩伊人再次表示听不懂。

中尉站起身，说他可以在窝棚里睡一晚。

一想到要在摩伊人的窝棚里过夜，尼阿一万个不情愿。中尉刚背过身去，尼阿就明确无误地将这一点告诉了我。野蛮人住的窝棚——

想象一下里面的臭味。反正我马上就能亲眼看到了。还有一点需要考虑。万一土匪——在这里统称为海盗——碰巧发现了撞坏的车呢？他们首先便会想到来这里寻找我们。难道我没有意识到，中尉反对睡在车内就是因为海盗吗？只需步行数小时，那里就有几个村庄，还有道路交汇点。事实上，那里正是海盗出没的地方。他倒是不担心越盟，而是担心与日军逃兵混在一起的海盗。海盗们自然不会看重摩伊人这种无足轻重的人物，可是万一他们得知我们在这里——“啊，真倒霉！”尼阿每次这样哀伤地说出“真倒霉”时，脸上总是挂着灿烂的笑容。我相信我们目前遭遇的这种困境其实并没有让他感到特别难过，而他只是像人们常见的那样苦中作乐。他接着提出的危险是老虎，并且兴奋地说，“老虎肯定会对我们垂涎欲滴”。我指出这两个摩伊人至少还活着。他说摩伊人虽然是讨厌的，对付老虎却有一套，而我们不懂。尼阿像所有生活在平原地区的保守的越南人一样，天生讨厌森林、大山以及生活在其中的居民。越南人像中国人一样，更喜欢周围的景色具有他们所熟悉的慰藉感，而不喜欢未知世界的神秘感。尼阿早已开始怀念起了交趾支那的沟渠和稻田。

当然，尼阿的偏见毫无道理。摩伊人的窝棚不仅干净整洁，而且没有任何怪味。它的建筑材料是一块块竹席，用藤蔓绑在一个框架上。人待在里面感到很不安全，仿佛每走一步都会穿过竹地板掉下去。整个结构嘎吱作响，左右摇晃。地板上有一个圆形大陶盆，算是炉灶；舒埃列要他们生火驱赶蚊虫。尼阿问他是否想暴露我们的行踪。舒埃列说要么暴露行踪，要么被蚊虫活活叮咬死，而且这里是疟疾泛滥区，有一种名为“微小按蚊”的蚊虫，可以在流水中繁殖。没有比这更致命的了。

火刚点着的时候，冒出来的烟差一点把我们呛死，但摩伊人重新整理了一下木柴，烟渐渐变小，窝棚里弥漫着一种淡淡的香味。我走出去，站在门口。天边仍然残留着一丝云霞，一只巨大的猫头鹰掠过林间空地，附近的灌木丛中有一只鸟儿在引吭高歌。我拉上门，用一段藤蔓将它系牢，然后躺了下来。

舒埃列吩咐尼阿，要他命令两个摩伊人轮流站岗，可他们再次表示听不懂。我们刚刚在火塘边躺下来，他们就悄悄从我们身旁经过，溜进了窝棚隔壁的房间，再也没有露面。我可以肯定，我们的到来让他们备感痛苦，或许还冒犯了窝棚的守护神，而他们却没有办法用祭品让神灵息怒。

我尽量挨着火塘躺下，结果身子一边热一边凉。凉爽的晚风穿过竹地板钻了进来，无论我以何种姿势躺在那里，竹子隆起的部分总是抵着我的后背。最后，我打起了瞌睡，但仍然不断被惊醒，有时是因为有人起身，让整个窝棚摇晃不已；有时连我自己也说不清是为什么。我躺在那里，试着镇定下来。此时，我便会听到动物发出的动静，很轻，不吓人，却很随意，信心十足，令人毛骨悚然；或是一声咳嗽、一声叹息，或是若隐若现却一刻不停的哀鸣。

黎明时分，我的意识逐渐清晰。我痛苦地意识到，原以为只是梦中听到的造船厂发出的噪音，其实是我一直听到的响声。这种类似工厂发出的响声很有规律，我起初以为是某台打桩机或者铆接机发出的。当我完全清醒过来后，我意识到了自己的处境，而这种响声居然没有停止的迹象。尼阿已经醒了，他说那是一种鸟。我以为那是一种习性类似啄木鸟的犀鸟，但尼阿说不是，那是一种鸟的鸣叫声，不是巨大的鸟喙敲击某个空树干发出的响声。这个谜团我始终未能解开，因为无论那响声是如何发出的，我再也没有听到过。不过，从那天起，另一种黎明的问候声开始为我所熟悉。这是一种恶魔般尖利的吼叫声，先是在丛林的一个角落响起，然后便是另一个角落，直到此起彼伏的尖叫声如警笛般在空中回荡。这些便是尖叫猴发出的声音，每天早晨它们都会发疯似的合唱半小时。

我们在附近的溪流中洗漱，溪水泛着绿色。这里既没有吃的，也没有喝的；事实上，没有任何证据证明这两个摩伊人需要为一日三餐操心。尼阿问他们吃什么，其中一人走出去，用弩射杀了一只猴子。我们表示了谢意，准备离开。舒埃列让尼阿留在车旁，他和我则步行去达克宋。由于尼阿的脸上始终挂着笑容，我无从得知他对于独自留下来的建议是否高兴，但舒埃列对他了如指掌，才能够给他下达这个命令。他问尼阿一个人留下来会不会感到害怕，尼阿说不会，只要不让他在那里过夜就行。如果要让他在那里过夜，那么——“啊，真倒霉！”舒埃列向他保证，天黑前无论如何都会派人来营救他。尼阿随后问舒埃列是否想带上步枪——“以免碰上野猪”。舒埃列谢绝了这一殷勤的建议，给了两个摩伊人几根香烟，让他们切开后装在烟斗里抽，然后我们便上了路。

我为有机会步行去达克宋而窃喜，因为我一直想与这片人迹罕至的原始森林有更近距离的接触，而不是坐在车内走马观花。这很像英格兰某个阳光灿烂的5月早晨，树荫下起初有一点凉意，但我知道一旦太阳升到空中，照射到道路上时，情况会截然不同。

森林中到处苍翠欲滴，宛如初春时节的英格兰林地。树木的形状千奇百怪，静静地生长在那里。偶尔见到一片密林，其繁茂的程度令人惊叹。空中回荡着鸟儿的晨歌，与我以前所听过的任何鸟鸣都不同。人们在西贡的花园中会听到一种单调的鸣叫声，可是这里的鸟儿唱出的旋律比西方鸣禽的任何旋律都复杂。它们虽说不像西方的画眉或夜莺那样打动我，能够唱出高质量的有限的乐音，却能以它们丰富多彩的旋律让我心动，其中一些可以轻松变成一首正式的音乐作品。那就像一位越南艺术家用竹笛给一群知更鸟教过的欧洲音乐。除了这些音乐表演者外，更多的鸟儿只是在发出各种噪音；有木棍敲击铁栏杆的响声，有锅炉放气时的尖利声，还有锣发出的沉闷响声。我此后再也没有听到过这些鸟儿发出的响声和唱出的歌声。在印度支那的其他地方，一些原始部落不加区别地焚烧森林，给野生动物带来了灭顶之灾。他们还捕捉鸟儿，将它们当作盘中餐。这片在法国地图上被标为未知区域的无人地带，很可能生活着任何其他地方都见不到的鸟类与其他动物。

真遗憾，我们一路上并没有见到奇鸟异兽。几只体型较小的吸蜜鸟在紫色的柳兰周围飞舞；我们还经常看到一种比云雀小很多的物种，颜色漆黑，拖着一根长长的尾巴，宛如一根十八英寸长的头发末端系着一根羽毛。我们望着它在茂密的丛林树叶中飞进飞出，无法明白一根如此别扭的尾巴怎么也会是进化带来的杰作。我们有一次看到了犀鸟，黑黄相间的羽毛倒也很好看。它从树顶起飞，突然俯冲掠过林间空地，轻松自如。当它在空中飞翔时，它那巨大的鸟喙并没有任何不协调的地方。

距离达克宋约五英里处，我们遇到了麻烦。经历过四小时几乎垂直的日晒之后，丛林已经温顺、安静了许多。我们顶着烈日在红色的尘土中行走，浑身落满灰尘，衣服也已被汗水浸湿。舒埃列的衬衣上血迹斑斑。我虽然口渴难当，却仍然不敢冒险饮用溪水。路前方有一个朝左的急转弯，以避开一座树木茂盛的低矮小山。正当我们快要接近那里时，一声震耳欲聋、不祥的巨响突然袭来，与午后热浪中英国森林般茂密角落里宁静的气氛格格不入。我揣摩那是两只老虎争斗时发出的响声，或者是为了争夺猎物。先是气势汹汹的吸气，然后便是咳嗽般的怒吼，毫无疑问。舒埃列的神情仿佛他想假装什么都没有听到。真可谓祸不单行，当时的情况不仅滑稽，而且非常危险。如果我们是独行，完全可以尽快退回到高处，可由于是两个人，我们只好硬着头皮继续前进。此时表现出胆怯无疑极不合适，最佳的办法便是假装在各自的祖国漫步，穿过田野时偶遇一头公牛而已。我们继续往前走，我在心中默默计算着多少步（三十步）会遭遇最大危险，多少步（两百步）能够松口气。

可是现在等待我们的却是更加复杂的糟糕局面。我们来到角落后向左拐，但道路不仅没有笔直地伸向远方，反而立刻拐向右方。令人毛骨悚然的吼声再次响起，而且离得很近。很显然，我所计算的两百米非但不会将我们带到安全地带，反而会带着我们绕过整个小丘，而这个期间我们将与老虎保持相等距离。情况果真如此。我们绕过急转弯，时刻期待着随时会看见老虎猛然跃到前面的道路上。每隔几秒钟便又传来一阵咆哮声。我们屏住呼吸，表明我们意识到任何意外之事都有可能突如其来。我左顾右盼，寻找着逃生之路，但我看到的一切证实了我的所料，周围的树木像哥特式大教堂里的石柱一样光滑，根本无法爬上去。我们默默走了大约半英里后，舒埃列打破了沉默。“它们从来不在白天攻击人。”他说。

这似乎就是人们普遍接受的关于印度支那丛林生活的谬论。我们抵达达克宋后，那里的共和国卫兵也是这样说的。“我几乎每次驱车外出都能见到老虎，还开枪打死过几只。它们白天从不攻击，而且很少攻击人。”

最后这个说法或许是真的，可是我只有两天时间用前一种说法来欺骗自己。邦美蜀的一位法国官员便是在大中午走出位于城里的自家花园时遭到了老虎的攻击。那只老虎大概已经年迈衰老，因为它只是断断续续地撕开了官员的大腿，然后便顺着大街，朝市政府和教堂方向扬长而去。

达克宋是森林中的一片开阔地，饱经日晒；几座波利尼西亚式茅屋、一个干栏式长屋，被摩伊士兵用作营房。这种地方出现一个陌生人是件大事。摩伊儿童看到我们走来时，一路尖叫着跑去找他们的父母。负责该哨所的共和国卫兵居住在茅屋中，境况非常凄惨。这里没有任何形式的便利设施，没有商店、餐馆或酒吧。每隔一星期左右，驶往邦美蜀的车队会途经这里，对车辆和人员的检查会持续一个小时。这也成了他们唯一的例行公事。他们有无穷的时间来进行悲哀的苦思冥想，而这正是殖民军的职业病。哨所所长说，这种度日如年的生活令人难以想象。你唯一能做的就是出去，开枪打死一只老虎或者野牛之类的动物。即便如此，你也无法将这称作消遣。它们太温顺了，径直走过来，撞到枪口上，算是自杀。他几天前看到附近的林间空地上有一群野牛。他开着吉普车朝它们驶去，挑出最大的一头，开枪将它打死。所长叹了口气，或许想起了法国周末猎杀松鸡的场面。

我们的主人为午餐只能请我们吃野鸡而道歉，然而这顿野鸡却鲜美无比，肉很白，带有甜味。舒埃列说我们的主人下次去他那里时，一定请他品尝罐头炖菜。饮料当然是热的。我一直感到很惊奇，生活在热带地区的法国人在缺乏冰块的情况下，从来不会像西班牙人那样将饮料装在有气孔的杯子里凉一凉。

哨所有一家锯木厂，经理过来和我们一起喝咖啡。他温和风趣，有些玩世不恭，属于那种人——最初有一笔资金去实现理想，却发现这些理想仍不足以涵盖生活的所有机会。由于愤懑是卫兵餐桌上的主菜，这位经理便大倒苦水，讲起了他的种种艰难。森林中到处都是铁杉——一种不怕虫蛀的神奇木材，古时候尤其受到中国人的青睐，并被用来制造战船。虽然这种木材运到中国后价格可以翻十倍，他却没有办法将它运到西贡。“只要运出去一百根木材，”他说，“我就可以回法国去，让你们在这里自生自灭。”一名卫兵说快了，“等到道路重新开通就行了”；然后，他就可以将达克宋的所有木材都运走了。可是经理放声大笑。即便道路开通也没有用，那只会把价格拉下来，坏了好事。他希望在道路关闭的情况下有办法将木材运到西贡——就像他们解决西贡周围的大米问题那样。他得找一位聪明的华人，能够替他与越盟协商好。

午餐过后，所长带我们四处转了转。一群摩伊美男子到来的时候，我们恰好在场。他们没有像达克宋的同胞那样身着破烂的欧式衬衣，而是穿着华丽的带流苏的裹身布，戴着耳饰，以及用珠子和牙齿穿成的项链。他们当中有一个十六岁左右的美丽少女，尖尖的小乳房，上嘴唇像小孩一样外翻。有位卫兵悄悄打听她的情况，可是在得知她已经嫁人后便失去了兴趣。这些人来自一个名为芒族①的当地部落。所长说他们很神秘，1939 年才归顺，而且是在杀害了生活在他们当中的八位行政长官之后。为什么？他耸耸肩。似乎谁也不清楚。芒族人不爱说话，举止得体，却很容易在无意之中惹恼他们。你只要做了错事，就会从人间消失。对于行政长官而言，那感觉肯定有点像生活在集权国家一样，只是茫然不知别人对你会有何种期待。你整日如坐针毡，只能成为部落的歃血盟友；你甚至——他听说一些行政长

① 越南官方划分的 54 个民族之一，主要分布在越南西北部，集中于和平省，以及清化省的山区，人口约 123.6 万，是越南第三大少数民族。

官曾那样干过——娶两三个当地女人为妻。哨所所长补充说，他们有一个风俗，我们或许会愿意听一听。男人被视为女人的财产，因此母亲会从有儿子的某个女人那里替自己的女儿购买一个丈夫。他说，眼下的价格约为八百披亚士特。因此，如果一个女人有十多个儿子的话，“她可以发一笔财，不是吗”。

如果说越南人对我们不理不睬的话，那么这些芒族人对我们则是视而不见。他们通过一位谦和的达克宋摩伊人进行交易，似乎主要是用稻米交税。我们在他们周围走来走去，望着他们的装饰物，可他们谁也没有正眼看我们一下。我们像是透明的。这是我第一次见到完全未受西方影响的印度支那的高贵的野蛮人。仅仅十分钟后，我便有机会看到了他们的另一面，而且纯属巧合。卫兵带来了一个衣衫褴褛、近乎疯狂的人，是从种植园逃走的。他在遭到一名监工的毒打之后出逃，在丛林中整整跋涉了三天三夜才来到这里。法国人没有虐待他，而是让摩伊人给他吃的，并给他安排一个住处。我猜测他们的职责是将他送回去，可他们说并没有这样的打算。

这就是我所遇见的法国下级官员的一贯态度。在种植园主的眼里，他们毫无用途；因此不到万不得已，这些下级官员不会动用手中的权力来支持任何形式的虐待。

傍晚时分，在接到无线电求救信号后，一辆破烂不堪的卡车终于从邦美蜀赶了过来。舒埃列上了车。由于我按计划将跟随晚些时候抵达这里的车队继续我的行程，我们就此作别。我真有些舍不得舒埃列。在我见过的法国人当中，只有他一个人得到了一位越南人发自内心的尊重，因此他身上肯定有着非同寻常之处。舒埃列比关心他自己还要关心尼阿，并且告诉我车祸让他感到最不安的是，他们有可能被困在邦美蜀，而尼阿将因此无法赶回西贡与家人共度新年——这对任何越南人而言都是非常遗憾的事。他现在急于赶在天黑前营救尼阿，并且给他带去一顿像样的饭菜。

自前一天晚上起，哨所所长就一直为车队没有出现而提心吊胆。车队此刻已经晚了二十个小时；由于电话线已经被切断，车队杳无音讯。舒埃列走后不久，哨所得到了消息，车队已经遇袭。最先到达的几辆卡车知道车队遇袭了，却无法说出个所以然来。司机们僵直地坐在车上，因疲惫而茫然，身上落满了黄色尘土。所长说他会安排我搭乘第一辆有空座的卡车，可是每辆卡车的驾驶室里都挤满了乘客。我都无法想象司机如何转动方向盘或者换挡。卡车上装满了各种货物。

五六辆车通过检查站后，所长发现有辆卡车所装的货物之间有个空间，大小刚好能让一个人钻进去。他命令驾驶室里的一名乘客下车，钻进货物堆中，然后让我坐到腾出的座位上。我不喜欢这种安排，并且实话实说，可是哨所所长根本不听我的反对意见，只是说我最好抓住这个机会，因为如果车队受到重创，那就不会再有多少车过来。我只好打消顾虑，将包放到后面，上了车，但心中为这种安排感到非常不安。卡车启动了，在我这辈子行走过的最糟糕的道路上颠簸前进。驾驶室里的人很难稳稳地坐在座位上。前面的卡车扬起黄色尘土，在空中形成一道雾霭，天色渐暗后连车的大灯都很难穿透。关上窗户后，虽然无法降低钻进驾驶室后在里面飞舞的黄色云团的密度，却非常有效地挡住了行驶时轰鸣的引擎产生的可怕热浪。我感到周围的人对我充满了敌意，于是便告诉司机，说我可以钻到货物之间，让那个人坐回来，可是司机没有吭声，脸上没有一丝笑容。我开始感到很不安，而且碰巧看到其他几位乘客斜眼望着我，眼神中包含着歹毒。过了一会儿，司机向坐在他身旁的男子嘀咕了几句，这名男子挤在他与车门之间。他似乎提了一个建议，男子点头同意。他打开车门，探身到车外，显然想看看周围是否还有其他车辆。他盯着我的方向看了一会儿，然后向司机做了个手势。司机将变速杆打到空挡，停了车。我以为他们十有八九是要将我赶下车，可是司机的朋友却跳下车，走到卡车后面，然后回来上了车，我们接着像刚才一样前进。

11 点左右，卡车驶进了邦美蜀。司机突然用标准的法语问我想去哪里。我告诉他要去市政厅，他说："我们刚刚经过那里，我这就将车倒回去。"我说不麻烦他了，我可以走过去，可他还是倒了车，沿着街道驶到了市政厅前。我掏出一张一百披亚士特的钞票，问他要给他多少钱，他说"不用"，并且将钱推开。我连声道谢，向他伸出手去。他握住我的手，笑着说了声"再见"。我如释重负。

我站在那里，望着卡车沿着街道缓缓驶远。街上有一两盏路灯，卡车从路灯下驶过，我看见弧形的车棚上写着汉字，让我想起了老式的中国灯笼。

第六章

邦美蜀

由于法国民事当局在该省的特派代表临时外出，临时负责的达斯廷先生像真正的外交家那样处乱不惊，欣然接受了我抵达的时间和方式。从他的态度来看，我这样风尘仆仆、疲惫不堪地出现在他家门口，而且比原定时间晚了约三十个小时，似乎是再平常不过的事。不一会儿，我的面前就摆放了一顿丰盛的晚宴。我们开始讨论我的计划。当我提到希望能去巴色时，他并没有恼怒地扬起眉头。面对如此疯狂的希望，达斯廷先生只是淡淡地冷笑了一下。西贡那些人的问题在于他们根本不知道这里所发生的一切；达斯廷满脸严肃地说，考虑到这居然是官方信息——这有点令人吃惊。从邦美蜀去巴色！他的冷笑加深了一点。已经有一两年没有人走过这条线路了。人们甚至都不知道这条小道是否还能走，也不知道它是否已经消失在了丛林中。总之，人们对那个地区的治安情况完全一无所知。整天只知道待在办公室里的西贡人完全是在凭空想象。邦美蜀去任何方向都没有多少车辆，除非有正儿八经的使命，否则只能泰然面对局面，任由最先出现的运气碰巧将你带往某个地方。即便是那样，也得耐心地等上几天。为什么不呢？整个印度支那，乃至整个东亚，都没有比这里更有意思的地方了。达斯廷说，这里是人类学家的天堂，而且是正在你眼前消失的天堂。事实上，我来得正是时候。

这位办公厅主任说，还有一点非常重要，需要牢记在心。他会亲自负责我在多乐省的安全，可我一旦超出他的管辖范围，啊，那就另当别论了。这里到处都有海盗。那些自称为民族主义者或者自由战士的人，其实只是像他们的祖先一样干着海盗的勾当，因为这是最容易的谋生手段。话题自然就转到了车队遭袭的事件上。达斯廷说他听说整个车队有三十多辆车，总共有八辆车遭到袭击。我们聊起了各自祖国的平静生活，达斯廷回忆起了他随自由法兰西①驻扎在英格兰时的情景，在我一向认为死气沉沉的小镇上度过了一段时间。他说，他在那里的时候，所有生存难题都已得到解决。此后，一再有法国官员邀请我，聆听他们表达对一些匪夷所思的地方的怀念之情，比如别根海特②或多佛尔③——达斯廷选择的是彼得勃勒④。在他们漂泊海外，

---

① 第二次世界大战中的法国抵抗组织——译者注。
② 英格兰西北部小镇。
③ 英国肯特郡的港口城市，与法国加来港隔海相望，两地相距只有 34 千米，因此成为英国最繁忙的海港。
④ 英国小镇，位于英格兰剑桥郡。

顶着烈日生活了这么多年之后，这些地方在他们的眼中变成了古雅的酒吧，到处都是半推半就的少女，一切都包裹在透纳①风景画中的落日里。人们能够亲切地记住这些经历，这也非常奇特。达斯廷甚至相信自己喜欢海陆空军小卖店供应的茶。

官邸中专门给我准备了一个房间。官邸不大，却设计得非常奢华，有着欢迎各路使节的宽敞大门，那里的一溜台阶也足以与某意大利海关大楼相媲美。我们走近时，隐蔽在九重葛丛中的哨兵醒了过来，枪托“啪”的一声砸在地上。我们一进屋，身穿白衣的摩伊人家仆便跟在我们身后忙这忙那，温顺的脸上毫无表情。

“明天早晨，”达斯廷不容分说地宣布道，“你会很累。很好，8点钟用早餐，当然是英国式的早餐，有煎鸡蛋。你还不习惯在11点钟之前喝啤酒吧？啊，那种英国淡啤酒！”

然后便是高效的放松时刻——高效，因为达斯廷讲究的就是效率。“如果你需要什么，请千万别客气。站在窗口，大声喊叫就行了。只需开口。”他亲切地在我背上轻轻拍了一下后便离去了，信心十足的轻快脚步声顺着大理石走廊渐渐远去。然后便是卫队长喊叫了一声“敬礼”，以及汽车加速疾驰而去时发出的尖利声音。我关了灯，打开窗户，一些柔软、讨厌的东西与我的脸颊、耳朵和下巴来了个亲密接触。几百只蛾子飞了进来。

由于要到上午10点才会见到达斯廷，我便在那之前花了一两个小时，在城里逛了逛。这里没有多少东西可看。1946年之前，这里原

---

① 威廉·透纳（1775—1851），英国最伟大的风景画家，以善于描绘光与空气间的微妙关系而闻名于世。代表作包括《雨雾、蒸汽、速度》《迦太基帝国的衰落》《暴风雪——汉尼拔和他的军队翻越阿尔卑斯山》等。

本有一个小镇，但是在与越盟的冲突中化为了灰烬。如今，一条尘土飞扬的大道两旁修建了几栋法国式的别墅，一座看似邋遢的旅店，用木头修建，涂了一层绿色油漆。一个越南市场，几排小屋形成了几条小巷，从市场延伸出来。

越南人的商店里出售五花八门的垃圾；赛璐珞做的洋娃娃和肥皂盒、塑料腰带、印着华人姑娘打曲棍球照片的日历、被用作春药的假犀牛角，以及被当作灵丹妙药的假虎齿。这里还有咸比目鱼干，只有五先令硬币那么大，却有成千上万条，随意散放在柜台上，与各种杂货以及一瓶瓶血红色的柠檬汁混杂在一起。这里还有数不清的丑陋的阿拉巴巴式陶罐，棕色、绿色，上面的一层釉色颇似太妃糖。这些都是越南人制作后出售给摩伊人的，供他们举行饮酒仪式时使用。这里出售的最受欢迎的个人装饰品是一种搪瓷胸针，上面有一个空中堡垒①图案。至于家用装饰品，人们可以购买带螺钿相框的孙中山肖像、装饰有人造花草的小盆景，或者上面绘有飞机围绕行星飞翔图案的镜子。最受欢迎的用具，而且无疑在远东最具使用价值的，是汽油罐。市场上最受欢迎的行当是自行车修理，然后便是照相，尤其是那些提供各种不同姿势的照相亭——有点像自动摄影机——价格固定。时刻有越南人在这些照相亭进进出出。这里几乎见不到摩伊人的身影，不过我还是看到了一位受过极端文明熏陶的摩伊妇女，她大概皈依了某种宗教，上身赤裸，却可笑地戴着一个小得可怜的胸罩，手中拎着一个蓝色塑料包。

市场中长着鸡蛋花树，看似红肿的光滑树枝上没有叶子，却开满了花瓣厚实的白色花朵。树上栖息着数百只麻雀。

---

① 第二次世界大战中美军使用的四引擎重型轰炸机。

10点整，我被领进了达斯廷先生的办公室。他站在一张壁挂地图前等待着我，已经为安排我接下来的行程做好了准备。他滔滔不绝地给我介绍了当时的军情，我觉得他的介绍相当坦率。达斯廷非常细心，没有进行直白的宣传。他或许认为直白的宣传毫无意义，因而更愿意在介绍法国军队的各种长处之时也顺带介绍一些弱点。越盟是魔鬼的化身，至于法国人，怎么说呢，他们有时会失去耐心——行事有点过分。对于那些在如此恶劣条件下作战的人，你还能指望他们怎么着呢？在丛林里一待就是几年，天天见面的总是那么几个人。要是换了你，会有什么样的感觉？达斯廷还认为不负责任的反殖民言论太多。在世界的这个部分，法国没有什么可以感到耻辱的。他们干的是正大光明的事，他希望我能亲眼见一下。于是，既然我一两个星期内不大可能离开邦美蜀，他计划给我安排一个临时行程，去摩伊人居住区最有意思的部分看看。一切都已安排妥当。我第二天出发，一位年轻的行政长官和一位学校督导将陪我同行。

尽管这趟行程有一种事先安排好的嫌疑，实际情况却并非如此。达斯廷心中是否真的如他所表现的那样，深信自己在这里所做的一切光明正大，我不得而知。我的看法是，他将一切怀疑都视为弱点，然后全都抛诸脑后。在我所遇见的法国人中，他几乎是这类人当中硕果仅存的一位。随后占据上风的将是那些具有看清问题正、反两方面的能力的人，他们将造成一种哈姆雷特式的优柔寡断，以及有时出现的极度悲观主义。

达斯廷最后又给了我一个建议。他认为我在动身去摩伊人区之前应该拜访一下约安大夫，他在不同的摩伊人部落中生活过多年，被视为熟悉摩伊人风俗习惯的权威。约安大夫是“南印度支那山民”项目的负责人，这个法国医疗服务机构在越南各地都有分支，正儿八经地干着实事。他还撰写了几部人类学巨著，出版单位是声名显赫的人类博物馆①。

我见到他的时候，他正在书桌旁忙碌着。书桌上到处是图表和数字，让人恍惚之间仿佛走进了时下最不靠谱的数学领域。他为人谦和，头发花白，脸上时刻带着佛教徒般的祥和，而这是全神贯注于一项紧迫且宝贵的任务带来的结果。他根据自己所处的职务而得到的内部消息告诉我，他十年前便得出了结论，这个充满魅力的人种注定不久将完全从地球上消失。因此，他当时便决定，趁着为时不晚，他需要立刻竭尽全力地去了解这个魅力无穷但又非常原始的文明。这一重任起初看似简单，再说他也无意进行深入探究。可是他有了令人兴奋的发现，逐渐被吸引到了这片面积不断缩小的未知王国中。每次尝试弄清楚这个课题中某个难度不大的方面，都会给他带来无尽的其他发现。他现在发现自己已身陷困境，投入到了一项永远不可能完成的任务中。他所处的时代以及越南现在的状况都对他不利。目前的资料虽然庞大，却正在日渐消失，几年后将永远失去踪影，因此需要十多位像他这样专心投入的人才能处理。

中午刚过，我们便开始聊起了摩伊人，等我离开大夫家的别墅时，已经是傍晚了。大夫给了我各种论文，以及他目前正在撰写的一部著作的手稿。我从这些资料以及我们的交谈中得到了以下信息。

---

① 综合性人类学博物馆，创办于1938年，位于法国巴黎夏乐宫西侧。

第七章

摩伊人

19 世纪上半叶，摩伊人似乎只被视为会说话的动物。欧洲人曾想方设法为欧洲的动物标本库收集一些样本，但是没有成功。1819 年，波尔多的雷伊船长给安南皇帝运去了一船军火，一位负责异域人士事务的官员肯定地说的确有“摩伊人，或者说野人”。这位官员在丛林深处指挥一队大象时曾见过许多摩伊人。他说，他们身上长有尾巴。他设法抓了一个回来，带到首都后作为礼物献给了皇帝。雷伊船长顿时来了兴趣，去拜访宫廷中的法国官员时和他们提起了此事，他们证实他所听说的一切千真万确。“我那些值得尊重的朋友……虽然没有见过这些奇特的生灵，却经常听到人品和诚实都无可挑剔的人向他们证实摩伊人的存在，以至于他们都不知道如何怀疑这些报道。据说，他们的尾巴只有八点五英寸长。虽然外表像人，也有语言能力，但我认为那些官员似乎只将他们视为没有理性的动物。”雷伊在他的《交趾支那动物种系报告》的结尾处写道。除了这个例外，交趾支那异常丰富的动物物种都能在附近地区找到。

19 世纪末，上述观点得到了修正。探险家穆奥①——是他发现了吴哥窟——发表了他造访斯丁族②部落的所见所闻。摩伊人得到了正式承认，一些理论家甚至开始提出以色列失落的部落③问题。不过，在殖民时期开始进行人口普查并且征收人头税之前，这些刚刚被提升到人类级别上的部落依然生活在密林深处，与世隔绝，神秘莫测。

摩伊人似乎对自己文明中的技术含量令人难以为荣的状况心知肚明，因而一旦有外来人提及这一点，他们通常便会讲述某个自我诋毁的传说，以此来为自己开脱。他们最喜欢讲述的传说便是上帝在创造人类时，他们就先天不足，因为摩伊人最后一个从地洞里爬出来，结果发现所有值得拥有的东西都已分配完了。至于文盲问题，他们说，

---

① 亨利·穆奥（1826—1861），19 世纪法国博物学家，以重新发现吴哥闻名，著有《暹罗柬埔寨老挝安南游记》。

② 东南亚的一个跨境民族，分布在越南和柬埔寨两国境内。

③ 据《圣经》记载，摩西曾带领部分以色列人走出埃及，并在约书亚的领导下征服了迦南的部落城邦。之后，大约在公元前 1000 年，大卫王占领了耶路撒冷，并且在包括外约旦在内的大部分迦南地区建立起以色列王国。大卫之子所罗门死后，王国一分为二，南为犹大，北为以色列。公元前 722 年，亚述人攻占了以色列，公元前 586 年巴比伦人占领了犹大，他们焚毁耶路撒冷的所罗门圣殿，驱逐了大批犹太人。从此之后，耶路撒冷曾被多次易手，还被无数次地摧毁和重建。犹太人从此流离失所，散落到各个地方，被称为“失落的部落”。以色列建国以来，不断有其他国家的人群声称自己为以色列“失落的部落”，最著名的例子是印度东北部一个神秘的“布尼梅纳什”部落，他们要求“回归以色列”。

他们还能怎么样呢？大神让所有民族带一些书写材料，好在上面给他们写上各自的字母表。好大喜功的摩伊人没有像其他民族那样带来石板或者木板，而是带来了一块鹿皮，结果，上面写满了字母表的鹿皮被狗吃了。

大约有一百万摩伊人分布在印度支那的山区，但具体数字不详，因为一些偏远山谷中的摩伊人仍然没有归顺。不管实际情况如何，这个数字正在迅速减少。在那些受西方文明侵入最严重的地区，一些村庄仅仅一代人就减少了一半人口。摩伊人相貌英俊，皮肤为古铜色，属于马来波西米亚人种，与之有血缘关系的民族包括婆罗洲的迪雅克人、菲律宾的伊哥洛特人和阿埃塔人，以及居住在内陆地区的一些部落。这些内陆地区相互间的距离遥远到好似从马达加斯加到中国的海南岛那般。他们用弩狩猎，尤其以捕获并驯化大象的高超技艺而著称，然后再将大象出售到远至缅甸等地。他们的文化传播范围很广，我们可以从他们运用毒箭树汁涂抹箭头的做法上窥得一二。尽管这种树生长在许多地区，但这种毒药的运用仅限于马来西亚、印度支那、泰国和缅甸东部的一小片地区，以及婆罗洲和帝汶岛。这种毒药的药效会根据猎物的大小而人为增减，具体做法是在这种毒药之中再加入一种树根熬出来的汤水，内含番木鳖碱，并且加入提取的蛇毒和蝎毒。在这种可怕的毒药中浸泡过的武器——其使用还伴随着许多半宗教化的禁忌——只需刺破皮肤，就能在几分钟内致人不治身亡。

摩伊人采用“火种”法种植水稻，即他们会在雨季到来之前焚烧部分森林，将稻种撒在地面上，然后将剩余的工作交给雨水。“摩伊人”一词在越南语中的意思是“野人”。摩伊人遭到过所有技术先进的民族的奴役，其中包括与他们接触过的暹罗人、老挝人和柬埔寨人。然而，与这些比他们先进的民族交往非但没有给他们带来任何益处，反而外来的影响越大，摩伊人所吃的苦头就越多。

在外人看来，那些没有被奴役的人过着无忧无虑、爱交际的生活，整天忙于饕餮盛宴、狂饮米酒。据说这种无忧无虑的生活方式完全取决于部落是否与世隔绝，而且和它们与世隔绝的程度成正比。摩伊人不到万不得已，不会为挣工资而干活，而他们周围的那些文明人常常认为这是一种无可救药的懒惰，并为此感到震惊。不过，村子里的活儿，比如建房或者在林中开垦，都由大家集体完成，而且干劲十足。摩伊人喜欢收集艺术品，他们的财富包括各种锣、鼓和罐，其中一些为中国或占族人的古物，因而价值连城，甚至在西方也如此。这类博物馆馆藏级别的坛子偶尔也会被欧洲人骗走。欧洲人装出一副对他们碰到的某件珍品一无所知的样子，然后给摩伊人留下一种只是征集了一件摩伊人艺术品的印象。

摩伊人收集坛子不仅是为了储存米酒，而且还希望有神灵能够住在里面。一旦有神灵住到里面，坛子的主人就会在梦中得到启示，但正式得到承认还需专业人士对坛子进行仔细查看，寻找到某些外部特征。虽然获此殊荣的坛子不一定就是古物，但神灵们通常会有一些艺术方面的要求。总之，这个坛子就变成了一份宝贵财产，可以在里面装满酒后出售，换回来许多头水牛。至于里面的神灵，或者说护身符，在某种程度上被视为可以分割的，因此坛子出售时常常会敲下来一个把手，然后像以前完整的坛子一样被人崇拜。部落内部存在着大量的这种坛子交易，专业评估师和中间人会参与这种交易。据说，他们也挣了不少钱。

据约安大夫这样的科学考察者说，摩伊人最奇特的一点在于他们独特的人种记忆。有人甚至认为，如果集中精力对他们的传说（正处于消失的边缘）进行研究，或许能让我们对史前人类的生活状况有一个前所未有的了解。据这位大夫说，受外来文明影响最小的埃地族①部落对猛犸、大地懒以及河马都有名称和描述，而这些动物在远东早已灭绝。

看起来，摩伊人传说的独特价值在于：它是一种仪式，具有神圣不可侵犯的特性，只能在某些特定的情况下讲述，而且没有任何修改。即便单词和词语已经失去原有的含义、残缺不全或者支离破碎，由于害怕遭到宗教报应，谁也不敢尝试将其复原。因此，这些传说虽然很难诠释，却始终是远古的信息宝库。过去一千多年中的各种事件似乎没有对摩伊人的想象力产生任何影响，他们几乎没有提及深受印度影响的高棉和占族人文明，吴哥城是“最近抵达该国的外来人”建造的工程。这些传说讲述了摩伊人在一个不明的时期离开自己的岛国，定居印度支那的经过，时间应该在公元前 5 世纪之前，因为在公元前 5 世纪，扶南王国②的编年史中就已经提到了他们。

* * *

摩伊人每天进行的无数仪式似乎给每一位到达这里的普通人留下了深刻的印象，其中最繁杂的要数死亡仪式。与健康的身体有关的各

---

① 又称“埃地人”和“拉地人”，越南官方认定的 54 个民族之一，为西原地区的主要民族之一，主要居住在西原的多乐省和嘉莱省的南部、富安和庆和省的西部。

② 中南半岛古国，又作“夫南”“跋南”，意为“山岳”。辖境约当今柬埔寨以及老挝南部、越南南部和泰国东南部一带。公元 1 世纪建国，与中国联系密切。公元 3 世纪初，扶南王范蔓向外扩张，势力达马来半岛。三国时，其国王范旃遣使至吴，吴亦派康泰、朱应出使其国，此后两国来往频繁。公元 7 世纪中叶，为北方属国真腊所灭。

种仪式最不重要，也比较简单，因为因病离世是神灵眷顾的迹象，可以确保逝者从今以后舒舒服服地生活在大地的腹中。约安大夫遇到的最大的困难便是劝说摩伊人接受任何形式的治疗，因为他们说他是想剥夺他们“善终”的机会，他们治愈之后有可能因遭遇意外或暴力而“暴死”。这种“暴死”会让亡灵永远凄惨地在天国游荡。

麻风病人被视为出生时吉星高照，因为他们无须干活，由整个部落供养，而且肯定会有善终。

相反，死亡仪式会持续两年多，而且耗费巨大，一个人去世的费用相当于整个村子一个月的收入，而一场流行病的爆发会造成许多人丧生，必然会耗尽整个村子多年积累的财富，随之而来的必然是饥荒。

摩伊人在安排仪式时非常注意逝者丧生的类型，那些由于各种暴力而丧生的人、那些死在异国他乡的人、那些失踪后被认为已经不在人世的人，还有幼儿、精神病人、死于难产的妇女（摩伊人认为她们会变成复仇的厉鬼），都有非常复杂、费用昂贵的专门仪式。村子周围到处都是没有填埋的坟墓，家人每天都会给墓主人“喂食”，将家里的事告诉他们。

这些繁复的仪式个个都需要有酒相伴，随之产生的一个饶有趣味的问题便是体面与醉酒成了盟友。正直的人会尽可能一次次喝醉酒，以此来证明自己参与各种仪式时没有敷衍了事。他会因为自己的虔诚而赢得所有人的尊敬，成为年轻人的榜样。陌生人来到摩伊人的村落时，总会听到一个庄严的欢迎词——nam lu，意为“让我们一醉方休”。它的价值在于告诫、邀请大家一起参与祈祷活动。据说，在当今世界，只有在摩伊人的村庄等几个屈指可数的地方才能见到家畜与家禽，如狗、猪和鸡在享用了圣坛里发酵过的麦芽浆之后醉卧街头的情景。宴饮交际是这里的惯例，也是这里的礼貌举止。摩伊人会恳求经过此地的人加入他们的饕餮盛宴，而如果他们不将主人提供的堆积如山的食物和酒消灭干净，便会被视为冒犯神灵，没有品位。为了避免来客无意间做出这种大为不敬的行为，或者因没有一醉方休而名声扫地，一位仆人会蹲在来客的身旁，密切监督他所喝的量，以确保他至少喝下满满三牛角的酒。

摩伊人的生活方式还有一个独特的方面，给那些研究他们的人留下了最为深刻的印象：尽管从西方的角度来看，这里的犯罪率极低，但这里的人似乎根本没有对与错的概念。取而代之的是，这里的一切行为都必须遵循最刻板的标准，即适宜不适宜这一概念。虔诚与狂热在他遵循各种仪式的过程中无关紧要。悔罪抱愧毫无意义。对于那些犯下了反社会行为的人，摩伊人的传统中没有任何道德谴责。

所有这一切，以及摩伊人一醉方休的仪式所伴随的复杂的礼仪，可以用他们的宇宙观来解释。在他们的宇宙观中，几位威力无穷的神灵，外加他们祖先的灵魂，主宰着他们的命运。他们与这些神灵以及灵魂之间存在着一种契约关系，神灵和灵魂会以苛刻、寸步不让的债主身份出现。简而言之，这些幽灵般的独裁者们对待他们的臣民的态度中既没有特别的善意，也没有特别的恶意，他们只索要本属于他们的债权——仪式。仅此而已。只要一丝不苟地把欠他们的债还给他们，无论是个人、家庭还是整个部落，一切都会平安无事。旱灾、洪灾、“暴死”、瘟疫——各种形式的灾祸其实只是表明有人违背了礼制，唯一的补救办法就是找到冒犯的人，强迫他按规定将功补过。

他们对人的行为及其后果的看法与西方的宗教教诲截然相反，因为西方宗教观认为恶人可以在这个世界上飞黄腾达，但除了第十

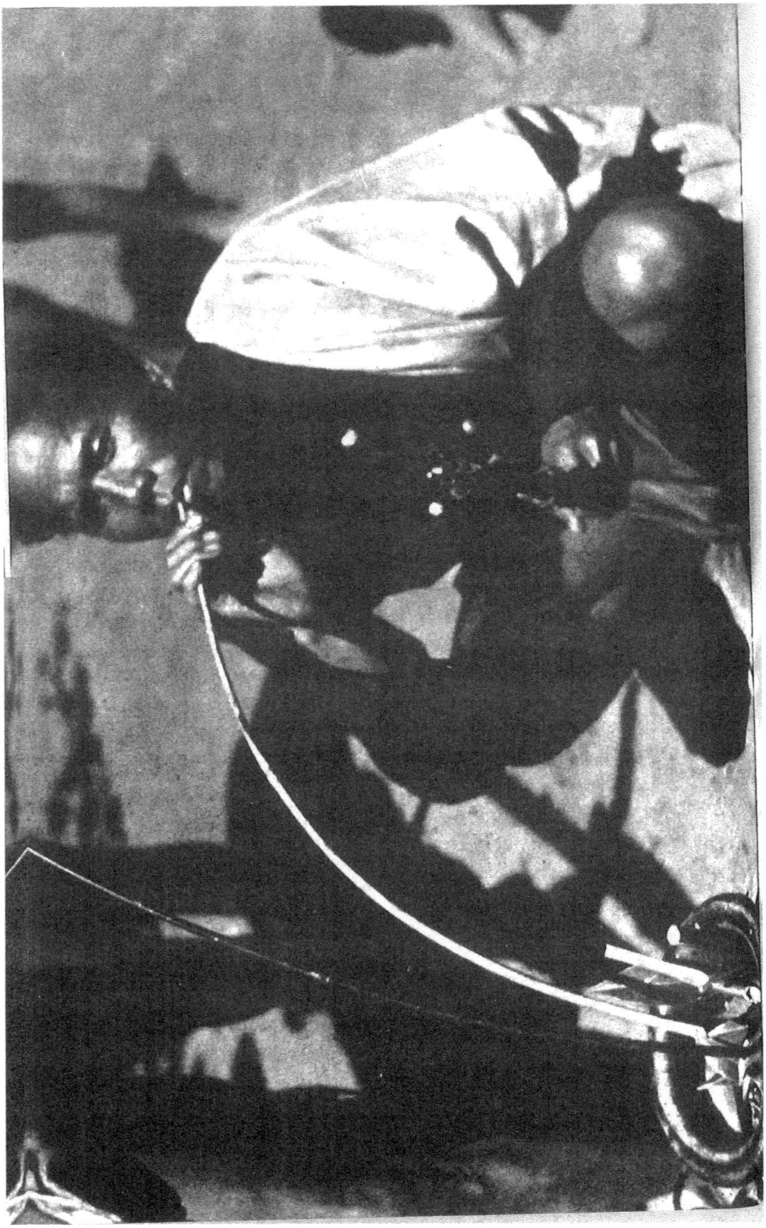

波来古：从圣坛里直接饮酒

一戒外①，违反所有其他戒律的人，他们的道德债将在另一个世界中清算。摩伊人的因果报应来得很快，而且就在今生今世。恶人，即那些对仪式视而不见的人，很快就会家破人亡。如果他在神灵那里继续欠下更多债务，他一定会暴病身亡——预示着作为债主的神灵们终于失去耐心，带走了他的灵魂。

在具体的实施过程中，情况却要比人们想象得好得多。加害他人，比如偷盗或暴力，是因为受害方没有安抚祖先的灵魂，有错在先。不过，加害方只被视为祖先灵魂的工具，以这种方式来惩罚受害方在某个仪式方面没有做到位。判官只能背诵普通法中的相应段落，以此来放弃严厉的道德说教。双方均有过错，而且看似不合乎逻辑，加害方受到的惩罚是做出物质补偿，并且提供必要的动物和酒（被视为更为重要），向被冒犯的灵魂进行仪式上的赔偿。当然，这种仪式上的赔偿至关重要，万一遇到日子艰难，也可以分期支付。法律要求加害方参加这种盛宴，因为它的次要功能是让双方和解。

对于摩伊人而言，民法与刑法、故意伤害与非故意伤害之间没有任何区别。如果有人突然大发脾气揍了另一个人，或者外出打猎时意外射中了另一个人，这一切都是神灵在作祟，而祈求神灵息怒的各种安排早有明确规定。没有人会提出任何异议。这只是又一件不幸之事，需要通过狂饮来解决，而整个村庄则再次一醉方休。摩伊人并没有死刑，因为一旦有了死刑，被处决的人的亡灵就有可能向整个村庄报复。他们的两项重罪是偷水和偷稻米，因为这两样东西都处于强大神灵的保护之下。由于此类犯罪为亵渎神灵之举，会让神灵对所有人反感，因此犯下此类罪行的人将被终生放逐。

---

① 基督教只有十戒，并无第十一戒。作者此处是在调侃。

白人殖民者对待摩伊人的态度可谓既感情用事又具有掠夺性。小官吏们对他们漠不关心——因为摩伊人干不干活对他们没有任何损失——常常将他们视为可爱的孩子。这种态度的一个典型例子便是著名的萨巴帝埃。他严禁传教士进入他的管辖区，一听说有高官正动身前来调查劳工问题，便下令摧毁了所有桥梁。据说他娶了三位摩伊人妻子。

在目睹了白人对摩伊人居住区的侵占之后，他甚至做出了更为出格的事——主张白人完全撤出摩伊人居住区，允许摩伊人以自己的方式生活。但是政府方面却认为必须出面干预，必须担负起诸如镇压部落战争、主持公道、人口统计、征税等重任，尤其是（而且是最致命的）按照欧洲人的要求强行征用劳力。最终战胜萨巴帝埃的是庄园主们，他们决心为自己的种植园征用劳力。

庄园主人数不多，但区区几个家庭却拥有印度支那最大的财富。他们对待摩伊人的态度，大概与古时候拥有奴隶的贵族对待他们的财富制造者的态度相仿。这是一种完全轻视的态度。如果没有这种轻视，他们或许根本无法进行有效的剥削。他们以前聘用包工头，承诺给他们高回报，让他们或强迫或诱骗劳工签下一份三年或五年的合同——这种契约时间过长，很少有劳工能够熬到头。苦力由荷枪实弹的卫兵看守，鞭笞成了家常便饭。他们有时还会被再次出售到太平洋岛屿上。当局最近试图改善劳工们的状况，却遭到了最坚决的反对。庄园主们认为这种举措毫无必要，并且反问："殖民地的目的究竟是什么?"

因此，当局与庄园主之间的矛盾一直在持续，无论摩伊人的命运可能出现何种改善，这种强制的苦力原则仍然持续着。为了让来到自己居住地的白人后来者享有特权，每个成年摩伊人男子都必须以稻米的形式交税，每年必须有一段时间修路或者在种植园干活。让人感到义愤填膺的是对摩伊人自由的侵犯。他们在整整五十天里无法举行任何仪式，因而严重损害到他与神灵们的关系，而神灵们是需要安抚的。这里还有另外一个因素，摩伊人的经济讲究微妙的平衡，长时间在外干活给他们本人和家庭造成的损失或许意味着勉强维生与家毁人亡之间的区别。摩伊社会让人联想到伊斯兰教或者哥伦布到来之前的美洲文明，每个个体从生到死的一切行为都受到严格控制。这是一个高度统一的体系，在处理部落内部的生活方面一直相当成功，却也非常脆弱，对来自外部的冲击没有任何抵抗力。摩伊人的习惯法①和礼仪足以应付各种意外事件，并且考虑到了方方面面，只有一点没有考虑到：摩伊人不会主动去应对来自某个意想不到的地方的攻击。如果有人冒犯了村子的守护神，他们可以不动声色地将一切复原；可是如果某家获得特许的木材公司到来后，砍倒了里面住着神灵的榕树，并且将它运走，他们能怎么办呢？世界末日来临了。

---

① 在法律中，习惯或习惯法指在特定的社会环境之下，可以被客观辨认出来的已经被建立的行为模式。它是独立于国家制定法之外，依据某种社会权威和社会组织，具有一定强制性的行为规范的总和，既非纯粹的道德规范，也不是完全的法律规范，而是介于道德与法律之间的准法规范。

第八章

多　乐

整个达克湖区像透过墨镜看到的景象，没有丰富的色彩。这里是研究烟青色、绿色和白色的好地方。光线有着北欧式的冷清，湖本身宛如冰岛常见的冰湖，群山的倒影在粼粼的水面上隐约可见。湖中的小岛四周似乎堆满了浮冰，但这其实上是聚集在一起的白鹭。每当有老鹰扎入它们中间，白鹭便会纷纷飞到空中，原先的浮冰便会消融，一直要等到它们重新落到水面上后，浮冰才会再次成型。人们似乎总是从鸡蛋花树细长的枝条间或者总是隔着日本紫丁香看到湖面上的景色——宛如毛笔在绸缎上随意绘出的寥寥数笔，再配上一些白花作为点缀。

早晨，浓密的雾气笼罩着一切。群山飘浮在

雾气之上，就连湖中的岛屿也在这雾气中缓缓露出真容。行政长官的平房离湖边不远，下方层层叠加的水汽优雅地托起树枝末梢。画面渐渐化虚为实，湖的四周为群山环绕，浓密的丛林将山峰裹得严严实实。湖边长着竹子。等到夕阳西沉，远方高地上青苔般的植被不再反射阳光，非但没有像在北方气候中那样泛着黄色光线，反而转为了最浓的烟青色。鱼鹰在这深色背景中翻飞，露出白色的腹部，一头扎进水里后，水面便会腾起喷泉般的涟漪。这时，蝴蝶纷纷出动，飞到湖面上。这些蝴蝶大小如蝙蝠，漆黑的身体上有着一道道柠檬色。白鹭划过天空，飞往它们的栖息地。最后的动静是鹤群留下的弧线，渐暗的天空衬托出它们家徽般的黑色侧影。无论是白天还是黑夜，水面上都回荡着不知隐藏在何处的摩伊人村庄传来的锣声。

行政长官的官邸修建在湖边一块凸起的地方，站在阳台上可以俯视一群群白鹳在下面的浅水中觅食。一旦双足被水下的杂草缠住，它们便会突然惊慌地拍打翅膀。官邸周围有一道防护栅，里面还有一道尖桩带，高出地面一英尺的尖刺隐藏在杂草中。不远处有一个哨所，里面有几个摩伊士兵。哨所位于一个山口的尽头，守护着通往邦美蜀的道路。这条蜿蜒、泥泞的山谷的另一端——东端——是海滨小镇芽庄①。不过，在抵达芽庄之前，事实上离达克湖哨所并不太远，便是越盟的第一个哨所。到目前为止，越盟还没有进入山区，但是我的朋友们认为他们迟早会来的，而如果他们真的到来，必然会顺着那条山谷进来，也就是我们每天拂晓都能听到一群群猴子在吼叫的那条山谷。

除了摩伊卫兵及其家人们居住的小屋外，附近能看到的民居只有

---

① 越南东南部港口城市，富庆省首府。

一个——即将完工的皇帝的新狩猎小屋，位于山顶上，比行政长官的官邸又要高出许多。小屋缺乏皇家气派，只是一个方形结构，隐约有一点日耳曼建筑风格，与其说是富丽堂皇的大厦，还不如说是一座碉堡，或许是在无意之中反映了动荡的时局。我去那里观看时，一台蒸汽压路机——在这种地方真是令人称奇的东西——正在将通往山顶的一条铺得不错的道路碾压平整。他们说，之所以选择这个地方，是因为皇帝陛下如果不外出打猎，可以心满意足地从窗户眺望外面的野象群。

我在哨所新结识的朋友是行政长官里勃，以及在这里短暂度假的学校督导卡科。里勃的管辖范围为一百一十八个摩伊村庄，人口约两万。这两个年轻人均不到三十岁，热情友好，豪爽开朗，秉性乐观，信念悲观。这个哨所不仅是法国殖民统治的前哨，也是存在主义的前哨。我抵达后的第一晚，在享用了两种葡萄酒和一种烈酒，以及正式的法国大餐之后，我打算对马歇尔·埃梅①的《智力之安适》发表一些高见，因为这本书刚刚由法国图书俱乐部运抵这里。

不过，在这之前，我们先乘坐一条摩伊人的独木舟去湖上打猎。独木舟又长又窄。为了避免翻船，无论选择坐在什么地方，都必须一动不动地坐在那里或者蹲在那里。卡科虽然看问题比较悲观，但一提起打猎便非常乐观，甚至建议等独木舟装满鸭子后再回去。我此时却

---

① 马歇尔·埃梅（1902—1967），法国作家，出身贫寒，1933 年因长篇小说《绿色的母马》成为第二次世界大战前的畅销书而引起轰动。埃梅一贯主张作家的任务是“作为时代的良心”，继承了法国现实主义和幽默的文学传统。他以奇巧的构思、幽默的语言，把现实主义的内容与怪诞形式巧妙结合，构成独特的艺术风格，代表作有短篇小说集《穿墙记》、长篇小说《没有名字的街道》等。

意识到，由于打猎的队伍中有了我，这种好运不大会有。

独木舟静静地划过水面，圆形的船底轻抚着水生植物，它们一直长到紧贴水面的高度。群山已经换上了毫无特色的深蓝色，鲜亮的白云从山后凸显出来。燕子与我们做伴，在我们周围来回穿梭，老鹰在天空盘旋。偶尔有大鱼跃出水面，吸引着鱼鹰纷纷扑向它们的所在。某处有村庄正在敲锣——两声慢，四声快，一遍遍地重复着。

摩伊人发现了许多鸭子，如同铅笔勾勒出的一条浓黑线条，紧贴着湖上的地平线。卡科变得非常兴奋，提议我们晚饭后去捕捉鳄鱼。他还认为，既然我们已经出来打猎了，说不定还能打上几头鹿。摩伊人用小岛和杂草作掩护，悄无声息地划着独木舟，慢慢靠近鸭子。我们穿过小岛旁的荷花丛，船速受到了限制。卡科不明白为什么要这样，并且说由于从未有人在湖上打猎，这里的鸟儿应该更温顺。当我们离鸭子还有一百码左右时，鸟儿突然起飞，像一群被惊扰的鸣禽一样发出了叽叽喳喳的噪音。这些是白眼潜鸭，我以前只在插图中见过。鸭子大约有两百只，而好奇心让它们断送了性命，因为它们突然冲着我们飞了过来，从我们的头顶上掠过。里勃和卡科朝它们开枪，其中几只像石头一样落到了湖中，可是杂草很密，我们只捡到了落在独木舟旁的一只。这是一种非常美丽的鸟，有着红棕色的羽毛、淡青色的鸟喙和双腿，比野鸭略小。我们在湖面上小心翼翼地又划了一个小时，可那些鸭子不再让我们靠近。卡科说他认为皇帝陛下一定在这里打过猎。

他打定主意决不能空手而归，于是将目光集中在了湖上他认为可以成为盘中餐的仅存的另一种鸟儿身上。这些便是孤零零的黑翅长脚鹬，优雅，看似脆弱，似乎以前从未被猎杀过，因此居然让我们将独木舟驶到离它们只有几码远的地方。卡科朝其中几只开了枪，然而它们的生命力很顽强，虽然近距离受到重创，却依然潜入水中，并且在水面之下待了很久，仿佛它们宁愿淹死也不愿意被活捉。摩伊人在水草中摸索着，费了很大的劲才找到它们。这些鸟的味道比鸭子差多了。

晚饭过后，我们坐进里勃的吉普车，继续外出打猎。幸运的是，卡科终于被我们说服，打消了猎杀鳄鱼的念头，因为一旦进入沼泽，我们都有可能染上疟疾。卡科将一盏矿灯似的强灯戴在头上，电池则装在一只帆布背包中。我们沿着一条皇帝本人打猎的线路往前，卡科左右晃动着脑袋，试图发现灯光在猎物眼睛中的反射。他终于发现了。林中一片空地的深处出现了五对亮晶晶的小东西。卡科压低了他那嘶哑的嗓子说，那是鹿。他跳下吉普车，钻进了高高的草丛中，光束在他的前面左右摇晃着。我们终于看到林间空地的尽头有几头鹿，在等待着他的到来。它们的脑袋和脖子伸在杂草之上，像射击场中的假人那样一动不动。灯光稳定了下来，随即便是一道红光，枪声在四周回荡。鹿是怎么离去的，我们没有看到。空地上突然间变得空空荡荡。卡科回到吉普车上后说，他感到累了。在回家的路上，他隔着老远的距离射中了一只看似臭鼬的小动物，并且认为那粗糙、扎手的毛皮很值钱。这只动物的尸体在官邸下方的车库里放了几天后开始发出恶臭，只好命令司机将它埋了。

当天晚上，我被房间里持续不断的爬动声惊醒了，随后便是咂舌头的声音。声音不大，却预示着危险，显然触动了我的潜意识。这里没有电灯，而且我认为起身找火柴不是明智之举，因为虽然无法解释那咂舌头的声音，但那爬动的响声却让我联想到了一条大蛇爬过地面时发出的动静。因此，我静静地躺在蚊帐里，希望蚊帐能够驱赶走任何好奇的爬行动物。响声重复了数次后突然停了。我接着睡觉。

几乎是非常突然地，一声令人毛骨悚然的尖叫惊醒了我，而且我可以肯定就在我的房间里，距离我所躺的地方不到六英尺。这是一连串恐怖的狂喜般的咯咯声，以重复了几遍的“格科”叫声收尾。在万籁俱静的深夜，我只好将这种声音归咎到某种食人恶魔身上，结果第二天早晨发现它其实是家里的守护神——守宫，一种体形较大、令人厌恶的壁虎，白天躲藏在书柜的一角，怒气冲冲地将其尾巴耷拉在让－保尔·萨特①的鸿篇巨制上。这只壁虎似乎给人带来的唯一危险在于一旦遭到攻击，它便会拼死搏斗，因而被越南人视为命运的征兆。他们会借助它重复最后那个双音节叫声的次数来占卜吉凶。

我一直未能查清那爬行的声音和那咂舌头的响声来自何物。

第二天早晨，我们驱车出发时，太阳已经升到了半空中。出于对乡间习俗的尊重，我们曾商量是否天一亮就动身，可文明世界的众多事务将我们一再耽搁。这是一个风和日丽的早晨。我们顺着盘山道路下行，经过了湖畔，这里的层层雾气仍在慢慢散去。几个摩伊人划着独木舟在捕鱼，独木舟仿佛悬浮在水面上。摩伊人在注入湖中的溪流里悠闲地忙碌着，有的在设置捕鱼的陷阱，有的在洗锅——他们对洗锅的事尤为讲究。

我们穿行在乡间，周围相当开阔，左右两边都是稻田，但是水稻已经在一两个月前收割完毕，如今空空荡荡的，只剩下几头水牛在游荡，寻找泥浆池，外加几只鹳。摩伊人在这个季节几乎无所事事，也

---

① 让－保尔·萨特（1905—1980），法国 20 世纪最重要的哲学家之一，法国无神论存在主义的代表人物，同时也是法国存在主义文学最重要作家之一。他拒绝领取 1964 年的诺贝尔文学奖，代表作有小说《恶心》、剧作《死无葬身之地》、哲学著作《存在与虚无》等。

在四处游荡，试图寻找一个办法打发掉上一顿酒和下一顿酒之间的时光。有些家庭在沿着道路慢悠悠地行走，看样子是想步行一两英里，直至找到一个合适的地方野炊。母亲拎着一截很粗的毛竹，里面装着吃的东西；父亲则背着一坛米酒。孩子们到处乱跑，对着碰巧见到的任何小鸟射箭，但是却打不中。

我们沿途碰到了一些捕鱼的人。结伴出行与其说是为了正儿八经地捕鱼，还不如说是为了娱乐，因为打闹戏谑冲淡了仅剩的一点专注。人们喜欢采用的捕鱼方式是一些人搅浑溪流或水塘里的水，直到水变得完全浑浊，让里面的鱼不知所措；然后，他们用一种柳条编成的、形状类似超大瓶子的鱼叉随意刺鱼，其敞开的底部有着锋利的圆形边缘。人们不分男女，集体上阵，而这一捕鱼过程也为无休无止的恶作剧提供了借口，包括将人突然推入水中。这些是芒族人，属于我在达克宋看到的同一个部落，也是摩伊人的一个主要分支，他们在邦美蜀以南占据着一大片界限不明的区域。人们认为他们不如埃地人先进。埃地人的领地从北面数英里处开始，他们是最强大、人数最多的摩伊人部落。芒族人一眼就能认出来，因为他们的耳垂上挂着两个象牙大圆筒。那些依然靠狩猎——以及偶尔抢掠——为生的人会在其中的一个圆筒中装上箭毒，在另一个圆筒中装上解药。

我们在迪欧村停了下来，因为这里有一个新学校需要检查，这也是整个地区的五所学校之一。从远处望去，迪欧村看似人类学家为某个展览制作的小模型，属于未受破坏的偏远的南海文明的村庄范例。这里的一切井然有序，人们甚至以为会在这里见到垃圾桶，并且见到写有“万物皆有之地，一切均有归宿”的标语牌。村子里没有任何垃圾，也没有任何异味。如果将这里的长屋缩小到十分之一大小，配以编织得异常精美的竹席作墙，它们完全可以被称为能工巧匠制作的艺术杰作。随后映入眼帘的便是从楼梯口一直向上至屋门的各种图案，擦拭得一尘不染的祭祖柱子上的几何图形，以及一串串悬挂着的剪纸。这一切完全像一件展品——太干净、太缺乏生活气息——纯粹是为了吸引小学生来参观而精心准备的理想化的芒族村庄模型。然而它的规模又让它显得真实可信，更不用提构成它背景的长山山脉①中高达七千英尺的座座山峰。其中一些最精美的长屋长度超过六十码。村子里见不到人影，因为村民们都躲了起来，等待着酋长露面，而酋长正急匆匆地换上象征着权威的欧式运动衫。

迪欧村酋长那张脸很苍老，布满了皱纹，也写满了忧伤。他的外貌酷似地中海东部地区的某位非常成功的店主，而且透着胃溃疡的先兆。除了运动衫外，他还裹着一条深蓝色的包头布，腰间围着一条精美的缠腰带，上面编织着独特的花卉图案，脖子上挂着一条链子，链子上有个外形恰似镊子的装饰物，垂在胸前。里勃几天前刚刚拜访过酋长，因此我们曾希望免不了的仪式不会像平常那么烦琐。我们首先参观了学校，那是全村人合力修建的，仅仅用了十天时间。里勃说，你只需激发摩伊人的想象力，让他们对某个项目产生兴趣，让他们相信项目已经得到神灵的同意，他们便会带着十二分的热情将其完成。有位村民曾经服过兵役，因而被视为有文化的人，每周有三天担任老师一职。学校不久前正式启用，当时的仪式是宰了一头牛，因而地上仍然能见到几根被啃得干干净净的骨头。里勃对此进行了严厉的批评，但我觉得这种批评对这样一个殖民主义展览上的模范村有失公

① 旧称“安南山脉”，西北—东南走向，位于中南半岛，斜贯越南全境，是越南、老挝、柬埔寨的天然边界。

允。光秃秃的教室里张贴着几张蒙特卡洛①的海报，算是装饰。

酋长家的客厅布置得极为简陋，沿墙摆放着几张长凳，用某种类似乌木的木料雕刻而成，地上铺着干净的蒲席。屋里没有任何日用品，人们可以想象到每次客人走后他妻子收拾屋子时的情形。屋里的主要物件是一套大小不一的锣，以及几个鼓。最大的鼓上挂着铃铛，酋长说它至少值十头牛。当然，考虑到它所包含的情感因素，他绝对不会将它卖了。这面鼓已经在他妻子家传了数代人了，只有在诸如出现彗星这样的庄严场合才会敲响。屋子的主梁上贴了一些东西，仔细看后才发现那其实是从法国和美国期刊上剪下来的广告和漫画。

房间中央有一个架子，上面挂着几个坛子。酋长的女婿们一进屋就将自己的弩挂在了房梁上，那里正好贴着《至尊神探》② 的漫画。酋长立刻打发他们带上竹筒，去最近的小沟取水。与此同时，有人揭掉了酒坛颈部的泥封，并且用稻草和树叶将发酵过的酒醪压了下去，以防加水时固体物翻上来。情况看似不妙，里勃通过翻译请求酋长只进行最简单的仪式，因为我们当天还得参观其他村子。酋长说他明白，所以只准备了七坛酒。由于准备仓促，他就不打算让人敲锣来邀请家庭守护神出席了。他希望作为对他的补偿，我们下次来访时能够提前通知他，让他有足够时间来安排一次规模相当的欢迎会。他可以保证让我们一醉就是二十四小时醒不过来。

我将在摩伊人地区仔细研究这些仪式的各种细节，并且被告知还

---

① 摩纳哥大公国的一个区。

② 最初是由切斯特·古尔德绘制的畅销漫画书，1931 年首次推出，讲述正义警察迪克·崔西除暴安良、伸张正义的故事，曾多次被搬上银幕。最近一次为美国 1990 年拍摄的同名电影，由沃伦·比蒂和麦当娜主演。

芒族酋长的妻子对照相机置之不理

将有多次类似体验，而这才是其中的第一次。尽管每个村庄的类似仪式在细节上有所不同，本质上却没有区别。敲锣的人首先奏出震耳欲聋的节奏，你坐在正中央主酒坛前的凳子上，将竹管衔在嘴里，竭尽全力喝下相当于装满三只牛角的烈酒。侍候你的人蹲在酒坛的另一边，面对着你，能够清清楚楚地看到你喝下了多少酒，因为酒坛里的酒必须永远保持与酒坛顶部持平。他手持一只牛角，牛角的一侧有一小孔，水便从这个小孔注入酒坛中。不过，他得先用拇指摁住小孔，等到饮酒正式开始才会松开。从主酒坛中喝下相当于三个牛角的量之后，你向右挪动一个位置，依次饮用其他酒坛里的酒。次要的酒坛并没有限定最低饮用量。时不时地，你得将竹管吸满酒，用拇指摁住竹管口，将它递给在场的重要人物，而他们会满脸堆笑地表示感谢，从竹管里浅浅地吸上一口后再将竹管递还给你。在敬酒的过程中，你必须首先向缠腰带最漂亮的人敬酒，但如果说男人们的身份地位是由其衣着决定的，那么向女人敬酒的顺序就得依照年龄而定。

芒族人属于母系部落，所有的财产其实真正属于那些上了年纪、德高望重的岳母。尽管女人们起初会扭扭捏捏，并且会让男人们首先启动仪式，但米酒、酒坛、锣、鼓和屋子的真正主人却是她们。因此，今早将竹管递往站在客厅门口最年长女人的方向，不仅是一种礼节，而且是对她们真实经济地位的一种精妙的认可。令人惊讶的是，坐在下首的人会欣然让出座位，给家里真正掌权的人，而她也会优雅地落座，咧开已经没有牙齿的嘴巴，露出灿烂的笑容。没有牙齿与她的高龄并无关系，而是因为摩伊人将门牙视为狗的典型特征，因此儿童一进入青春期，门牙便会被敲掉。

迪欧村酋长的妻子虽然上了年纪，却依然保持着壮实、完美的体

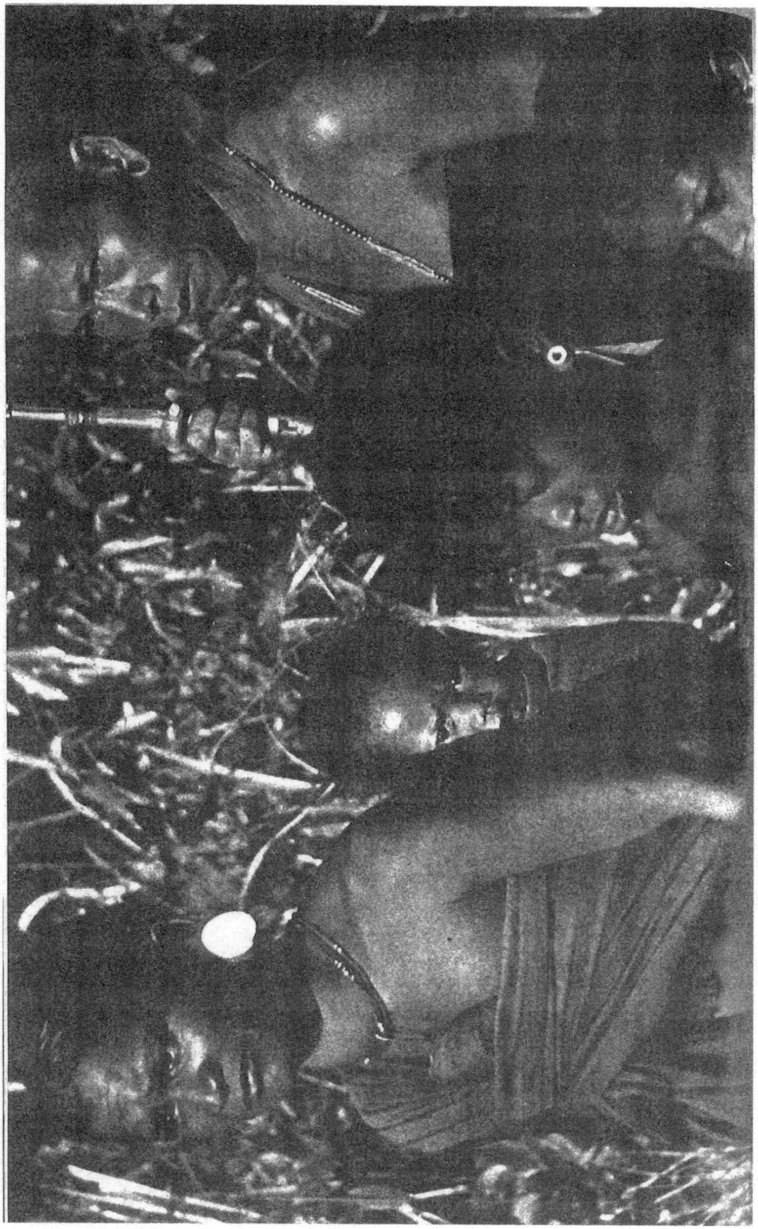

只有幼童敢窥视我们

型。她穿着一件色彩鲜艳的纱笼①，可能是从柬埔寨商贩那里买来的，在饮酒的间歇抽着一个银嘴烟斗。她风度优雅，举手投足不慌不忙，带着一份刻意，与她的身份相符。过了一会儿，另一位要人的妻子也按礼节应邀加入了进来，其他几位则耐心地等待着轮到她们，而她们的身后还有一排不苟言笑的美女，仿佛来自高更②的画作。她们是酋长的女儿，她们的丈夫（如果已经结了婚的话）由于在部落的社会等级中微不足道，早已像处理类似重要事件那样被打发去干自己的事了。迪欧村社会的七八位要人将我们与这些古铜色的维纳斯分隔了开来，但每位美女仍然需要我们花大量时间去敬酒。

好不容易将两三位老妪打发走，接下来要对付的是一群还在哺乳的母亲。她们将怀中的婴儿递给看热闹的人，迈着碎步向我们款款走来。虽然是米酒，却有着一种怪异的焦糖口感。里勃说今天的酒比平常淡一些，但酒劲还是开始发威了。摩伊人进入了一种轻松自如的愉快之中，哺乳的母亲们欣然接受大家的插科打诨，并且为此相互快乐地拍打着。不过，她们的酒量比那些上了年纪的妇女大多了，而且如果你想蒙混过关，别想逃过她们的眼睛。她们要来几只大杯子，大声说出敬酒词，将酒吸上来后利用虹吸原理将酒注入杯中，等杯子满了之后再敬献给我们。我们评估了一下局势，发现已经慢慢喝到了只剩下两位哺乳期母亲的地步，她们是酋长的女儿，也是波利尼西亚青年的完美代表，偶尔会透过长长的睫毛瞥我们一眼。不过，在喝了那么

---

① 盛行于东南亚、南亚、阿拉伯半岛、东非等地区的一种服装，类似筒裙，由一块长方形的布系于腰间。

② 保罗·高更（1848—1903），法国后印象派画家、雕塑家，与凡·高、塞尚并称为法国后印象派三大巨匠，对现当代绘画的发展有着非常深远的影响。

迪欧村的一间长屋

多酒、被喧闹的锣声弄得头昏脑涨之后，我们个个无精打采，头晕目眩。上午的时光就这样一点点地过去了。等我们喝到大家称兄道弟、妙趣横生的地步时，很难想象我们当时的状况。摩伊人笑容可掬地劝酒，但我们已经实在喝不动了。

两年前，迪欧村的邻村出了一件奇事。村民们怀疑一个八口之家在玩弄魔法，危及了整个村子。根据当地的习俗，大家推选了一位代表起诉这家人，并且安排了一场“神判”①。村子里的憋气冠军与这家人的户主同时将头扎入水中，谁先抬头（本案首先抬头的是被告），谁败诉。处理这种异乎寻常的案子所采用的是民间习惯用法，因此八位被告均被裁定恶魔附身，而且这些小恶魔各自躲藏在人的某个器官中。大家对此深表同情，认为这些罪人已经病入膏肓，只能通过切除受到感染的器官才可康复。器官被切除后，他们再次被视为完全正常的社会一分子。这些人手术后不久便一一死去，完全是意外，所有人都对此唏嘘不已。尤其是因为这八个人都被视为意外地“暴病身亡”，必然会化身为厉鬼，除非以长达两年的这种最费钱的祭献方式对他们进行安抚。为了尽到责任，没过多久，村子里的每只动物都遭到了屠杀，村子里储存的稻米全都变成了酒。村民们随后向附近村庄借贷，等到能借的都借完了之后，他们便安安静静地开始等死。

就在此时，这件事传到了行政长官的耳朵里，结果便是八名主犯在法国人的法庭上接受审判，分别被判了有期徒刑三十年。当然，摩伊人谁也无法理解这个结果。他们认定，这几个在他们眼中值得赞许

① 借助神的力量用水、火等考验当事人，以确定被告人是否有罪或败诉的原始审判方式。

的人之所以遭此厄运，完全是那八个死人的幽灵在作祟，而背后真正的原因是他们的祭献远没有到位。假如他们的资源没有耗尽，一切都会平安无事。最后这一点有些意思，因为正是由于粮食供应出现了短缺，行政长官才听说了此事。

从芒族腊兰部落的模范村再过去便是进化稍微滞后的芒族伽尔部落的领地，他们的村庄修建在克诺河两岸，村民们似乎整天都在河岸上打发时光，或沐浴，或查看鱼栅，或重新安好鱼栅。克诺河湍急，河水泛黄，河中央有几处沙洲，芒族的喀耳刻①无所顾忌，成群结队地坐在沙洲上，梳理着头发。

里勃在洛柴村有正经事，这里曾是一位法国著名人类学家的大本营。他决心像芒族人那样生活，远离西方文明的一切援助。在我们到来前不久，各种疾病（包括脚气）让他日渐消瘦，终于到了无法行走的地步。芒族人已经预见到，他们很可能必须按照异乡人在村中病故的规定，准备昂贵的葬礼。于是，他们给邦美蜀捎去了口信，请求将他带走。当地人似乎非常喜欢他。他居住过数月的小屋被宣布为禁区，里面的一切都必须保持原封不动。桌上仍然散放着他在撰写的各种论文，自来水笔就在其中。桌上还有一瓶开启后没有塞瓶塞的法国产杜松子酒，一架微型相机和几卷胶卷。里勃说他以前常常和芒族人相互讲述传说故事，芒族人最喜欢听的是尤利西

① 希腊神话中住在艾尤岛上的女巫，太阳神赫利乌斯和海神的女儿珀耳塞所生之女。在古希腊文学作品中，她善于用药，并经常将她的敌人以及反对她的人变成怪物。她曾爱上奥德修斯，并与之生有三子，后帮助奥德修斯返回希腊。

斯和塞壬①的故事，因为这与他们自己的一个传说很相似，其历史可以追溯到他们的祖先也以出海漂泊为生的时代——或许与荷马②笔下的这些希腊人同时代。这个村子里有几个人得了叠瓦癣，一种真菌感染的皮肤病，只见于波利尼西亚以及某些南美部落。芒族伽尔部落的长屋并未像我们之前见过的所有长屋那样采用干栏式结构。

我们在洛柴村见到了由几座芒族伽尔部落村庄构成的小行政区的首领。他像模像样地穿了一件黑色厚大衣，里面是马甲，脚上穿了数层羊毛短袜，最下面是绒毡做的拖鞋。脖子上像赛艇手那样围了条浴巾，虽然没有穿裤子，可为了让这个奇特的组合完美无缺，他戴了顶巨型牛仔帽，上面还带有系绳。首领的脸上挂着与欧洲人常年打交道的东方人特有的那种小心翼翼的表情。他不停地微笑，露出一排严重受损的牙龈，这是刻意消除牙齿痕迹所带来的恶果。首领显然不怕鬼，因为据里勃说，他杀过两个人，但由于在行政管理方面很有价值，所以才没有被判刑入狱——对于里勃这种严厉的道德主义者而言，这种权衡利弊的做法算是异乎寻常的让步。

我们决定下一站去勒邦村，那位人类学家的未婚妻就住在那里。卡科不久将途经西贡回法国，可以将她的消息告诉医院里的他。我们

---

① 原本是希腊神话中的人面鸟身海妖，飞翔在大海上，用天籁般的歌声诱惑过往的航海者而使航船触礁沉没，而船员则成为她的腹中餐。她在与缪斯比赛音乐时落败而被缪斯拔去双翅，只好在海岸线附近游弋，有时会变幻为美人鱼，用自己的歌声吸引过往的水手，使他们遭遇灭顶之灾。特洛伊战争结束后，尤利西斯（奥德修斯在罗马神话中的名字）率人驾船返回希腊，途中经过塞壬所在的海域。尤利西斯命令水手用蜂蜡堵住耳朵，并且将他绑在桅杆上领航。他以这种方式抵挡住了塞壬的歌声诱惑，率领大家平安驶出了这片海域。

② 荷马（约公元前9世纪—前8世纪），古希腊盲诗人。相传古希腊史诗《伊利亚特》和《奥德赛》是由他根据民间流传的短歌综合编写而成的。

抵达那里时，村子里的某个仪式正进行到一半。那天早晨刚刚杀了一头牛作为祭品，村子里到处挂满了一块块血淋淋的牛肉，上面依然带着牛皮和牛毛。几位布里拉·萨瓦兰①正卖力地将肉砍成小块，再按照他们的秘密菜谱将各种草药混合在里面。各家各户的外面都支起了架子，鲜红的肉条按照一定间隔挂在上面，像辣椒一样在阳光下晒干。带着金属光泽的苍蝇正围着肉条飞舞。

村民们个个欢天喜地，酒宴早已进行了四五个小时，主屋里传出的锣声更是震耳欲聋。仪式上的拘谨早已被抛到了九霄云外，周围所有人都向我们递来生肉，还有倒在胶木杯里的酒。我们走进公共屋，村里所有人以前都住在里面，直到后来人数多得容纳不下后才搬了出去。这里没有在芒族腊兰部落见到的那种严格划分，即人们不能随意进入那些隔开来的家庭，但这里的公共屋却是接待访客的地方，所有礼器都被整齐地摆放在里面。这里果真只有一个低矮的房间，大约五十码长，亮光来自两端的入口，竹编的墙壁也渗透进了一定的光线。每个家庭所占的空间以码放整齐的家庭财产为界限，甚至连做饭用的锅子也采用了这一方式，全都挂在墙上，各有各的地方，与邻居一模一样的锅子摆放的高度也完全相同。坛坛罐罐也从屋子一端连绵不断地摆放到另一端。这种对井然有序生活的痴迷程度简直令人叫绝，显然是必须与人共享有限的空间这种紧迫感所带来的结果。人们几乎可以想象到某位长者，像值班军官一样，每天会过来巡视一番，顺着排成一条线的坛坛罐罐望过去，只要看到有谁的毯子叠得不对便会挑剔地皱起眉头。

卡科提出要见一见那位人类学家的未婚妻，她立刻在两位年轻亲

---

① 布里拉·萨瓦兰（1755—1826）：法国政治家和美食家。

戚的陪同下走了过来。她美若天仙，一双黑色的大眼睛，暗黄色的皮肤令人陶醉。她的拔牙手术做得非常糟糕，结果牙龈始终肿着，上嘴唇略微有点错位。虽然已经有了几分醉意，她依然竭力表现得非常矜持，只是在又被人劝着喝了多杯酒之后，才在众人的劝说下抬起头来。两位高更笔下的年轻模特坐在她身旁，扭着双手，头拧向一边，脸上露出了在我们看来似乎是惊恐的神情，面对我们的突然到访已经清醒了许多。部落里那些掌握着实权的老妪此时已经酩酊大醉，不再需要任何劝慰，于是卡科直截了当地问有没有哪个姑娘准备出嫁。几位父亲立刻露面，显然喜出望外，说那两位年纪较轻的姑娘随时可以出嫁，她们的母亲愿意为相中的女婿出高价，包括各种坛坛罐罐和锣。遗憾的是，年长的姑娘已经许给了人家。对于这样一位相貌如此出众的姑娘，竞争自然非常激烈，难怪会有欧洲人爱上她。做父亲的指出，她虽然离了婚，日子却过得相当舒服，因为按照法律，丈夫被扫地出门后，家中的所有财产都归了她。卡科说他已经看中了剩下的那位年纪较轻的姑娘，等他从法国回来后就迎娶她，并且将屠宰许多头牛来庆祝一番。他在那姑娘的臀部轻轻拍了几下，算是一种承诺，而她也努力装出开心的样子。大家是否会将这件事当真，我不得而知。也许不会。摩伊人像所有人一样喜欢开玩笑。

离开勒邦村之后，我们沿着皇帝新修的狩猎道路前进。摩伊人正在原始森林中开辟这条道路，所用的工具看似欧洲人在花园里使用的锄头。他们每天的报酬是六披亚士特。官方汇率为一披亚士特等于四便士，但在黑市上却只相当于三点五便士。这些摩伊人算是幸运的，能够以这种方式完成他们五十天的强迫劳动，而不是在种植园里。道路修好后，皇帝就能驾驶他那辆专门改装过的吉普车，进入到全世界最富饶的狩猎之乡的核心区。他的吉普车后面添加了一个王座般的木制平台。

这里景色诡异，群山宛如雷雨云，黑压压地高悬在地平线上。一簇簇竹子在空中摇曳，下面是低矮翻飞的植被。我有生以来第一次见到孔雀在空中飞行这一奇迹。卡科徒劳地朝它开了一枪，但它拖着长长的羽毛飞到了一棵被蕨类植物覆盖的大树树梢上。这个地区到处都有老虎，芒族人的所有故事因而也都与老虎有关。当地的巫师享有驯化老虎的盛名，并且会让村民们亲眼看到他们骑在一只戴着口套的老虎身上，以此来赢得村民们的尊重。里勃对此深信不疑。然而，即便是最缺乏想象力的欧洲人一旦来到这种地方，也会情不自禁地被当地人的信念所感染。只要稍微有点疏忽大意，老虎就会出现在你的面前，并且总是像毫无怨言的魔仆一样，只要你轻轻擦拭戒指或者油灯，它就会随时出现。大多数的失礼和餐桌行为举止不当据说都会招来这种不幸的后果。尤其会带来灾难性后果的是用刀子刮锅里的米饭。里勃说，老虎以及它们的人类同谋的威望实在太高，芒族人已经不敢再猎杀老虎。有人最近打猎时杀死了一只老虎，结果参与狩猎活动的每一条狗次日全死了。他认为应该是被某位巫师毒死的。部落首领干掉的就是两名这种与老虎勾勾搭搭的家伙。这位身着破旧欧式衣服的微不足道的家伙在与身披虎皮的人的较量中居然能获胜，真是奇怪，但这也具有一定的象征意义。

我们当天抵达的最后一个村庄叫乔阿村，属于一个特别有意思的小部落，名叫毕合。约安大夫两年前来到这个山谷时，这里的人依然保留着古老的葬俗。据他说与马达加斯加霍瓦人的葬俗完全相同。逝者被装进树上的棺材里，两年内任凭风吹雨打。然后，骸骨被取下来，彻底清洗干净。在最终入土为安之前，家里一位年长的女人会带着死者的头颅在田野中转悠，人们会向它献上祭品。约安正在撰写一本介绍摩伊人葬俗的专著，曾经拍摄了一些高空棺材的照片，然而这些照片却在日本占领期间毁坏了。我答应为他再拍几张。可是我来晚了。在约安走后的两年中，美国传教士来到了这里，劝说毕合部落摒弃这种习俗，并且作为回报，教会了村里的一个男孩吹口琴。

我们在乔阿村外被人发现了，结果等我们走进村子时，迎面见到的是一个奇特的画面。女人们正仓促地排着队从长屋梯子上下来，恰似军校生从训练船的绳索上下来一样。她们随即在道路两边站成两排，像模像样地保持着立正姿势。她们的头上裹着白布，身穿海军蓝色的棉布衬衣和裙子。首领匆匆赶来迎接我们，胳膊下夹着一本英文版的《马可福音》，以及司空见惯的为日本人效劳的嘉奖状。

里勃和卡科似乎有点不高兴，他们冲着女人们的方向点头示意，然后向首领嘀咕了一句什么。首领厉声下达了一道命令，那些衬衣开始纷纷脱落。如果哪个女人动作不够快，首领或者一家之主便会冲着她严词训斥。几秒钟后，欢迎队伍准备就绪，我们穿过四十多位充分展示的巴厘岛式的躯体，向首领家走去。我相信里勃和卡科认为那些花布衬衣也是传教士搞的名堂，并且觉得是时候划出底线了。

离乔阿村不远处是契奥利奥，这里便是两位神秘的火与水的法师居住的村庄，他们的名声在印度支那广为知晓，总是让人肃然起敬。令人称奇的是，自远古时候起，曾经在不同时期瓜分过印度支那的列强——占婆、老挝和柬埔寨——的国王全都向嘉莱族①部落的这两个可怜又可怕的人，这两位精神领袖表示过敬意。

火法师守卫着一把神刀；据说，这把锻造粗糙的简陋神刀包裹在一块破布中。上述各个王国都声称这把神刀属于自己，而这把神刀只

① 越南官方承认的54个民族之一。

要拔出一半，就足以让所有生灵陷入沉睡之中；如果全部拔出来，烈火就会吞噬整个世界。直到柬埔寨现任国王的祖父执政时期为止，柬埔寨每年都会有一支象队驮着贵重礼物送给水法师。

这两位法师似乎都被视为神祇的化身，拥有不受意志控制、显然无法驾驭的力量，并且这种力量带来的祸害要远远多于福祉。水法师以人们无法理解的方式与瘟疫联系在一起，每个人都对他避之唯恐不及，笼罩在最令人胆战心惊的禁忌之中。每当他在乡间走动时，人们会专门在村外给他搭建住处，并且在里面放上供品。这两个法师均不能自然死亡。一旦其中一人病入膏肓，人们便会用长矛将他刺死，然后再以占卦的形式从他的家族中挑选一位继承人。据说，被选中的人总是极不情愿地继承他留下的衣钵。

第九章

埃地人

次日上午，我们抵达了埃地人的领地，据说这是先进的摩伊人部落。与其他摩伊人一样，他们也个个口若悬河，嗜酒如命，喜欢自贬式的幽默（“我们的女人是世界上最丑的”），不过他们还没有被末日来临感所传染，即大多数动物物种在进化道路上已经一路下坡到某个阶段之后，面临物种灭绝时的浮躁感。人们后来发现，埃地人愿意接受对他们的生活方式进行稍稍改进，只要这种改进能够以得到神灵同意的方式介绍给他们。

里勃早已派人去召集普鲁木村的重要人物，要他们过来进行讨论。他的一个宝贝项目是开展一项社会试验，这个村庄被选为了试验对象，目的是引入农业革新和抗疟疾措施。普鲁木村将成为示范村，并且希望它能成为所有邻村争相效仿的学习榜样。这在理论上是可行的，但是里勃显然连自己都无法相信一切真的能够如他所愿。需要考虑的因素太多，其中一些我认为是他作为一名法国官员无法具体明说的。不过，里勃已经成功说服普鲁木村的村民投入大量精力，在森林中开垦出了一片土地，将其变成属于整个集体的果园和菜地。他们还将改种玉米和木薯，这样就不知道如何将其变成酒。他希望（但是也怀疑）他们因此能够多吃一点粮食，少喝一点酒。他这次准备和他们谈谈预防疟疾的措施。

在村外迎接我们的是首领和各家的户主，每个人手持烟叶和一个小碗，碗里装着米饭和一个鸡蛋。正确的做法是从每个人手中取一片烟叶，用手碰一下鸡蛋，象征性地接受食物。首领那张五官端正的脸上一副忧心忡忡的神情，弯曲的鼻孔和双唇让人联想到标准的也门阿拉伯人。（人类学家们是否仍然测量人的头盖骨的大小？如果是的话，那他们如何解释摩伊人之间的差异？）

首领和村中名流全都裹着最精美的头布，穿着外套，腰间围着缠腰布。每个人都带着一张日本人颁发的嘉奖令或者为法国扶持的民兵效力的证明，供人查验。这种正式的气氛让里勃顿时警觉起来，他决定现在就让首领将讨论会开始前的仪式减至最简。首领正儿八经地鞠躬，表示同意，但随即又指出，由于多了一位新客人（也就是我），举行一个简短仪式，以请求所有神灵的保护仍然在所难免。里勃耸耸肩，只好作罢。于是，我们一路来到首领长屋中的公共屋，我的朋友们在这里看到排成一排的酒坛后越发感到悲观。屋内的摆设与芒族腊兰部落如出一辙；沿墙摆放着长凳、全套铜锣以及巨大的牛皮鼓。房梁上挂着皮质盾牌、弩和喝酒用的牛角，还贴有我已经预料会见到的

“艺术藏品”：一张上面印着泳装美女的颇为大胆的越南年历、一张汽车底盘如何加机油的图解说明、一张人猿泰山的漫画。

我在首领的示意下坐到了主酒坛对面的凳子上，但是背对着酒坛。锣声响了起来，可我什么都看不到，因为所有活动都在我的身后进行。屋子中央只有我一个人，而且面对一堵空墙，等待着被正式引荐给神灵，然后才能参与仪式。某人走过来，站在我身后，开始低声念咒语，但喧闹的锣声几乎淹没了他的声音。他们事后告诉我，站在我身后的是巫师，来的时候带了一只白公鸡。他将鸡爪在水里泡了一下，然后握着鸡在我头顶上晃动。咒语刚一念完，巫师就让我在凳子上转过身来，递给我一根竹管，竹管的另一头插在最高的酒坛中。就在这时，首领的妻子——屋里只有她一个女人——从酒坛的一个把手上取下一个开口的细铜手镯，戴在我的左手腕上。这种向陌生客人赠送铜手镯的习惯肯定历史非常久远，因为印度支那各地的摩伊人部落都有这一习惯，而大多数部落相互之间历史上根本没有任何来往。这个手镯能够让人临时得到部落的保护，并且享有一些小特权，比如可以触摸某些圣鼓。当然，这些特权又因为村子的不同而不同。某些欧洲人如果希望参加一些更加神秘的仪式，比如孩子在青春期到来时拔掉门牙的仪式，就必须首先经历规模更大的入门仪式。想参加的人必须付钱买一头猪作为祭品，然后从他的脚上取出来一点鲜血在酒中与猪血混合在一起，由所有在场的人喝下。客人在这种场合获赠的手镯要粗一点，上面还刻有一个神秘符号。此后，他每一次祭献一头牲口，手镯上就会多一个符号。这样一来，手镯就成了一种记录，所有人都能看到戴着它的人为大家作了哪些贡献。它就相当于日本人颁发的嘉奖令或者法国人颁发的服兵役证明一样，处在了同一个精神层面上。许多欧洲人都戴有五六个较细的手镯，就像给自己的备用轮胎系

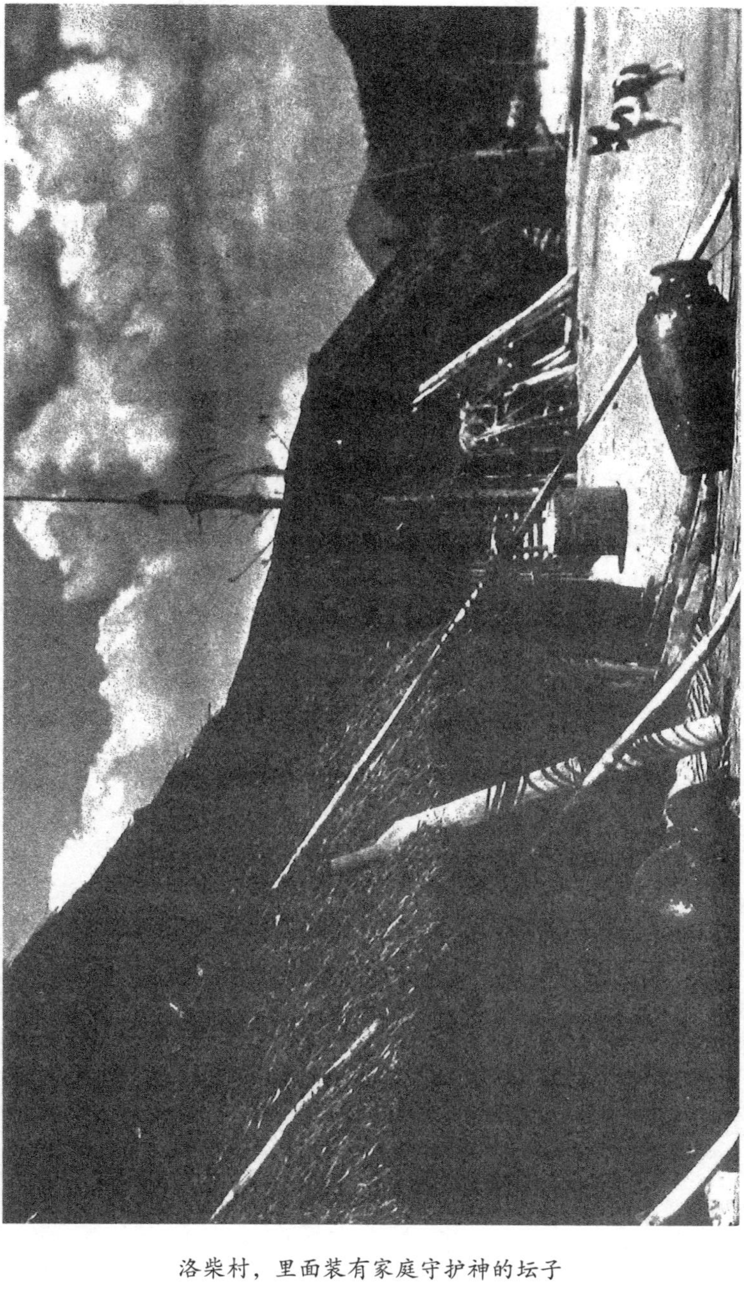

洛柴村，里面装有家庭守护神的坛子

上一根藤蔓一样，也是一种矫情，表明自己已经是印度支那通了。

此时的我已经参加过几次摩伊人的仪式，开始喜欢上了最初忽视的一些好的方面。因此，我注意到，每次新开一个酒坛，一位像里勃这样温文尔雅、讲究仪式的人会非常认真、非常刻意地冲着稀疏的竹编地板吐痰，算是敬酒。我第一次遵循这一做法后，注意到虽然家庭守护神或许接受了这种敬酒方式的精神实质，它的物质的一面却被一群急不可待的鸭子在一片嘈杂声中争先恐后地抢进了嘴里。这些鸭子被锣声吸引过来后，在地板下各就各位，处在酒坛的正下方。看到里勃有此善解人意之举，坐在对面的一排要人宽厚地冲着他频频点头。他们开始兴致高涨，或许是相信这顿酒终于会演变成全套仪式。仆人们满怀希望，端着串在竹签上的生肉小吃在稍远的地方晃悠，另一些人早已被悄悄打发去了河边，现在拎着竹筒回来了，里面装满了水，充满期待地等着下令揭开下一个酒坛。坐在锣旁的少年敲打出了疯狂的节奏。然而里勃正看着表，满满的三牛角杯酒这一起码仪式刚一结束，他便示意首领，准备开始他的说教。

摩伊人像大多数所谓的原始人一样，竭尽全力礼貌地对待所有的陌生人。虽然原本看似一场尽兴欢宴如此草草收场无疑让大家都感到失望，但每个人都对说教的重要性极为理解，并且立刻派人去请村里所有能够来开会的男人。不到几分钟，他们便沿着公共屋的墙壁排成了一排，就像摄影师某张群像照片中一样，他们脸上真诚的表情宛如神学院学生见到了红衣主教。没有人再朝酒坛方向瞥上一眼，那里只有被遗忘的喝酒用的竹管垂头丧气地弯曲着。里勃刚一开口，四周顿时鸦雀无声，每个人明显竖起了耳朵，尽管谁也听不懂法语。有意思的是，管事的女人们谁也没有到场。

里勃的开场白总是千篇一律。“告诉他们，图昂，”他对翻译说，

“神灵对摩伊人发怒了。告诉他们，二十年前人口统计时，普鲁木村有八十六名成年男子，现在只有四十人。”图昂将他的话翻译成了埃地人的方言。里勃说，他虽然不会说埃地人的语言，却足以明白一点，埃地人对言辞充满了敬畏，期待着行政长官以诗一般滔滔不绝的排比句将人人都知道的事实说出来。

“埃地人将从地球上消失，”里勃开始转入正题，“安南人会像来到大叻一样来到邦美蜀。他们将耕种埃地人的稻田，他们的狗将啃食埃地人祖先的骸骨。”图昂用悲伤的语调将这段伤心的故事重新进行了编排，以便适应当地人的习惯。长相酷似阿拉伯人的首领一副绝望的表情。里勃很精明，不断用耸人听闻的死后惨状恐吓他的听众，除非他们趁着现在为时不晚赶紧自救。“你们想把安南人挡在外面吗？”他问，“你们想不想守住这片土地，让你们的子孙后代能够为你们的灵魂举行仪式？”现场出现了短暂的赞同声。里勃解释说，只有一个办法能够实现这一目标，那就是战胜正在夺去他们生命的疟疾，然后增加人口。这就需要他们将出售多余果蔬挣到的钱用来买药和蚊帐。大家同意吗？同意了。首领愿不愿意保证，不像以往那样将新挣到的钱用来购买酒坛和锣？首领做了保证。

说教就此结束，我们正准备动身，翻译告诉我们饭菜已经准备好了。对于摩伊人而言，拒绝别人已经给你准备好的食物是极不礼貌的，也是对几位威力强大的神灵的冒犯。这种冒犯理论上只能通过祭酒才能平息。客人还得想方设法将所准备的一切全部吃完。里勃再次警觉起来。摩伊人可谓世界上最具杂食性的民族，他提醒我们，如果款待我们的是一盘某些部落专门为餐桌培养的蛆这种美食，情况会变得非常微妙。

不过，我们低估了普鲁木村首领的细心。公共屋搬进了一张藤桌和三把椅子。第一碗端进来的时候，我们如释重负，里面只是普通的白米饭。然后是一道烤野禽，外加——如同在某家英国咖啡馆中的炸鱼柳会配送美味的法国酱一样，我们也有出乎意料的美食——一碟鱼露，从发酵的鱼提取的酱，它的恶臭与它的美味简直水火不相容。桌上还有象牙筷子和精美的中国瓷碗。全村人仍然排成一行，默不作声，仿佛进入了一种恍惚境地。我们拿起筷子时，首领做了个手势，其中一人走上前来，吹起了笛子。

翻译图昂属于“进化人”，这在印度支那通常指那些放弃本民族习惯的人。他们穿着欧式旧衣服，习惯性地带着顺从的表情，有时享有骑自行车的特权，算是一种补偿。本性难移，进化过的图昂貌似海滨捡垃圾的流浪汉，不过或许是他的进化还不完全，因为他还没有学会献媚的微笑。里勃注意到普鲁木村的几个人将图昂拉到了一旁，似乎与他商谈什么私事，于是便问图昂他们说什么。图昂支支吾吾地说他们对一些事不满意。“对什么不满意?”里勃追问道。图昂说：“派到种植园干活的人还没有回来。” “是什么在阻止他们?”里勃问，“他们如果想回来的话，应该回来了。”

可是图昂却以最未开化的方式发起了牢骚。他在我的眼睛里重新回到了缠着腰带的样子。他实打实地说，那些人被强迫留在了种植园。村民们说如果那些人不被放回来的话，他们现在不仅无法维持果园和菜园，而且还不得不减少稻田的数量。里勃说他们将亲自去种植园过问此事。

两天后，我们在回邦美蜀的途中去种植园进行了调查。这是越南的几个种植园之一，负责向汽车轮胎制造商提供橡胶。它之所以能够继续兴旺，完全是因为位置偏僻，暂时仍然远离越盟，尽管它的办公大楼在1946年遭袭时的大火中化为了灰烬。它在越南南部的大多数竞争对手都已关门歇业，或者是由于劳工逃跑，或者是由于它们离交战区太近。

种植园恢宏的罗马式建筑十分宽敞，透着一丝封建气息，属于那种将极端奢华与极端破旧融为一体的目空一切的贵族环境。华丽的台阶前蹲着两个衣衫褴褛的苦力，成排廊柱支撑的穹顶下堆放着一捆捆处于不同生产阶段的橡胶。经理是被人从家里的某个角落叫来的，匆匆穿过厨房来迎接我们。我一时很难确定他的出生地，不过他无疑是个欧洲人，看上去比实际年龄年轻，一举一动都极为夸张，时刻想消耗掉过剩的精力。他的衣着像城里人，腕带上有一个防恶毒眼光①的护身符，脖子上的纯金项链有一个宗教章牌，他时不时地会玩弄一下。我估计他像家长一样与家人以及仆人关系很亲密。他大概非常节约，经历过虚情假意的忠诚，因而比较刚愎自用。他的脸上时刻挂着笑容。

他带我们进了一个大房间（估计他本人不太喜欢这个房间），并且请我们围坐在一张最精美的鸡尾酒柜前。经理像酒吧女一样，熟练地给我们每人倒了一大杯威士忌，给他自己只倒了一点酒。两个手下进来后也坐了下来；这两个家伙身材魁梧，不时擦拭着粉红色的脸庞，并且模仿老板的样子不停地微笑着。他们就像照片中见到的被关在美国某个监狱里的马仔，而他们那不露声色、阴险的笑容恰好衬托出了经理活泼敏捷的友善。

里勃问是否已经为那些准备再干一年的人准备好了这个月的续签

① 据迷信说法，这种眼光可使人倒霉或遭受伤害。

合同。经理说已经准备妥当。“好的，”里勃说，“既然是这样，他们现在可以当着我的面签字了。”经理说已经签过字了。“怎么可能呢？”里勃问，尤其是在他已经明确表示想见证签字过程之后。经理满脸堆笑，连声道歉，一副息事宁人的表情。这可真是怪事！他说他完全理解错了。不过将来有的是机会。行政长官先生应该明白，他只想尽力合作。他的这番话就像高档宾馆的前台服务员招牌式的虚情假意的道歉一样缺乏可信度。经理依然笑容可掬。“很好，”里勃冷冷地说，“我们现在就去和那些签过字的人谈谈。”

经理很高兴。他一再抱怨，说他希望人们能够记住，他最大的愿望就是有机会带好朋友转转，整个种植园随时向大家开放，他没有什么好隐瞒的。他转身向两个马仔求救，他们立刻对他笑脸相迎。经理脸上的表情仿佛在说，瞧见了吗？他冲着我们挥舞了一下手中的威士忌酒瓶。只要有朋友到来，他比什么都高兴。既然我们今天来到了这里，他准备借此机会带我们去参观他的模范种植园、最先进的工人宿舍、卫生所……然后，他硬要请我们用晚餐。

里勃克服重重困难，用了两个多小时才达到了他来这里的目的。我们被带到了一个院子里，大约五十个摩伊人已经排好了队，正等着我们。这些苦力的合同已经到期，需要重签，其中只有三人拒绝签字，即将被打发回村子。他们个个愁眉苦脸，骨瘦如柴。我突然意识到，在我到过的每一个村子里，都没有见到过一贫如洗的摩伊人。里勃照着花名册核对了他们的姓名，经理仿佛预见到会遭受批评，开始主动出击。他把图昂叫过来，让他问问这群衣衫褴褛的家伙是否对他们在这里的待遇满意。没有人回答，经理对此似乎颇感意外。里勃开始介入。“让他们说实话，”他说，“如果他们对合同不满意，那就让他们说出来。绝对没有什么好害怕的。”两个马仔交叉着双臂，乐呵呵地观望着。经理走到其中一个垂头丧气的家伙面前，伸出一根手指小心地戳了他一下："问问这个人是否满意。"图昂问了他，他的目光躲闪着，嘟哝了一声回答。"瞧，"经理信心十足地说，"他说什么？"图昂告诉他："他说他满意。"

经理摊开双手，转过身来，趁着大家还没有回过神来，继续得理不饶人。"现在问他们——我是说问所有人，他们难道没有得到一百五十拔亚士特的津贴吗？你，你，还有你，"经理说，指尖离那些破衣烂衫的人不到一英寸的距离，"你们有没有拿到津贴？如果没有，你们只需现在就告诉我，我亲自给你们发钱。"像是变戏法一样，经理的手中出现了一沓崭新的钞票，在那排可怜虫的眼前晃动着。"他们都拿到津贴了。"图昂说。

经理的脸上露出了灿烂的笑容，那沓钞票在空中最后一次划过一道优雅的弧线，随即便消失在了他的口袋里。"我说什么来着？他们都拿到了津贴，这可是拿到正式工资之前的慷慨之举。有钱可以送回家，家里等着钱用呢。"这件事显然有人在背后策划。经理担心自己正成为某些爱诽谤的人的牺牲品，虽然他不愿意明说这些人是谁，但这些人在刻意散布他的谣言。对付这种事只有一个办法，那就是让真相大白于天下，然后，噗——经理轻吐一口气，将某个想象中的物体吹走，同时快速搓着手掌，要将妖魔鬼怪全都赶跑。他转过身来，期待着能看到里勃的脸上也挂着笑容。他们看够了吗？如果已经看够了……两个法国人面对这位伊特鲁里亚①人的哑剧表演毫无表情，可以说非常冷淡，不愿意就此被说服。图昂比以往任何时候都更加压

① 位于现代意大利中部的古代城邦国家，包括如今的托斯卡纳、拉齐奥、翁布里亚等地区，公元前被征服后并入罗马帝国版图。

抑。埃地人让他失望了。他只能低头认输。五十个表情麻木的苦力眼睛紧盯着双脚。经理和他的马仔与全世界的关系都很铁。

里勃做了最后一次尝试，全然不顾经理扬起的眉毛，和他的幽默且宽容地翻滚着的眼睛。“告诉他们，我们来看他们是因为我们听说他们不满意。我们现在知道这不是实情。他们已经自愿选择为公司干活。我们回去后将告诉大家，他们在这里很快乐。”最后一排有人嘟哝了一声，图昂走了过去。两个马仔虽然脸上仍然挂着笑容，却令人难以置信地也向前走去，高大的身躯完全遮住了两个摩伊人。经理又看了一眼手表。里勃问那个人说了什么。“他说他是被迫签字的。”图昂回答，说话的声音毫无感情，丝毫没有获胜的喜悦。

“他是如何被迫签字的?”里勃问。两个彪形大汉向提出反对意见的人步步逼近，后者开始左顾右盼，似乎想找个逃跑的方向。里勃紧随两个大汉。“让他说出真相，”里勃说，“我保证他不会受到伤害。”图昂再次对那人说话。那个人长着一副女人相，这在北边的嘉莱族部落中比较常见，人们很难相信他居然与普鲁木村那位相貌酷似闪族人的首领源自同一批祖先。他的四肢伤痕累累，在古铜色皮肤的映衬下，淡粉色的伤疤显得异常丑陋。他说他一直被关着，直到他同意在文件上按下手印。他嘟哝着说出这一内情时，两个马仔一直在监视着他，厚实的胸膛凸显在外，并且低头冲着他狞笑。可是另一个声音分散了他们的注意力。这个人鼓足勇气告诉里勃，他被带过去，并被强行在合同上按了拇指印。这一奇特的反抗形式立刻传播开来，周围的嘟哝声越来越响，其他人也说他们只是在规定的五十天义务劳工结束时才发现自己受骗上当，在一年期的合同上按了拇指印。这是因为他们经常需要在这样那样的东西上面按手印，比如在领取干活时所需的工具时。图昂不停地来回从一个人走到另一个人面前，最终回来报告说，只有三个苦力自愿留下来干活。

可是里勃现在正面临一个新问题。敲打这个公司，让它释放几名被强迫或被欺骗留下来的工人，这是一码事；但如果他继续深究下去，显然就会让这种有钱有势的公司失去所有劳力，而这是另一码事。里勃明白，任何行政长官哪怕是尝试一下，都会丢了乌纱帽，这种情况司空见惯。事情现在闹大了，已经失控。轻描淡写的改革已经无法安抚被召唤来的魔仆。要么必须允许公司继续通过欺骗或武力得到劳力——因为它显然只能通过这种方式得到劳力，要么公司就得关门。这就是情况的严重程度。再说，如果真的没有了公司，无人照料的种植园就会重新变成丛林，那么轮胎公司将从何处得到橡胶？法国司机们又该从何处得到轮胎呢？事实上，既然没有任何理由认为印度支那的其他橡胶种植园是按基督教教义经营的，而且被视为对我们的文明至关重要的这种商品，又常常只能通过对非法行为和压迫视而不见的方式来获得，那么目前这种秘密的黑帮式行径的与19世纪已经正式废除的奴隶制之间就没有本质上的区别。

摆在里勃面前的只有一条路：先向埃地人承诺将调查整个事件，然后再尽可能体面地撤出。经理完全是一副无所谓的神情。他或许更愿意避免这种尴尬的场面，因为他天性热情豪爽，喜欢与人友好相处，不喜欢看到丢人现眼的场面。不过他也完全明白，里勃根本无法对他怎么样，也就是说，根本无法在不挑战殖民地目的的情况下对他做出任何出格的事。一位权力比里勃大得多的行政长官后来告诉我，他最多只能稍稍限制一下庄园主们的行为。“我们像杂种狗一样，咬他们的脚后跟——仅此而已。如果没有我们，他们会直接进村子动用劳力，用枪逼着男人们过来干活。”

我现在明白为什么里勃、约安大夫和所有其他人都认定摩伊人已经注定会灭绝。他们总是说原因在于疟疾，只是摩伊人与疟疾打交道已经有了数千年历史，为什么疟疾会在我们这个时代开始让他们走向灭亡呢？这根本说不通。里勃或许能够在他的示范村里成功地阻止这一走上不归路的趋势，让普鲁木村的人口保持不变，甚至让人口增长。可是，尽管科学家和底层官员表现出了担心与焦虑，摩伊人村庄的真正目的在高层官员看来就是提供强制劳力。因此，根本不会有真正意义上的复苏。

第十章

正在消失的部落

从达克湖区回来后，我越发觉得邦美蜀单调乏味。达斯廷迅速将我重新安排住进了寂静、豪华的行政长官官邸中，并且再次告诉我，如果我需要任何东西，只需从窗口“张开嘴，大喊一声”。达斯廷认为我暂时根本无望离开邦美蜀，去哪个方向都不成，并且说在我之后离开邦美蜀的车队遭到了严重枪击。不过，等等看吧——等等看吧。他偷偷乐着走了，并且是在哨兵敬礼的唰唰声中。我感到他自有锦囊妙计。

临近傍晚时，气温稍稍降低了一点，我趁机去拜访当地的传教士。由于对他们在达克湖区的活动已经有所耳闻，我很想见见这些人。他们教会了皈依基督教的摩伊人和谐地唱出桑基和慕迪①的二重唱，并且将羊毛贝雷帽分发给摩伊人的孩子，作为上帝恩典的一种标志。

传教士琼斯先生来自美国，身材消瘦，留着络腮胡子，酷似格兰特·伍德②某幅画作中的美国新英格兰农夫。他的表情严肃、慈祥，他妻子给人的印象也是仿佛她拥有某个简单的配方，能够让她超凡脱俗。我估计琼斯夫妇可能从未与天使较过真，也从未明白大多数先知的悲观态度。在他们的眼中，他们实践并传播宗教是一项令他们心满意足的快乐活动，并且给了他们足够的空间来表现自己。他们住在邦美蜀最豪华的别墅中，不仅配有两辆汽车，还配有一架飞机。

美国福音会的牧师们吃不惯蝗虫和野蜂蜜。我听说他们抵达某个国家时，通常会携带数吨罐头食品，而且完全按照他们的逗留时间计算过。琼斯先生在提及他的这座豪华别墅时，特意向我保证，完全按照法国殖民地标准建造，这很正常。不仅如此，他说他们夫妇经常在灌木丛里过夜。他接着说，他们都非常喜欢和羡慕法国人，并竭尽全力在各个方面与法国人合作。他们的名声其实比法国天主教传教团好，后者因其政治活动已经在一些地区遭禁。琼斯先生认为，法国天主教传教团除了提供精神食粮外，还对当地人产生了某种兴趣——美国福音会绝对不会干这种事。我等待着他引用“恺撒的物当归恺撒”那句福音书中的名言，结果白等了一会儿。我还是忍着没有告诉这位牧师，法国当局将所有传教士统一视为华盛顿派来的政治特工（我认

---

① 指艾拉·桑基（1940—1928）和德怀特·慕迪（1837—1899），美国福音诗歌与歌曲大师，创作并演唱过大量福音歌曲，风靡一时。

② 格兰特·伍德（1891—1942），美国画家，很多作品逼真地描绘了他的故乡爱荷华州的平民和农村景象，但他温和的讽刺和平淡无奇的阐释有时会引起异议。他的代表作《美国哥特式》已经成为20世纪标志性的绘画形象。

为他们这种看法是错误的)。法国人在这一点上显示出他们对美国人的意图缺乏了解，并且凭着拉丁人的简单头脑认为，既然传教士很少能让人改变宗教信仰——在佛教盛行的地区，他们毫无建树——那为什么还要让他们留在那里？

当我问起他在这里传教的进展时，牧师回答说他们已经有所进展，不过所遇到的困难令人难以置信。就拿语言来说吧。像大多数远东语言一样，这里的语言表达抽象意思的词汇极为有限，因此为翻译《圣经》带来了最大的困难。他举了一个例子："上帝就是爱"，在埃地人的语言中没有"上帝"一词。事实上，如果不费尽口舌地向他们做解释，他们根本无法明白这个词的意思。他们的语言中也没有"爱"这个词。于是，原文翻译后就变成了"大神没有发怒"。虽然意思表达了出来，却不是他愿意见到的。

他说，你可以想象得到，他首次造访一个新村庄时为准备自己的演讲费了多少劲。"在开始与他们交往之前，我们自己得建一个礼拜堂。我们告诉他们，我们不会进入被异教牺牲品的血玷污过的住宅。礼拜堂建成后，我们花了很多钱——我是说在盐之类的商品上——我们直接进入，尝试向所有到场的人宣讲基督被钉在十字架上以及复活的经过。"牧师说他们总是随身携带基督被钉在十字架上的照片送人，因为他们已经听说当地人对任何一种血淋淋的祭祀新技术都非常感兴趣。有些当地人常常过来，以为能赶上某个仪式，并且伴有牧师所称的"他们那该死的米酒"。他们看到周围没有酒坛后，便又离开了。"不过，我们没有放弃。我听到的最甜美的话便是我们为之奋斗、为之祈祷的这些无知、蒙昧的可怜人走过来对我们说：'我死了之后，你要在我的坟上插一个十字架，不再放上牛头。'这确实就是胜利。"牧师说，眼睛里一时流露出真正的宗教先驱的光芒。

我问他有没有遇到过某个部落无法容忍他布道的情况，他说非但没有，而且情况正好相反。问题是当地人随时愿意接受任何信息，但是希望能够将新接收到的天启与他们自己的偶像崇拜结合在一起。他只是无法让他们理解上帝这位神嫉妒心很强。“嫉妒”又是一个他们的语言中没有的词语，他只好用了数小时向他们解释。他们听完福音后最典型的态度是主动提出要将新的神灵与地神、水神、雷神和稻神一起放置在他们的万神殿①中。这通常伴随着提议举行一场大型仪式，费用由牧师承担，需要宰杀几头牛，准备几坛米酒，并且邀请这位新的神到场。“我们无法让他们明白这种祭祀多么愚蠢，多么邪恶。就在今天，我们看到有几位当地人在田里饮酒。当他们看到我们驱车经过时，居然跑过来向我们敬酒。你能想象吗？我们其实认出了其中一些人，因为我们已经在印制的一个小册子中用他们的语言给出了指示。”牧师将一本书放到我的手中，扉页上标明这本小册子包含三十首赞美诗、一段祈祷文、对二十六个宗教术语的解释、对《圣经旧约》和《新约》的简短归纳，外加教堂手册，详细列出了诸如布道者、长者、洗礼、圣餐、奉献、婚礼和使徒信条。书中的内容全部用埃地人的语言写成，但是没有上帝、爱、恨、嫉妒等词语。这真是了不起的成就！

谈到种植园及其对他这些努力的影响——因为那些每周七天、每天十三个小时干活的苦力显然无法参加礼拜活动——牧师立刻软了下来。他只关心当地人的精神福祉，他们的物质状况不关他的事。事实

---

① 位于意大利罗马市中心，是至今保存完整的唯一一座罗马帝国时期建筑，始建于公元前27年至前25年，由罗马帝国首任皇帝屋大维的女婿阿戈利巴建造，用以供奉奥林匹亚山上的诸神。

上，种植园也并非一无是处，至少在那里干活的人可以远离诱惑。他的观点是：一个人只要得到信仰这种无价之宝，他在这个世界上有何遭遇并不重要。耶稣说“信我的人将得救”时，所指的并不是今生今世。当然，如果他的一位基督徒遇到了麻烦，只要不激怒法国人，他肯定会尽力相助。我敏锐地意识到，这位牧师所感兴趣的压根儿不是作为一个群体的当地人，只是那些“我们的基督徒（我们像爱孩子一样爱他们）”。有些人半心半意地收集邮票，他则半心半意地收集灵魂。

真是有意思，一位20世纪的福音派牧师居然在这种独特且排外的信仰价值观方面与他的先驱——17世纪的耶稣会信徒勃利——完全相同。这一点让勃利感到又是震惊，又是沮丧：“……一些人承认自己一贫如洗，靠施舍为生；其他人忙于做善事，照料病人……却没有得到任何回报。一些人忙于虔诚的活儿，比如修建桥梁；另一些人则忙于公共事业，或者修建寺庙，等等；还有一些神父宣称自己熟悉兽医行当，满怀同情心地去治疗大象、牛和马，不求回报，对免费赠予他们的任何东西都心满意足……甚至到了这样一个地步：如果有人初来乍到，准会轻而易举地认为这个地方以前就有过基督徒；魔鬼效仿我们几乎到了以假乱真的地步。”

不过，这种令人沮丧的状态有一个补救办法，因为“……这个地方叫交趾支那，属于什么都不缺的天堂的一部分，但是上帝应该派大量天使去那里，于是圣金口若望①召唤来了使徒，以及福音布道师。

① 圣金口若望（约349—407），天主教圣徒，留下过许多完整的关于《圣经》的诠释，包括《创世纪》《玛窦福音》《若望福音》《宗徒大事录》，以及所有的保禄书信。他还留下了1447篇布道词和240封书信。

信仰在这个王国多么容易就能传播开啊！……因为这里不需要任何乔装改扮或者隐瞒真相，这里的人允许所有陌生人进入自己的王国，并且为每个人应该生活在自己的宗教中而高兴；他们也不像东方国家的做法那样回避外来人，而是重视他们、喜欢他们的为人、看重他们的商品、赞颂他们的教义”。

勃利如愿以偿。天使、使徒和福音布道师纷至沓来，法国出兵征服越南所找的借口就是要保护他们，使其免遭安南人的压迫。

当天晚上，我误打误撞地走进了一家餐馆，因为它的名字很欧洲化，叫某某餐厅。在世界的这个部分，人们总是要听任远东人在食物方面的聪明才智所摆布，因此人们有时非常渴望有一些简单、明确、叫得上名字的东西。这家餐馆则严重两头落空。虽然角落里有一台自动唱机在哼哼唧唧地转动着，一道屏风却只能部分遮挡厨房里的情形，而且屏风上装饰着龙的图案，透着不祥之兆。我坐下来，服务员便将有人用筷子吃剩的饭菜匆匆收走。我都没有来得及说明我喜欢吃什么，一位越南服务员绷着脸，端着一盘鸡蛋走了过来。鸡蛋的个头很小，仿佛是画眉鸟下的蛋，看上去很像上了色、放大了很多倍的青蛙卵，而且浸泡在绿色的油中。接着端上来的是专门为欧洲人准备的“今天的特色菜”，名为“夏多布里昂之屋”，其实是一块硬邦邦的青灰色肉，肯定是从当地森林里猎杀的某种类似驴子的稀有动物的臀部切下来的。“……还有里昂土豆。”服务员板着脸，再次回来后在盘子上倒了一大勺油炸木薯片。最后送来的是一瓶加了香精的啤酒。

由于这一天恰逢单日，被视为吉日，坐在我邻桌的一位法国士兵效仿前面几位客人的做法，决定为自己这一桌赌一把。大家最喜欢的赌博形式是“Tai Xiu”，使用三个骰子，只要点数低于“十”，庄家赢；万一投出来的点数为三个“三”，庄家还要抽取所下赌注的一定百分比。参赌的人似乎谁都没有意识到，单数日的运气每个人都有，不是一边倒的。服务员郁郁不乐地念叨着，在碗里晃动着骰子，然后将它们抛到桌上。我的邻桌输了，乖乖地多付了一倍饭钱。算命先生走了过来，拉起他的手，草草地看了他的掌纹，在他付了一点钱之后告诉他，他冲撞了一个小恶魔，目前不宜骑象出行、建房或者开垦稻田。

为了进一步转移客人的注意力，这家餐馆还在墙上安了一个大箱子，前面装有玻璃，里面养着几只白鼠。某位因钻研无穷动问题而聪明绝顶的天才，设计出了一个微型跑步机系统，让里面的老鼠一刻不停地动起来。偶尔会有一只老鼠在某个狭窄的横档上停留数秒，但随着其他老鼠的到来，它会失去平衡，重新疯狂地运动起来。这个场景有着催眠的效果，人们可以肯定——尤其是在吃下一块驴肉排后处在痛苦的消化过程中时——有人可以从中悟出某条佛教教义。

我在暮色中慢慢朝官邸走去，希望天色还没有暗到某只老虎在我看到它之前看到我。绿色的萤火虫在灌木丛中忽闪。猫头鹰栖息在院前的门柱上，见我经过时都懒得动一下。偶尔一阵微风吹来，我听到了远处某个留声机发出的尖细的悲泣声，或者某只嘹亮的东方夜莺发出的一连串短暂的歌声。我走进官邸花园时，一位摩伊人卫兵像猎人赫恩①一样突然现身，背靠着树干，刺刀对着我，大声说出口令——某种我不熟悉的语言说出的一连串单音节音。我总是遇到这种尴尬

① 传说中出没于英国伯克郡温莎森林的一个幽灵，头上长着鹿角。首次书面提及猎人赫恩的文献是莎士比亚1597年出版的《温莎的风流娘儿们》。

事，无能为力，只能站在那里，用英语说出我能想起的什么口令。偶尔有花朵飘落，掉在我们之间。片刻之后，摩伊卫兵也感到很尴尬，随即垂下刺刀，含糊地做了一个操练动作，退了回去。树的气根遮住了他的脸。

我回来后不到几分钟，达斯廷就在轻敲我的房门，脸上挂着含蓄的微笑，有些扬扬得意。似乎一位政要——一位法国副专员——刚刚抵达，凌晨3点动身去两百英里以北的波来古①。我想去吗？当然想去。

这位副专员曾担任过交趾支那总督一职，现在正带着秘书和司机出行，并且像往常一样，整个车队武装到了牙齿。城外是安南中部高原，人迹罕至，越盟巡逻兵大概和独行的法国车辆一样，很少使用公路。人们一直认为，越盟的习性也很有规律性，夜晚不出门。副专员打算尽量利用这次夜行机会，只要看到猎物就开枪。他带了一支非常漂亮的新枪，一支五发速射步枪，副专员和秘书都说，他们一定会碰到至少一只豹子。

由于走错了路，我们在邦美蜀郊外耽搁了一段时间。这辆美国大车悄无声息地穿行在竹林中，浓雾包裹着车灯，光束只能照到车前数码远。森林在白天显得千篇一律，到夜晚变得更为单调。司机最终找到了正确的道路，我们满怀信心地向前，驶进了被光照白的植被隧道中。副专员和他的秘书像去荒原打松鸡一样，将自己裹得严严实实，分坐在汽车两侧，手中的枪管伸在车窗之外。看到一群淡淡的灯光在

---

① 越南中部城市，嘉莱－昆嵩省首府，地处波来古高原，14号、19号公路在此交会。

我们面前摇晃时，大家兴奋了片刻。司机刹了车，将车门开了一半，结果那只是一群家牛闪烁的眼睛。这群牛现在完全暴露在车灯中，它们掉头就跑，隆隆地穿过了密实的竹墙。

天亮时，我们依然一无所获。副专员视力虽然不济，热情却没有丝毫减退，数次想开枪都被劝阻了，因为他的目标分别是水牛、天边出现的一群摩伊人，以及路中央的几堆大象粪便。我们最后一次无果的尝试是在听到幽灵般的孔雀叫声后突然加速穿过荆棘丛，而前方五十码处的树上总能听到孔雀的叫声。这之后，枪被放到了一旁，一行人中的猎手闷闷不乐地昏睡起来。我们已经驶出狩猎区，进入了阳光明媚、景色怡人的波来古高原。

这里一望无际，有着墨西哥般的景色，近处是连绵起伏的象草①，不远处是饱经日晒雨淋的古老火山口，周围稀稀拉拉地长着绿树，蓝色的山峰则像彩带一样在天际边舞动。优雅的白鹳长着黑色的翅尖，在我们头顶盘旋。我们偶尔能见到来自英俊的嘉莱部落的几个摩伊人，按照家里人的长幼顺序排成一行赶路；走在最前面的是年轻男子，手持长矛，然后是妇女，最后是一位老人——一家之长。在到达一个村子之前，这一小队人会停下脚步，让老人走在最前面。嘉莱人将日用品装在精心编织的背篓中，抽着有银饰的陶制长烟斗，戴着用弯曲的银丝连在一起做成的项链。

波来古是一座货真价实的边境城镇，到处都能见到军方张贴的告示。鲜红的土壤中生长着松树，却寸草不生——只有红土和松树。外形酷似地中海别墅的漂亮建筑远离公路，四周有尖桩栅栏。几辆装有装甲挡风玻璃的汽车驶来驶去，士兵和平民都携带枪支。我们在十字

① 别名紫狼尾草，禾本科，多年丛生大型草本植物。

路口经过了一个据点，我饶有兴趣地看到有人敲锣发出警报。毛茸茸的长鼻猪与野猪难以区别，在街头乱跑。我注意到，居住在城里的嘉莱人已经不再使用精美的背篓和坛子，取而代之的是油桶。整个波来古都回荡着我在邦美蜀听到的同一种夜莺的歌声，只是我在邦美蜀听到的次数不多。

* * *

我的计划是穿越国境进入老挝。这在西贡听上去非常简单合理，但在邦美蜀却多了一分难度，如今到了波来古，开始变得像一个无望的建议。离老挝越来越近，然而老挝却似乎在发出强大的排斥磁力。在西贡的时候，人们依稀记得有许多人这样穿越过国境，或许可以追溯到战前。在邦美蜀，人们认为有些以打猎为生的人有时往来于越南与老挝之间。可是在波来古，信息却明白无误。驻地最高长官普瑞先生说，现在根本没有人去那里。最乐观的情况是，他最多只能承诺将我送到老挝的博胶①，距离上丁②还有一半路程，剩下的事只能由我自己处理。

可即便是从波来古到博胶的这段旅程也需要精心组织，因为已经有一两年没有人走过那条线路了，因此沿途的桥梁有可能已经被毁。普瑞说，从博胶到上丁有华人在定期跑卡车运输。定期的，可是在哪

---

① 作者此处有误。老挝的博胶省位于北部，与缅甸和泰国接壤，距离柬埔寨上丁有数千米。从本书所附的地图中作者标出的旅行地点来看，此处应该指柬埔寨东北部城市博胶，位于柬埔寨腊塔纳基里省，距离柬越边境很近，位于作者所说的越南波来古至柬埔寨上丁的半道上。

② 此处指上丁市，柬埔寨北方上丁省首府，坐落在桑河与湄公河岸边，距离柬老边境约 50 千米。

几天出发呢？必须掌握所有这些信息，因为博胶没有欧洲人，也没有住的地方；因此，抵达那里的时间必须与卡车离开那里的时间凑到一起。普瑞先生说，他得确保我上了卡车，而且卡车已经开动，然后才能打道回府，因为华人的卡车常常抛锚，有时需要数周时间才能弄到配件——在博胶这种地方或许需要数月时间，否则配件如何到达那里呢？

还有便是博胶—上丁地区的治安问题。他所指的是那里是否有土匪？如果有的话，是什么样的土匪？有多少人？所有这些信息都需要几天时间才能收集到。普瑞建议我不妨利用这段时间去他辖区内的一些偏远哨卡看一看。他正好次日要派人去芒阳取报告，那是他们东边最远的哨所，我可以随那个人一起去。

达斯廷已经给普瑞拍了一份正式电报，将我的抵达日期通知了他。不过，除了这份电报外，我还携带了里勃和卡科的亲笔信。分手时，这两位已经成了我的挚友。他们三个人是在毛里塔尼亚服役时期的战友，所以普瑞显然想尽其所能满足我的要求，可如果我当时知道他在波来古所面临的困难，我真不该去那里给他添乱。几天前，越盟小组去了该地区大多数村庄征粮。他们也设立了自己的哨所，其中一些仍然不为法国人所知。当时，大家都认为必须将每一个能征用的摩伊人都拉进民兵队伍中来，可是庄园主们却突然因为种植园劳力紧张而向他发难。普瑞进退两难，而这一切是我后来一点点听说的。

次日上午，我们动身去芒阳。驻地最高长官的众多麻烦事之一便是交通工具时常短缺。那天上午，我们原打算驾驶的吉普车刚一启动就坏了，司机只好用弩弓射杀鸽子来打发时间，直到普瑞过来看个究竟。最后，我们只好驾驶普瑞官邸的雪铁龙出发，他本人只剩下一辆卡车应急。芒阳距离波来古约八十英里，正好位于去海滨城市归仁[1]的半道上。归仁面积狭长，完全在越盟的掌控之中。

我的旅伴是普瑞的秘书，一位看似非常温和的小伙子。他和我一起坐在汽车后座上，一边放了把猎枪，另一边放了把司登冲锋枪[2]。道路绕着已经风化的火山底部蜿蜒，正是在这种远离正常元素、荒芜的环境中，我们突然看到前面有一群，大概是孔雀。它们在公路上闲庭信步，根本不理睬我们。我们完全可以抓住它们。我朋友开了一枪，那些孔雀没有丝毫惊慌，结队钻进了草丛，剩下一只腹部朝天掉进了沟里。司机去将它捡回来。这只孔雀已经失去了它的尊严，笨拙的姿势令人感到震惊。这样对待它似乎有点不够体面。司机伸手在它硬邦邦的长羽毛上摸索了一番，却没有发现任何伤口，也没有什么地方滴血。它的双腿肌肉发达，使劲乱蹬，翅膀松开后拍打得依然非常有力。无论将它举向哪个方向，它始终弯着脑袋望着我们，眼睛里充满了哀怨的神情。秘书让司机杀了它，司机顿时不知所措。他嘀咕着找了个借口，说的是嘉莱语。好像谁也不在乎杀死这只鸟，于是这只鸟被装进了汽车后备厢中。我对此感到不舒服，那位秘书的感觉大概也一样，因为他说他准备将这只鸟带回去，当宠物养。当天晚些时候，当我们打开后备厢查看它时，秘书惊愕地发现，有人不知何时趁我们没有注意，已经悄悄地把孔雀的漂亮羽毛拔了个精光。

在达克阿云，平原上耸立着一座黄色要塞，全部用木料建成，原本应该出现铁丝网的地方只有一排排竹栅栏。巡逻兵必须绕开它；它虽然能够抵挡住一群懦弱步兵的进攻，但是一门野战炮只需几分钟就

---

① 越南中部偏南港口城市，平定省首府。
② 英国二战期间研制的一种冲锋枪。

能将它炸成碎片。达克阿云的机枪保护着四座巴纳族①村庄的幸存者，而这四个村庄就集中在它的墙壁之下。巴纳族属于比嘉莱人或者埃地人更低级的部落，由于向法国人告密而一再遭到越盟的报复。一群越盟士兵手持冲锋枪来到这里，挨个判断部落里德高望重的人，然后用这些人自己的长矛当场杀死了他们十二个人。秘书必须报告难民的状况。

负责要塞的高级军士带我们去见那些难民。他脸色苍白，仿佛刚刚目睹了一场枪决回来一般，并且留着兰德鲁②式的黑胡子。巴纳人居住在用树叶和树枝搭成的恶劣居所中。他们污秽不堪，疾病缠身，衣衫褴褛——大概还忍饥挨饿，因为他们失去了家畜。军士说，老虎攻击了他们。这地方虎患猖獗，他的手下奉命不得离开要塞，除非结伴而行，并且带上武器。我注意到，这群臭气熏天、苦不堪言的人当中有个女人正在织布，织的是醒目的颇具风格的猴子图案。她的织布框架上雕刻着花纹，几乎像波斯人的花纹一样错综复杂。这便是那些藐视越盟、向法国人告密的摩伊人的下场。我后来得知，那些因为害怕越盟而冒犯法国人的摩伊人，受到的惩罚更为严厉。

我们离开了这些可怜的人，动身去芒阳。脸色苍白的军士自告奋勇，要陪我们一起去。他说，能够离开据点的禁锢对他而言是十分惬意的事，并且补充说，芒阳区那天上午报告了迫击炮袭击，我们有可能遭遇一位越盟巡逻兵。一旦遇到这种情况，车内多一把司登冲锋枪或许会大不相同。果不其然，从那里开始，路上显示出了更多边境滋

---

① 越南官方承认的54个民族之一，主要生活在平定省。

② 此处应该指亨利·兰德鲁（1869—1922），法国连环杀手，在巴黎以婚骗形式杀害女性，被捕后在凡尔赛被处决。

事的迹象。我们途经一辆被烧毁的汽车，旁边还有一座坟墓；一座摩伊人的村庄，如今已空无一人，部分被毁；以及一座被毁的桥梁，目前正在一位隐蔽机枪手的保护下重建。

到了芒阳也就到了法国占领区的尽头，不管这种占领是多么脆弱。负责法国在安南中部殖民占领（不管是临时的还是非临时的）最终前哨的是一位来自佩皮尼昂①的嘻嘻哈哈的中士，一位喜欢歌舞厅表演的普罗旺斯人，一想到自己与世隔绝的状况就会放声大笑，并且给我们倒上大半杯查特酒②——这是他唯一能够喝到的酒。每天上午，越盟会像条顿人③一样，准时越过最近的那座小山的山顶，发射五至七枚迫击炮弹，而法国人方面的回应也是迫击炮，然后双方当天的敌意就此结束。如果你想外出，没有任何东西可以阻止你，他本人便常常外出收集蝴蝶。令人兴奋的另一件事是偶尔有象群经过这里。他常常用轻机枪朝大象扫射，但到目前为止没有任何结果。

中士开怀大笑，带着我们爬到岗楼楼顶，那里放着他收集的蝴蝶、轻机枪、一排法国美女照片，以及他收藏的查特酒。他的观点令人叫绝。早晨迫击炮弹落下的地方，一小块森林仍然在冒着浓烟。中士说，真是遗憾，我们没有能够早到一步，并且建议我们在这里过夜，那样我们早晨一定能见到一些行动。我们问他与摩伊人相处得如何，他说他很幸运能够待在这里，而不是待在交趾支那去指挥保大皇帝手下的越南人。在交趾支那，将整个要塞出卖给越盟根本不算回事，

---

① 法国南部城市。

② 法国查特修道院酿造的一种驰名世界的配制酒，以葡萄蒸馏酒为基础，浸制130余种阿尔卑斯山区的草药，其中有虎耳草、风铃草、龙胆草等，再配兑以蜂蜜等原料，成酒需陈酿3年以上。其中最著名的叫修道院绿酒，酒精度为55度左右。

③ 古代日耳曼人的一个分支，如今泛指日耳曼人及其后裔。

芒阳：最偏远的法国哨所

但是摩伊人到目前为止还从未干过这种事。他们似乎对货币的价值一无所知。他说，这让他想起了一件事。他的手下前一天刚刚逮住一只虎崽，我们应该在走之前看一看。他叫来一名卫兵，让他去把虎崽带来。那个人说了句什么，然后摇了摇头。中士再次放声大笑："好了，你们觉得怎么样？啊，天哪……他们将它吃了。"

……无处不在的老虎！我只在大叻见过一只老虎，大小如小马驹，被吊在树上，等着被剥皮，两位越南医生正在面红耳赤地竞拍虎牙以及内脏中可以入药的珍贵部分。我那天晚上曾在波来古与那位福音牧师共进晚餐，就连他也说晚上只需驱车一小时，就一定能见到老虎。他本人有几个晚上就在自家的前花园中见到过老虎。

我从牧师那里了解到（当然是意外得知的，而且后来得到一位法国官员的证实），摩伊人如果没有向法国人报告有越盟在他们周围活动，这些摩伊人会落得什么样的下场。他告诉我，他刚刚从昆嵩回来，去那里看望一位因为未能汇报而被关进监狱的"我们的基督徒"。牧师随口提到，这位基督徒已经在监狱里关了三个月，但手臂仍然无法动弹。我问为什么，他若无其事地说，那个人的双臂在审讯时脱臼了。除了他的这位基督徒外，还涉及别人吗？那当然，总共有八十人被捕，他估计其中至少有二十人被吊了起来。是谁干的？牧师提到了一位我所认识的军官。他说，他与他妻子和这位军官私下里交往时，觉得他和蔼可亲。事实上，这位军官待他们很好，因此他们很难相信他——在处理军纪问题时会有点粗暴。

不远处有一个闻名遐迩的茶园，法国官员像往常一样，大大方方地告诉我，当然是以拐弯抹角的方式，他们对茶园以及茶园主人的行事方式的看法。不过，当地传教士对经营茶园的阿尔及利亚人赞不绝口，原来茶园主人给他们提供了家具。这种情况非常奇特。法国殖民官员私下里批评殖民地存在的终结理由，并且在承认动用过酷刑时，也对动用酷刑的人不屑一顾，而这些传教士却对虐待视而不见，甚至欣然接受旨在让他们保持良好关系乃至合作的礼物。需要强调一点，他们在遵循传统行为举止方面像布鲁特斯①一样无可挑剔；遵奉美国小镇社会模式，衣着整洁，生活严谨，待人热情友好，所娶的妻子也个个有可能被选为她们大学当年的道德模范。

可是人们开始琢磨，这一大串轻浮、狭隘的美德是否被某些庞大、根本的缺点所压倒——很可能他们给最初的信仰、希望和慈善这三种美德又增添了体面，而且体面变成了四个美德中最伟大的一项。如果说国内的私刑以及海外的拷打这些令人不愉快的事情果真发生了，那最好是对它们视而不见；最体面的做法是假装这些事根本不存在。任何其他反应都会被视为“干涉政治”，属于本丢·彼拉多②极不赞同的一种活动形式。我重复一遍，这些美国福音传教士是我这辈子见过的最幸福的人。

事也凑巧，没过多久，我便造访了那座茶园，传教士们曾认为它的经理慷慨大方。印度支那的外乡客不久便发现，殖民统治者将这些大种植园视为越南能够展示的最主要的景点；或许只比人们普遍接受的富士山风景逊色少许，或者略逊于尼亚加拉大瀑布，又或者美国的大峡谷。说实在的，我真不觉得这地方有什么好让人感到兴奋的，因

---

① 卢修斯·布鲁特斯，生卒年不详，罗马政治家、罗马共和国第一任执政官（公元前509年），在古罗马史上占有重要地位。

② 本丢·彼拉多（？—41年），罗马帝国犹太行省的执政官。根据《圣经·新约》所述，他曾多次审问耶稣，原本不认为耶稣犯了什么罪，却在仇视耶稣的犹太宗教领袖的压力下，判处耶稣被钉死在十字架上。

为从效率的角度来看，主宰种植园的是一种令人极其疲倦的规整。通常只种植一种灌木或乔木，但它们的数量即便多达数十万乃至数百万，在我的眼里依然无法降低它们的单调乏味。

我们参观的种植园有公路抵达，我们乘坐的吉普车也可以达到时速五十英里。映入我们眼帘的是单调的小灌木，大小和间距完全相同。我们被带到了一个高处，脚下是一望无际、无与伦比的景色，绵延数英里，仿佛被篦子梳过一样，产生了一种枯燥的密集线条。经理驾着车一路随行，穿过这片巨大、乏味的领地，自豪地带我们参观他正在修建的拦河坝，目的是能够神奇地发电；他还伤心地带我们去看被越盟摧毁的一些漂亮的庄园主建筑。这里有三百万株茶树，却只有一千名苦力。这在经理看来是个令人绝望的状态。并且，这些人还患有当地人天性中与生俱有的懒惰顽疾。政府要确保种植园小心翼翼地对待这些工人——他们每天工作十二个小时，固定报酬是五披亚士特，外加八百克大米和一定量的食盐——可无论为他们做了什么，没有任何迹象显示他们的生活有所改善。

我在种植园办公室了解到了请那位官员带我来种植园的原因。和我一路从邦美蜀过来的副专员在等着他。大家为副专员举办了一个小型午餐会，副专员和庄园主们现在将我的朋友拉到角落，在他四周围成一圈，午餐后的好心情之下隐隐约约地带着一丝恐吓。与此同时，女主人则在谈论文学。她在看翻译成法文的格拉厄姆·格林①的《问题核心》，觉得这本书非常压抑——算是她看过的最压抑的作品。生

① 格拉厄姆·格林（1904—1991），英国作家、剧作家、文学评论家，作品探讨了当今世界充满矛盾的政治和道德问题，并将通俗文学和严肃文学有机地结合在一起，代表作包括《权利与荣耀》《沉默的美国人》《人性因素》等。

活在殖民地上的英国人真的有那些可怕的经历吗？除此之外，作为虔诚的天主教徒，她和她丈夫都无法支持这种主题。她叹了口气，环顾四周，在阅读过格林笔下对西非平房中粗糙情景的令人痛苦的描述之后，自己周围的拉丁文明的无可挑剔的遗产显然让她再次感到宽心。

这时，屋子另一端的争论声大了起来。副专员正在定规矩。种植园必须增加劳力，他从西贡一路过来就是为了确保这一点。地方行政长官说，他爱莫能助，周围村庄的劳力已经枯竭。如果这些村庄想存在下去，每个村庄都必须留有至少一定数量的强壮男人。副专员告诉他，还需要三百人，而且要不择手段地获得。我的朋友指出，又是服兵役又是在种植园当苦力，嘉莱部落已经没有任何剩余劳力可言。副专员突然有了一个主意。高原地区的兵役并不那么重要，他说。如果有必要的话，可以从山地卫队调过来三百人。行政长官听后不再吭声。在敌人渗透比以往任何时候都更频繁的情况下，三百名士兵将从不同要塞调动过来，在茶园里采茶。假如继续占领印度支那对法国有利，国家利益却以这种方式向一小群强大公民的短期利益追求做出了让步。

经理夫人放下那本让她感到压抑的小说，突然灵机一动。她认为最完美的解决方案是政府允许他们雇佣那些仍然被扣押在越北东京俘虏营中的中国国民党战俘，而不是让他们在那里无所事事地好吃懒做。她可以肯定，那些中国人巴不得能有机会干活。在场的所有人都赞同她的观点，副专员说他将在西贡提出此事。

行政长官在回去的路上说：“这座茶园早晚会化为灰烬，他们对此心知肚明。只是个时间问题。可是在那一天真正到来之前，他们必然要榨取最后一滴血。”

第十一章

安南中部

波来古有一所学校，专门收留周围嘉莱族和巴纳族部落的孩子。虽然遇到一些困难，但是在给首领施加压力之后，儿童们终于被说服走进了课堂，坐在教室里，学会几个法语单词，并且熟悉拿破仑的几场战役以及法国重要河流的名称。这就算是受过了一点高等教育。其实，欧洲人的教育理念与大多数孩子的生活完全脱节，并且至少在他们十四岁之前会占据他们的大部分精力，因此摩伊人根本无法理解这种虚度光阴的事情。摩伊人无法相信居然会有什么知识无法应用在他们的生活中。摩伊儿童六岁时就会接触到严格的部落习俗，就必须在稻田里干一些轻活；他会学一点木匠手艺，在食物采集能力的培养方面接受初步指导。他会物尽其用，因为他的劳动与村庄的经济密不可分，而且他们的有用性会随着年龄的增长而增加。这些看似严肃的活动无疑比在教室里上课有意思得多。不过，法国人已经决定，如果要将摩伊人变成宝贵的殖民地公民，就必须按照西方标准教育他们。于是，他们必须去上学。

招生活动在波来古进展顺利，结果发现必须再建一个配套设施。不过，部落习俗此时依然非常强大，不能忽视。父母不会允许自己的孩子占用新建筑，除非它在启用之前已经做过法事，也就是通过某种合适的祭祀活动，让其处于部落神灵的保护之下。

这种祭祀必须在日出之后尽快举行，因为需要数小时才能为之后的飨宴准备好肉。早晨 7 点，空气凉爽，松树在红土地上投下了长长的黑影，一头年轻公牛被拖进了学校院子里，系在祭祀柱上。

对于摩伊人而言，牛在精神上远不只是一头动物，它几乎到了可以与人平起平坐的地步。因此，它有权——与其他头部挨刀的动物不同——经历一次漫长且仪式隆重的死亡过程。这是它应得的。牛受到尊重的另一个迹象，便是献祭的牛（比如现在这一头）可以从圣坛中尽情饮用米酒。

牛脖子上系着一条草绳，动物特有的某种神秘的不祥预感让它惊恐万状。不远处竖起了几根举行仪式所用的柱子，柱身上装饰着别具一格的几何纹；太阳、月亮、犀鸟的喙、苍蝇翅膀、牛齿，柱顶上插着人为磨损的竹枝，悬挂着经幡和雕刻的小匾。这些柱子在摩伊人的心中相当于旗杆，极具艺术性，目的在于用视觉的方式吸引神灵，让它们应邀前来参加仪式，作用相当于用锣喧闹地召唤神灵一样。祭献结束之后，这些柱子将被作为永久装饰物竖在村子里，因而造成一种永久的群星云集效果。祭献桩很结实，上面也常常布满艺术装饰。它

波来古：祭祀

有时会断裂，献祭的牛会逃跑。不管牛的状况多么可怜，谁也不会再去抓它，因为那样做显然有悖于神灵的意愿。

牛刚系牢，一群小学生拎着锣，裹着颜色暗淡的漂亮毯子，出现了。他们带着哀伤慢悠悠地敲着锣，开始围着牛转圈，而牛对这种充满凶兆的准备程序比刚才更加警觉，疯狂地想挣脱。又有四名小学生加入到了这场死亡游行队伍中。他们抬着一面巨大的鼓。鼓架在木框上，是从当地一位首领处借来的。我得知，这面鼓的价值相当于十五头牛，首领在出借时左嘱咐右叮咛，然后才同意出借。几分钟后，首领本人来到了现场，显然对自己的财产不放心。他穿着一件白色的新运动衫，胸前别着一枚军章。他站在第一排观众中，以确保无人玩忽职守。鼓敲响时，发出了最为重要的响声，一种沉闷的咆哮，在场所有人都认定，再清高的神灵也难以抗拒。

接下来的场面令人极为不舒服。两位父亲站了出来。他们手持“库佩库佩”（摩伊人的武器，一半是刀，一半是斧），从后面逼近那头牛。几次虚晃之后，伴着可怕的砍切声，他们成功地用沉重的刀子击中了牛的一条腿的脚筋。这头牛用一条后腿疯狂地蹦跳，想躲开后面的重击。然后是第二条腿中刀，它立刻倒了下去，靠肘关节支撑着，后腿无力地弯曲下来。这种令人毛骨悚然的致残过程没有能阻止它凭着最后一点力气围着柱子蹒跚挣扎。那些手持“库佩库佩”的人则像已经完成分配给他们的任务的小斗牛士，退到了一边；另外两个人手持长矛，向前迈出了一步。此后的悲剧比斗牛更持久、更血腥，公牛到生命的最后一刻都表现得辉煌和无与伦比。这个蹒跚挣扎的巨大躯干带着一种卑劣和屈辱，那也是我们所有人的卑劣与屈辱。杀手们似乎并不需要特殊的技巧，他们有半个多小时戏弄着自己的猎物，断断续续地用力戳和扎。最后，带着令人胆战心惊的呻吟——这是它发出的第一个声响——它死了，立刻被拖到一旁，扔到一堆灌木火堆上，它的外表需要在火上烧十五分钟左右。没有人试图改革或者改良这种残酷的祭献形式。这也是摩伊人饲养的大多数牛的最终结果。法国人说，他们政策的一部分就是尊重当地人的宗教习俗。在这种问题上，就当地人的行为自由度而言，官方的态度比较微妙。

中午刚过，我们走了回来。那里并排摆放着三十七个酒坛，每一个酒坛里都插着几根竹管，波来古的每一个摩伊人，包括所有小学生，个个都已带了几分酒意。我们出于礼貌效仿行政长官的做法，在每个酒坛前停留了片刻，谢绝了递过来的一篮篮切碎的生肉，尝了一点按烤肉串方式准备的肉串，略微有点想呕吐。这种象征性的参与是必需的，否则行政长官面临的风险便是一家之主会宣布仪式作废，拒绝让孩子上学。几分钟后，我们起身要走，但是嘉莱校长察觉到了我们的意图，摇摇晃晃地走到我们跟前，请求行政长官再等片刻。他给我们安排了一个惊喜。他举起胳膊，大声下达了一个命令。三十七个学生摇摇晃晃地从酒坛前站起身，相互搀扶着，东倒西歪地排成了一排。我们有些胆怯地望着他们，地面上溅洒着牛血，云杉柱子顶上的牛头已经被刮得干干净净，发出惨白的光泽。他们突然放声唱起了《友谊地久天长》，翻译成的文字为“怎能彼此分离不再相见”①，他们想让我们看看，他们在学校里几乎一无所获。

当天剩下的时间用来正式参观波来古的越南人社区。为了预防越

---

① 原文为法语。

盟干出任何第五纵队式的活动①，这个地区的所有越南人都集中在一个名叫普托的村子里，周围有一个法国要塞守卫。行政长官来访的目的是正式祝贺中国和越南新年的到来。除夕是举办盛宴的日子，而早年的春节庆祝活动会持续三个月，人们在这期间什么都不干——如今这段时间已经被缩减为一个星期，比较合适。

行政长官对待他治下的越南少数民族的态度是一种惴惴不安的宽容。我到目前已经接二连三地认识了四位法国行政长官，他们个个聪明绝顶，心胸宽阔，用心良苦。他们承认有邪恶的东西，并且在不危及自己职位的前提下尽可能对付这些邪恶的一面。至少其中一位，虽然他不会公开承认，是狂热的反殖民主义者。可是他们谁也不会为越南人说一句好话。他们承认，老挝人和柬埔寨人的生活方式有着特别的迷人之处。当然，摩伊人就像孩子，懒惰、缺乏远见，讨人喜欢。可是越南人——怎么说呢，你和他们在一起时，永远不知道他们在想什么。他们自认为低人一等，因而总是掩盖自己的真实想法和情感；他们残暴，没有任何宗教可言，根本“不像我们”。在法国人当中谈论越南人很不明智，因为肯定会有人责备你，要你等到在这个国家生活了三十年之后再谈论如何去揣摩这种心理泥淖。最有智慧的法国人在这方面似乎潜意识里受到了他那些不加评判的同胞的死硬偏见的影响。我想起了英国人对中国人性格的理解。

对于我而言，这意味着法国人喜欢老挝人及其他人，因为他们不用害怕这些人。他们可以放松警惕，因为他们心安理得地知道这些人

---

① 源自美国作家海明威（1899—1961）唯一的剧作《第五纵队》，以西班牙马德里保卫战为背景。当时西班牙一位叛军将领扬言有四个纵队围攻马德里，同时城内还有一批同情者将配合部队里应外合，他名之为“第五纵队”。如今常指同情敌人的势力，从事破坏、间谍、散布谣言等活动，并且与敌人里应外合。

不会掀起波澜，而且正在走向没落。这样一来，他们的良好品德反而明显可见，容易引起人们的怀旧心情。他们就像征服了西印度群岛的西班牙人，一直推迟到加勒比人①几乎完全灭绝之后，才正式承认加勒比人有灵魂；或者就像那些为正在消失的印第安人感到唏嘘的美国人，忘记了 19 世纪的大屠杀，“唯一的好印第安人”已经作古。越南人作为属民，拒绝优雅地消亡。这类“糟糕的印第安人”有一千七百万，他们什么样的罪都受过。

因此，当普托村德高望重的人迎接我们时，我的朋友的举止彬彬有礼，但说不上热情。我们似乎比约定时间早到了一点。一位显贵双手合掌，低头鞠躬，在装饰着鲜花的拱门口迎接我们，恳请我们等待片刻，让他们将正式的鼓搬过来。几分钟后，鼓搬来了，由一群惊慌奔跑的村贤用竹竿抬着。他们个个表情严肃，在我们面前排成一排，举起手中的三角旗，缓慢而庄严地敲起了鼓，领着我们走向宝塔。

与摩伊人的村庄相比，越南人的村庄更具诗意，但缺乏艺术性。摩伊人在魔力的驱使下雕刻出了敬献给神灵的物件，上面的花纹也相应多了一份艺术价值。可怜的越南人的村庄里几乎见不到这种艺术。摩伊人缺乏专业技术，而且自给自足。越南人与他们不同，他们属于货币社会，是工业品的市场，尽管大多数工业品都是粗制滥造之物；虽然家中可能拥有一两件上好的中国战前生产的瓷器。他们不会反对居住在茅草棚中，条件是里面必须有一瓶鲜花，必须有完美家庭的根本——鲜艳、装饰着鲜花的祖宗牌坊。越南人算是幸运的，因为他们的家庭守护神不像摩伊人的家庭守护神那样讲究井然有序。

---

① 又称“卡利勃人”，是小安的列斯群岛的居民，也是“加勒比海”名字的来源。他们属于美洲原住民的一支，起源于西印度地区到南美洲的北海岸一带。

普托的宝塔只是一个破破烂烂的木结构，上面有一个波纹铁皮瓦屋顶——这也是整个结构最值钱的部分——绝对会让任何一个摩伊人村庄颜面丢尽。话虽这么说，宝塔还是因为装饰了长寿花、水仙和菊花而充满生气，并且由这些表情庄重的族长费尽心机地摆放出了各种奇形怪状的造型。宝塔的一面墙壁可以完全打开，我们就在这打开的墙壁前，坐在一排椅子上，任由他们点香、敲锣。一位官员递给我们每个人一张朱红色的长方形纸，上面写着表达传统新年问候的汉字。我的那张上写着“五福临门”。这些中文新年祝福语在印度支那各地都备受推崇，尤其是在柬埔寨和老挝没有华人居住的偏僻地区。在这里，汉字的意思不为人所知，随之而来的神秘感增加了它们的魔力。在一些村庄，大多数门柱上都贴着这些汉字，而且会被精心保护整整一年。

我们参观宝塔的流程与摩伊人村庄大同小异。首先呈现给我们的是家庭守护神。每个越南村庄都有一个家庭守护神宝塔，有时甚至不止一个。从前有儒教和佛教两大宗教体系对这种古老的狂热崇拜进行改进，但是在这两大哲学的驱动力减弱之后，这种狂热的崇拜仍然生存了下来。家庭守护神曾经是村子里的某位要人，甚至是村子的缔造者，而作为对他辛勤操劳的回报，他便得到了一种精神上的准男爵爵位。在普托，并没有特别富有色彩的东西与这种半人半神的显赫人物相关，可是在我到过的另一个村庄，守护神却是一个神通广大的小偷。在一年一度的盛宴上，某位功德无量的人将得到特权，在仪式上扮演这个小偷，并且在半夜闯进宝塔，偷走神牌。愤怒的村民们随即追赶他，抓住他，用泥浆砸他，并且给他一顿象征性的鞭笞——村里每一个交税的男人都可以鞭打他。在接受过这番待遇之后，他成为此后盛宴上的嘉宾。

宝塔介绍完之后，接下来的必然是越南人的酒坛。不幸的是，早晨的礼节给我们造成了大量饮用米酒后接踵而来的严重消化不良。因此，当我们忍受着胃痉挛，被请进村长家西班牙式的露台，看到满满一桌子摆放着的一瓶瓶甘甜、醇厚的法国开胃酒时，我们顿时警觉起来。我们坐到桌旁，无精打采地望着酒瓶。村里那些德高望重的人慢慢走进屋，面对着我们，沿着墙壁站成了一圈。他们穿着黑色外套，白色裤子，头上裹着包头布。起初有一点混乱，大家意识到有人错占了行政长官的上座——椅子背上搭着一条毛巾——不过这一错误立刻得到了纠正。村长上前一步，脑袋略低，双手紧握在一起，用越南语长篇大论地致了欢迎辞。致辞刚一结束，村里这些德高望重的人便不容分说，端着用大米、蜂蜜和坚果做的糕点走上前来，米糕被压成了符合时令的形状；其他人端着一杯杯茶到来，还有一些人则义无反顾地打开了酒瓶——我估计选开胃酒大概是因为其颜色，因为开胃酒总是红色的——用白色胶木杯倒上满满一杯科西嘉角、苏士或者金巴利①——哪一瓶离得最近就倒哪一瓶。我们的酒博士满怀敬意地后退一步，请我们饮用。我们有片刻的迟疑，村中这些德高望重的人焦急地观望着。行政长官虽然天性比较有节制，但是在尽职方面觉悟较高；他举起了酒杯。旁观的人发出了赞许声。接着，我们惊恐地看到他们打开了香槟酒。这些人个个笑容可掬，为瓶塞开启时轻微的爆破声感到兴奋。这种响声无疑让他们想起了欢庆时的鞭炮声，因而非常适合这一场合。为了喝香槟，白色的胶木杯拿走了，取而代之的是色彩协调的淡蓝色酒杯。

最后，虽然瞥一眼茶几就能发现，当地人已经准备好了更多酒和

---

① 均为不同种类的开胃酒酒名。

酒杯的色彩组合，但行政长官还是抓住机会站起了身。礼仪鼓被推到位，旌旗升起，我们出发，步伐虽然快，但有些不稳。可是我们没有被领到行政长官的那辆雪铁龙前。相反，一行人在另一户家庭前停了下来，与第一户人家一模一样，也有西班牙式的露台、搭着毛巾的椅子、相同的米糕、围成一圈的族长，以及令人惊诧的装在柠檬色酒杯中的名为“紫罗兰水”的烈酒。我们发现，这是社区宗教领袖的家，他的重要性绝对不亚于市长。我们本该最先被带到这里，只是我们提前抵达后，主人有些措手不及。

次日，上丁终于传来了我翘首以盼的消息，而且很不乐观。柬埔寨土匪已经抵达该地区——我后来从柬埔寨中部的剿匪行动中得知，这些土匪失去了自己的地盘。而这里可谓土匪天堂，远离权力中心，而且沿着斯雷博河与桑河散落着许多富庶的渔村。在湄公河的这两条支流之间便是通往上丁的道路。行政长官说，他有事要找嘉莱部落的归泰村首领，村子恰好就在我要去的方向。这位首领管辖着这一带所有村子，辖区一直延伸到博胶，并且在这个方向与行政长官本人的官方管辖范围相同。行政长官说，我们可以从他这里了解到柬埔寨与老挝边境状况的最新消息。

于是，我们坐上行政长官的卡车出发去那里，陪伴我们的有一位来自波来古的督学，他想去视察归泰的学校，还有一位已经全面欧化的嘉莱翻译，穿着漂亮的法式衣服，扎着最新款的塑料腰带和腕带。这位年轻人二十出头，是我所见过的最成功西方化的摩伊人。他看似某位法国小电影明星，与南欧人几乎毫无区别，除了，或许，他的脸上挂着更多的笑容。行政长官恰好提到这位年轻人非常聪明，并且补充说他还认识另一个嘉莱男孩，九岁时第一次离开村庄，以班上第一名的成绩从军校毕业后在军中被委以重任。这进一步证明了一些原始民族天生拥有智力。

通往归泰的西行道路显然具有重要的战略价值，因为嘉莱劳工正忙着砍伐道路两旁一百码范围内的森林。他们点燃的巨大篝火带来了一个怪异的现象。数百万只有翅昆虫正努力逃离火焰，成千上万只鸟在追捕这些昆虫；对于研究东南亚鸟类和昆虫生活的博物学家而言，这是一个千载难逢的机会。有些鸟瘦小，显得肉很紧；这些或许是红尾鹟，它们正像往常一样捕捉着昆虫。其他鸟儿为了竭力保护好自己漂亮的羽毛，从这场浩劫中获利较小。有时，鸟儿在全神贯注地追逐昆虫的过程中，会一头撞到卡车上，吐出一只已经被吞咽了一半的蝴蝶，然后扑翅飞走。从中获利的还有其他猎食者。优雅的昆嵩高原鹰也聚集到了这里，捕捉那些因为食物太多而放松了警惕的鸟儿。

归泰村修建在一个山顶上，颇为壮观。村长在通往长屋凉台的台阶顶端等着我们。这是一个身材魁梧、喜欢咧嘴微笑的恶棍；这位嘉莱的亨利八世①名叫普拉克，意思是“金钱”。他拥有五头大象、三位妻子、几块稻田和一辆吉普车。车是波来古庄园主送给他的。据报道，普拉克向种植园每提供一名劳工，除了政府支付的半披亚士特的报酬外，该庄园主还额外向他支付十披亚士特。普拉克属于那种精力充沛、整天算计的恶棍，如果换在其他年代，或许可以成为本民族之王，却为了一点蝇头小利出卖了自己。

在普拉克这里丝毫见不到任何复杂的摩伊人礼节。他已经在这些方面学会了西方人的直爽，因此他只是在自家凉台上等着我们。他穿

① 亨利八世（1491—1547），英国都铎王朝第二任君主，伊丽莎白一世女王之父。

了一件单排纽扣的外套，一个仆人站在他身旁，端着一夸脱①白兰地酒，还有一只用来敬酒的早餐杯。普拉克也不会为敬献鸡蛋、米饭或烟叶等仪式担心。他做个了手势，他的一个手下捡起一块木头，从露台上丢下去，砸中了一只从那里经过的猪仔。这一砸看似轻巧，却是训练有素，猪仔应声颤抖着倒了下去。这个人点燃了附近的一堆柴火，将猪仔的尸体扔进了烈焰中。整个这一切前后不到两分钟。母猪慢悠悠地走了过来，带着几分怀念嗅闻着它的孩子在悲剧现场留下的一团血。我们走进长屋时，普拉克厉声下达了几道命令，打发他的奴才奔赴四面八方，将酒坛排成一行，并且去打水。

趁着他们准备祭祀活动的当口，我们与督学一起去参观学校。对于一个村庄而言，学校的规模显得很大。教室里大约有三十个孩子，墙上贴着孩子们自己画的吉普车和人面虎。我们走进教室时，孩子们站了起来，开始演唱，大概是校歌，其中有一再反复的歌词“你好，先生；谢谢，先生”。督学夸奖嘉莱校长该校入学率很高。校长说如果有哪个孩子未能定期上学，普拉克就会派人把孩子的父亲叫来，痛打一顿。

这一场合的重要性把校长吓呆了。当督学要他让我们看看怎样上体育课时，他唯一能够想到让学生为我们展示的就是呼吸运动。我们站在那里，望着那些小小的胸膛鼓起来又瘪下去，反复了大约数百次后，我们才意识到校长打算表演的节目仅此而已。督学气得眼睛都鼓了起来，终于再也忍不下去了。“他们学的肯定不止这些吧?”校长解释说，他认为最好是每次只完善一个方面，到目前为止孩子们一直在练习有节奏的呼吸。他的话音透着胆怯，在一片忙碌的吸气、吐气声

---

① 夸脱：英国容积单位，约等于1.136升。

普拉克，这个名字的意思是“金钱”

中几乎听不见。督学走过去让孩子们停下来，可是孩子们虽然在那张严厉、白皙的脸庞逼近时眼睛里写着恐惧，却听不懂他在说什么。“好了，看在上帝分上，给他们一点事情做，”督学说，“别让他们这样站着，让他们动起来。他们有腿，是不是?”普拉克在一旁观望着，手掌对搓，恶狠狠地瞥了校长一眼。校长在绝望中终于发出了另一道命令，孩子们排成一行，开始围成一个圆圈奔跑。当督学问起这种运动方式的名称时，校长回答说“正确奔跑”。督学咒骂了一声，我们转身离去，留下那些学生兼归泰的未来公民继续他们的“正确奔跑”——在我们已经出了视线范围之外后，他们仍在继续奔跑。

普拉克的接待虽说不够正式，但他在此后仪式中的表现却可圈可点，而且比较有意思。与我之前见过的形式相比，他的仪式大概保留了更多的古老特色。行政长官坐在酒坛前，右脚搁在老一套的黄铜手镯上，手镯的下面是一个斧头，手镯里面则放着一些棉花和几块从刚宰杀的猪的身上切下来的肉。地上有一个碗，里面装着猪心和四只猪蹄。巫师开始用一只白公鸡走完我们熟悉的仪式流程时，行政长官一直面对着那只碗。当然，普拉克的财富也以数量惊人的锣展露无遗。锣声响起时，喧闹声立刻吸引了远近的所有家畜和家禽，它们纷纷赶来，希望从祭酒仪式中分一杯羹。普拉克的酒是我尝过的最烈的，其中主坛上的酒比高度威士忌淡不了多少。他的“后宫”谁也没有露面，但我们不久便发现，她们正在举行自己的仪式，因为内室传出了一种怪异的声音。那是一台留声机，正在播放桑巴和伦巴舞曲；其中最受欢迎的是《巴伊亚的玛利亚》①，我们在那里的时候至少播放了六七次。翻译一直坐在一旁，脸上挂着宽厚的笑容。他告诉我，这种

---

① 巴西民歌，经格泽改编后成为桑巴名曲。

拉美流行唱片是唯一一种深受摩伊人喜爱的西方音乐。

下午的款待以归泰最杰出的猎象人展示他的弩弓技艺而结束。我已经听说过摩伊人对这种武器的使用已达到炉火纯青的地步（比如，他们甚至用一把由两个人拉开的巨弓猎杀大象），因此迫不及待地想一睹奇迹。我们站在一旁，满怀敬意。有人将弓递给了这位传奇人物。他从箭袋里选了一根两英尺长的竹子，上面没有箭镞，然后像所有职业猎手一样满不在乎地将它装进凹槽中。大家以为会出现威廉·退尔①式无情的怪异之事，而那自然会引起行政长官的坚决反对；如果不是那样的话，也应该是以谢伍德森林②的方式在三十步外击碎一根神杖。然而，我们的弓箭手在普拉克的请求下，获准瞄准约十五步外一根相当粗的祭柱。弩箭飞了出去，力量之强，我都没有看到它在空中飞行。不过，围观的村民们幸灾乐祸地看到，它没有击中柱子。第二支箭正中目标，两个人合力才将它拔了出来。

行政长官现在向普拉克打听去往上丁的道路情况，普拉克告诉他，博胶城内和周围都有土匪，他们村子前一天就听到过枪声。他们接着便开始秘密交谈，或许涉及为种植园再增加上百个劳力的问题。既然碰巧谈到了这个话题，我问行政长官的一位助手，如果有人从种植园逃回村庄，会有什么后果。答案是首领因为已经替这个人领取过

---

① 瑞士民间传说中的英雄，虽然史书有所记载，但真正使他闻名世界的是德国剧作家席勒的剧本《威廉·退尔》（1804）和意大利作曲家罗西尼的同名歌剧（1829）。13 世纪，统治瑞士的奥地利总督肆意压迫人民，在闹市竖一长竿，竿顶放一顶帽子，勒令行人向此鞠躬。一天，农民射手退尔经过此处时，因抗命不鞠躬而被捕。总督命令退尔将一个苹果放在儿子头顶上，然后以箭射之，如果射中的话可以免罪。退尔射中苹果后，又拿出一根箭，并且说如果不幸射中儿子，这第二根箭将射向总督。

② 谢伍德森林：英国绿林好汉罗宾汉率众聚集之地。

预付金，必然会将他再次送回去。万一这个人离开村子，以避免当劳工或者服兵役，他就会违反习惯法，因为没有得到首领的同意就离开村庄是重罪。人们完全可以想象到任何逃犯请求普拉克的怜悯会遇到什么下场。

我们离开的时候，普拉克坐着自己的吉普车，陪同我们走了一截。他半醉半醒，用鼻子哼着《红衣女郎》①，费劲地坐到了副驾驶座上。他的身后坐着猎象人，手中的一挺司登冲锋枪取代了弓弩。我们一行就这样出发去波来古。我们经过学校时，学生们在路旁排好队，挥舞着三色旗，哼唱着“你好，先生；谢谢，先生”，听上去很像凯特尔比②的某首作品，似乎在暗示这位作曲家的灵感有时在情感上远比我们大多数人想象得更具东方色彩。

回到波来古后，我们一边吃着烤孔雀——很像嚼不烂的牛肉——一边讨论我是否还有可能抵达上丁。行政长官再次告诉我，他很愿意送我到博胶，但是认为这趟旅程非常不明智。我得出结论，他暗自为我想去那么远的地方（哪怕是博胶）担心，因为正如他后来向我坦承的那样，除了对我应尽的责任外，他坦率地说也不想失去一辆几乎无可替代的汽车。这是一种非常合理、非常能够让人理解的态度，我感到我不能再滥用他的善意。正如德·拉·福尼埃尔先生在西贡所建议的那样，最初的打算就是充分利用普通人在各地执勤旅行时能够向我提供的顺风车。可是这类人根本不存在，我也从未打算去诱使那些

① 此处应指美国1935年拍摄的电影《红衣女郎》中的插曲，该影片由芭芭拉·斯坦威克、基恩·雷蒙德主演。

② 凯特尔比（1875—1959），英国作曲家，以异国色彩浓郁的管弦乐小品著称，代表作包括《波斯市场》《中国寺庙的庭院》等。

早已苦不堪言的行政长官，让他们为我安排专门旅程，让他们的人员和车辆冒风险。我因此告诉普瑞先生，我已经决定放弃穿越边境进入老挝的打算，准备一有机会就回西贡。

他建议我换一条线路，再往北，抵达法国占领区最偏远的昆嵩城。昆嵩是巴纳地区的中心，那里的巴纳村庄根本不像我在芒阳见到的已经衰败到可怜地步的样子，而是依然保持着原貌。那里的集体居住屋有着尖屋顶，令人叹为观止；那里还有原始共产主义，如果有必要的话，一只鸡都可以被平均分成五十份。他的建议很吸引人，但是我感到这样一耽搁有可能影响我的老挝之行，因为我必须赶在雨季到来之前抵达老挝。每当有这种机会出现时，人们总会左思右想，与其说是思考路途中会花费多少时间，还不如说是思考自己有可能被困在某个地方，等待有办法回去，是思考在这过程中所浪费的时间。行政长官随即又提出了一个建议。他得去波莱克利村，进行例行检查。这个村庄位于通往邦美蜀道路的一百英里处。如果我想借此机会返回邦美蜀，他将陪我一同前往，因为这将给他提供一个好借口，能够离开一两天。我自然赞同这个建议，为不必在波来古浪费一两个星期等待机会离开而如释重负。

我们抵达邦美蜀时，恰逢春节盛宴的第一天。城里的一切活动均陷入瘫痪状态。店铺关了门，周围空无一人。对于越南人而言，这是西方世界所有宗教聚餐的大集合，并且，由于东方人不守安息日，这是他们一年当中唯一的节日。午夜之前，每个越南人家中都会上演一个仪式，让家神告别农历旧年，回到玉帝身旁，详细报告这家人的善恶表现。人们除了要给离去的神灵准备一顿丰盛的告别宴外，还得给他准备旅途所用的金钱、官靴、只有神灵和官员有权佩戴的那种带翅的乌纱帽，以及传说中驮着神灵去天堂的鲤鱼。这场盛宴还将为新入驻的家神接风洗尘，邀请列祖列宗参加随后的春节庆祝活动。我们到达的那一天应该是亲朋好友相互串门的日子，类似苏格兰习俗“第一只脚”（First footing）① 的倒置版。大家相互竞争，避免成为在新年到来之际第一个跨过门槛的人，因为这样做将为全家人一整年可能遭遇到的任何倒霉事承担责任。

当然，达斯廷先生再次见到我时毫不意外，可他也不知道如何让我返回西贡。全国在整整一个星期里都会患上这种“春节僵化症”。甚至在这个星期过后，他也不知道什么时候能组成一个车队。最近的几次袭击已经让商人们变成了惊弓之鸟。看样子，隆重的盛宴以及战争已经有效地将邦美蜀与外界隔绝了起来。我回到官邸原来的房间，久久地站在窗前，望着窗外的景色，宽敞的花园里有一棵鲜花怒放的桃树。好像有一两对年轻夫妇顺利避开了节日的陈规陋习，专程来这里欣赏盆景艺术，并且以鲜花为背景拍着照。

大约二十分钟后，达斯廷再次露面。保大皇帝的飞机半个小时后抵达，如果它要回大叻或者西贡，他认为没有理由不能为我请求搭一个顺风机。我们立刻上了他的车，直奔机场。赶到那里时，飞机刚好着陆。这是一架达科塔，而且我高兴地看到机身上画着一条龙。

皇帝第一个下飞机，紧随其后的是一位身着黑色天鹅绒长袍的年轻女子。看到她的气质比绝大多数越南姑娘高贵，我便愚蠢地以为她就是皇后。我后来得知，她是 1949 年的河内小姐，接受了皇帝专机

---

① 在苏格兰，特指午夜之后造访主人家的第一位客人。为确保给主人家带来好运，到访的第一位客人应该是具有一头深色头发的男性（源自过去的维京时代，金发的陌生人跨入你家门槛，就意味着麻烦的降临），而且他应该象征性地带一些煤、牛油甜酥饼、盐、黑色的小圆面包和威士忌等。

上的空姐一职。跟在皇帝身后的是几位法国军官和平民，但是没有越南人皇家随从。我被介绍给了皇帝。他用力和我握手，我却想起了一件事：一直到他祖父执政之时，任何人哪怕不小心与天子发生了身体接触，都会被当场勒死；如果冒犯的人违反禁忌是为了保护神圣的皇帝免遭危险，那么他会在死后被封官加爵，并被赐予厚葬。

虽然从越南人的角度来说，保大皇帝有些矮胖，但绝对不像一家美国报纸所形容的那样“胖墩墩的”。一些报纸的记者根据自己的经历告诉我，这位皇帝接受采访时总显得百般无聊，然而我却发现他很开朗，或许是因为即将能够打猎的缘故。他问我是否打猎，我说我不。（有人已经警告过我，受邀加入保大皇帝的狩猎队伍不是件好事）皇帝对我的回答感到有些意外，扬起的眉毛又往上扬了扬。我解释说我住在英格兰，那里的猎物不仅数量少、种类少，而且体型也小。皇帝说我应该尝试一下猎象活动，而对于新手而言，最佳的地方就是邦美蜀。达斯廷问皇帝是否回大叻或西贡，如果是的话，可否让我搭个顺风机。皇帝说他打算打几天猎，但是他很欢迎我在那之后搭乘他的飞机回去。事实上，他或许会决定第二天就打发飞机回去，如果真是那样，飞行员可以带我回去。

可是不到两个小时后，正当我凝视着那棵桃树以及正在散步的越南美女时，有人再次来打搅我了。达斯廷来告诉我，两位从大叻来的官员一直待在邦美蜀，刚刚得到保大皇帝的恩准，可以借用皇帝的私人狩猎道路回去。如果我愿意，可以随他们一起去。他们马上就要动身，并且会在湖边哨所过夜，然后像往常一样赶在黎明前出发。

两位猎手郁郁寡欢地迎接我们，一副真正存在主义者的做派。他们取出了各自形形色色的枪支，快乐地摆弄着，幻想着次日有重大收获，但内心又深知那只是虚幻。我来到了阳台上，翻阅着法国图书俱乐部运来的最新书籍。我只要一抬头，便会看到无与伦比的景色。雄鹰正划破明镜般的冰蓝色湖面，在远方灰暗的群山映衬下，一行白鸟宛如闪烁的金属尘埃。

夜晚就这样降临了。黄昏时分，我们听到发电机的马达响了起来，我的主人露出了谨慎但满意的笑容。灯泡里的灯丝忽明忽暗地亮了大约三十秒钟之后便突然熄灭。与每一个之前的晚上一样，发动机立刻就坏了。我们点燃油灯，躺在床上，准备靠阅读来打发晚上的时光。可是大家突然警觉了起来。我们听到下方的森林某处传来了汽车加速上山的声响，悄悄向窗外望去时可以看到汽车前灯从树木间照射过来。汽车正朝我们的方向驶来。这种反常情况只有一种解释——皇家狩猎队伍快要到了。面对如此突如其来的情况，我们的主人似乎感到这地方准备欠妥，无法接待这片土地上最威严的人物到来。不管怎么说，所有灯立刻熄灭——这项告诫措施非常成功，因为我们听到那辆车停了一下后，又离开了。

那些探究猎手之谜的人不知道凡夫俗子对此的厌倦。皇帝的狩猎之旅会持续整整一晚，参与过的人都说会涉及最骇人听闻的历险与付出。幸运的是，副市长和首席法官希望黎明前就动身，但我们的主人对这么早就出发甚是惊恐。于是双方均做出一点让步，黎明时分，我们在猿猴的啼叫声中用上了早餐。十分钟后，我们驶上了保大皇帝的狩猎专用道路。每当保大皇帝沿着陆路在大叻与邦美蜀之间来往时，这便是他的必经之路。我认为有件事很奇怪：尽管这条道路比经常遭袭的主干道更接近越盟占领区，但皇帝大人却从不需要护卫。这或许意义深远，或许正好与另一个事实不谋而合，那就是越盟从未企图过暗杀皇帝。有人甚至假设，皇帝与法国人的关系或许类似于贝当元帅[1]与德国人的关系。皇帝与极端民族主义分子之间可能确实存在某种秘密的默契。

这条道路狭窄又弯曲，透过藤本植物和竹子构成的帷帐，我们可以瞥见许多令人头晕眼花的悬崖，上面长满了蕨类植物。这天早晨，天气非常寒冷，只有高处才没有被湿黏的浓雾包裹。突然，没有任何警示，我们驶出了浓雾，一路向上进入灿烂的阳光中。浓雾便像一个沸腾的湖面一样展现在我们面前，其中点缀着岩石和植被构成的岛屿。一只白鹇像一条巨型飞鱼，拍打着翅膀，穿过这“湖面”扶摇直上，落在了其中一座树木茂盛的岛屿上。副市长和法官射中了几只野鸡，然而这些野鸡虽然已身受重伤，却依然令人胆战心惊地顽强坚持到生命的最后一刻。空荡荡的摩伊人稻田里有五只孔雀，受到惊吓后几乎是垂直地飞到了一棵大树最高的树枝上，在蓝天的映衬下成了最完美的靶子，结果一一被屠杀。不过，我们的收获仅此而已。一头大野猪在很近的距离中了一枪，却若无其事地跑掉了。

我们停下车，为副市长夫人采一些兰花。这些白色和橙色的花朵宛如微小的长寿花，一团团地悬挂在柔软的枝条上。副市长爬到树上采花时，我对一些昆虫产生了兴趣。这里有巨大的蜻蜓，箭一样地飞来后，悬停在离我一英尺左右的空中，仿佛好奇地陪伴着我。它们的翅膀没有常见的光泽，拍打的速度却快得惊人，以至于它们的身体看似悬浮在空中一般。另一种翅膀巨大的昆虫至少有两个特点。它落下

---

① 贝当（1856—1951），法国陆军将领、政治家，在第一次世界大战期间因领导1916年凡尔登保卫战而出名，成为当时的英雄。二战法国战败后，他出任维希政府总理，并与德国签订《贡比涅森林停战协定》。1940年7月至1944年8月任维希政府元首，成为希特勒德国的傀儡。1945年4月被捕，同年8月15日因叛国罪被判死刑，后改判终身监禁。1951年7月31日死于囚禁地耶岛。

来的时候，小心慎重地将翅膀收拢进一个保护鞘中，摇身变成流线型身材，没有任何碍手碍脚的凸出部分，然后匆匆爬走，开始在落叶和草根中寻找食物。

中午，我们停了车，用个头特别小的蛋做了一顿吃的。这里的森林溪流密布，潮湿的地面上冒出了种类繁多的蕨类植物，既有欧洲也能见到的羊齿草，也有一些大如棕榈树的种类，还有一些看似欧洲蕨，但颜色却像秋天里最明亮的山毛榉树叶。人们以为，由于种种原因，凌晨过后会见不到猎物，结果这里到处都有不适宜食用的大型鸟类出没。其中一只“宝塔鸡”频繁出现，虽然外形酷似原鸡，却有一条长尾巴。我的朋友们说，只有快要饿死的人才会去吃它。它的频繁出现，引得我的这些朋友数次伸手去摸枪。

也就在这附近，我们看到远处有最后一个摩伊人村庄，便决定步行过去看看，这样也有助于消化。我们过了一座藤桥，沿着稻田间一条小路走了大约半英里。这是一个芒族伽尔部落的村庄，家家户户的房子就建在地上。黄色的稻草屋顶、挂有经幡的祭柱、儿童在干净开阔的空地上玩耍——从远处看，这一切构成了一派怡人的景象。我们经过几座已经荒废的坟冢；另外几座坟冢尚未填土，上方建有几间小屋，里面放着墓主人的私人财产：他的衣物、毯子、项链、坛子、鼓、每天都得重新装一点饭进去的饭碗，还有葬礼上宰杀的那头牛的牛角。

我们赶到那里时，村子里没有人，只有一个女人在自家茅屋外筛着草药，但是她对我们的到来视而不见。我们总共四个人，其中三个人有枪。我们不知道是否因为突然有武装人员出现在他们当中，村民们才全都躲了起来。在村子另一头，我们终于见到了生命迹象。两个男子正在一间原始铁匠铺中，忙着打制库佩库佩战斧，一个男孩在使

芒族伽尔部落的妇女像典型的摩伊人一样，对一切都视而不见

劲拉着风箱。风箱用两节粗毛竹制成，中间有一个木头活塞。这些人依然对我们不理不睬，但其中一人突然站起身，脸避开我们，向村口方向走去。副市长怀疑这个人是想去安排一次伏击，以防我们做出任何敌对行动。他认为最佳的办法就是别将这当回事，静观其变。于是我们捡起各种库佩库佩战斧的半成品，然后又将它们放下。正想看看刚才那个女人在忙什么时，她却已经不见了踪影。法官漠不关心的神态表现得过了头——让埃地人司机非常担心——居然用手指去拨弄其中一根祭柱上的装饰物。埃地人司机只会说几个法语单词，说他不懂当地方言。他说这个村子禁止外人进入，我们必须立刻离开。他无法解释自己的观点，当一再被追问时，脸上立刻摆出一副无辜的表情，用一句“不懂摩伊人的话”来搪塞所有问题。

这个村子透着一点邪气，就连家畜也不见踪影。我们刚离开铁匠铺，周围就陷入一片死寂。摆放着牛头的框架也转移了我们的想象力，它的两边各有一个复活节岛雕塑般的塑像，上面还溅有祭品的鲜血。我们走到村外时，突然听到身后传来了赤脚奔跑的噼啪声。一直留在铁匠铺里的男子正在追赶我们。他在几步之外站住脚，毕恭毕敬地向我们鞠躬致意，用左手掌托起右胳膊肘，走向前来，依次触碰我们每个人的手。我们得知，他就是首领，看到我们并无恶意之后，突然良心发现，为自己就这样打破传统美德让我们离开而备受自责。司机突然又变得聪明了起来，说首领来邀请我们回村子，和他一起开一坛酒。

第十二章

堤岸与交趾支那

飞离大叻的法航航班三周前就已预订一空。我在一家小公司经营的航班上搞到了一张票，而且无须等待就能出发。我当时还以为这是个奇迹，后来才发现这家公司的飞机没有多少人想坐，因为这家公司已经连续有一两架飞机坠毁了。在那些丛林中，迫降成功的希望很小。

我在等待飞机起飞的过程中，与一位同行旅客闲聊了起来。这是一名越南学生，想知道我在他的国家干什么。我告诉了他，于是我们的谈话立刻转向了政治。我想见哪些越南知识分子？我承认一个都还没有见到。这位学生认为，如果我听到的只是法国殖民主义者的观点，我如何能对他祖国的情况形成客观看法呢？这一点合情合理，我也早已想到过。于是我说我没有与越南人联系的主要原因，在于从他们的态度来判断，他们很难接近。这位学生说，这很自然，因为他们会把我当成法国人。他一再坚持我必须见一见某些知识分子，以至于我相信他马上就会建议我如何见到这些人，但飞机就在这一刻起飞了。我们坐在宽松的折椅上，飞机刚刚开始在热气流中倾斜，我们便剧烈地左右摇晃。我的这位新朋友第一次坐飞机，晕机晕得非常严重，我根本没有机会再和他说话。

西贡喧闹依旧，装满阿尔及利亚士兵的卡车在街头巡逻，咖啡馆里挤满了德国军团的士兵。通往堤岸的主干道上有一家中餐馆，我在这里用了餐。这里远离欧洲人居住区，而我喜欢这里，是因为喧闹的生活就在我的四周上演。我注意到，这家餐馆在我手中的报纸上所打的广告中声称自己位置隐蔽，但是前一天晚上扔进来的炸弹在墙上留下的多个伤疤依然历历在目。或许正是因为这个原因，餐馆才人满为患，完全符合那条理论——两枚炮弹不会落在同一个弹坑里爆炸。服务员说，他们希望第二天就能装上铁丝网，将手榴弹挡在外面。前天晚上西贡各地发生的炸弹袭击事件总共造成了十七人丧生，他们这里的小事件只造成了两人伤亡，不过这两个倒霉蛋就包括他的一位同事。他说，那位同事的状况非常严重，而且说来也怪，所有这一切都被店里的算命先生算到了。我看到那位算命先生此刻正朝我走来，手中拿着他这一行的工具，脸上带着期待的笑容，愿意为合理的报酬透露他那可怕的预言。

我碰巧读到一家越南民族主义报纸刚刚被查封，因而有了个主意。我第二天去了这家报社，要求见主编。主编不在。他什么时候来？没人知道。他还会不会来？我试图逼迫一位面无表情的雇员给我一个明确的回答，却不由自主地变成了语言太极高手面前的初学者，他们一代代的先辈们已经娴熟地掌握了靠回避来对付暴力的技巧。我这边过于直率了，得到的回答是一连串的“不知道”，而就在我试图靠三寸不烂之舌化解这场软抵抗时，我却发现自己正被人慢慢诱骗到外面的街道上。我的左右两边各有一个越南人，他们走得很随意，一副满不在乎的样子，仿佛他们完全是自己要去什么地方，碰巧与我保持相同的行走速度。他们什么都不愿意谈，只愿意说洋泾浜法语，而这往往又会造成最大程度上的误解。他们建议我首先毫无保留地全盘说出我找主编的真实意图。我只能实话实说。其他人加入了进来，看似朋友，从身份不明的人群中分离出来的个体。我只好将自己的来意再说一遍。我们就这样不紧不慢地走着，不断有骑自行车的男孩、乞丐、动物和玩玩具的孩子将我们分隔开来。有人认真思考了这件事——终于，有人暗示，而不是直接说出来——我推测，如果我当天下午再去拜访，我或许会（但也或许不会）见到我所感兴趣的人。

我下午回去时，上午见到的那些人一个也不在那里，我对此丝毫不感到意外。上午见过的那些人都没有了踪影。当我向柜台后一位心不在焉的职员询问时，得到的答案是我意料之中的“不知道”。房间一端有个台阶，我顺台阶上到了二楼。一位年轻人从一个隔间后走出来，用英语问我：“你就是那个英国人?”口音很重。他戴着厚眼镜，脸上带着严肃、刻苦好学的表情。我开始用法语作自我介绍，但他却毫不客气地要我说英语。我将我来越南的原因告诉了他，并且说我到目前为止只接触到法国方面的宣传，而我认为应该听听另一方的宣传，以得到一个全面平衡的看法。这番话应该是很认真的。这个年轻人严肃地瞪了我一眼，然后说，所有越南爱国者都是越盟成员，如果我真的想看到越南，就不应该待在法国占领区，而应该越过分界线，进入越南社会主义共和国。我说如果有机会，我求之不得。他接着便要求看我的证件，以确定我的诚意，于是我给他看了护照和各种信件。他说申请书必须递交给专门负责这类事务的越盟军事部门。他认为几星期后才会有答复，才能安排我“过去”。我问他我的申请能否得到批准，他说肯定会。他为不能透露他的姓名感到遗憾，并且说我将无法再和他联系，不过到时候他会有办法联系我。

这是我经历的第一次此类政治性接触，而当天晚上第二次接触却以最不可思议的方式发生了。

我应邀与一位法国记者及其越南情人晚上一起消遣。从一开始就很明显，这天晚上的活动将按标准模式进行：先在“木屋”餐厅用晚餐，然后去堤岸的赌场，最后再去一两家酒吧。堤岸是座纯华人居住的城市，离西贡约三英里，几乎所有活动都让西贡相形见绌。由于种种原因，据说它比中国沿海那些大港口城市更“具中国特色”。为了证明这一点，人们总是会告诉你，好莱坞表现中国生活的大片中的城市镜头都是在这里的街头拍摄的。由于战争，这里的人口已经不断增加到了约七十五万，其中大多数生活贫困。这里还有比例相当高的百万富翁，而且他们的数字又由于目前战时所带来的黑市暴利而持续增加。华人是交战双方的中间商。他们将越盟控制区的农产品出售给法国人控制的城市，然后再将从法国走私进来的美元出售给越盟——越盟需要美元来购买武器。由于政治上保持中立，不管交战一方的目标是好是坏，他们都能大发横财。

堤岸在一定程度上受益于其异国风情对欧洲人的吸引力，但它同时又必须勾引来华人富豪，因为出入娱乐场所的大多数人都是华人。这种无奈抵消了它对欧洲人的吸引力，它也因而成为一个令人称奇的大杂烩。我们这次首先光顾的是“万灿夜总会”，海报上说有位拉莫娜每晚都会在此登台表演“异国情调的舞蹈”。乐队成员来自菲律宾，正满怀激情地演奏着一些已经被人遗忘的经典歌曲，比如《九月秋雨》①。海报上说拉莫娜“从墨西哥城直接飞来”，可是我注意到她与搭档聊天时用的却是意大利语。她表演了自己创作的一段时尚的幻想曲，灵感无疑来自博斯普鲁斯海峡，而不是来自中国南海。观众大多为上了年纪的华人米商，他们与华人以及越南舞女翩翩起舞。

这之后，我朋友的情人说服他走进了“游乐园”，结果在门口遭到搜身待遇的却是她，以防身上藏着武器。她像大多数越南人一样，也嗜赌如命，不过她每天只是小打小闹，确定好输赢的金额后，将其压在一些众所周知的特别幸运的数字组合上。虽然输钱是常事，但远没有到倾家荡产的地步。她这次由于梦见会发横财，结果所输的钱到了破天荒的地步。这里是堤岸两个最大的赌场之一，在游戏场般热闹的气氛中，越南人的财富，无论贫贱——因为这里有迎合不同收入人群的游戏——全都稳步流进了华人的保险柜中，而华人自然也必须向法国当局缴纳昂贵的场地费。

我们最后来到了“天堂”，也就是在这里，令人惊讶的一幕发生了。“天堂”是华人最爱光顾的地方，吸引他们的是隐隐约约的昏暗灯光。在演奏一些柔情的曲子时，光线常常会刻意调低。据说，在这里当舞女的大多数姑娘——至少华裔姑娘——都是由他们的父母卖到这种灯红酒绿的场所的，因此这里礼貌性的习惯做法是香槟酒一上来就提及这一点，请求逢场作戏的伴侣详细讲述她的悲惨往事。一位著名歌手王舒正在放声高歌，但我听到的却又是《九月秋雨》。当嘹亮的歌声唱出“黄叶纷纷落下”时，朋友起身去跳舞，留下我任凭“妈咪”安排。随她一起过来的还有朋友悄悄给我叫的一位 girl（为

---

① 美国经典爵士乐歌曲，20 世纪三四十年代风靡一时。

什么这种娱乐场所会选择英语作为通用语?)。这位姑娘像大多数越南舞女一样，有着娇滴滴的贵族气质，脸上扑着厚厚的白色脂粉，带着一种临终时的镇静。她穿了一件传统式的白色绸袍，修长的指甲让人不敢相信是真的。我可以肯定，她的每根头发都纹丝不乱。这位如日本艺妓般完美的姑娘身上唯一能够体现人性的是一块男式手表，超大的体积在她那嫩藕似的手腕上很是扎眼。

她与我的朋友带来的姑娘显然是老朋友，或许还是同事。她们开心地聊着天，有一次纯东方式地用扇子遮住脸，瞥了我一眼。我揣测她们聊天的内容一定是我。那两位再次起身去跳舞时，这位姑娘开口道："你是英国人？你认为我们越南人像法国人一样文明吗?"这是西贡的一家夜总会，而且是我第一次在闲聊过程中听到这个问题。我感到很是意外，随即回答说，我认为越南人和法国人一样文明。这之后，我们的交谈就演变成了我与在大叻飞机上偶遇的那位越南青年之间的对话，只是由于这里的环境比较有利，因而我的收获也更大。正是通过这位姑娘，我接触到了西贡的几位越南革命民族主义者。

次日，有人在我所住的宾馆留了口信，邀请我在某个时间去某个地方。我去了之后却发现那里是一栋豪华别墅，外面停着几辆豪车，一群越南人在等着我，但他们起初不愿意向我透露他们的姓名。他们当中有一位事业如日中天的律师、一位银行主任，以及交趾支那总督内阁的一位前阁僚。他们个个出身豪门，家中拥有土地，却又全心全意地支持越盟，而越盟据说为共产党所控制，一旦上台，担心会剥夺他们的所有财产。其中一人的真实身份是越盟的一位高级官员，在西贡却没有受到法国人的骚扰。这是因为每当必要时，他便可以充当法国人与越盟之间非正式的外交联络人。

我没有必要在此浪费笔墨来详尽描述此后的谈话内容，总而言之，这些人明确表示，越南人希望从法国那里得到的正是印度人从英国那里得到的东西——独立；如果得不到，他们永远不会满意。法国政府一年前做出了让步，允许越南“在法兰西联邦之内独立”，但这被形容为一个笑话，因为法国对所有核心要职的控制没有受到任何影响。越盟公布了法国驻越南前任高级专员波拉特先生递交给法国总理的秘密报告，这一下更是火上浇油。其中一句话引起了公众的极大关注。其内容可以大致翻译成：“我的印象是我们必须在独立这个术语上向越南做出让步；但是我相信，这个词的含义充其量只能被理解为某种宗教套话。”

这些人说，事实果然如此。就拿警察机关来说吧，法国人大张旗鼓地将位于卡蒂纳街的安全部总部移交给了越南人，但法国人实际上只是将一栋空建筑移交给了来接管的越南官员，而他们自己则以联邦安全部的名称在另一个地方重新开始办公。由于联邦安全部保留着所有档案，越南人的警署从一开始就缺胳膊少腿。再比如，说到法国驻军将撤离越南，却是在非常含糊的“机会合适时”。当然，治外法权仍然保留着，这意味着对任何外国人的审判只能在法国法官主持的混合法庭中进行，也就是说法国人、柬埔寨人和老挝人在越南将不受越南法律的约束，而所有治安问题则统一由法国军事法庭审理。

他们告诉我，这就是所谓的独立。但是法国人的其他一些更为邪恶的策略不仅使越南独立变得真实可行，而且正在步步推进。像西原这样的地区，以及东京的各个部落地区，已经被宣布为少数民族区域，完全从越南分裂了出去。如今，以前从未大声表达过诉求的柬埔寨人，却被唆使在法兰西联邦大会上要求越南归还他们以前在交趾支那的几个省，并且要求合法进出西贡港的权利。高台教与和好教[1]这样的宗教军事武装最初遭到柬埔寨国王和安南皇帝的严禁，如今却在鼓动之下变成了潜在的分裂分子，并且在得到援助的情况下形成了地方武装。这样一来，越南即便获得完全独立，也会在各方面大为削弱。

在说完这些心头之恨以及法国人的政治操控大阴谋之后，他们接下来的抱怨变得非常有意思。这是亚洲人受到伤害的自我发出的心灵呐喊，虽然相对而言不足挂齿，但在数说了一连串压迫之后提出来却意义非凡：法国人一贯的排外态度是对越南人的侮辱——“运动俱乐部不允许越南人加入”。假如法国人——以及英国人——在俱乐部会员等问题上对其殖民地臣民的自尊心态度稍微温和一点，他们在远东的处境或许不会像现在这样岌岌可危。

飞往老挝的航班很少，我订到的最早的机票也在两个星期后。就在这时，一位法国熟人想把英国造的路虎车卖给柬埔寨军方，他说他正要将一辆样车送到金边的军方总部，问我是否愿意随车同行。我欣然答应，尤其是因为这位朋友将坐飞机过去，并且建议我们一起在柬埔寨待上几天。他在柬埔寨生活过几年，算是欧洲人当中的柬埔寨通。

驱车动身去柬埔寨之前还有四天空闲时间，我决定参加法军为外国记者安排的交趾支那之旅，去参观那些重新占领的地区，以此来打

---

① 越南新兴宗教，1937 年由教主黄富楚创立，教名取自其家乡的村名，为小乘佛教的变体。它虽自称为佛教，但实质上是佛教与充满儒教伦理的民族传统观念相结合的产物。它的产生和发展反映了当时的社会现实与人们的心理需求。与佛教不同的是，和好教并不兴建寺庙，而是用一块红布代替神像，供品为鲜花和清水；强调农民的俭朴和与世无争，不接受佛礼和佛道修炼。

发这段时光。如果碰巧遭遇军事行动，那么这些官方安排的行程会变得非常刺激。法国人对此非常谨慎，因为记者们有时会看到他们不该看到的东西，发回去一份对法国不利的电稿。比如，合众社的鲍勃·米勒有天晚上 10 点钟坐在一艘装甲驳船上，沿着一条运河航行。突然，探照灯照到前方出现了三条小船，其中两艘没有停下来，遭到了机枪的扫射。第三艘小船放弃了逃跑，船上的三个农民——一对老夫妇和他们的儿子——被带到了驳船上。他们正趁着夜色运送大米，或许是想避开地方官员的敲诈勒索。他们的货物被倾倒进了水里，男孩试图跳水逃跑，却被随后扔过去的手榴弹炸死了。负责指挥的军官非常年轻，彬彬有礼，有求必应。他相信这些农民不是越盟的游击队员，但他们违反了宵禁规定，随之而来的便是战争逻辑。在这样一个敌众我寡的国家，只有让老百姓明白违反规定意味着极刑才有希望占据上风。但是这种逻辑对于非作战人员而言过于牵强，其中便包括记者，他们有时会抗议说这是纳粹在其占领国所采取的态度。

此后四天的所见所闻过于密集、快速，我对它们的记忆颇似蒙太奇，只剩下一堆无法分辨的图像：透过竹篱笆看到的敌人据点——对机枪手的挑衅无动于衷；装甲驳船穿过莎草时发出的砰砰声，朱鹭从船首纷纷扑翅而飞；孤零零的哨所中的士兵，靠老处女们打发时光的活儿——编草垫或者织毛衣——来控制他们的思绪；五十个村庄的村贤迫不得已的敬意；夜晚在某位官吏豪宅昏暗、阴森的屋内听到的炮声。

隆豪算是一个模范村，村中有一座天主堂，里面放着一尊塑像——一位安南圣人站在帆船前。教堂内还有一个醒目的落地大摆钟，或许可以成为一个供人顶礼膜拜的圣物，因为神父从它旁边经过时冲它微微点头致意。大摆钟上面贴满了令人作呕的图案装饰物，通常还伴有各种经文，但显然这是当地人的“杰作”，因为玫瑰与天使图案之间还画着几个中国灯笼。自耶稣会修士敲开中国大门的那一刻起，自鸣钟便开始在远东泛滥。东方大多数统治者的宫殿里摆满了各种自鸣钟，宛如法国某个城市里的当铺。不过，眼前这座落地钟近三米高，单就体积而言就足以让村民们引以为豪。隆豪最近在与越盟的交战过程中伤亡了四十人。

陪同我参观的是法国负责该地区的一位高级军官，五十多岁，相貌酷似法国影星雷米①。他属于典型的“一家之父”类人物，天生喜欢虚张声势，性格略微有点古怪，喜欢与我们所参观的每个哨所的负责中士喝上一杯。我们每到一处，狗都喜欢他，在我们周围转悠，亲昵地嗅闻着他的靴子。他的口袋里装着一罐炼乳，时不时地会倒出一点，让它们去舔舐。我们似乎无法将这个人与他辖区内所发生的种种血腥事件联系在一起，而且这些血腥事件或许就是他下达的命令。

我们高一脚低一脚地步行到了下一个村庄。这里景色宜人，村子里有一半的人都在路旁的小溪中钓鱼，房屋油漆得色彩鲜艳，大多数屋子的外面都摆放着上等棺材，让左邻右舍有个攀比的参照。村里有座宝塔，正面墙壁上贴满了瓷砖，攀缘其上的九重葛②正在怒放；屋顶上盘着一条温顺可爱的龙，一位舞者被身上拖曳在地的瓷袍弄得有些尴尬，只好冲着三角墙对面笑容可掬的学者挥舞着手中的铙钹。指挥官轻轻拍打着越南儿童的脑袋说，夜晚驱车穿过这个村庄肯定是死

---

① 雷米（1883—1946），法国老一代著名男影星，曾被美国鬼才导演奥尔逊·威尔斯誉为“史上最伟大的演员”，代表影片包括《马里乌斯》《范尼》和《恺撒》三部曲等。

② 一种攀缘灌木，会开出鲜艳的紫红色小花。

路一条，更不用说步行了。这又是一位那种法国军官，总是念念不忘欧洲反攻时英格兰的某个肮脏不堪的出发点。因此我们从见面的那一刻起，就因为有着在埃尔斯米尔港①的相同经历而倍感亲切。

道路歪歪扭扭地穿过天主教区和高台教区，据说这两个教派之间纷争不断。当地的高台教信徒虽然与该宗教若即若离，并非全心全意地听从教宗的旨意，却也承认西宁的教宗。指挥官说，他们是顶级海盗，在该省密布的水网上讨生活。高台教的政策一贯是在教会层面上复制法国人的管理体系，可是他说他们如今却试图将这一原则延伸到其军事组织中去，两天前便有高台教总部的全体参谋从西宁来到泰安②，想附属在他的总部麾下。他将他们打发走了。

指挥官说，天主教徒虽然同样是乐天派，却是更大的潜在威胁。其中一些地区自 19 世纪初将传教士驱逐之后就一直没有任命过神父，他们突袭其他村庄，每天晚上在教堂里聚集两个小时，高声欢唱圣歌，然后再强奸抓来的女人。我们所经过的每个村庄周围都有两至三道栅栏，有时甚至还有壕沟，由岗楼监视。指挥官说，有些岗楼因疏于维护而摇摇欲坠，一有人爬上去就会坍塌。

这便是耶稣会修士勃利笔下的“天堂”沦落的状况。

那天晚上，我们在泰安的军官餐厅吃饭。我似乎总能逢凶化吉，因为前一天晚上，一枚手榴弹从窗户扔了进来，炸伤了一位军官。指挥官这次派出了哨兵，以便让大家安安静静地享用一顿晚餐。可是我们刚刚落座，外面便传来了接二连三的爆炸声。郊外的一些岗楼正遭

---

① 英国切斯特郡（柴郡）的港口城市。
② 越南胡志明市（西贡）西南方向的城市，位于前江省。

到迫击炮的攻击。几分钟后，法军发射二十五磅重炮弹的火炮也开始发声。军官们一一去了自己的岗位。等到主菜上来时，桌子周围已经空无一人，我和指挥官的对面只剩下一位军衔很低的军官。不一会儿，灯灭了，我们决定上床睡觉。

第二天的事，我只记得我们参观了坦普模范村。它的荣耀在于法国人认为除了十五位有名无实的天主教徒外，这是一个佛教村庄，没有高台教信徒。坦普有一座历史悠久的宝塔，法国人说越盟将这里化为灰烬时，唯一幸存下来的只有这座宝塔。塔内有一口钟，大约一百五十年前，最后一位圣君嘉龙①面临西山朝②叛军的追杀时，曾藏身其中。为了证明这一点，一位和尚爬进了钟内。不过，这位老和尚身材瘦小，而嘉龙的后代，即现在的保大皇帝，迫不得已时显然是无法效仿祖宗的技艺钻进去的。塔内真正引起我兴趣的是一幅警世内容的巨型壁画，描绘了善人与恶人各自的来世命运。指挥官非常尊重老和尚，老和尚也很是为这幅壁画感到骄傲，只要有机会向人介绍它，他的脸上都会浮现满足的微笑。

作恶的后果被详细绘制在整堵墙上。生前未被人发现的小罪过会在这里按轻重受到四种不同级别的惩罚：黥面、劓刑、刵刑、宫刑。至于重罪犯在地狱中的受难，首先是恶魔将那些犯了无心之过而不是罪大恶极的人绞死，而那些犯下诸如不孝之罪的人将会被凌迟。一个个恶魔手持钢刀，刀上标有罪人身上将被挖去的部分的名称。这些刀

---

① 嘉龙（1762—1820），越南皇帝，建立了越南历史上最后一个封建王朝——阮朝。他的真名是阮福映（通常被称为阮映），其统治从 1802 年直到他去世的 1820 年。

② 又称作“西山阮朝”，是越南华裔在 1778 年至 1802 年间建立的朝代，由西山农民起义军建立。因起义发生在越南南部归仁府西山邑（今越南平定省符离县安溪村），故名。1802 年被嘉龙建立的阮朝剿灭。

是按照古代行刑程序从行刑袋中随意抽取出来的。几只老虎在吞噬其他罪人，还有一些罪人或许生前对皇帝的天命提出过质疑，如今正被几头受过专门训练的大象分尸。恶魔刽子手站在不同角落里，对着竹桩练习着准头，各个角落按传统以槟榔红色的线条标出。

受刑者人人衣着整洁，并无绝望之情；这或许反映了安南人的习俗，即鼓励罪人尽可能带着尊严接受最后的审判，并且要泰然自若地与亲人告别，优雅地按仪式五次伏地行礼。

对面墙壁上绘制的则是善人沉浸在幸福之中的画面。但是，由于天堂的美丽不如地狱中的苦难那样令人感受深切，美德的回报因而显得不足挂齿，甚至平淡无奇。天堂酷似寥寥数笔的中国山水画：几座云雾缭绕、虚无缥缈的山峰，松树，一条小溪，一座小桥。这是诗人笔下的天堂，也是中国历代王朝画家笔下的天堂。安南人的灵魂郁郁寡欢地漫步其中，显得多少有些格格不入。老和尚没过多久也对此失去了兴趣，客气地将我们再次引回到那些令人毛骨悚然的地狱画面前，指给我们看一些刚才没有特别注意到的煎熬细节。

一座佛教宝塔居然会如此装饰，这当然体现了佛教在其从印度传播到中国并最终传播到交趾支那缓慢过程中所经历的曲解。涅槃变成了去山间的一次野餐远足，而即将轮回的灵魂的痛苦则变成了酷刑室里的一系列低俗的插曲。这确实反映了一些伟大宗教在其衰亡过程中感染上的蒙昧主义。

顺便补充一句，人们在印度支那可以大胆自由地进入任何宝塔，好奇地探寻塔内的神龛，观看宗教仪式，甚至拍照。相反，庙祝会因为有人对此产生兴趣而格外高兴。这是与人为善的儒家传统的一部分，已经渗入了所有其他教派。“子入太庙，每事问。或曰：‘孰谓鄹人之子知礼乎？入太庙，每事问。’子闻之，曰：‘是礼也。’”

随后独自一人时，我会向塔内的功德箱中捐点钱，随之而来的会是大锣的一声巨响，以及从屋顶垂吊下来的大盘香为我烧上几英寸。有时候，老和尚还会为我占个卦，将一罐看似药丸的东西摇一个到我的手中，其实是揉成一团的纸片，上面写着摘自经典著作中的各种预言。他会帮我解读上面那些龙飞凤舞、无法理解的象形文字，并且面带恭喜式的快乐微笑：命运终将向我张开双臂。

参观完模范村坦普之后，我们去了一个理想化的法国岗哨。这是一位军士长的杰作。像那位指挥官一样，他不久也将退伍回法国。这两位显然一辈子都会沉浸在吉卜林①式的对印度支那的回忆之中。可是，就算殖民地已经变成他的精神家园，就算他一想到回国就心情沮丧，这位军士长依然为自己曾经在法兰西之角所创建的岗哨而自豪万分。而且是付出了什么样的代价啊！他通过航空邮寄来了一些球茎，郁金香艰难地发芽，一英寸一英寸地从赭色土壤中生长出来，它们的花骨朵如今略带疲惫地耷拉着脑袋，挂在花茎上。在它们的上方耸立着一排排怒放的美人蕉，种在那里的目的只是为了给这些欧洲的进口物遮荫。一间当地小屋被可怜巴巴地伪装成一家小酒店，成了专门来访的军士的寻欢作乐之地。只要能暂时将那些可恨的竹子挡在视线之外，任何东西都会成为一份记忆，几个月后将变得异常亲切。

军士长还在笼子里养了一条大蚺，每个月给它喂一只活鸭。这一仪式每次都会吸引来钦佩的人群。他说这条大蚺对无生命的食物毫无

---

① 约瑟夫·鲁德亚德·吉卜林（1865—1936），英国小说家、诗人，作品表现英帝国的扩张精神，有“帝国主义诗人”之称，代表作有《吉姆》《丛林故事》等。1907 年获诺贝尔文学奖。

兴趣。

一个全新的越南村庄就像细胞一样围着这个理想化的岗哨成型。农民随时都会成为各种黑帮和匪帮的牺牲品。面对这样悲惨的情况，他们的追求之一便是得到保护，过上稳定的生活。他们的村庄已经毁于各种军事行动。他们居无定所，分散在不同的临时居住地，以灌溉渠中捕到的小鱼小虾为食。他们的周围只要一出现哨所，他们自然会被吸引到它这里，并且在其机枪的保护下重建自己的小屋，播种蔬菜，建起一个市场。他们这样做得到了法方的鼓励。只有在越盟恐吓村民们无效，并且以村民的房屋为掩护攻击哨所之后，才会发生悲剧。在此后的报复行动中发生了屠杀事件，而由于越盟此时已经逃离，村民们便成了法军报复的对象。

新村庄没有名字，至少暂时还没有，却欣欣向荣了起来。军士长自封为非正式的村长，坚持执行欧洲卫生标准。令他惊讶的是，这项命令居然被不折不扣地执行了。他每天视察街道和市场，让摊贩们标出货物的价格，给那些最干净的店铺颁发荣誉证书。他帮助大家建起了议事厅和剧院——这也是越南人社区生活中两个必不可少的要素——并且将他在某个废墟中发现的一个无聊的龙的雕塑赠给了情报中心。越南人或许目睹过自己的家园被夷为平地，对此既感到意外又充满了感激。军士长说，我们要是早一天到那里就好了，因为他组织了一场龙舟赛，帮助村民们庆祝春节。男女老少均可划着平底船参赛。他甚至自作主张，将几个军用罐头用作了奖品。指挥官赞许地点点头。

我相信这就是法国普通士兵的态度。只要有一丁点儿机会，他都会将依赖于他的任何人变成某种宠物——甚至是越南农民。他不久便开始感到自己对他们的生存负有义务，正如我所见到的行政长官感到

西贡：粤式宝塔中的盘香

自己对摩伊人负有义务一样。士兵们丝毫没有像法国平民那样对越南人抱有偏见。我问军士长他们是否缺乏幽默感，这个荒唐的问题让他大吃一惊。我不知道如果我让他们行使第四条军规，指挥官和其他军士会有何反应。这条军规写道："曾经发生过重大破坏活动地点附近的每一个当地人居住区都将被夷为平地。"

宾隆东的情况没有这么好。这是另一个战区，附近又是司空见惯的派别之争，但是在这里呼风唤雨的却是一位地方武装头目。这位彪形大汉面目狰狞，曾被授予十字勋章，如今居住在戒备森严的豪华别墅中，里面摆满了白人所用的简约式家具。不过，会客室里最重要的家具却是一个架子，灵感来自西方的雨伞架，供客人悬挂武器之用。会客室很温馨，摆放着最昂贵的绢花和纸花，用来款待我们的是香槟酒和甜饼干。这个人可谓旷世奇才，属于越南海盗成为省长的典范，或者中国军阀的典型代表。人们不免想知道，将一个苗条的越南身躯打造成这堆骨肉的因素是否也创造了他刚愎自用的火爆性格。他识字不多，但最近却开始热衷于享用成功带来的奢侈回报，将贵重木材用作自家的柱子。这些木材是专门从东京运来的，每根的价格为三千披亚士特。

这个地区约一半的土地都属于一些大地主，他们发现自己根本无法收回地租。他们如果给农民施加压力，就会被越盟绑架，接受一段时间的"再教育"并且支付巨额罚款后才会被释放。他们如今可以从这位地方武装头目那里雇佣保镖，而他所擅长的正是向名流和企业提供保护。但他们也开始意识到，即便这样也无济于事，因为农民已经养成了习惯，等他们去收租时告诉他们："太晚了，我已经将它支付给了越盟。"

附近的一个渡口为当地另一位小帮主提供了营生。他站在岸边，身穿皇家军队中尉军装，脚蹬鲜黄色靴子。这身打扮是为了得到贿赂（最具描绘色彩的词）而专门准备的，以便给那些不想排队的车辆优先权。如果不给贿赂，你就必须排队，等上或许一个小时，或许半天。渡口旁的村庄在一群岗楼的笼罩下，看似寒酸版的锡耶纳①，但是聚集在屋顶上叽叽喳喳的不是欧椋鸟，而是粉红椋鸟。就在我们等待渡船的时候，一队地方武装巡逻兵从我们身边经过，个个带着老婆，其中几人一手持枪，一手拎着鸟笼。

交趾支那这些历经磨难的村庄中暗藏着一种艺术情感，就连多重贫困也无法将其完全扼杀。某位渔夫小屋的院子里有棵树，树叶已经被扯得干干净净，挂在树上的是银色小鱼。不知是否出于某种审美怪癖，这位渔夫更愿意用这种方法来晒鱼。有时候，某个茅舍外会挂一个灯笼，优雅而又结实，宛如缩小版的伦敦路灯，但顶端却盘着一条金龙。还有平常立在外面的柱子，顶上架块木板，上面摆放着给孤魂野鬼的祭品，但是后来也变得越来越复杂，如今已经成了一个小小的宝塔，里面的祭品则会包括茶杯、线香和一包黑猫牌香烟。到处都有路边小吃摊，人们可以肯定，摊主在注重口味的同时，也非常注重碗里食物的颜色搭配。

这些村庄上方的天空布满了形态怪异但寓意深刻的风筝。它们犹如微型气球阻拦网②一样悬在空中，仿佛专门为挫败某些空中怪物的突袭而设计。

---

① 意大利城市，位于南托斯卡纳地区，锡耶纳省首府，其老城中心区 1995 年被联合国教科文组织列为世界文化遗产。

② 一种防御敌机空袭的设施。

法国在交趾支那的占领区支离破碎，常常无法预测其命运，就像一条小鱿鱼，将自己的触须伸入无人地带，而那里只有河沟密布的稻田和沼泽。从宏观上看，湄公河口将交趾支那分隔成一块块独立的区域，凹凸不平的陆地远远地伸入大海之中。到处都有敌人，在某个河口半岛上兵强马壮，组织严密，在另一个半岛上则是散兵游勇。保大皇帝军队驻扎的岗楼控制着主要道路，但这种控制也仅仅局限于白天。太阳还没有落山，所有车辆便会打尖过夜，等到次日上午8点才重新上路。

到了晚上，这些岗楼也会偃旗息鼓，里面的守军会保持沉默，而越盟巡逻兵则大摇大摆地经过这些岗楼，去收费或者惩罚敌人，活动范围甚至扩大到了西贡郊区。据说，这里有你活我也活的心照不宣的安排。有时候，或许是在一方违反了此类安排之时，越盟便会大军逼近，包围几座岗楼，而这些岗楼或许也根本不打算坚守到弹尽粮绝。在这个祥和的区域，你可以晚上在城里睡觉，只要天黑后不出门即可；但是，你不能在村庄里过夜，有些村庄甚至在白天也最好避而远之。敌人，包括越盟正规军，虽然谙熟游击战术且难以对付，武器配备却比较简陋；不胜枚举的地方武装，白天都有体面的职业，晚上则变成游击队；还有鱼目混珠、形迹可疑的各种盟军——包括各支宗教军队——他们接受法国武器，目的是以打家劫舍和劫道为生，但他们随时都会背信弃义，一有机会便会在背后捅上一刀。至于朋友，可能很少，因为现代战争的逻辑在消灭有罪之人的同时消灭无辜之人，在消灭敌人的同时消灭朋友。法国人曾与保大皇帝就越南“独立”一事签订过协议，一年后的周年纪念日，法国人宣布这一天为节假日，并且一错再错地以非高卢式，而是纯条顿式的做法，下令民间自发组织欢庆活动。各大报纸均登出了警告，警方将密切关注街区是否悬挂旗帜。难道这是受到德国占领的影响？或者说造就纳粹的不是人种而是环境？公道地说，法国人自己从报纸上看到这一消息时，既未感到高兴，也未感到恐惧。这一天如期而至，但庆祝之事被人抛诸脑后，街头空空荡荡，没有任何旗帜飘扬。警方没有采取任何行动。

这次交趾支那之行的最后一晚，我出席了一个宴会，地点是保大政府一位高官的府邸，他也是法国人仅存的盟友之一。由于事先无人通知我要参加这场珠光宝气的宴会，我完全毫无准备。在翻箱倒柜寻找干净衣服时，发现换洗的衣服几乎与我身上的衣服一样沾满了黄色尘土，污秽不堪。我惊恐地发现，坐在我左手边的居然是越南省长，对面是袒胸露肩的上校夫人，以及一排高级军官和官员，个个身着雪克斯金细呢①华服。但是法国人天性友善，对社交场合中为自我保护而精心打扮之事不以为然。不仅如此，这场宴会的性质本身也是对尊严这座城堡的全方位正面攻击。正式刻板的礼节在越南美食面前土崩瓦解；虽有一些人或许只是略感尴尬，位于美掩总部的法国官员及其夫人们已经准备将这种礼节处理成一场美食闹剧。大厨将碗碟和筷子摆放在客人们面前时，无疑对此心领神会。

越南美食就像越南文化的大多数方面一样，深受中国的影响。相比之下，它显得不够大气，缺乏北京美食或粤菜的繁多品种以及难以企及的创意性。不过，有几道特色菜的创意还是深含对美食的理解，其中最著名的要数一道主菜——春卷。春卷其实就是一些非常辣的小肉卷，很容易用筷子从菜盘里夹到自己的盘子中。可这只是第一步，此后仍需要多个灵巧的步骤。沙拉由两三种菜叶构成，外加细葱。每

---

① 一种斜纹呢。

种菜叶各夹一片——这并不容易，叠放在盘子上，加入一根细葱，然后再将肉卷放在中间。接下来的步骤需要天生的技巧或者多年的练习，因为必须用这些菜叶将细小的肉卷整齐地包裹起来。包好后的"春卷"必须用筷子夹住，蘸一蘸盘子旁边的鱼露——霍顿·布罗德里克先生说鱼露的气味颇似老虎的尿骚味。不熟悉的人整个过程需要几分钟的时间，还会伴有多次丢人现眼的失败尝试。这一次，欧洲人很快便不再努力，而是放下尊严，高高兴兴地用手指将春卷蘸上鱼露。空中弥漫着一种同志之情，这是在共同努力、共同遭受挫折和嘲笑之后形成的民主式亲密关系。

我出门在外时，会真心实意地摒弃对美食的偏见。因此，在短暂的内心纠结之后，我已经接受了鱼露。自早期耶稣会传教士以来，撰文介绍印度支那的作者几乎无一例外对鱼露牢骚满腹。我确实感到自己朝着美食家的方向迈出了第一步，于是兴致勃勃地恭维省长大人居然能够给我们提供这种色如蜂蜜、浓稠、显然质量超群的鱼露。将鲜鱼层层叠放，每一层撒上盐，鲜鱼就会慢慢渗出汁水，汁水发酵后便是鱼露。与酿造葡萄酒一样，品质最好的鱼露是人工压榨之前自然渗出来的头道汁水，此后的三次或者更多次数的压榨，品质会越来越差。头道"原汁"需要像白兰地一样经过陈化，随着时间的流逝变得越来越醇厚。省长告诉我，他认为他们家祖传的这批鱼露已经有一百多年的历史。刺鼻的气味早已荡然无存，剩下的只是淡淡的醇香。他夹起一粒米饭，将它放在金色的鱼露表面上，表面的张力居然托起了这粒米饭。他说这是检验鱼露品质绝对可靠的方法。

春卷之后，各种美食流水般地端上来了，无疑是要激发我们的好奇心，博得我们的钦佩。与其说是为了安抚巨大的胃口，还不如说是为了给餐桌上冗长的调情提供一个借口。越南人开心地夹着油光光的

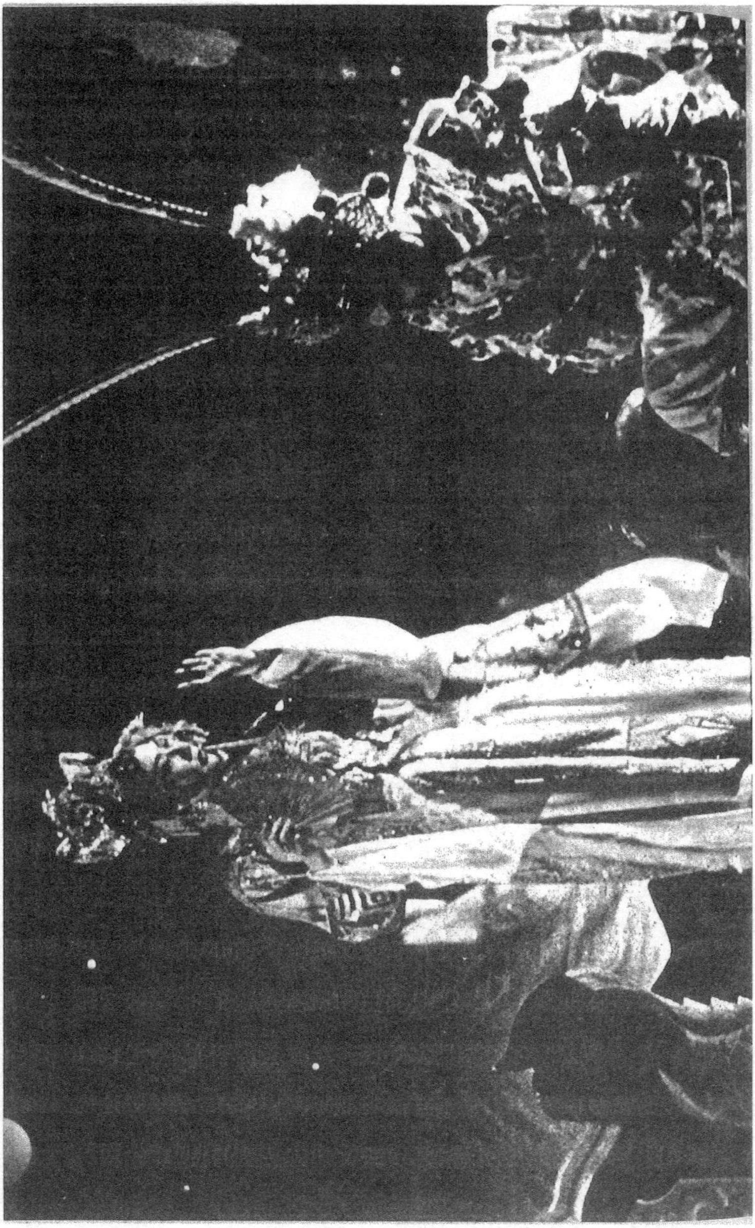

越南戏剧：中国公使表达爱意

鸽脯、切成薄片的鸡冠、细小的银鱼，而欧洲人则像野蛮人一样不拘小节，大快朵颐，发现可以手舞足蹈地用筷子来演示——因为话题已经不知不觉地转到了老本行上——佯攻、合围、歼灭。省长刚刚收到一份礼物——一个神奇的打火机，虽然看似笨拙，却能够以出人意料的方式打出火来，博得阵阵赞叹声。我已经忘记它是如何打火的，只记得不是通过火石的摩擦。在整个宴会过程中，他一刻不停地把玩着这个打火机，根本舍不得将它放下。客人们则尽情地享用着各种珍馐。在我看来，这个场景有着很深的寓意。

回到西贡的当天晚上，我与几位越南朋友再度观看了一场越南戏。前一次观看的剧目虽说是场闹剧，却充满了喜剧色彩，算是一部描写美国蛮荒西部的音乐剧，灵感大概来自对《俄克拉荷马》① 一剧的报道。演员是一些弱不禁风的丹凤眼美女，身着皮套裤，头戴巨大的帽子，手握六发式左轮手枪，脸上涂抹成深红色，以代表西方人的多血症。牛仔们将自己的上唇和下巴涂抹成鲜蓝色，以暗示西方人浓密的胡须。他们手持吉他却不会弹奏，用尖细的嗓子唱出东方版的乡土歌谣，乐队中的某个人用某种越南弦乐器提供伴奏，每唱完一句便会有铙钹用力敲打一次。

这次的体验好多了。上演的是一部传统剧目，讲述了一个悲剧故事：一位中国公使追求某位中世纪越南女皇，但她已另有所爱。剧中服装是我见过的最华丽，显然也是最昂贵的。整场演出丝毫没有柬埔寨和老挝戏剧表演中见到的梦幻般象征，相反，这里的表演没有夸张

---

① 美国音乐剧，创作于 1943 年，由汉穆斯坦二世撰写脚本和歌词，罗杰斯作曲，属于第一部运用音乐和舞蹈来刻画人物和发展故事的音乐剧，于 1955 年搬上银幕。

成分，一刻也没有用舞蹈来凑戏。例如，当中国公使与他的情敌——越南宰相——进行决斗时，打斗表演得非常逼真，是传统剑法令人眼花缭乱的展示，而不是那种由演员进行象征性表演的双人舞。该剧的高潮出现在公使的一条胳膊被奋力砍断之时。血流如注，公使掏出手绢，捂住伤口，然后含情脉脉地将手绢递给女皇。稍后，他用左手握着斩断的右臂，表演了一段催人泪下的殉情戏，长达半个小时，最终直挺挺地倒在他手下的怀中咽了气。给这一场景的戏剧高潮添油加醋的是乐队中一位跑龙套的角色，他坐在高处，敲着一只铙钹。

在场的每个人都为公使的命运悲痛欲绝，这其中也包括女皇。他们扑倒在地，然后疯狂地旋转身体。这也是大幕应该落下的时候，但遗憾的是大幕落到一半时缠住了。乐队已经奏响了震耳欲聋的终曲，敲钹的人在玩命地敲打着，舞台上的演员在旋转着，孔雀羽毛和锦帕到处飞舞。终于，演员们受够了。他们站起身来，公使大人仍然握着胳膊，然后抓住大幕边缘，将它拉了下来。我认为这是一场精彩的演出，有着越南北方人激情四射的传统。他们虽然已经移居南方很久，文化却丝毫没有被玷污。

第十三章

进入柬埔寨

路虎一路颠沛西行，驶向柬埔寨。在越南境内，白天行车无须护送的公路只有这一条比较长，不过在我们出发前一天，它“由于天气造成的破坏”而封闭了两个星期。沿途的景色单调、宜人，给它增添生气的是越南人洋娃娃般的身影，以及裹满泥浆的水牛。水牛不紧不慢地穿过公路，低着脑袋，仿佛准备猛冲过来，直到为时已晚。儿童们在桥梁上垂钓，他们的家长三五成群地在齐腰深的泥浆中摸鱼。村庄上方的天空颜色稍深，飞舞的风筝在其映衬下宛如一个个浅色的表意文字。周围还有绵延数英里荒无人烟的香蕉园。

司机说，最好不要在岗楼之间停车，他的办

法是加速到时速六十五英里左右，一直开到距离岗楼约两百码左右。然后，他会放慢速度，过了岗楼两百码后再次加速。这种对岗楼的信心似乎根本不靠谱。报纸上最近刊登了一篇报道，一辆在车队中掉队的汽车遭到了其中一个军营的袭击，司机中弹身亡，车内一位女士的手指差一点被咬断，因为对方想抢走她的戒指。我们经常看到同情越盟的人在公路上挖出的一条条横沟，然后在里面填上松土。高速行驶时，接二连三地遭遇此类障碍带给人一种貌似游乐场般的兴奋之情，即便是在路虎车中也同样如此。在一个地方，我们经过了一辆刚刚被烧毁的汽车，一缕轻烟仍然从中升起。

柬埔寨——这个地名总是让我联想到叮咚作响的打击乐器。虽然数世纪以来，越南人一直在蚕食柬埔寨的领土，但在目前的边境仍然能够见到真正意义上的地理划分迹象。我们来到了一条宽河前，一边是交趾支那，这里曾经属于柬埔寨，如今到处看到的都是衣着整洁、忙碌的越南人，还有纵横交错的稻田和种植园。河对岸便是如今的柬埔寨，也是古高棉国的边疆地区，因为那里的一切立刻发生了变化。不仅是人，还有动植物群落。一种文化上的分水岭，一种不同大陆的分界线。一边的河岸上生长着普普通通的林木，越南人作为自然历史的业余爱好者，不到万不得已不会将其砍倒后变成稻田或种植园；另一边的河岸上则稀稀拉拉地生长着椰子树丛——这是我多年旅行中第一次看到——往前便能依稀看到印度那些已经退化的平原。

这里见不到竹子与灌木，随之消失的还有越南森林中那些意志坚强的黑翼蝴蝶。这里只有微不足道的豹纹蝶，在白色的草原杂草上方飞舞。大斑翠鸟以及各种大小不等的蓝色鸟儿栖息在黄色的池塘和沟渠边缘，而这些池塘和沟渠没有任何经济目的。这里没有稻田。偶尔能看到几个村庄，村里只有几个污秽不堪的非洲式茅屋，周围有一些柬埔寨人懒洋洋地游荡着。在一个村子里，这条坑坑洼洼的道路上有一些大坑，几个女人正往里面填土，姣美的脸上布满了灰尘；一群和尚站在一旁，像圣徒般超然地注视着她们。越南人裁剪得体的宽长裤在这里变成了枯燥乏味的印度式装束。对于男人们而言，将腰带从两腿间穿过后再往上一拉，便把一条纱笼式样的土褐色长裙变成了马裤形状。除此之外，他们的衣着还包括用某种暗色布料制成的上衣，头上缠一块破布，算是包头布。人们不免好奇地联想到一点：土生土长的摩伊人由于性格中天生有着军营般的纪律，在没有外来影响的情况下，是印度支那衣着最好、家庭收拾得最整洁的民族。其次是越南人，即便每天忙忙碌碌，却也将自己打扮得干干净净，见不到任何破衣烂衫，而他们寒酸的住处也总有鲜花的身影。排在最后的便是伟大的高棉文明的这些子孙，显然他们丝毫不在乎自己的生存与衣着。

但是柬埔寨人与其他民族相比有一个巨大的优势。河的这一边没有种植园的踪影。到目前为止，殖民资本主义这头魔兽还未能在此发威。柬埔寨人笃信佛教，每个人（包括国王）都必须在寺庙里修行一年。世界第二大宗教的力量就在于它衍生了一种传统，一种亘古不变的心境，让其信徒既不会热衷于剥削，也不会屈从于剥削。柬埔寨人与缅甸人、老挝人，以及东南亚其他民族一样，按照自己的方式生活，贫穷却极其幸福。在这些土地肥沃、人口相对较少的国家，人们不必为生存而奋斗，而这提供了理想的气氛，可以让这些从小耳濡目染的人信奉自己温和的信仰。

在越南，佛教已经淡化到了近乎消亡的地步，因而越南人有着一颗争强好胜的灵魂，尊重实实在在的劳动，不停地为繁荣昌盛而努力。正如他们会为了自己而努力干活一样，他们也可以被强迫为其他人努力干活，因而能够为剥削者所用。柬埔寨有几个情况非常糟糕的种植园，事实上，我在那里的时候，其中一个种植园曾发生过严重暴乱。但是柬埔寨没有过剩的人口，也没有无产阶级。只要愿意，每个人都有足够的土地供他耕种。就我所知，没有一个柬埔寨人被船运到南海的某个岛屿上，在辛劳中终结一生。

由于担心会遭遇法国人所称的零星海盗袭击事件，我们一路疾驰，当天下午早早地就赶到了首都金边。金边郊区没有富丽堂皇的建筑，绿树掩映着连绵数英里的棚户，其中大多数都在支柱上微微摇晃。我看到了几座塔式寺庙，平淡无奇，装饰艳俗，让人联想到某个殖民文化展上的远东展厅；我还看到了许多掩埋和尚的墓地，一座座坟冢几乎像意大利北部墓园中的坟冢一样扎眼。这里也有在印度司空见惯的狗，一家一条；一种脾气暴躁的丑陋黄狗，有时又是一副病恹恹的神情。这些狗、猪与偶尔见到的家养猴子一起，在公路上慢悠悠地闲逛，从佛教不杀生的教义中获取最大利益。透过敞开的大门，可以看到屋里没有家具，完全符合柬埔寨人对物质财富无动于衷的理念。居民们当众洗漱、穿衣、用餐，我看到家家户户半裸着身子蹲在地上，狼吞虎咽地享用各种鱼，这些鱼在河边几乎唾手可得。垃圾要么被扔到窗外，要么被塞到地板下，在那里形成一大堆垃圾，让将来挖厨房垃圾的人受益。这些人丝毫没有越南人那种受过教育的孤高。柬埔寨人会目不转睛地盯着引起他们兴趣的任何东西，稍微一逗便会咯咯傻笑。

当然，占据金边中心的又是华人。他们对霓虹灯情有独钟，将其用到了极限。他们在此开设了多家电影院；到处可以见到电器店，门口摆放着高音喇叭，喧闹异常。1949 年开办的一家赌场据说已经让首都一半的柬埔寨人倾家荡产。不过，这些应该都是土生土长的华人，在这个国家成长的一群乐呵呵的庸俗之人，比占据西贡的那些傲慢的香港移民更讨人喜欢。

到达金边后的首要问题依然是前往老挝，如果能在柬埔寨成行的话，我还是想走陆路。沿湄公河倒是有一条路，但是西贡的人认为这条路有许多路段无法通行。在正常情况下，人们可以逆流而上，因为雨季到来时，人们可以从河口乘船逆行六百英里。可现在是旱季，水位处于最低状态。西贡也没有人知道是否有船逆流航行。

最初的几次询问毫无结果。王宫旁的岸边停泊着许多华丽的旧汽船，属于汽船流行最初数十年的精美遗留物。但是这些船毫无生气，黄铜栏杆已经多日无人擦拭，船钟也不再敲响，没有任何迹象表明会有人解开已经泛绿的缆绳，或者用锈迹斑斑的铁链将船锚拉上去。船员要么在什么地方睡觉，要么早已不知去向。人们觉得这些汽船会永久停泊在那里，成为这座城市平坦轮廓中的一道五彩的河滨风景线。

我与一个法国人交谈后得知，有一艘船即将起锚。他指了指停靠在皇家汽艇旁的一条船，船首画着一只眼睛。果不其然，高大的黑烟囱正冒出一股浓烟。我匆匆赶到跳板前，问船长在哪里，随即被领到了一位年长的绅士面前。他身着老式中国长袍，半倚半靠在一条长凳上。我估计这就是一等客舱。他的身边有一个果酱罐，里面养着一条金鱼。船长一面和我交谈，一面心不在焉地用钢笔戳一下金鱼。我问这位老船长何时离港，他用流利的法语告诉我，这条船将逆流而上，航行整整一夜。我解释说，这对我无济于事，因为从金边抵达老挝南部需要航行一个星期。他认识的人当中有谁跑这趟线路吗？老人和颜悦色地说，他没有听说过。我问，这里有海盗吗？袭击过他们吗？老人将手伸进长褂内的口袋，掏出一颗子弹，兴致勃勃地要我仔细看看。他说，这颗子弹是从一位船员身上取出来的。不过这种袭击事件如今已很少发生。一两个月前，他一直未能离开庄园，这也是他第二次驾船来到金边。我现在终于意识到，这是一条私家船，后来得知船主是一位著名的华人百万富翁。

走陆路的可能性也不大。皇家饭店有一个专门的告示牌，上面贴满了军方的各种现行命令。军方时刻更改不同道路上的行车规定，最低的要求是车辆必须结对而行，前后相距不得少于一百米。每辆车上必须坐三个人。

瓦拉斯搭乘夜班飞机抵达金边后，我们一起去了俱乐部，在那里得到的消息令人更为沮丧。他听到的第一则消息是一位生意上的朋友中弹身亡，而且是在离市中心两英里的地方。几分钟后，我们与一位朋友坐在一起喝酒，他曾落入一群伊沙拉克民族主义分子手中。这是一位中学老师，他的华裔柬埔寨司机将他救了出来。司机与伊沙拉克争论了几个小时，说他的主人（碰巧）严守五德，证据便是他免费接收贫穷孩子为学生，所以应该饶他一命。于是，他成了俘虏，伊沙拉克驾着他的车去兜风，直到汽油耗尽。最后，他们将他留在车内，放了他。

德斯·埃萨尔将军是驻柬埔寨法军的总指挥。指挥部驻金边情报中心的一位热情的军官安排我次日拜会这位将军。我认定，如果说有谁了解去老挝的可能性很大，那么只有这位将军了。因此，我只能将这件当务之急推迟到次日再说。

金边属于那种结合了华人元素的城市，灯红酒绿的气氛足以打动周日晚上去考文垂街①娱乐的每个人的心。如果华人人口没有达到一

① 伦敦市中心的一条街道，有大量各种娱乐设施。

定数量，没有兴旺发达，他们不会对东南亚任何城市产生兴趣。然后，他们便会像群居的鸟儿一样突然降临，带着乌鸦般的活力给这座城市增添光彩。当地文化脆弱的秧苗逐渐凋零，剩下的只是一个坚硬、明亮、独立自足的华人核心，周围散落着已经穷途末路的当地人的贫民窟。我和瓦拉斯一起去寻找柬埔寨古典舞。除了国王的私人舞蹈团外，瓦拉斯 1946 年生活在金边时，那里还有一个非常活跃的舞蹈团。我们找到了舞蹈团所在地，但它已经人去楼空，邻居们说该舞蹈团已经解散。它显然无法与一家华人电影院上映的《毒药与老妇》这种引人入胜的娱乐形式相抗争。

不过，孙夫人的场子依然坚挺。这是金边最大的鸦片馆，只是这类鸦片馆如今已经改名为“逍遥馆”，多少有一点讽刺意味。孙夫人的鸦片馆是个大竹棚，周围绿树掩映，空洞洞的窗口透出临终之床似的微弱灯光。在这种浪漫环境中，金边那些声名狼藉的“名流”晚上聚集于此，一边抽着烟枪，一边进行社交活动。

孙夫人亲自迎接我们，带着她这个社会地位的人处乱不惊的尊严。能够与鸦片馆老板建立起随叫随到的关系显然能给人带来一定的虚荣，几乎等同于享有能够直呼餐馆领班名字的殊荣。络绎不绝的普通客人由孙夫人的手下接待，但那些社会地位显赫的人总会特意去老板房间，恭维孙夫人几句。我们在阳台上享用着孙夫人端来的掺了苏打水的威士忌，而她则给我们看了她儿子最近的照片——他在法国学医，还有她女儿的照片——一位极其美丽的十七岁姑娘，在西贡读大学。她说，他们的父亲不同，但都是法国人。瓦拉斯逢场作戏，不仅与孙夫人本人打情骂俏，还请求迎娶夫人的女儿。

瓦拉斯说，人们去孙夫人的鸦片馆，首先因为这是一件时髦事，其次因为你在那里能够碰到形形色色的生意上和其他方面的关系户。

我们的确碰到了一个人，他想说服我们购买他手中的一辆美国车。他进口这辆车时已经想好了某一特定的客户，那是一位华裔富商。由于这种型号的汽车在整个印度支那只有这一辆，而且装有各种镀铬配件，华裔富商应该会急不可耐地抓住这个机会。富商在看车之前询问过各个方面的问题。车上装有收音机吗？——有。是否一按键就能打开发动机罩？——是的。有停车灯和会车灯吗？——有。有双音喇叭吗？——有。有空调吗？——没有，但是可以装一个。中间商以为这单生意已经是自己的囊中之物，不料在最后一刻，这位富商带着一把卷尺来到了现场。他说抱歉，车太小；比别人要卖给他的一辆别克车短了几厘米。就这样，金边这些来自异乡的华人不仅与他们自己的文化主流格格不入，而且远离多彩多姿的当地文化，一味追求以时尚、炫耀和体积大小为标准的品位。

为了迎合孙夫人鸦片馆的气氛，顾客们都需脱掉衣服，换上纱笼。人们起初会感到有些孩子气，有些不自在，就像某个裸体社团害羞的体验者。可是一旦身处这些大腹便便的官员、参谋长和副部长当中，看到他们兴致勃勃地顺着嘎吱作响的过道往前走去，这种感觉很快便烟消云散。这只是一次偶遇经历。这里似乎没有人在意隐私。纱笼算是内心与精神临时状态的标记。人们要表明自己有决心在晚餐后入乡随俗数小时，并且应该什么地方有空位子就毫不在意地一头躺下来。

抽鸦片的过程单调乏味，似乎并无那种令人飘飘欲仙的感受，除非你持之以恒。他们向我保证，抽过六筒烟之后，我会相当不舒服，而六筒烟是刚抽鸦片的人最初几次尝试的量。不过，“工薪阶层”间里烟雾缭绕的陈腐气味已经让我受不了了。鸦片馆里的另一个传统是摊开四肢躺在席子上，任由他人将一团鸦片在酒精灯上烧烤后，再放入烟锅中，而烟枪有近一米长。完成这些准备仪式的是一群身着制服、相貌平平的柬埔寨姑娘。孙夫人一再道歉，说所有漂亮姑娘最近都被一些占山为王、如今组建了一支爱国军队的人拐跑了。瓦拉斯抽了三筒烟后要走。似乎谁也没有受到这种不良嗜好的影响，同一屋里的两位公务员和一位高级军官已经抽了十五筒烟，并且说他们会抽满三十筒后才走。我后来碰到这位军官在执勤，发现除了这个共同弱点带来的热情外，他们的行为举止没有丝毫反常。

瓦拉斯有点怀疑鸦片的品质，问这批货是不是从暹罗走私过来的垃圾。伙计只好找来盖有政府公章的原包装纸，让他相信品质没有问题。

瓦拉斯未能在抽鸦片的人当中为他的车找到买主，不过我们至少打听到了已经解散的舞蹈团的最新消息，姑娘们已经去“大腿舞”场所打工了。于是，我们告别了孙夫人昏暗的避风港，上车后再次一头扎进了金边市中心巨大、厚颜无耻的喧闹中。华人向来爱热闹，电子放大原理被发现的那一天对他们来说肯定是个好日子。这里的人群如同西贡的堤岸一样，个个欢天喜地，人人兴高采烈。广告员举着彩旗，站在十字路口。震耳欲聋的喇叭播放着某位演员的歌声，刺耳的铙钹声标出了其中的节奏。男人们面无表情，身着飘动的绸衣，在雷鸣般的鼓声中低下了头，高档餐馆二楼的露天舞台则传出了歌女们如泣如诉的凄惨歌声。

但是柬埔寨人去跳舞的场所恰如其分地避开了所有这些狂躁的喧嚣。我们找到了一条僻静的小街，积满灰尘的路面上到处都是废纸，外加几只凄惨的黄狗。一扇破窗内传出了某人敲鼓的响声，街对面则是一家露天啤酒店，里面有十多张大理石桌面的桌子，一个舞台的背后坐着一排柬埔寨姑娘，双手放在膝盖上。前面有一个麦克风，乐队只有一个人，正在敲鼓。舞台中央有一张小桌，上面放着一个很大的全脂奶粉罐，里面插着一把红色多肉花。惨白的光线来自老式荧光灯管，店内张贴着最低消费告示，使用的是法语、汉语和越南语。虽然所有顾客都是柬埔寨人，但经营这家店的华人甚至都懒得贴一张柬埔寨语的告示。几个管事的华人坐在舞台边的一张桌子旁，背对着顾客，忙着做账，而柬埔寨人则慢悠悠地喝着血红色的柠檬汁，脸上带着微笑，仿佛内心深处的某些幻象让他们很是开心。柬埔寨人不断骑着自行车到来，车上挂着五花八门的玩意儿。他们来自我们在金边郊区看到的那些棚户区，身着运动衫，系着美式领带，头发油光发亮，显得很是整洁。

管事们所坐的那张桌旁有人敲响了一面小锣，鼓手再次擂鼓。一位圆脸柬埔寨青年在朋友们的怂恿下走上舞台，开始对着麦克风演唱蒂诺·罗西①的名曲《卡马格岛的卫兵》。第一段唱完后，有人递给他一对沙球。他开始边唱边敲打出某种陌生的节奏，鼓手则竭尽全力跟上他的节拍。现在轮到前柬埔寨古典舞蹈团成员上场了。她们当中只要有人引起某位顾客的注意，就会起身走下舞台，来到他的桌子前，双手合十，郑重其事地鞠上一躬。这位青年便会尾随她回到舞台上，和她一起绕着中央那张上面摆放着鲜花的桌子翩然起舞。两位舞者相距三四英尺，手与胳膊做出罗摩衍那②的各种标准手势，双脚则

---

① 蒂诺·罗西（1907—1983），法国歌手和电影演员，出生于法国科西嘉岛，是法国歌舞表演和当时伟大的浪漫主义偶像之一，被称为“拉丁情人”。

② 《罗摩衍那》与《摩诃婆罗多》并列为印度两大史诗，在印度文学史上被称作最初的诗，不仅在印度文学史上占据着崇高的地位，而且对整个南亚地区和宗教都产生过广泛而深远的影响。罗摩衍那的意思是“罗摩的游行”或“罗摩传”。罗摩是古代印度的传说人物，后逐渐被神化。《罗摩衍那》共分为7章，24 000对对句。内容主要讲述阿逾陀国王子罗摩和他的妻子悉多的故事。《罗摩衍那》还被改编成戏剧，并形成了印度著名的舞蹈学派迦塔迦利舞，讲究非常程式化的一招一式。柬埔寨和印度尼西亚的巴厘岛由于深受印度文化影响，传统舞蹈也沿袭了这一风格。

尽量与节奏保持一致。这种节奏既不是狐步舞，也不是伦巴或土风舞。跳舞不另外收钱，费用都包括在啤酒价格中。

姑娘们的脸上毫无表情，这是这种舞蹈所要求的。因为在古典舞蹈中，情感必须通过各种手势来诠释。她们的舞伴似乎也从这种温文尔雅的传统中解放了出来，并不在意表现得像是在度过一段粗俗的美好时光。当姑娘觉得舞伴已经物有所值时，便会在舞蹈进行过程中突然转过身，向他鞠躬。两个人随即分开，甚至都没有相互看对方一眼。这种舞蹈是最近几年从暹罗引进来的，并且以这种方式将柬埔寨王室哑剧表演的各种手势从灭绝的边缘永久保存了下来。

瓦拉斯凭记忆指出了舞蹈团中的明星。她的长相并不是最好的，额头正中央有一块五先令硬币大小的红斑，进一步凸显出她那面具般的容貌效果。这块红斑是拔火罐后留下的。尽管如此，她的身躯确实异常柔软，这是一位短暂生命中有一半时间用来将身躯扭曲成怪异节奏模式的姑娘所特有的，因为她必须展现罗摩衍那的各种神奇化身——巨蟒、鸟儿和猿猴。中场休息时，歌手和鼓手终于停下来，让我们安静了半小时。姑娘们走下了舞台，首席舞蹈家看到瓦拉斯后，款款向我们走来，穿过桌子时身子微微左右扭动，宛如一条被施了魔法的眼镜蛇。她缓缓坐到椅子上，身上隐藏的装饰品发出了轻微的叮当声。她抬起胳膊，褪下了头上的丝巾，姿势优雅得宛如魔湖中的溺亡之人伸出水面的手。非常遗憾，我们不懂柬埔寨语，而这位女人对法语也只知道两个单词：中国汤。汤上来了，而我们的交谈却陷入了死胡同。不过，艺术这种全球通用语言助了我们一臂之力。那张矜持的脸逐渐放松，慢慢化作一丝急切的淡淡微笑。我们之间必须先建立一种纽带，然后才能战胜语言障碍。罗摩的心上人悉多打开自己的塑料提包，摸索一番后掏出来一张照片，递给桌子对面的我们。这是一张不太美观的照片，属于塞得港①老照片之类，拍摄于1925年前后。

那天晚上的最后一站是一家夜总会，我记得名字叫佛罗里达或者类似的荒唐名称。瓦拉斯几年来一直对在那里上班的一位越南舞女爱慕不已，她的艺名叫“黑豹”。他付了一大把钱，让她过来陪我们坐了约半小时。她纯洁无瑕，气度不凡，却相当傲慢乖戾。不一会儿，他们便为她所佩戴的某件珠宝的来历争执了起来，气氛也因双方竭力克制着不去揭丑而变得凝重起来。

不过佛罗里达夜总会作为研究其顾客的一个场所，倒是值得一去。有人指出了一位身着纱笼的法国女人，她嫁给了柬埔寨的一位亲王，随后完全本地化，甚至与人交谈时只使用柬埔寨语。顾客当中有一位七十岁的华人百万富翁，身材矮小，板着脸，他每天晚上都来，与同一位窈窕舞女跳伦巴。客人当中还有一些柬埔寨显赫家族的代表，带有葡萄牙姓氏——与费尔南·门德斯·平托②同船的两位船员的后代，是他们在这个国家逃脱沦为奴隶的厄运时留下的族裔。一家三轮车小公司的老板也来这里放松。为他卖命的约一百名苦力每个月给他带来相当于一千英镑的收入，足以让他每年在巴黎住十个月。我们可以从中明显看到，车夫一旦拥有自己的车辆，便可以过上丰衣足食的生活。但是进一步询问后，我得知根本没有这种可能性，因为执照的数量极为有限，只有神通广大的欧洲人才能拿到。不管怎么说，瓦拉斯说，无论苦力挣多少钱，他们只会在赌桌上将它挥霍一空，唯一的区别在于一个人挥霍，而不是一百个人挥霍。

---

① 塞得港：埃及东北部城市，全国第二大港口，塞得港省省会。城市位于苏伊士运河北端地中海岸，气候温和，植被茂盛，风景幽雅，古迹众多。

② 费尔南·门德斯·平托（1509—1583），葡萄牙航海家、冒险家，发现日本列岛的第一位欧洲人，到过中国广东、浙江沿海，著有《远游记》，绘有《东南亚航海图》。

第十四章

诺罗敦国王的首都

翌日，我见到了德斯·埃萨尔将军，法国在柬埔寨驻军的总司令。与我在这个国家拜访的所有官员一样，他似乎非常喜欢这里的生活，给我的印象是：军事任务的荒谬困难反而给他带来了一丝乐趣。

伦敦一家报社想知道，万一法国人被迫撤离印度支那，那么越南、柬埔寨和老挝联手结成同盟，抵抗所谓的共产主义南下的概率有多大。简而言之，这三个国家是否能联手抵御他国入侵？将军说他不愿意有人引用他在这个问题上的表态，但是愿意提供一些数据，让人们对柬埔寨的军事实力有所了解。

他说，柬埔寨的正规军为三个大队，两千五

百人。另外还有一支国民卫队，但训练较差，装备落后。这些临时性的士兵大约也有两千五百人。将军引用了惠灵顿①的话："不知道他们是否会让敌人胆战心惊，但是上帝，他们会让他胆战心惊。"对于是否应该给他们配备最新式的武器，他感到很不安，因为他们手中只要有值钱的东西，便会溜之大吉——*他们跑路了*②。此外还有一所军官学校，里面总共有十二名学员；一支警察部队，武器配备包括一挺中型机枪和两支汤普森冲锋枪。将军说，总而言之，这些军事力量不值一提。不过话又得说回来，在这样一个国家，每个男人都得在寺庙里待上一年，并且在那里学会严格遵守不杀生的道理，你还能指望什么呢？将军说："他们也会保卫自己——有时吧，但他们的情况大致就这样。"

至于问题的另一面，越盟已经牢牢控制了沿海一带，从柬埔寨与暹罗的边境一直到交趾支那。柬埔寨还有五支伊沙拉克民族主义武装，全都配备有护身符和自动步枪，只有首都周边稍微平静一些，因为第六支民族主义武装——达春③的军队——已经投诚，而且达春本

---

① 惠灵顿（1769—1851），英国著名军事家、统帅、政治家，19 世纪欧洲历史上最主要的政治家之一。毕业于法国昂热军事学校，1815 年在滑铁卢战役中抗击了法军优势兵力的进攻，并最终在普军的配合下击败拿破仑。1828 年后，他历任首相、外交大臣，并长期任陆军总司令。

② 原文为法语。

③ 又译作"德普·琼"，原为柬埔寨伊沙拉克民族武装分支头目，投诚后出任暹粒省省长和西北军区司令员，长期拥兵自重，野心勃勃，在暹粒省搞独立王国，还想将暹粒省从柬埔寨分离出去。他和流亡国外的西哈努克的政敌山玉成暗中勾结，并通过山玉成与南越和泰国建立了联系。南越和泰国则视达春为推翻西哈努克的工具，不但给他武器，还向他提供广播设备，供他作反对西哈努克宣传之用。1959 年 2 月 21 日，西哈努克先下手为强，派兵攻占暹粒，达春畏罪逃跑。3 月 3 日，他在试图穿越边界向泰国逃窜时，被朗诺带领的军队击毙。

人当上了暹粒省的省长。我记得在西贡看到过达春民族主义武装投诚仪式的宣传照片。那是一场精心安排的归顺仪式。达春身材瘦小，桀骜不驯，有着一张隐士般饱经蹂躏的脸。他跪在国王面前。我记得国王身着法国元帅制服，像菩萨一样笑容可掬，俯身将达春的卡宾枪递还给他。简而言之，如果你只杀了一个人，你或许会被戴上手铐脚镣，关进黑暗地牢内，自生自灭。如果你大开杀戒，称自己为一名伊沙拉克，并且一两年内侥幸逃脱，那么收买你的成本或许要比击毙你的成本低。国王会亲自与你谈和，你还会得到省长一职。现在，有了达春及他的三百五十人维持秩序，游客们得以回来参观吴哥窟遗址。这是数年来的第一次。

但是，对于未来的前景，将军噘起嘴巴，摇摇头。似乎某个不确定、未预料到的要素突然出现了。事实上，他所担心的是达春根本不属于那种信守承诺、直来直去的土匪。要么他向来就不是那种老派的、说一不二的、胆大包天的暴徒，要么就是他已经莫名其妙地堕落了，如今被怀疑是共产党员。有关他的最新消息是，他在每个村庄安排了一个人，给村里德高望重的人递交了一份需要执行的改革清单。目前的情况就是这样。除了越盟带来的所有麻烦外，柬埔寨人如今又多了一份来自自己同胞的麻烦，而这些人以前仅仅满足于偷鸡摸狗，如今却在大肆鼓噪改革。将军说派飞机去暹粒是早晚的事，但他现在无法确定是什么时候。

这番柬埔寨军情介绍显然扼杀了我通过陆路去老挝的希望。目前仍然有五支伊沙拉克土匪武装在活跃，其中一支据信受控于越盟，活跃在柬老边境。我试图从安南中部进入老挝时，新闻报道中提到的在上丁附近活动的应该就是这支土匪武装。将军说，他们备有马匹，武器精良，非常灵活机动。每次他派出飞机赶到他们出现的地区时，总是晚了一步。地面行动几乎总是无功而返，因为你手下的士兵需要按时吃饭，而且通常都是些懦夫。但是土匪们丝毫不关心物质享受。当你带着辎重一路逶迤追赶他们时，他们只是躲进了群山中，或者躲进了某个恐怖的沼泽地中，消失得无影无踪。

德斯·埃萨尔将军对柬埔寨是否有独立自主的能力缺乏信心，然而我接下来拜访延·萨姆保尔①总理时却听到了截然不同的看法。由于在高棉王国之后的柬埔寨，积累财富被视为缺乏教养，所以柬埔寨的富豪寥寥无几，这里也没有炫富的传统。作为地位仅次于国王的官员，总理居住的是一栋别墅，六个房间里摆放着欧洲风格的家具，远东仿制的西方家具中几乎见不到如此高的品位。出乎我的意料，总理据说已经四十出头，但看上去却颇似一位年近二十三岁的并非太严肃的大学生。这种异乎寻常的少壮情况是我在柬埔寨和老挝人当中不断见到的，我的印象完全与 13 世纪中国旅行家周达观②的记载相矛盾。他在高棉王国鼎盛时期来到这里，并且写出了独一无二的游记。他看到当时的柬埔寨人——这个民族几乎没有任何变化——衰老的速度很快。二三十岁的柬埔寨妇女看上去像四五十岁的中国女子。这与今天的情况大相径庭，人们不免怀疑高棉人所承载的荣耀重负、连年不断的战争，以及官吏和国王的苛捐杂税是否造成了肉体上的衰老与精神上的疲劳。他们的后代无忧无虑，很是经得住岁月的磨炼。

---

① 延·萨姆保尔（1913—1989），也译作桑博，柬埔寨前总理。

② 周达观（约 1266—1346），字草庭，浙江温州永嘉人，中国元代地理学家。元贞二年（1296），他由温州港出发，奉命随使赴真腊（今柬埔寨），于 7 月抵达真腊国都吴哥，次年 6 月返国。他后来撰写《真腊风土记》，记录了真腊的山川草木、城郭宫室、风俗信仰及工农业贸易等，是珍贵的国际历史文献，有法、英、日等多种译注本，成为欧洲人研究柬埔寨历史的珍贵资料。

延·萨姆保尔脸色微黄，笑声不断，尤其是在讲述法军中的外籍军团在柬埔寨村庄中所犯的种种滔天罪行时。这位总理居然会就一些政治问题毫不掩饰地向一位外国人、一位陌生人表达自己的观点，这让我颇感意外。更为怪异的是，这次拜访居然是法国情报局的一位法国官员安排的。延·萨姆保尔难以抑制的愉快心情，以及那位法国人的良苦用心——这一切非常柬埔寨化。这位法国官员说，他来到柬埔寨已经有几年了，不到万不得已不会离开这里。人们几乎是眼睁睁地看着他变成了一个柬埔寨人，完全可以轻而易举地与我后来在王宫里见到的那群不苟言笑的官员融为一体，并且不被人发现。

总理大人始终称呼我为“局长先生”，在说到与法国人的关系时非常严肃，但严厉的措辞丝毫没有影响他天使般纯洁的表情。柬埔寨人拒绝签署让柬埔寨“在法兰西联邦框架内独立”的协议，因为该协议含有几条无法接受的条款。虽然越南的保大皇帝已经签了字，但这丝毫影响不了他们。第一个重大障碍在于柬埔寨的少数民族，包括法国人，当然还有华人，都享有豁免权——这是对世界公认最仁慈法律条款的侮辱。第二条反对意见是准许法国军队在柬埔寨土地上进行军事行动。“没有法国人的帮助，我们也能对付伊沙拉克，”总理说，“柬埔寨只要真正独立，就不会再有伊沙拉克。他们没有存在的理由。”事实上，正是法国空军仅仅凭借发现伊沙拉克的报告，便派出飞机将柬埔寨的村庄夷为了平地，或者派遣外籍军团进入村庄后屠杀村民，妇孺老幼皆不放过。我问总理大人所说的是否只是偶发事件，他的脸上依然挂着灿烂的微笑，说他每天都接到这样的报告。

西方建筑总是以宏伟的气势震撼人心。城市里到处都是穹顶、高塔和塔楼，以及信仰场所或令人敬畏的纪念碑。哥特式教堂的尖顶高耸在中世纪城市的屋顶之上，有时候从很远的地方就能看到，以至于周围的建筑完全被地面隆起的弧线所掩盖。

东南亚缺乏让此类建筑一展风采的动机，唯一能见到的地方只有吴哥遗址中已成废墟的寺庙与陵墓。除了欧洲人居住区的房屋外，所有建筑都只能有一层楼，因为这里自古以来就严禁直接高出别人一头。柬埔寨人严格遵循这一原则，甚至让戴手铐的囚徒临时栖身于柬埔寨典型的干栏式建筑的地板之下也是非法之举。

因此，金边的王宫也是单层结构，除了临河一面外，完全为其他建筑所遮蔽。建筑的外形颇似塔式寺庙，人们感觉一旦褪去金色黄铜外表，它或许只是湖边一个迷人的不起眼的装饰物。我们在殖民文化展上经常看到此类建筑，因而总是将其与临时建筑联系在一起，甚至怀疑它们可能是分批交付使用的，并且配有简单的搭建说明。果不其然，我得知这座王宫是在柬埔寨成为其保护国之后不久，由法国人修建的。但是，即便是琅勃拉邦那些声名远扬的古塔，不管它们的装饰多么出色，作为建筑物，后来也好不到哪里去。

高高的围墙之后，王宫又分为几栋独立的建筑，除了那些寝居建筑外，均可以在专门安排下供人参观，并且配备有导游。在这些四四方方、油光透亮的宏伟建筑群中，屋顶仿佛被炽热的太阳灼伤了一般向上弯曲，有一栋石块砌成的坚固建筑，显得格格不入。这是拿破仑三世赠送给欧也妮皇后的礼物，后来被拆毁，并被当作赠送给柬埔寨现任国王的礼物运到了这里。它看似某个博览会的永久性行政办公室，坚固、实用，盘踞在板条和抹灰之中，而这些板条和抹灰数月后就会被拆除清理掉。欧洲入侵者的出现让人们对这些展馆里面的内容能够猜出个一二。

坦率地说，这些建筑是王室过去两百年历史的博物馆陈列品，说来也怪，其中一些陈列品反映了很多内幕。唯一可以被形容为室内震撼人心的展品是银塔，但与其说它引起了人们的好奇，还不如说它令人印象深刻。在这里，人们第一次能够瞥见旅行者所描述的东方：奇妙，炫耀，铺张。如果说柬埔寨的历代国王从未一时冲动去修建一个埃斯科里亚尔建筑群①或者卡塞塔宫②，那么他们至少用五千块银锭铺设了一座塔式寺庙的地面。虽然其审美效果并不比行走在某艘战舰光洁甲板上的效果更高档，但贵重金属至少有了一个恣意挥霍的地方。

修建银塔的目的似乎是收藏王室珍宝，主要为大量金、玉和其他贵重金属制作的佛像，其中一些佛像的前额还镶有钻石。每当来到一尊纯金佛像前，导游便会一刻不停地在队伍后面低声唠叨，必然会提及铸造这尊佛像时总共用了多少黄金。佛像层层排列，有的面带微笑，有的神情祥和，有的则表情讥讽甚至目空一切。下面的展台颇似当铺柜台，布满刮痕的肮脏玻璃背后陈列着昔日外国君主赠送的礼物，供人仔细观看。另外一些东西看上去则像杂七杂八的家庭摆件。

镶满了珠宝的巨大手表，其工作原理千奇百怪，充满了奇思妙想；玻璃钟罩下放置着维多利亚时期用蜡制作的花朵、水果和贝壳；一尊小佛像，镶嵌在上面的钻石价值或许高达一万英镑，佛像心神不安地坐在一只玳瑁发梳的背面；贴金景泰蓝宝盒；一把象牙老头乐；更多镶嵌了珠宝的佛像；据说能够诱使母鸡下蛋的瓷蛋；一串圣诞树装饰物——金属丝和银球。这些东西让人们陷入沉思。人们想象着王

---

① 位于西班牙马德里附近，包括西班牙国王陵墓、宫殿、教堂、修道院和庙宇等。

② 位于意大利南部城市卡塞塔，是波旁皇族查理斯三世为了与凡尔赛宫和马德里皇宫争奇斗美而在18世纪中叶修建的建筑群，别出心裁地把豪华的宫殿及其园林及花园、天然树林、打猎用的山林小屋和生产丝绸的工业设施完美地结合在一起。

后，或许数位王后，定期清理自己的橱柜，然后将所有必须有个归宿的精美但无用的东西一趟趟地拿到银塔中。这堆类似喜鹊收罗的杂物中最有意思的东西或许就是家庭照片。泛黄的照片中有国王与王后，双眼凝望着前方，身着为拍照特意换上的镶有花边的欧式服装，姿势僵硬。其中一张比较随便，却令人眼前一亮。这张照片大概是某位侍臣拍摄的，照片中的老国王西索瓦①正与一位年迈的女士翩然起舞。有时候，或许受到了爱德华七世②的影响，照片中的柬埔寨国王居然身着灯笼裤。这对于一位东方君主而言是最怪异的装束，人们会怀疑他拥有多位妻子。

银塔里的其他展品我已经没有多少印象，但是在杂七杂八的藏品中，有两件激发了我的想象力。一件是法国人占领柬埔寨时赠送给现任国王的一件礼物——国王本人的雕像……其实法国人只是找来一尊多余的拿破仑三世雕像，敲掉雕像脑袋后，再用根据肖像大致雕刻的柬埔寨君主的头像取而代之。这种做法颇有几分玩世不恭的味道。另一件给我留下印象的是国王丰富多样的国徽，风格依据国王展现自己的方式而变化。因此，王冠多种多样，王冠的层数也各不相同，视国王陛下骑大象、骑马还是坐轿子而定。国王陛下最近又多了一顶新礼仪帽子，以满足乘坐汽车之需。他在这些公开场合中会头戴圆顶礼帽，上面装饰有钻石帽徽。

我不久便意识到，情报局那位热情的萨里斯先生不仅替我安排了

---

① 此处应指西索瓦王（1840—1827），柬埔寨国王，1904 年至 1927 年在位，是西索瓦·莫尼旺（1875—1941）国王之父。

② 爱德华七世（1841—1910），英国国王，1901—1910 年在位，是维多利亚女王和阿尔伯特亲王之子。

这次的王宫之行，而且若不为我争取到国王的接见便心存不安。他似乎与王宫里的每个人都关系密切，他本人喜欢柬埔寨人，也为柬埔寨人所喜欢，因此我感到他一定能成功做出此项安排。不过，由于到我们离开王宫之时什么都还没有定下来，我就想随便走走，希望能找到一家店铺，买到前一天晚上坐车时看到的那种戏剧表演面具。

我此后的经历与法国探险家穆奥 1859 年拜见柬埔寨国王的情形有几分相似——至少与他经历的前半部分相似。穆奥刚刚抵达金边，行李尚在路上。不过，尽管他风尘仆仆、疲惫不堪，国王还是派人去请了他。据他自己描述：“我婉言谢绝，说自己不能一身旅行打扮去觐见国王。‘哦，没什么，国王衣着很随便，也很高兴见你。’对方说。”萨里斯先生满城寻找了一个小时左右后，终于找到了我。他的原话是“已经安排好了觐见国王”。当时的气温即便是在阴凉处也至少高达华氏一百度，我身着短衣短裤，浑身大汗淋漓，满是灰尘。不过萨里斯说没有关系。王宫里的人个个“都很善良”，而且他们认为旅行者就应该有旅行者的样子。我们必须立刻去那里。

在穆奥的叙述中，现任国王的一位祖先被描述成固定的滑稽形象——某位非洲至高无上的酋长。“国王用英语说：‘上成的白兰地。’（英语他只会这几个词）国王陛下带我看了他的欧式家具，红木桌子上摆满了各种瓷瓶，以及其他司空见惯的摆件；他指出，尤其值得一看的是两面古老的金框穿衣镜、一张沙发，以及各种类似的东西。他说：‘这才刚刚开始，过几年我的王宫会很漂亮。’”

现任国王在我的眼里截然不同。

萨里斯拾阶而上，领我进入觐见室后将我介绍给了王室工作人员。我们刚一一握手，国王陛下就不声不响地从右边一个敞开的门走了进来。他的脸上带着照片中标志性的笑容，比银塔中任何佛像脸上的笑容还要谦逊得多。国王的握手十分有力，我们一起走进觐见室，坐到一张长沙发上。

柬埔寨国王诺罗敦是柬埔寨人民的精神与世俗领袖，是柬埔寨所有土地的最终拥有者——不过他会随意将土地赐予那些请求耕种土地的人——也将继承所有未立遗嘱就离世的人留下的财产。整个王国唯有他一人有权使用六层华盖伞，也只有他一人能够被当作神明来爱戴，能够凌驾于法律之上。他的特权包括可以迎娶一位姨妈、姑妈、同父异母或者同母异父的妹妹。在享有这些特权的同时，他必须奉行吴哥王朝以来就存在的众多古老礼仪，比如为婆罗门偶像沐浴，这样才能确保臣民的福祉与繁荣。由于没有债务缠身，也没有犯罪记录或者身体缺陷，他按惯例获准在一座寺庙里度过了一年的苦行生活。我之前拜见过的皇室成员只有一些阿拉伯亲王，相比之下，不拘小节的柬埔寨国王让人觉得他就像你刚刚在某个酒吧结识的朋友。记忆中的楚楚衣冠简化成了无可挑剔的裁缝手艺——裁剪得体的灰色法兰绒西装。

三十岁的诺罗敦显得只有二十一岁，一些法国人说他是最有智慧的柬埔寨人。事实上，令人惊讶的是他不费吹灰之力便将这种场合的所有繁文缛节清扫到了一旁，开门见山地就柬埔寨政治问题深入浅出地给我讲了半个小时。内容与延·萨姆保尔的介绍相同，却不像延·萨姆保尔那么直白。萨姆保尔所说的血腥屠杀变成了“暴力事件”。我很难将国王温文尔雅的表情与“杀戮”这种刺耳、强硬的表述联系在一起。国王一再强调自己的论点，认为法国人始终落后于时代。*他们没有预知事件的发展，总是被时间赶超。*①作为柬埔寨的国王、

① 原文为法语。

一位儒雅的佛教徒，他愿意恪守诺言：只要法国人离开柬埔寨，他们的商业利益不会受到任何影响——就像英国人离开印度那样。法国人没有尽到保护柬埔寨的承诺，日本人到来时，他们没有做任何抵抗就将柬埔寨拱手相让。因此，原先的条约已经作废，未来的柬埔寨更愿意自己保护自己。诺罗敦说，法国不能吹嘘给柬埔寨带来了文明。*法兰西文明之作*①的说法是对柬埔寨古老文化的侮辱，尤其是当组成柬埔寨百分之九十的农村人口，只能依靠他们目睹的外籍军团的所作所为来评判法国人的这种文明化的重任之时。

这次拜见显然已经超时，因而气氛变得有些尴尬。交谈变得有一句没一句，国王脸上的笑容也稍微有些僵硬。该告退了，我等待着国王起身，示意这次拜见结束。但与生俱来的礼貌显然强于王室的仪态传统。我得出结论，如果我不率先行动，我们很可能会在那里一直坐下去，痛苦地相视而笑，搜肠刮肚地寻找话题。于是，我站起身来。我相信国王陛下对此心存感激。

这是我在金边的最后一晚，我的运气好得出奇。走南闯北这么多年以来，我已经学会了接受多舛的命运。剧院关闭了，习俗取消了，服务停止了，道路被土匪挖断，老虎不见踪影，季节刚过——或者还没有开始。可是在金边，命运却眷顾了我。傍晚 5 点左右，我刚走出宾馆，迎面看到了最为热闹的华人庆典活动——抬着二十五位神祇塑像游行。虽然警方想方设法加以阻止，但它还是摆脱了警方的控制，让我们现在仍然能够看到中世纪中国人心目中的尽情狂欢。

华人的这种娱乐表演充满了来自北方的异域活力，在慵懒无力的

---

① 原文为法语。

金边：抬着二十五位神祇塑像的游行队伍

热带地区显得很是怪异。不仅如此，即便是在最南方侨居了一两个世纪，华人的性格依然未能平静下来，也未能养成印度尼西亚式的恬静舞姿。华人舞蹈时会跳跃、旋转，这种场面我曾在哈瓦那狂欢节上看到过。那里的华人社团决定参加狂欢节，于是突然舞着龙灯出现在街头，酣畅淋漓的表演甚至让古巴那些眼睛充血的黑人也瞠目结舌。凡是有华人社区的地方，这样的庆祝活动便会让人神情紧张，因为它们在进行过程中会中断所有其他活动，造成极度兴奋的状态，有时甚至在骚乱中结束。官方一直试图干预金边的庆祝游行，结果这项本该在春节期间举行的庆祝活动，被推迟了两个星期。

傍晚 5 点，除了华人外，所有其他人都已收摊回家，放弃了做生意的打算。街头没有任何车辆，店铺也已经打烊。化为人身的二十五位神祇——有男有女——或坐在轿子中，或坐在宝座上，或坐在舞台上，任由其他人抬着在金边城内游行，相伴的还有来自不同寺庙中的神龛和崇拜物。每位神的前面都有一条龙开道，当然还有形形色色的旗手，以及一群横冲直撞、敲锣打鼓的侍从。这些神祇的塑像颇似以前人们心目中中国海盗的形象，就连他们额头上缠着的绸带也如此。他们不停地吆喝，挥舞着手中的长剑，飞沫四溅。有时候，某位精力特别旺盛的神祇会从宝座或平台上纵身跃下，抓住一位看客，与他一起跳起疯狂的鞑靼舞，周围那些信徒则像阴间的小鬼一样使劲敲着铙钹，鬼哭狼嚎。其他被困在轿子里的神祇正襟危坐，忍受着左右摇晃的痛苦，只有在用刀进行轻微自残表演或者将烧烤叉穿过脸颊时才会停下来。我听说这些表演者出发前都打过麻药，一般为提前五个小时；可是部分药效显然正在失去，因为在神龛和轿子的重压之下，一些人开始崩溃。每当出现这样的情形，某位神祇便会摔到人群中，摔伤的程度比他预期的要严重很多。

此时，轮到拉黄包车的苦力发财了。他们在小街巷中等待着，准备将那些昏厥过去、自残受伤以及各种惊厥受害者拉回家。等到游行队伍散去时，车夫们已经赚了个盆满钵满。当天晚上，金边一半的车夫都在赌场赌钱，由于平均法则①临时不起作用，许多人真的赢到了钱。在其短暂历史中，赌场第一次亏本。这一令人震惊的情况带来了一个后果，那些用动听的嗓音报出赢钱数字的赌场女郎第二天全都被开除了；不是因为有人怀疑她们当老千，而是因为她们是丧门星。

① 又称“大数定律”。人们在长期的实践中发现，在随机现象的大量重复中往往会出现几乎必然的规律。通俗地说，在试验不变的条件下，重复试验多次，随机事件的频率近似于其概率。

第十五章

吴哥古迹

离吴哥窟遗址最近的城市是暹粒。恰好有一辆法军卡车要去那里，于是我便搭了个便车，当天傍晚平安抵达。一路上没有遇到任何麻烦，这得感谢达春。

暹粒可谓又一个世外桃源，空气中微微带着鱼露的腐臭味。一条蜿蜒的河流穿城而过，两岸棕榈树成荫。河中整天都有男女在沐浴，身体慢慢浸入牛奶巧克力色的河水中时，他们会极其稳重地慢慢提起衣服。尽情沐浴之后，他们会坐在岸边，投下一根根棉线，上面系着弯针，偶尔钓上来一条鱼。

但凡聪明又懒惰的民族都富有创意，柬埔寨人也不例外。他们发明了一种灌溉系统，其建造过程仿佛有某位漫画家参与其中。数百台摇摇欲坠的大水车整日慢悠悠地转动着，将水斗舀起来的水倒进水管，水管再将水引入横七竖八的竹管中，最后送到手帕般大小的园子里——这里的人愿意耕种的园子只有这么大。这套系统效率极低，而且非常浪费水，舀上来的水大约只有四分之一能够最终到达园子里。一些水斗舀上来的水少得可怜，另一些水斗安装在水车上的角度不对，总是与水管擦肩而过，里面的水也因此重新回到了河中。不过，通往园子的所有竹管里都有涓涓细流在流淌，因此除非竹管里没有水流出来，谁也不必为打水操心。

这里到处都能见到狗，凶恶的样子颇似非洲鬣狗，鼻子与额头皱巴巴的，全身几乎连一根毛都没有，有的狗甚至没有尾巴。各家各户都养了一条这种丑陋不堪的小畜生，屋子周围某一范围之内似乎非它莫属。每当有人踏入它的领地，它便会凶神恶煞地咆哮着冲上来。于是人们只能在这种狂怒的威胁声护送下进入下一位狂怒分子的领地，并以此方式走完整条街道。这些狗从来不冲着柬埔寨人吠叫。

无论走到哪里，都能听到水车悠扬的吱吱呀呀声，外加某种鸣禽的歌声，颇似画眉。房屋是常见的柬埔寨式棚户，干栏式建筑的下面堆着垃圾。屋子旁边通常立有一根木桩，顶上装有一个小木板，上面摆放着供品，专门留给那些没有留下子嗣供奉它们的孤魂野鬼。但是，就这种习俗而言，柬埔寨人好于越南人。他们给这些孤魂野鬼提供了最雅致的多层小宝塔，供它们临时栖身。

我发现，柬埔寨小镇上的姑娘喜欢冲着陌生人微笑，甚至喜欢与陌生人搭讪，尤其是当她们成群结队、勇气大增时。她们身着类似纱笼的素色裙子，上衣的下摆最多只到上腹部，或者只用一条围巾遮住胸口。她们会款款走出污秽不堪的小屋，美丽、清洁、灿烂，随时露出欢迎的笑容。令人惊诧的是，这些步态轻盈的身影只要一看到自家园子里有牛，便会像突然通了电一样，立刻行之有效地将牛赶走，而朝牛身上扔过去的木棍既精准又有力，足以让任何西方妇女自叹不如。

瓦拉斯告诉我，到达暹粒后，去看一场柬埔寨戏剧表演比参观吴哥古迹更为重要，因为古迹可以等待。可我又一次来迟了一步。华人已经拿到了执照，可以经营赌场一个月，他们为此接管了剧院。有人告诉我，剧院是否还会演戏是个未知数。既然已经有人在安排每周放映不同的电影，而且花同样的钱可以看“大片”，那还有谁愿意去观看已经认识了一辈子的人装扮成神和恶魔呢？

不过，至少在一件小事上我算是运气不错。我在国王的觐见室里看到过一件奇特的装饰品，精美地运用透雕艺术展现了《罗摩衍那》中某个脍炙人口的场景。错综复杂的图案乍看上去像是用黄铜片冲压出来的，可是当背后的灯打开时，它却变成了半透明状，结果发现它原来是用处理过的兽皮制作的。国王提到——一位东方君主居然会欣赏本国艺术，这出乎我的意料——这是古老皮影戏中用的典型图案，暹粒仍然有这种东西。尽管人们肯定地告诉我，说作坊早已倒闭，但我还是在暹粒找到了它。艺术家们蹲在地上处理皮革，先用粉笔在表面上画好标记，再冲压出传统图案。皮影剧团当然不会再向他们订货，但个人仍然购买他们的作品，用作装饰。他们将镇店之宝卖给了我，这张可爱的观世音只要了我十五先令。我后来在巴黎参观人类博物馆时得知，暹罗和爪哇仍然有人表演这种艺术，只是没有如此精致。

柬埔寨艺术源自印度尼西亚艺术，而且柬埔寨的装饰图案与历史上一度受到过印度影响的国家之间有着许多一眼就能看出的亲缘关系，但是柬埔寨人无疑添加了属于他们自己的元素。这种清晰可辨的风格来自于他们从前的土著生活，再与普通图案合二为一。遗憾的是，正如吴哥古迹管理员 M. 亨利·马沙尔所说，柬埔寨贵族曾经是柬埔寨艺术的唯一赞助人，但是他们在过去半个世纪里已经放弃了柬埔寨艺术，转为崇尚欧洲舶来品。在国家失去独立之后，富有的柬埔寨人对自己国家生产的所有东西都有一种自卑感。欧洲大炮比柬埔寨曾经所向披靡的神刀更有效，因此柬埔寨的任何东西都不值得拥有。官员们驱散了家中豢养的金匠和雕刻匠，然后买回来镀金镜子和维多利亚式的流苏家具。

法国人在远东所干的最有价值、最无私心的两件事或许是 1930 年在金边创建的佛学院（此乃天主教传教士辛苦数年只说服了一位柬埔寨人皈依之后的无奈之举），以及在金边创办的柬埔寨艺术学院。后者不遗余力地改变现状并取得了成功，方法是鼓励人们制作具有极高艺术价值的物品，而后作为普通商品出售。最大的困难在于把那些将与古老传统一起消失的艺术家重新聚集到一起。他们早已返回各自的村庄，以种植水稻或捕鱼为生。找到他们时，其中一些年事已高的人已经有二十五年没有碰过制作工具了。不过，令人高兴的是，这些努力来得正是时候，正处于永远消失边缘的高棉艺术在接受过强有力的人工呼吸之后，如今状况良好。当然，这些艺术现在服务于商业目的，主要用于制作游客和外贸所需的平庸物件。有一点令人欣慰，专家们认为巅峰状态中的柬埔寨现代艺术具有富于想象力的神韵和完美无缺的技术，足以与装饰吴哥古迹的艺术相媲美。这种创造力如今以香烟盒和化妆盒之类的物件形式走进了寻常百姓家。据 M. 亨利·马沙尔说，目前的危险在于柬埔寨人决心不惜一切代价跟上时代潮流，因而喜欢背弃本民族令人钦佩的艺术遗产，任由自己受到欧洲各种运动的影响，纯粹因为这些运动时髦而大胆。

暹粒市内没有宾馆设施，我只好住进郊外的大酒店，其零星收入即来自参观吴哥古迹的游客。酒店距离市内一英里，道路两旁没有任何树荫。我偶尔会步行去市内用餐，一直走到脚上起泡。柬埔寨全国没有一家柬埔寨菜馆。真正的柬埔寨菜，如同墨西哥的阿兹特克美食以及西班牙的摩尔人佳肴，只能在偏远小城的市场档口和路边摊上品尝到，这种地方才是这些正在消失的烹饪文化的最后避难所。由于担心吃坏肚子，谁也不敢冒险品尝暹粒那些色泽诱人的肉丸，还有那些陌生的薄皮裹着的东西，天知道里面包着何种珍馐。不过，人们总能找到一家餐馆，供应冠以中餐名称的柬埔寨美食。它们至少比较清淡，适合本地气候，不像在远东那些奢华酒店，总是因为过多享用炖肉而难以消化。

古迹大饭店曾经有过几年的惨淡经营期，据说是因为有一两名游客遭到了绑架。直到几个月前，游客依然必须有人持枪护送。这种戏剧性的场面与参观吴哥古迹格格不入。如今，游客们正重新到来，搭乘包机从暹罗飞过来，在酒店登记簿上写下自己的名字。这本登记簿只要一打开，便会立刻落满一层不断从天花板上掉下来的筋疲力尽的小苍蝇。酒店管理人员打起精神，安排配有向导的古迹之旅。酒店的汽车上午去吴哥城，下午绕着人们所称的“小圈”游览。次日上午再次去吴哥城，下午去吴哥窟。你得住上三天，才能最终踏上“大圈”之旅。在目前这种情况下，酒店自然希望客人尽量多住几天。就连《旅行指南》也认为参观吴哥古迹需要三天时间。

离暹粒稍远的地方有许多寺庙，其中之一便是三十千米外的班迭斯雷寺①。没有公共汽车去这座精美的寺庙，因为人们对于达春的势力范围是否覆盖这些偏远地区心存疑虑。这位土匪出身的护民官，其军队似乎集中在暹粒市的近郊。我房间的窗户下有一个操场，每天天刚亮，一队达春的士兵便会来这里训练一小时。与球门柱相比，他们根本无法让人胆战心惊。多年的丛林生活让他们个个消瘦羸弱，“屈膝”和“伸展”时，你都可以数清他们身上的每根肋骨。操场与体育馆再过去便是森林，在这个秋季呈现出黄灿灿的一片，远方浮现出吴哥窟的三座中央塔，形如头盔。

早在16世纪，传教士们就提到了吴哥古迹的存在，但直到穆奥1859年到达这里之后，才对它进行了全面的介绍。这大概是世界上最恢宏的人造遗存，柬埔寨人引以为豪地向穆奥保证“是他们自己建造的”，但由于欧洲人总是对这种说法半信半疑，于是建造吴哥窟的缘由和详情引起了无休止的推测，也造成了多部鸿篇巨制的问世。

高棉帝国②的版图在12世纪末达到巅峰，不仅包括现在的柬埔寨王国，而且包括了马来半岛、缅甸、暹罗和交趾支那。但是，出于实际以及形而上的考虑，其首都一直在吴哥附近。方圆一百英里内的森林中到处散落着重要的高棉遗址，主要古迹有宏大的吴哥窟陵墓，吴哥城的空壳（包括城中央无与伦比的巴戎寺），几处零星寺庙和台基；其中一些呈金字塔式，但所有建筑都修建在一个严格的正方形平面上，方位精心安排，所有门都正对基点。建筑物之间为开阔空间，因为能够万古留存的只有宏伟的宗教建筑，以及那些用砖石修建的建筑。所有建筑均修建于公元9世纪至12世纪期间。

---

① 位于吴哥东北部，为吴哥地区最精美的建筑之一，建于公元10世纪。
② 此时的柬埔寨史称真腊国，近现代学者称其为吴哥王朝。

19 世纪晚期的一些学者曾合乎逻辑地认为吴哥窟用了三百年才建成，但如今普遍接受的观点为三十年左右。学界对于其他古迹的完工日期也看法不一，时间上相差数百年，而对于这些建筑的目的以及雕像的身份也是众说纷纭，理论南辕北辙。时而发现的一些石碑慢慢颠覆了这些论点，也推翻了许多武断的理论。这些石碑不仅记载了昔日君主的丰功伟绩，也记载了他们的动机。因此，优陀耶迭多跋摩二世①告知后人，他修建巴普昂寺——吴哥城之前的城中心——“因为他记得宇宙的中心是须弥山，因而他的首都中心应该有一座须弥山”。

这一说法让人们得以了解整个来龙去脉。高棉的所有建筑都有着极度的象征意义。第一位高棉国王从爪哇回国后，将高棉王国的宗主权抛至一旁，统一了柬埔寨后立刻宣布自己为神。他自称是湿婆的化身，因而自封为“宇宙之王”。因此，他必须依照已有的先例来维持王国的秩序，或者至少是首都的秩序，而这个先例便是佛教神话。佛教的宇宙观包括位于中央的须弥山，它支撑着天，周围被海洋环绕，最后是一道高高的石墙，构成屏障并包裹空间。尽管佛教的宇宙观远不止于此，但这些却是这位国王的象征物所能实现的合理极限。他修建了一座人造山，在城市周围开挖了宽阔的护城河，并且修建了城墙。这或许有助于让他确信自己是货真价实的神，但这纯属宏大规模上的一厢情愿。

然而，这些自封的神祇却要依赖继位者及臣民对他们顶礼膜拜。许多东方宗教背后都有这种将信仰无限放大的怪诞做法，即亡者的命运与生者的命运相连，因此如果生者希望自己能够繁衍昌盛、求得心灵上的满足，就必须经常给亡者提供祭品。这种理念在高棉国王心中

---

① 柬埔寨吴哥王朝的国王，在位时间为公元 1050—1066 年。

根深蒂固，并演变成具有宏大规模的行动。国王建造寺庙，用雕像供奉已经被神化的父母，同时留下铭文，明确恳求继位者效仿他的做法。耶输跋摩①国王在他所立的一块石碑上坦承，他的永生在于祭仪的维持。从这个角度来看，这些神祇无法与地中海古代世界中那些至高无上的神祇相提并论，因为一位遭人冷落和遗忘的神圣国王会逐渐湮没在历史的长河中，成为数不胜数、无名无姓的孤魂野鬼之一，任由虔诚的后人在自家屋外建一个小神龛来供奉。

于是，国王逐渐开始全身心地投入到保存这种不太靠谱的永生上。王室的这种狂妄自大在阇耶跋摩七世②时期达到了登峰造极的地步。塔布隆寺里供奉着母后的神像和神圣肉体，以及二百六十名伺候她的小神，需要七万九千三百六十五人打理，其中约五千人为僧侣。这座寺庙所用的黄金重达五吨，日常开销来自三千一百四十个村庄的税收。五年后，国王出于对父王的义务，修建了圣剑寺。据1939年发现的石碑记载，寺内除了老国王外还供奉着四百三十位小神，这些人都是贵族，因为功勋卓著而被尊奉为神，或者在死后被提升到了神的地位。维持这座寺庙的重任落到了五千三百二十四个村庄上，涉及总共九万七千八百四十人。圣剑寺的一个附属结构是小圣殿——涅槃宫，修建在高棉人特别喜欢挖掘的一个长方形人工湖畔。按照印度教的一个传说，这象征着坐落在喜马拉雅山某处的一个湖，具有独特的洗清罪孽的力量。它的建造绝非充满诗意的凭空想象，而是沿袭了建制，本质上成为一个自己首创的湖。这位高棉国王以这种方式避免了

---

① 此处应指耶输跋摩一世，柬埔寨吴哥王朝的国王，在位时间为公元889—988年。

② 柬埔寨吴哥王朝的国王，在位时间为公元1181—1215年。

重蹈中国皇帝在寻找类似风水宝地过程中耗时费力、徒劳无功的覆辙。

这些都是孩子们玩的游戏，他们只要稍微有一点想象力，甚至能将无生命的物体变为有生命之物，将笤帚变成马。可是柬埔寨国王们所玩的儿童游戏却有异想天开的超常力量支撑。当然，涅槃宫在当时几乎微不足道，大约不到一万人仅仅用了三四年的时间就建成了。

但是国王并不满意，当然也永远不会满意。在欲望的疯狂驱使下，他修建了自己的首都，结果巴普昂寺这个微型须弥山不再是首都的几何中心。这自然就需要再造一座圣山，开挖更长的护城河，修建全新的城墙。他执政仅仅十年后，这些项目早已有一万三千五百个村庄、三十万六千三百七十七人在干活。新的圣山便是巴戎寺，这也是吴哥古迹中最异乎寻常的一个建筑。它是阇耶跋摩最后的工程，始建于1190年前后，标志着高棉政权的巅峰，并预示着它的终结。六十四张这位国王的巨大脸庞如今变成了佛祖的形象，带着野性的满足，冲着王国的四面八方微笑着。就连对巴戎寺的历史一无所知的皮埃尔·洛蒂①也觉得这非常邪恶。

高棉国王们带着近乎癫狂、不屈不挠的毅力，动用了全国所有人口，他们唯一的最终作用，无论是直接的还是间接的，就是将国王们贪得无厌的狂热崇拜推向新的高潮。在早期，这个繁荣期的经济基础是位于内陆的洞里萨湖，此后的所有首都均坐落在湖畔。湖中鱼满为患，到了旱季水位下降时，船夫们的船桨都会因鱼儿太多而划不动。

① 皮埃尔·洛蒂（1850—1923），法国小说家，真名为路易－玛丽－朱利安·维奥，曾为海军军官，作品以丰富多彩的异国情调风靡一时，代表作包括《冰岛渔夫》《菊子夫人》《北京末日》等。

仅仅依靠为数不多的渔民，洞里萨湖就能给所有人提供食物，因此国王要确保所有空间、时间都用在有益的劳作上。一个以农业为主的民族，高效地耕种肥沃的土地——让人联想到哥伦布抵达美洲之前的玛雅人——每年只需劳作总共四五十天就能够丰衣足食。不过，某个具有组织天才的人不可避免地会出现，以确保剩余的三百天被用来进行宏大但劳民伤财的项目。

一旦拥有了洞里萨湖提供的得天独厚的自然条件，加上遍地稻田、杰出的灌溉系统以及四通八达的道路，再配上装备齐全的站点，为用作运输牲畜的水牛和大象及其主人遮风挡雨，高棉王国便开始向四面八方扩张。大兴土木的国王阇耶跋摩七世，除了他本人的宗教信仰外，或许还受到其患有麻风病的影响，设立了一百零二家医院。他在圣剑寺的石碑上不厌其烦地一一列举了这些医院配备的药品。这是一个庞大的机构，最终控制它的是巨大的国家机器，有着它自己的《末日审判书》和一支会计大军，追踪每个人的活动，目的是将生产最大化。我们可以肯定当时已经有警察，年轻人在出家期间，心灵会被小心翼翼地加以净化，以便让他们高效完成自己的义务。高棉帝国可谓十足的极权主义国家。

关于高棉帝国的衰亡以及此后放弃吴哥的原因，人们做出了种种多余无用的猜测，并且常常将其归咎于某些天灾浩劫。真相其实很简单，中国旅行家周达观曾对此进行过描述。他来到吴哥时，这里已经显现出颓败的迹象。由于砂岩采石场的资源已经枯竭，就连大兴土木的热潮也在逐渐消失。高棉人在遭到暹罗人复仇性的攻击后，似乎不得不运用全面战争这一原则。周达观写道："他们说，在与暹罗人的战争中，所有人都必须参战"。人们注意到周达观在这里所指的是强行征兵，因而怀疑如果有人免服兵役，那只能是负责皇家祭仪的数万名寺庙杂役。如果周达观的记叙真实可信，那么高棉军队的总人数则多达数百万，肯定是当时世界上最大的军队。但是，这些被强行从稻田中带走的农民，在被迫穿上军装后缺乏士气，战事也一拖再拖，直至最终战败。

与此同时，灌溉系统日渐荒废，稻田曾经养育过不断增长的庞大人口，如今也很快变成了森林。一度非常高产的水稻耕作体系逐渐被放弃，取而代之的是目前不断摧毁印度支那的“刀耕火种”方式，每年都要焚毁森林。由于这种方式不需要太多劳力，对于一个处于战争中的国家肯定很具诱惑力，但产量很低，而且迅速减产，最终导致土壤的营养流失和枯竭。这种衰败的过程一旦开始便再也阻止不了，而彻底摧毁这一切的是战胜国引入了宣扬原始使徒教义的“小乘”佛教，主张与世无争、出家、静修；这对于高棉神圣国王反常的权力崇拜教义是毁灭性的打击，因而可以被视作最微妙的迦太基式和约①。

吴哥古迹在许多方面很可能比鼎盛时期的吴哥城更为壮观。时间在砂岩上创造出了奇迹，尽管这些石块刚刚采出来时颜色鲜艳。人为的肆意破坏以及大自然的日晒雨淋已经极大地淡化了我认为远东艺术中令人反感的过度对称、无处不在的象征主义，以及过多的反复。有证据显示，高棉人痴迷于数字的魔力，也痴迷于不同艺术形式中展现的原始迷信的魔力。人们觉得高棉人一定认为，如果说建造一座毗湿奴②或者一座天神的雕像是件好事，那么建造五十座雕像应该会好上

---

① 对战败一方条件苛刻的和平条约。

② 印度教三相神之一，梵天主管“创造”，湿婆主管“毁灭”，毗湿奴则是“维护”之神，性格温和，给虔诚信徒施予恩惠，并经常化身成各种形象拯救危难的世界。

五十倍。精通魔法的人似乎从不相信自己的魔法能最终完全见效。通往吴哥窟的大道两旁曾经每隔相同距离就有一对纳加①——七头蛇神。我认为七头蛇神的装饰效果远不如数以百计的蹲伏的石狮子。不过，它们代表着为佛祖避风挡雨的灵蛇，因此本质上具有保护作用，必须尽量多布置一些。绝大多数七头蛇神雕像或已破损，或已不见了踪影。我认为从审美的角度来说，这是件好事。

大道正好将人们带进整个建筑群的正中央。这是必然的事，因为一切都必须围绕象征意义来考虑；如果舍弃这种考虑，采用有条理的方式从任何角度开始修建，那就相当于去冒险，让整个宇宙或者至少整个王国被邪恶魔法整得失去平衡。不过，欣赏吴哥窟的最佳地点却是护城河对面的一角。从这里望去，统治一切的对称结构立刻被打破。一座座多层宝塔宛如某位印度舞者的头饰，宏伟地重新组合在一起。吴哥窟从湖面冉冉升起，耸立在一排低矮的长柱廊之上。再往上，连绵不断的屋顶层层叠加，最顶端则是高塔，虽然颜色陈旧、斑驳、缺乏统一，却仍然显得很活泼。陈腐的湖面上便有了一个莲花绽放的倒影。

这一座建筑就能容下古希腊所有的宏伟建筑。

在吴哥窟内，长达数英里的画廊墙上布满了浅浮雕，超凡脱俗、和蔼可亲的女神和天国舞女在其中摆出了种种姿势。这些人物的身高和体形完全一模一样，双手和双臂凝固在十多种标准姿势中。由于高棉艺术没有任何色情元素——人们难免会想起德·拉·罗什富科公爵的那句名言“凡是有野心的地方，爱情难见踪影”——这些浅浮雕

① 印度神话中象征和平与富饶的蛇神。

没有展现乳房和臀部的发育情况，而这正是印度艺术中类似图案的特点。

一系列固定的姿势刻画了人们趾高气扬的生活。外出打猎的国王或天神会摆出舞者那种呆板的姿势射杀一头鹿，而鹿本身则被刻画得真实可信。凯旋的王子与勇士耀武扬威地列队行进，等待着升入天国（成功被视为一种美德）。他们的脑袋以四分之三的侧面像形式呈现，相互重叠，左手按着胸口，右手搁在臀部上。不过最真实的刻画却是那些败将和遭到天谴的人，他们自然要被打入地狱。这些尸体或被骑兵践踏，或被野兽撕成碎片，它们的姿势都经过仔细观察，完全取自现实生活。只有魔鬼获准摆出僧侣们的姿势。

但是，只有在无拘无束地刻画普通百姓及其日常生活时，艺术家才让我们看到他的创造力。列队行进的尊严和权贵的冷笑不见了踪影。农夫和渔夫被刻画得五大三粗，形象丑陋，粗糙的脸庞滑稽可笑。艺术家愉快地破例描绘他们滑稽的一面：在集市上讨价还价，杀猪，扬扬得意地笑着观看斗鸡，或者找看手相的算命。欧洲中世纪的教堂雕刻匠们也会在穹顶或天花板的圆形凸饰上雕刻出类似的巨魔脸庞，免得整天沉浸在索然无味的道德说教中。吴哥古迹中的凡夫俗子形象被塑造成在洞里萨湖上寻欢作乐——像坐船去绍森德①一日游的游客那样在静止不动的帆船甲板上欢呼雀跃；或者弓着腰下棋。由于他们承担的都是下层社会的责任，因此他们大多身穿短褂。就在这时，一船社会地位较高的人经过此地，个个正襟危坐，半裸的身躯显得非常时尚。他们面朝一方，矜持而幸福地微笑着，知道自己迟早将

① 全称应为滨海绍森德市，是位于伦敦东面埃塞克斯郡的一个海边度假小镇，离伦敦只有一小时左右的路程。

巴戎寺内狰狞的微笑

成为小神，出现在荣耀榜上。

浮雕中的鸬鹚和苍鹭在与渔民争夺他们的收获，水中还有鳄鱼在威胁着他们。高棉人大量使用动植物花纹装饰浮雕。杂乱无序的树木特性在这里被淡化成了效仿拜占庭式的风格，但是潜伏在树木中的各种动物活泼自然，可以与旧石器时期洞穴中的绘画艺术相媲美。为洞穴艺术带来生气的创作意图，与创造出这些长达数英里的浅浮雕的创作意图如出一辙，目的是为了得到魔力，装饰效果纯属附带。吴哥窟是安葬苏利耶跋摩二世①的寺庙，他自称是毗湿奴的化身，因而这个雕刻世界取代了早期的葬礼大屠杀。美感与葬制毫无联系，证据在于许多人们注意不到的地方都雕刻得一丝不苟，甚至——比如在巴戎寺——连该建筑的地下台基都刻有浮雕。

塔布隆寺为阇耶跋摩七世所建，里面供奉着母后的牌位，前后有七万九千多个臣民在此干活。来自暹罗的三十位游客应该会在这里待上一个小时。

塔布隆寺修建在一块平地上，既不像吴哥窟那样能够纵览周围的壮丽景色，也不像巴戎寺那样让人们看到建筑学上的惊人之处。因此，它一直像某种备用物，废墟与丛林之间的激烈冲突可以在控制范围内持续下去。这种植物疯狂入侵的壮观场面是大多数来这里的游客最喜欢观看的。

三十名游客从酒店提供的汽车上下来后，立刻快步向前，走进这座长方形迷宫的不同洞窟中。噼里啪啦的脚步声起初还在石板通道中回荡，随后便消失在昏暗、支离破碎的巨大空间中，为里面的寂静所吸收。我直到动身回酒店时才见到他们。

---

① 柬埔寨吴哥王朝的国王，在位时间为公元1113—1150年。

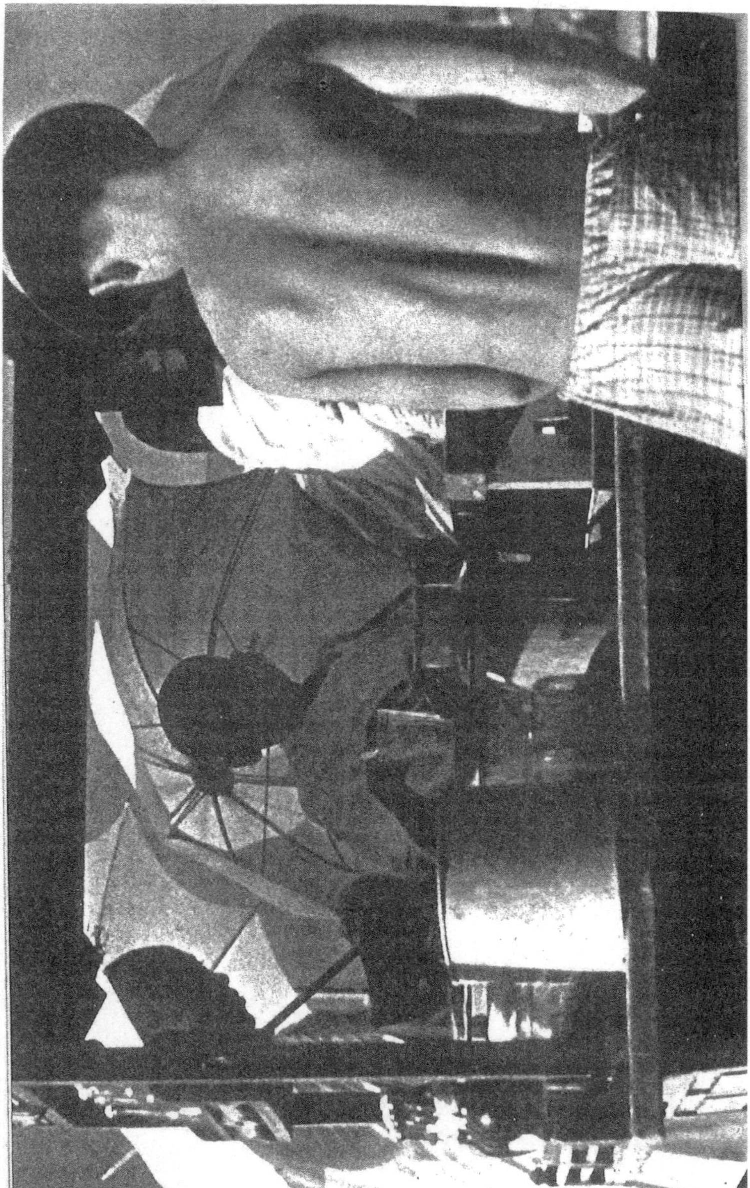

僧侣们免费享用的饮料

塔布隆寺可谓被囚禁的灾祸。森林在其入侵过程中尚未攻克它，却自上而下淹没了它，许多庭院已经变成了由森林构成的空中假地面之上的洞窟。有些地方的回廊内光线昏暗，窗户上布满了沉淀物，有泥土、腐殖质和树木。其他地方的光亮则像水族馆内的光线，透过由树根和绿色藤本植物构成的屏幕倾泻进来。

庭院内是一个全新的植物世界，没有大家所熟悉的树枝和树叶，只有树根。塔布隆寺展现了植物神秘的地下生活，各种横截面变化无穷。一些参天大树在塔顶上生根发芽，高耸的树干远离人们的视线；然而在这里，大家却能舒舒服服地仔细研究树木充满戏剧性的秘密活动，正是这些阴谋活动努力支撑它们疯狂地生长。

树根垂落下来，颜色苍白，膨胀，强健。眼前的一幕令人恶心；不知羞耻地展现在眼前的是一根根垂荡在空中的熔岩绳索，是马戏团中畸形人肌肉凸起的四肢的拙劣表演。方式是探索性的。树根顺着砖石结构的轮廓，复制着壁柱与台柱；从不试图越过任何缝隙，总是保持着与石块表面活生生的平稳接触；绳索般的主根模仿并再现它所覆盖之处的建筑意图。直到牢牢扎根之后许久，致命的绞杀较量才开始。随着树根日渐长粗，它们的合抱力开始收缩。整块整块的巨石被拔起后举到半空中。一段墙壁先是出现裂缝，继而被带离原来的结构，最终像绞刑架上的尸首一样被吊在空中，而且在树根的环抱下无法瓦解。这些树根突然现身，从石板缝中猛然冒出来，巨蟒般蜿蜒二十码后突然穿过悬空的石块再次扑向地面。一座古塔顶便是原始森林的一个完整样本，上面会有蕨类植物、灌木和一棵巨大的无花果树，树上的藤本植物形成一个帷幔，遮蔽着雕像的脸庞。每当有脚步声临近，一群长尾小鹦鹉便会飞到空中，给这棵无花果树添加一道光环。

塔布隆寺尚未清理完。人们穿行在一模一样的通道或庭院中——

吴哥窟一角

其规划像组合式书柜一样不断重复着——然后突然碰到一堵三十英尺高的墙壁，见到潮水般厚实的植被，再发现淹没其中、舞姿高雅的天国舞女。

但是，除了无数散发着恶臭的邪恶蝙蝠外，吴哥的寺庙和陵墓中还有一些生命迹象。普通百姓如今来到这些曾经将他们拒之门外的地方，在不同的佛像前烧香。这些佛像当初之所以问世，或许就是高棉不同贵族的理想化身。一群群僧侣慢悠悠地穿行在废墟中，手中总是举着黄色遮阳伞，有时还会携带箱式照相机，在某个特别神圣的背景前相互拍照——比如靠垄断渔业发家的某个男子的肥胖形象前——以便带回寺庙给朋友们观看。

我在吴哥的白天的最后几个小时是在皇家浴池畔度过的。高棉人总是在开挖巨大的人工湖，只要初步勘测正确无误，而且在湖边或者湖心岛上按照先例修建了寺庙和雕像，那么这些人工湖便可以被宣布为具有洗清罪孽的功能。正是由于这一点，皇家浴池原本是王室特别钟爱的沐浴场。这里有着恢宏的入口、壮观的台阶，两侧安放着神兽雕像，还有金光灿灿的平底船。

如今，狮子已面目全非，纳加也失去了大多数脑袋。人工湖早已不再是规整的正方形，湖岸沉陷后形成了小小的半岛，上面长出了树木。水牛站在这圣洁高尚的水中，纹丝不动，只露出脑袋，有时甚至连脑袋也会没入水下片刻。巨大的翠鸟一闪而过，与它们在水中的倒影交相辉映，成为灰绿色天空中的两颗流星。直到四十年前，柬埔寨人都一直将剥下来的这些鸟的皮卖到中国，用来缝制官员的朝服，然后再买回来陶器和丝绸。随着欧洲货物越来越流行，这一行逐渐走向衰亡。

一群男孩不知从何处突然冒了出来，开始兜售弩弓。他们的长相和体格均好于吴哥窟浅浮雕中的贵族和平民的形象，不过六百年前，他们会每天干十二个小时的活儿，如今或许一周才干一个小时，或者根本不干活。其中三四个男孩总是躲在不同古迹的附近，可怜巴巴但离谱地希望每天能够向游客卖出一把弩弓。

其中一个孩子能说一点法语，这让我颇感意外，因为这种情况非常罕见。我问他是否愿意当向导，带我去一两个我很想看一看的偏远古迹。我想顺便问他一些传说是否真的有，尤其是麻风国王的传说，因为这是唯一流传下来的高棉统治者的记忆。男孩说他很愿意，随后问什么时间。我说晚上，因为是月圆之夜，我可以在暹粒雇一辆人力车，拉我来吴哥。他的脸一沉，说很抱歉，没法安排。我问他："为什么？难道那些以前当过海盗的人到了晚上就靠不住吗？""哦，不是这个。相反，他们很守纪律。在达春的控制下，吴哥比金边还要安全。""那么，究竟是为什么？""……也许是老虎？不是，也不是老虎……真相是，吴哥天黑后是个不祥之地，主要是因为 *neak ta eysaur* 和 *neak ta en*——换言之，湿婆和因陀罗①。"

就这样，高棉帝国那些法力无边的婆罗门众神也随着帝国一起衰弱、没落，如今只是 *neak ta*——用来吓唬孩子的树精，与下面这些鬼魂一样不值一提：*khmoo pray*——暴病而亡的人，比如死于分娩的女人；*beisac*——那些惨死的饿鬼，从地狱返回人间来要吃的；*smer*——失去理智后变成了狼人；还有 *srei ap*——美丽的姑娘，因涉足巫术而身不由己，变成了只有消化道的脑袋，靠吃粪便为生。高棉的众神在崇拜者衰亡的过程中一直陪伴着他们。

---

① 即帝释天，本为印度教神明，司职雷电与战斗。后被佛教吸收为护法神。

暹粒流传着一个谣言，说天国舞蹈团幸存了下来。酒店有一位神通广大的吃白食的人，他跟美国游客学了点英语，然后便说自己专门给军官拉皮条。于是我向他打听此事。

他的第一反应是那种不喜欢让人失望的敏感之人慢慢挤出来的同情微笑。舞女有，但都年事已高，至少五十岁了，而且相貌丑陋。在我说明意图后，他说那些舞蹈家不仅上了年纪，而且要价很高，他不知道去哪里联系她们，她们也没有合适的舞蹈服装。这些要从一位华人那里租用，而这位华人“不会在场”。我的这位密探作为中间人的业务范围显然只局限于最简单的安排，而且已经用这种一连串的推诿将自己遮挡了起来。但就在这时，酒店的另外几位客人来了兴趣，其中有一位是从曼谷过来的英裔美国商界高管，已经在暹罗生活了数年。他说他已经习惯处理这种情况。他说这位华人是解决这个问题的关键。问题是要先找到华人……如果可能的话，必须找到出租服装的那位华人。这个人无疑能够安排我们观看柬埔寨舞蹈。

因此，我的朋友去了城里，不久便找到了一位合适的华人。这个人在商界神通广大，牢牢扎根于这种城市商业生活的中心；这类人——我记得他叫泰西克——无论谁都可以将你带到他的面前，然后发现他坐在一袋干鱼上，没有一点架子，耳朵后面夹着铅笔，周围都是他的存货，有奶粉、眼镜蛇皮、棺材和阿尔及利亚产的葡萄酒。泰西克还经营公共汽车业务，管理着一家殡仪馆，一辆灵车上奢华地装有几个微型的木偶剧院，为婚礼提供一辆美国车，并且在这辆婚车的侧翼和车顶上装了几条镀金的龙。他像蜥蜴一样翻动了一下眼皮，立刻明白了事情的缘由，随即提出了一大堆军官皮条客忽略的理由，解释为什么说天国舞女的表演多么不现实。他甚至抱怨她们有艺术家的

吴哥窟的观众

被相机逗乐的老挝舞蹈艺人

臭脾气，不过他又看似一本正经地立刻补充说，一场演出的费用会高达一千五百披亚士特——约合二十七美元。

五位女伶稍微展示一下就要这么多钱，这似乎是个天价，不过泰西克说，这个价格有可能打动她们，表演一段节目。我原来希望安排尽可能不装腔作势的自然表演——或许在后院表演，但是泰西克对这种粗俗的建议极其厌恶。他认为，这种表演应该在吴哥窟前的空地上进行，而且是在月光下。他显然明白自己在和什么样的游客打交道，这种随意播撒的种子或许会落在肥沃的土地上。正如集体意识要比个人意识的总和略多（或略少）一样，一位旅行家乘以三十后就变成了一位游客，具有了某种他之前所没有的庸俗品位；一种由社交场合好面子而造成的临时性任性，驱使他一时决定奢侈一下。因此，以壮观的方式观看奇观这个点子受到了热情的欢迎。

轻松赢了第一回合后，泰西克接着建议请几位鼓手、当地的一支乐队，以及护送的火炬手——当然，要稍微多收一点钱。这些建议也被接受了，最终安排的表演总费用为三千披亚士特。

于是，当晚 10 点，酒店的汽车停在了通往吴哥窟大道的尽头。演出的消息早已传播了出去，结果我惊讶地看到，暹粒城以及周围村庄的大多数居民已经蜂拥而至，空气中弥漫着节日气氛，到处都是小摊点，出售两片面包夹热香肠、甘蔗汁（当场给你榨汁）、一堆堆淡绿色的果冻，还有矿泉水。一百名身材矮小的火炬手将头剃得光溜溜的，按照古老仪式，在大道两旁列队等待着我们到来，他们手中挥舞着浸满树脂的破布火把。除了他们之外，行色匆匆的赶路人当中至少有五百人边走边打着手电筒，自然对这种古代遗风有损无益。

车上的乘客大多是女性，她们挖空心思尽量穿得随意一些，小心翼翼地下车，进入了这场嘉年华的场景中。兜售弩弓的孩子带着谦卑的迷人微笑，立刻蜂拥到她们身旁。一群达春的士兵，由于和平时期口粮配给较少，再加上不断操练，显得很是清瘦。他们带着被链条拴着的游隼般的渴望与真诚，注视着西方人的一举一动。

大道两旁的火炬手只要在当陪衬的柬埔寨人当中发现一位欧洲人，就会打手势比画，挥舞火焰熊熊的破布火把。一小群火炬手已经逃离了自己的岗位，下到了水边，高举着火把，寻找着什么东西——宛如活生生的青铜喷泉群雕。吴哥窟低矮、延展的建筑群遮挡了一半的天际，月光洒在群塔上，反射出惨淡的光芒。整个场面有着一种诗意，部分来自游客们荒唐的列队行进，躲闪着一路尾随的弩弓商贩。

我们来到吴哥窟前的广场时，柬埔寨人已经占据了最佳位置，有的骑在哑巴石狮上，有的爬在已经没有了脑袋的蛇脖子上。火炬手散开后也蜂拥上前，像是一场胜利中的后备队伍。四盏乙炔灯将一张张充满期待的脸照得煞白，他们围成一个圆形剧场，一位乐手坐到一架半圆形的木琴前，开始散乱无章地叮叮咚咚敲打起来。

我虽然没有任何评判标准，却觉得所表演的舞蹈死气沉沉——只是铭记于心的一些舞姿的默默展示。舞者只有四人，其中两人——正如事先所提醒的那样——确实已经人老珠黄。这两位五十岁的女伶在演绎哈努曼①与魔王之间的恶战这种片段时无可挑剔，但她们几乎无法给我们带来任何所期待的视觉冲击，因为按照古代史诗的描述，这场恶战中所用的武器主要是雷电、空中飞来的长矛以及用风做成的箭。不过，如果说这两位上了年纪的女伶缺少活力，她们那两位年轻

① 印度史诗《罗摩衍那》中的神猴，拥有四张脸和八只手，可飞腾于空中，能移山倒海，面容和身躯可随意变化。此处所指应为哈努曼率领众猴进军楞伽岛，杀死十头魔王罗波那，救出罗摩之妻悉多的故事。

徒弟却显得没有接受过正规的基本功训练，比如在金鸡独立的情况下继续表演大段的演绎性舞姿，以及身子从膝盖处后仰成直角。两位徒弟有几个动作出现了糟糕的晃动，有一次甚至气得其中一位老女伶做出了与古典风格格格不入的怪相，这反而让她约定俗成的扮相多了一分生气。

但是那两位姑娘很快就恢复了本色，去掉了沉重的多层王冠，脱掉租来的僵硬的精美服装，换上了纱笼和衬衣。观众中的几位姑娘及其舞伴加入之后，他们跳起了热情四射的大腿舞。这是一种带幽默感的舞蹈——在这种国家非常罕见——尤其是模仿夫妻吵架的版本，让人们在看到东方的优雅的同时，也看到了西方的激情。这里没有刻板的象征，也没有旨在协助庄稼生长的仪式痕迹。不过，演员们非常开心，满场乱跳，使劲转动着双手，显然为摆脱了某种史前传统的木偶般的古怪姿势而如释重负。吴哥古迹的浮雕曾刻画过平底船上的下层玩物……观众们显然是为了观看这类节目而来的。

第十六章

土匪之乡

酒店里有一位非常勇敢的美国姑娘。她并不像其他游客那样也来自暹罗，而是神不知鬼不觉地从日本东京过来的，沿途还到过澳门、西贡以及南海许多其他名称陌生、容易引起人们想象的中途港口。她每天写东西，靠一小笔精心打理的津贴生活，似乎总是在旅途上。她这样居无定所的一个原因与她家乡最大的报纸《得梅因纪事报》[1] 有关。她的任务是寻找生活在远东的所有得梅因人，为故乡的百姓撰写文章，用拉家常的亲切口吻讲述这些人的故事。到目前为止，她在印度支那只寻找到一位背井离乡的得梅因人。

① 美国艾奥瓦州州府。

她很勇敢，不屈不挠，对平凡的成就有着很强的欲望。她所尊奉的精神，对零星事实和经历执着的追求，与其说属于20世纪50年代初，还不如说属于20世纪20年代末。我常常在吴哥古迹碰到她。她手握旅行指南，将导游赶走，查找到了所有最模糊不清的雕塑（“嘿，你见过骑在一个三头大象上的因陀罗吗?”），以及其他人忽略的那些已经被森林掩埋了一半的偏远寺庙。她像高棉人一样沉湎于数字术，核对天神和恶魔的准确数字，同时像所有伟大国王都会让她惊叹一样，她也会惊叹这些寺庙里雕刻的六十四张脸——总共十六个人的形象，全部用精挑细选的砂岩修建而成，内部填充的低档红土外人根本看不到。

这位勇敢无畏的姑娘在消化掉吴哥古迹所能给予的一切之后，决定继续前往暹罗，但是并不打算一路返回西贡后再按照常规路线从西贡飞往暹罗。相反，她打定主意，沿陆路穿越一百多英里，抵达暹粒边境，再从那里坐火车去曼谷。其实有一条道路经过诗梳风①，在那里与铁路相交，平行到达柬埔寨与暹罗的边境城镇，但是由于尚未投诚的五支伊沙拉克匪帮中有一两支在那里活跃，柬埔寨一方没有任何火车运行至那里。据报道，这条公路大部分路段不安全；但她还是说服法国军方一有军车过去就带上她，法国人在这些事情上总是有求必应。

我之所以提及这些是因为我很快将返回西贡；要么继续向前，进入越盟控制区，要么通过已经订好的机票去老挝。我得知，如果我想走安全道路返回金边，也就是达春维持治安的道路，沿着洞里萨湖东岸前行，那我得等上好几天才有交通工具。但是还有一个办法可以较

① 柬埔寨西北部边境城镇，位于班迭棉吉省。

快返回金边，只是这个办法有点风险，那就是走洞里萨湖西岸的道路。泰西克通过某种秘密交易，仍然开设着一条公交线路。汽车黎明时分悄悄驶出暹粒，沿着洞里萨湖西岸行驶。我突然想到，既然这位美国记者姑娘准备搭乘法国军车去冒险，我为什么不能在泰西克吉星高照的庇护下冒一次风险呢。像他这种有着生意头脑的人无疑与我们所经过地区的匪帮有特殊交易。

去金边的汽车凌晨 4 点悄悄驶出了暹粒。像亚洲所有公共汽车一样，里面挤满了乘客，我也是在支付了近两倍的车费后才得到了一张泰西克那诱人的车票，上面印着红色汉字。我在车内得到了上座，坐在了驾驶员的右边，他每次换挡都不得不推搡我一下。暹粒市的三位名人挤坐在驾驶员的左边，他们的身后坐着一排身着黄色僧袍的僧侣，带着多年修行培养出来的泰然自若。虽然发愿过苦行生活，却无法阻挡他们仍然有一些小资的做作，其中之一便是墨镜。天刚亮，他们以及车上有地位的乘客全都立刻戴上了墨镜。

乘客们带着一串串鱼干，正如他们本该携带三明治一样。鱼干挂在伸手可及的地方，整个车内弥漫着浓郁的海边气味。我们刚一上路，有位僧侣嫌自己的阳伞碍事，探身将它挂在了挡风玻璃上。其他人立刻效仿，结果驾驶员的正常视线减少了一半，但他对这种不便视而不见。再说了，批评僧侣是无法想象的事。

如果你恰好坐在驾驶员身旁，而且对机械一无所知，那真不是件好事，因为你会不由自主地注意到这辆车有什么地方不对劲。在这些国家，人们会无情地将汽车开到某个部件不堪重负出现故障为止。然后凭借过人的聪明才智，随便用什么东西临时凑合着修补一番，汽车再次上路，不管遭遇什么，一路开下去，直到气缸变形，轴承磨损，阀门烧焦，传动拒绝工作，弹簧不再有弹性，车体破烂不堪，再也无法行进一英里为止。与此同时，在这种最终的瓦解到来之前，司机依然自信满满、活力四射地开着它们。

这一次，发动机似乎在底盘上有所松动，控制踏板完全脱离了车底板。司机只好将大脚趾伸到刹车踏板下钩住它，开车时一只手时刻握着变速杆，以防车子自行换挡。方向盘必须打上九十度左右才能起作用，车灯也随着我们在坑坑洼洼的路面上的颠簸而时明时暗。司机似乎根本不担心这些不便。这位身材矮小、上了年纪的华人默不作声地果断地开着车。无论碰到什么，也无论路况多么糟糕，他以这辆车的最高速——每小时四十五英里——呼啸着向前冲去。

我们好像走了一条乡间近道，避开了我原以为会经过的城镇，因为我们不知怎么错过了诗梳风。我们左边数英里外本该出现洞里萨湖岸。现在是旱季，湖面只有九十英里长、二十英里宽，但是到了雨季高峰时期，它的面积会习惯性地猛增三倍，淹没许多平方英里的森林。正是这种淹没森林的现象才造成了每年湖中鱼群数量的激增，而当湖面缩小时，鱼会多到根本不用捕捞，只需从水中舀出来的地步。在这个季节，洞里萨湖的水位降到了最低（大规模的灭绝性捕鱼活动正在进行当中），湖水退去了十至十五英里，留下黏糊糊的草地，上面临时出现的村庄会种一点蔬菜，也留下了一条条临时道路。湖面永远在视线之外，不过湖边散落着几个浮动村庄，它们随着湖面的增减而时进时退。

日出后不久，我们驶入了一条干道。说它是一条干道，是因为虽然路面状况比临时道路还要糟糕，沿途却有永久村落和桥梁。我们经过的一座现代桥梁是在一座古高棉桥梁上重建的，残缺的桥栏杆其实是一个七头蛇神雕像的蛇身。有几个地方，雕像高低不平的残留隆起在地面上。

汽车停在了一个村庄，让我们用早餐。青灰色的小棚围成一个半圆，所有墙壁新近贴满了朱红色的春节宣传画，仿佛要迎接某个马戏团的到来。几个尚未睡醒的柬埔寨人靠着柱子，街上有一大群那种长相像鬣狗的家狗——我们的司机小心翼翼地避让着它们。

在陌生环境中用餐是在亚洲旅行的一大乐趣，于是乘客们全都将鱼干绑在座位靠背上，下了车，走进黑洞洞的当地小吃店里。两位年长的僧侣坐在一张桌边，其中一人掏出钢笔写信，另一人从一个美式餐盒中取出一块点心。

与我们同行的另外四位年轻僧侣按照身材高矮，在排水沟旁排成一队，每个人捧着钵子。他们走了几步，来到第一家住户对面，站住脚后向左拐。一个女人走出屋，仿佛事先有预感似的做好了准备，手中拿着碗和勺子。她朝那队僧侣看了片刻，就像一位军士在检阅阅兵队伍，然后蹲下来，将碗举到额头前。她起身后，从第一位僧人开始，快速走过去，往每个钵子里放了一勺米饭。这一过程结束后，僧侣们向右转，排队向下一家走去。

我对这种地方的内部装饰很是痴迷，因而更愿意直接走进小吃店令人生畏的店内，而不愿意坐在户外。我得到的收获是看到了一张孙中山的肖像（蒋介石的肖像已经几乎不见踪影，毛泽东的肖像尚未抵达这里）、一张加工糟糕的虎皮、一堆人造犀牛角，以及高棉全国彩票公司的广告。广告上印有四幅反映柬埔寨家庭生活的图：第一幅的标题很简短——“苦难”，一户普通人家，家人蹲在地上，如你所料，无所事事；在第二幅图中，丈夫突然有了个主意，飘浮在他头顶上方的气球中写着“买一张彩票”，虽然生活艰难，他们还是想方设法弄到钱买了彩票；在第三幅图中，他们中彩了，并且在得知这天大的好消息之后，以寺庙中舞蹈者般复杂的手势表达心中的欢乐；第四幅图取名为“幸福”，画得很精致，也很庄重：妻子身着红色套衫、短裙和绒毡拖鞋，丈夫则换上了一件翻领外套，衣领处系着领带。在正常情况下，夫妻俩肯定会中暑而亡，但是彩票已经考虑到了这一点——他们坐在电风扇前。

我在这种地方哑口无言，这让我越来越尴尬。如果是在印度支那偏僻的内陆地方，为了避免尴尬，也为了安全，开口说上主要语言之一的几个单词肯定是件好事：越南语、柬埔寨语、老挝语或者汉语。可是越南语和汉语均有各自的音调体系，很难学会。你得愿意开口说这些语言，并且愿意开口唱歌。柬埔寨语虽然表达抽象概念的词汇极为匮乏，但在表达其他方面的词汇却丰富得惊人。例如，柬埔寨语有十七种不同的词汇来表达英语动词“携带”的意思，取决于携带的方式是头顶、背扛、肩挑、手拎还是挂在绳子上等等。人们的称呼也有七种形式，反映了古代高棉的社会秩序，考虑到了被称呼对象的社会和道德地位，一旦用错就是对他人的极大冒犯。这完全不像运用拉丁语系某个语言的尊称那样简单。这之间的巨大区别几乎是将一门语言分成了七种不同的方言。

就人的食品需求而言，解决办法就是尽量画出自己想吃什么（我曾经画过一只鸟，结果端上来的不是鸡翅，而是串在烤肉叉子上的两只炸麻雀），或者指着别人正在吃的东西——几乎总是中餐的某个汤，中间漂浮着淡水小章鱼的触须。所有这些让其他食客忍俊不禁，当然这背后蕴藏着数千年文明的约束。印度支那人内敛到了刻板的地步，不会像非洲人那样开怀大笑。这一次，他们叫来了家里的一个头儿，他郑重其事地向我鞠躬后，请我去厨房。那间厨房简直像但丁笔下地狱的接待室。我在那里选了某种颜色鲜艳的肉泥，结果像匈牙利菜那样用一片白菜叶包好后递给了我。盐在这些地方向来是稀罕物，而且价格昂贵，因此我以为在这家馆子里要靠酸腐的酱将食物送进肚子，或者每吃一大口食物就要啃一口咸鱼。然而，这家小吃店却提供了一种刺鼻的黄色调料，铁皮罐上的英文将其描述为“味精”，如果用得比较多，就能带来一丝淡淡的咸味。

周围似乎突然出现了紧急情况，原来是几名国民警卫队员在四处闲逛，想找个地方睡觉。其中一人一屁股坐到我桌旁的空椅子上，步枪“咔嗒”一声掉在地上。他摸索着把枪捡起来，将它靠着餐桌，把一朵鲜花插在枪管中。这是一把老式步枪，枪栓已经生锈，但枪托上颇有品位地雕刻着密集、复杂的树叶花纹，一位头戴帽盔的骑兵挥刀穿过树叶向前冲去。

再次起程时，司机亲自满村寻找每名乘客，其中一些人几经周折才找到，因为他们想尽量利用这次旅程，已经走到远处去看风景了。我们留下了几位同行的乘客，但同时又多了几位新旅伴——将行李装在精美编织篮中的柬埔寨妇女。她们对一切泰然自若，喜怒不形于色，但这也让她们的美貌有所逊色。姑娘的秀发盘成浓密、油光发亮的发髻，但是上了年纪的妇女则让头发零乱地耷拉在头上，这恰好正是当时欧洲的时尚发型。

我们离开了村庄，汽车发出隆隆声，行驶在平坦的乡间。道路两旁都是浑浊不清的泥沼，中间点缀着深潭，水呈浅蛋黄色，水牛像肥嘟嘟的灰色蛆虫一样在其中扭动着身子。这幅废弃的蛋彩画上方是铁灰色的天空。我第一次看到彩鹮神奇地与鹰为伴，在浅水区笨拙地划着水。这里的村庄别有风味，各家各户的门前都竖立着一根类似图腾柱的玩意儿，上面有一只木雕公鸡。这里的民风也很淳朴。在一个小村庄的汽车站，一位身着黑色灯笼裤的优雅女子从自家台阶上款款而下，背对着我们站在一个巨大的陶罐前，开始早晨的梳妆打扮。车上的僧人们知趣地将目光转向了别处。公路对面已经开始建造一座新屋，这种举全村之力的工程需要三四天才能完成。正中央的柱子上系着红色旌旗，笛子和鼓欢庆着将它竖起的庄严时刻。

大客车继续向前行驶。在这种阳光暴晒下平坦但暗藏危机的风景中，司机似乎完全凭自己过人的洞察力寻找道路。他有时会停车，向一位农夫问路，然后绕道浪费一些时间，避开某个可疑的村庄。大客车因此遭罪不少，不久便出现了电路问题，但司机在丝毫没有减速的情况下，派他的助手出去修车。助手光着脚爬到车头，任凭大客车在他身下上蹿下跳。他依次打开两边的发动机罩，运用手中的钳子剥去电线的绝缘层后再将它们连接在一起，然后用粘贴在他大腿皮肤上的长方形胶布将接头包裹起来绝缘。一路上，想搭车的人总是在拦车，但司机对普通百姓视而不见，如果碰到僧侣便大声道歉，如果碰到当兵的则停车让他们上来。

中午刚过，车又停了。这次又是一家中餐馆，全家人在大客车到来之前一直在餐桌旁午休。这家馆子不错，大概是新换了经理。菜肴是装在精美的金边碗中端上来的，上面还印有汉字，就连汤匙上也印着独具一格的公鸡和蜻蜓图案。不过，虽然设施便利，这家餐馆并不反对客人自带食物。正当我忙着享用咸虾时，同行的一位节俭的柬埔寨乘客坐到了我的身旁，要了一杯茶，打开香蕉叶包裹的东西，取出一只小鸟，看似裹着面包屑炸熟的。他抓住鸟喙，两口就将它送进了肚。我俩都吃完后，他起身冲我一笑，示意我跟他出去。我们沿着街道走了一小截，他指给我看一栋房子。那房子只有一个框架，没有墙壁，由几扇精心雕刻的木门支撑着。房主大概一直躺在阳伞下的席子上。我们走到跟前时，他突然打开一扇门，走下梯子，来到了街上。他身着一件厚厚的黑套头衫，头戴遮阳帽。我据此判断他应该是位要人。我的伙伴咧嘴笑着说："海盗。"

这个村庄坐落在河岸边，集市上出售大量渔获。有一种鱼很特别，我在这里第一次见到，但此后会常常看到。它的独特之处在于它总是以活鱼的形式出售；我在这里看到它们按个头大小被整整齐齐地摆放在香蕉叶上，价格牌摇摇晃晃地搁在每条鱼扁平的脑袋顶上，位于两眼之间。我听说这种鱼离开水之后大约能存活三个小时。有时候，这些鱼会借助已经进化成脚蹼的腹鳍，摇摇摆摆地要溜走，尤其是在受到狗的骚扰之后。它们会移动一码左右，然后便会被出售它们的柬埔寨少女发现，捡起后轻轻地放回原处。一旦出售，鱼就会用一截细竹条捆好，竹条还会留出一个弯弯的提手，让买主用手指钩着拎回家。这里出售的唯一一种死鱼个头很大，或许是为了安抚它们，卖鱼人会掰开它们的嘴，往里面塞一只虾。村民们热爱动物，两头体型硕大的粉红色水牛（被视为吉祥之物）在这里随心所欲。它们在集市上站住脚，吃起了精挑细选的蔬菜，而小贩们则满怀敬畏之情，站在一旁观望着。

也就是在这里，发生了一件不祥事件。与我们同行的三名士兵突然跑了过来，拨开在汽车阴影中等待司机发出上车信号的乘客，进入车内，将他们的行李从车窗扔到街上，然后跟着跳了下来。他们在此过程中撞翻了柳条笼中的母鸡，然后沿着公路扬长而去，身后拖着子弹带。

乘客们立刻不安地七嘴八舌议论起来，有几位学着那些士兵的做法，想把自己的行李卸下来，但司机到来后阻止了他们。他吐了口痰，像养鹅人那样挥舞着双臂，将他们赶回到了车上。我想跟着上车时却被拦住了，司机说的大概是汉语，他解释说遇到了一些麻烦。他的话得到了印证，一些乘客将司机的话翻译成了柬埔寨语，夸张地一字一顿、清晰明了地说了出来——他们感到这样肯定能让不懂柬埔寨语的人都能完全明白。年长的僧人开始插话，他先是恭恭敬敬地取下墨镜，然后开始低声细语地用某种学术界的通用语言阐述目前的形势——大概用的是巴利语①。我在餐馆认识的那个人下了车，推开人群走上前来，又说了一遍“海盗”，只是这一次他脸上带着抱歉的苦笑。集市上的一个人被请过来当翻译，他用法语问：“你会说法语吗？”可当我说我会时，他疑惑地摇摇头，词穷之后赶紧溜走了。

我在餐馆结识的那个人又走了回来，显然是想打破僵局，而司机则怒气冲冲地转动着发动机的启动手摇柄。再次听到“海盗”一词后，我顺着街道指向那栋破破烂烂的房屋，我估计它的主人靠抢劫来的财富过着归隐的生活，此刻已经大模大样地重新登上梯子，穿过前门，摊开双臂躺在了席子上。但是对方摇了摇头。他抬起双臂，摆出枪的姿势，瞄准我的方向，扣动想象中的扳机，最后用舌头发出一声清脆的“咔嗒”声。然后，他将手指按住眼皮，将它们拉下来，重重地叹息一声，吐出了最后一口气，仿佛在驱赶什么东西，或许是灵魂。乘客们已经聚集到了汽车的这一边，被这番戏剧性的表演打动，全都同情地摇了摇头。

司机已经发动了引擎，正不耐烦地打着手势，但我的这位朋友仍然不为所动。他继续比画着，其中一些手势全世界通用——比如双手

---

① 古印度的一种语言，属印欧语系印度雅利安语支。它是一种书面语言，见于佛教经典，后来随着佛教的传播而流传到缅甸、泰国、斯里兰卡等国，自12、13世纪起，一直是南亚各国僧侣间交流佛法的“谈话用语”。

合在一起，贴到脸颊上，表示睡觉。他想告诉我，前方有土匪，我最好在这个村子里过夜，因为他们如果在车上发现我，就会开枪打死我。这个点子似乎不太好，因为我觉得，如果土匪听说我在村子里（他们大概会知道），他们很可能会来抓我，那时我就会孤身一人。如果我继续随大客车前行，哪怕出现最糟糕的情况，人类天生的同情心，以及碰巧有幸同车而行的旅伴之间存在的邻居纽带（哪怕微不足道），或许会在一定程度上给予我保护。因此，我成功地表明我想随车同行。

司机刚一明白我已经决定与他们同行，便在几位乘客的协助下，开始重新摆放汽车后部的行李。行李被堆成教堂中神父密室的形状，我像寄居蟹那样蜷缩在开口处，不到万不得已拒绝全身躲在里面。

接下来的两个小时几乎令我窒息，却也风平浪静。到最后，一捆捆鱼干发出的强烈气味已经让我失去了一半知觉。到达一个渡口后，司机示意我出来。危险点似乎已经过去，但就在我们准备登船时，一位年轻人走了过来。他穿着一身崭新的美国军服，显得不可一世，却没有配枪。他走到每位乘客面前，向他们收费。轮到我时，我笑着摇摇头。年轻人重复了前面说过的话，但我还是继续摇头。他的神情有点难堪，最后只好作罢，走了。我在餐馆结识的那位朋友冲着他的背影点了下头说“海盗”。

三天后，我抵达了西贡，刚好赶上确认去老挝飞机上的座位。

第十七章

老挝

从一万英尺的高度低头俯瞰，老挝像是透过落满灰尘的窗户玻璃看到的一团灰绿色泡沫，而这层玻璃便是雾霭。下午晚些时候，飞机接近万象时，雾霭越来越浓密，飞行员像寻找地标一样不断降低高度。在过去半个小时里，机舱外不断有一团团破布旋转而过。那其实是秃鹫，在时速两百英里时撞上它们可不是件好事。飞机在一片烟雾中颠簸着落地，仿佛停机坪周围刚刚点燃了一堆堆篝火。太阳沉浸在这种烟雾中，变成了一个四处弥漫的黄色圆盘。机舱门打开时，热浪立刻扑面而来。

大多数旅程都会有一些沮丧的日子，令人难忘，比如身体小恙会让人热情锐减，抵达老挝的感觉便是如此。法国人异口同声地称它为人间天堂，形容其为广袤的塔希提①，足以让所有曾驻扎在那里的法国人以一种隐约放荡的方式对它念念不忘。说句公道话，我抵达老挝时，恰逢一年中最糟糕的季节。现在是 3 月下旬，空气因暴风雨即将到来而凝重，景色则因秋天的伤感而显得凄凉。尽管太阳在上午晚些时候之前一直都包裹在闷热的雾霭中，热浪却依然像万象城的一道禁令。在特定的时间，一阵热风会突如其来，打破死气沉沉的局面，在街头横冲直撞，带来短暂、虚假的活力，将巨大的树叶吹打到路人的脸上。路人在卷起的尘土中若隐若现，像魔鬼的仆人一样飘浮在尘土之上。灰色、浮肿的天空偶尔也会挤出几滴雨水。

我被安排住进了政府招待所。这是一栋欧式别墅，因为它有两层楼，但不知何时染上了本土气息，屋顶上盘着几条陶龙。大黄蜂已经开始在百叶窗上建造蜂窝，一群群蟑螂肆无忌惮地在地板上爬行。大水罐将珍贵、价格不菲的水运进来，放在房间的小隔间里。一个葫芦的底部钻了个小孔，这就是淋浴器。房间里有这么一大罐敞开的水带来了一大好处，上面如薄纱般聚集了一层蚊子，除非被打搅，它们显然对毫无恶意地聚集在这里感到心满意足。从窗口可以看到湄公河，半英里宽的白色河床上流淌着灰黄色的河水。干旱或许与万象城的发电有关，因为灯泡里的灯丝只是偶尔——从来不在夜间——愿意发出一丝柔弱的亮光。每当热风刮起，吹动别墅周围的树木，大小如盘子的干树叶会纷纷落下，噼里啪啦地掉在地面上早已堆积的一层落叶上。这便是这一年的死亡之声。在老挝，这种死亡之声又将在嘶哑的

① 又译为大溪地，南太平洋中部法属波利尼西亚向风群岛中的最大岛屿，四季温暖如春，物产丰富，是全球闻名的度假胜地。

衰老声中终止，等待着在即将到来的狂风暴雨中获得新生。

万象是一个宗教中心，也是老挝的两个古都之一。这里到处都有塔式寺庙，其中许多已经沦落成了废墟；这里还有巨大的佛像，依然端坐在倒塌的砖结构上，布满灰尘的脸上带着已经毁了一半的微笑。

此时，土地已经干涸，哪里都没有活干，因此这也是老挝人过节的季节。每座寺庙都会举办一个节日，以此来募集资金。这些节日会持续三天，虽然人们尽量选择不同的日子来举办节日，但寺庙的数量实在太多，撞车的事在所难免。于是，一连数周，万象某个区或数个区的天空每晚都会被数千盏灯照亮，远远地就能听到一阵阵老挝人欢庆的狂欢声。庆祝活动从晚上 11 点左右开始，持续一个通宵。

我抵达万象的当晚就去了一个节日欢庆现场，只需跟着人群就不会错过。那里离市中心约两英里。一路上我经过了好几座塔式寺庙，木匠们正挑灯夜战，为未来的节日做着准备。

寺庙周围修建了一个围场，各种灯光——从防风灯到日光灯管——汇聚在一起，杂乱无章地将这里照得如同白昼。寺庙专门为此租了一台发电机。虽然不收门票，但是一进门便有一些年轻姑娘，她们双目低垂，郑重其事地接受着人们的捐款。回报是一支蜡烛、一束紫丁香，以及一个竹筒，里面装着两根线香。吸引人的活动有许多，其中包括免费观看的表演。这些表演会持续多个小时，除了专家外，外人看不出它与暹罗的戏剧表演有什么区别。演员们似乎总是站在舞台上，偶尔前进或后退几步。与此同时，孩子们在大人的脚旁开心地玩耍，时不时地还会有一位舞台助理穿过舞台，中断演出几秒钟，给防风灯打气。

附近一个平台上正在表演大腿舞，同样吸引了大量观众。但是，由于老挝姑娘跳舞仍然被视为不雅之举，寺庙方只好从河对面的暹罗请来了舞女。她们住在附近建筑内，将在这里表演三个晚上。你可以与其中一位姑娘在舞台上共舞十五分钟，费用为一披亚士特。舞女们身着直到膝盖处的丑陋短裙，有几位好像还烫了发。台下的老挝姑娘穿着过时的华丽服装，系着丝巾，裙子边和腰带上绣着金线和银线，头上的假髻插满了珠宝，却只能在一旁羡慕地观望着。我到那里时，组织者的麦克风遇到了问题，而麦克风在新远东是任何社交场合不可或缺的附件。一位青年带着很重的鼻音正在演唱一首轻柔的歌曲，但他的歌声只能在周围听到。突然，电工修理了一番居然成功了，于是声嘶力竭的恐怖声响立刻响彻了整个万象。电工们相互拥抱，观众在这喧闹声的蛊惑下纷纷离开了戏剧表演场，拥向舞池。

就受欢迎的程度而言，具有第二大吸引力的是求爱场。多张桌子围出了一个四方形的场地，几根柱子撑起一个稻草屋顶，柱子上装饰着竹编动物、武器和生殖器符号。场地内的桌子旁围坐着姑娘，追求她们的青年坐在她们对面。男女双方之间摆放着姑娘们带来的供品，最初是献给某位如今已经被人遗忘的古代送子之神——一位远古时期的泰国维纳斯，如今次日便将献给僧人们。连珠的妙语、诙谑玩笑、即兴对歌会持续整整一夜，伴奏的乐器是芦笙——这种起源于石器时代的老挝乐器能够发出颇似手风琴的呜咽声。有时，高音喇叭的嘈杂声会因为电路一个幸福的玩笑而突然中断，于是你便会听到集体求爱发出的类似蜂窝内发出的嗡嗡声、芦笙的乐声，以及主持活动的僧人讲经布道的声音。僧人被固定在一个柳条笼中，不停地用一种令人费解的古老语言念叨着。笼子象征着他信奉的宗教远离这些尘世间的干扰。每当一位僧人才思枯竭，名单上的另一位僧人便会取而代之。

求爱场广为人们所接受，属于最终两心相爱之前的必要准备。虽然欧洲人认为浪漫的爱情是西方人发明的，但老挝人的求爱过程同样包括大量吟诗作词，以及自愿接受的小挫折。例如，当某位名噪一时的美女有许多人追求时，大家可以在她家阳台上安排一场情歌大赛，让她在公平竞争的情况下测试每位追求者的诗歌和音乐才能。人们虽然婚前享有充分自由，但表面上仍需保持矜持。凡事都有正确的时间和地点。比方说，即便你碰巧与某位女士关系特别好，但你在街上招呼她却极不妥当。在老挝，这些事都得遵从礼仪要求，而礼仪也是这样一个尚距腐朽较远且高度组织化的社会的遗产。

万象的美丽在于其居民的生活与习俗。除非某人对塔式寺庙建筑有着业余爱好，否则万象还真没有什么可看的。老挝人喜欢用木材而不是石材造屋盖房。他们的艺术主要为宗教艺术家们所装饰的塔式寺庙的门、柱子和室内而服务。在这种气候中，这些东西很快就会腐朽。

万象城外有一座已经腐朽了一半的灰色大佛塔，里面埋葬着佛祖的一根头发。它的周围有一道回廊，上面雕刻有约一千个佛像。万象人以收藏佛像为荣。但即便是在这里，即便这里的人以最纯洁的形式信奉宗教，我们还是能够在这里见到一丝堕落，见到一点崇高的哲学概念滑坡的现象；寻求魔力的做法就证明了这一点。信徒会从无数佛像中挑选一个当作自己的守护神，然后开始贿赂它，做法类似于南欧人有时会向圣像行贿一样。在老挝，佛像的主要功能是治病，患者从小病小恙中康复后，会匆匆赶到宝塔寺庙，将金箔贴在佛像上与他自己病痛相对应的部位。我从这种做法中得出一个结论：万象人常常患头痛，或许是因为疟疾造成的。

寺院一角有一尊猥亵的古代雕像，无疑是一位印度教神祇。神像的敏感部位一千年来已经被无数女性崇拜者抚摸得非常光滑。我听说法国殖民地那些求子心切的妇女经常偷偷来这里膜拜，并且要求丈夫模仿这种老挝化的姿势。我不知道这种偷偷摸摸的膜拜行为是否最终延伸到了那些佛像身上，继而演变成祈求它们施展各自的治病能力。如果真是这样，对于欧洲人的流行病，我们应该从中学到什么。

我参观了万象博物馆，希望能对这个国家的生活艺术有所了解，结果发现除了大量佛像外，里面没有多少其他东西可看。柬埔寨和老挝的小乘佛教强调心静，因而缺乏冲动，与高棉后来几位国王信奉的神经质的变异截然不同，但这也对宗教艺术的发展不利。与耶稣相比，佛祖的生活既没有暴力，也没有戏剧性，老挝还刻意避开了印度史诗，因为它过于世俗。雕刻佛像就足够了，而且越多越好，永无止境，或许这样就能让每座佛像所蕴含的神奇魔力翻倍增长。馆长带着你参观，向你解释佛像的七八种典型姿势，所有这一切五分钟就能欣赏完毕。在此之后便是需要指出的形体和相貌方面的微小区别，体现了来自印度、爪哇、西藏或锡兰①的影响。仅此而已。

等到博物馆将注意力转向普通人的艺术时，也就是那些竹编怪兽、在欧洲人眼里淫秽的木雕玩偶——所有这些都将在每次节日欢庆结束时异教式的仪式中被当作祭品化为灰烬——一切将为时已晚。麦克风便是预示这种结果必然到来的迹象。无论以何种形式到来，任何这类东西都不会在物质时代幸存下来。

这些就是万象的景点，不过除此之外，还有一个奇观颇受欧洲人青睐。他们远离故土，孤立无援，生活压力大，因而喜欢将自己关闭

---

① 斯里兰卡的旧称。

在独特的社交仪式中。这是生活在异国他乡的人保护自己的方式。

这个奇观便是正在宰杀动物的屠宰场。我不知道老挝法律是否严禁宰杀动物，但人们肯定认为宰杀动物是一种耻辱，因而为欧洲人宰杀动物是在夜深人静的郊外进行的。屠夫们必须在强光照射下工作，法国人认为这样可以营造出一种非同寻常的生动效果。屠宰进行时去那里“尚不是时候”，但屠宰过后不久去那里才是“恰到好处”。动物尸体吊在钩子上，等待着被切割开，工人们赤裸着身子，只系着一条腰带，浑身溅满了鲜血，在朱红色的血水中走来走去。汽车停在一旁，刚好远离热乎乎的气味。人们推荐像在美术馆观看裸体画那样观看这里的情形——也就是说，脱离了一切，只剩下一个冷漠的抽象，这种抽象在这里就是颜色。

很显然，万象的各种可能性很快会消耗殆尽。老挝教育部部长邵诺将他的吉普车借给我，让我去看看周围的一些村庄，但是这里的路况实在太糟，仅仅行驶了大约五英里，吉普车就坏了。随后，他问我是否愿意去看看当地小学女生的舞蹈，我说很乐意，并且问是否可以拍照。于是他们便打发女孩们骑自行车回家，去取最好的衣服。一两个小时后，她们陆陆续续地回来了，不仅用纸包着精美的绸衣，而且佩戴着她们自己以及母亲的首饰。她们换好服装，准备停当后，个个令人赏心悦目。有个女孩系着一条丝巾，上面绣有金线，据说价值约五十英镑。她们在老师的指导下开始跳舞。我认出这位老师是节日庆典场合中的专业演员，如果有女孩在表演某个小技巧时不到位，她会出面指点一下，比如将手指朝后掰到与手掌呈九十度角的地步。

这些女孩个个打扮得像公主，却来自森林中的棚户区。她们人人有自行车，上面无一例外地装有摩擦发电灯，有的还装有三速齿轮。

似乎给女儿买辆自行车是老挝人必须干活挣到的大件之一。在老挝，干活超出日常所需会被视为没有教养，违背宗教教义。家中的父亲所耕作的土地面积完全由一位僧人根据他家的所需估算，而僧人在这些问题上是行家。如果家中有六口人，那么这家人将耕作六份同样大小的土地。如果家中添了一个孩子，可以新开垦一块土地耕作。如果有家人去世，无论是婴儿还是祖父，这家人将停止耕作他的那块土地。土地的产出刚好够一家人糊口，并且少有剩余。剩余部分在得到僧人的同意后，可以拿到集市上出售，以便购买一些必需品，比如丝巾以及女儿所需的自行车。这里没有社保，也没有穷人。老人和病人由年轻人赡养。如果家中没有劳力，他们将由大家共同赡养。僧人会吩咐大家给他们安排所需的土地，并且派人替他们耕作。如果没有任何得到大家认同的具体目的，那么积累财富会让邻居瞧不起。这与西方观点正好相反。印度支那的佛教与基督教之间的主要区别，除了各有各的长处外，还在于不管我们是否钦佩，印度支那的佛教徒恪守佛教教义。

有一点发人深省：西方的百万富翁一门心思地追求通过聚集巨大财富来得到社会身份，而他个人能用掉的财富少得可怜；然而在老挝这个讲究佛教秩序的国家，他却只能凭借修士般的苦行实现成为名人的相同目标，只能拥抱最可怜、最能博得声望的贫穷形式。

正是由于这个原因，万象的福音传教士和他妻子未能让任何人皈依基督教。像所有生活在老挝人当中的外国人一样，老挝人让他们着迷，但老挝人的不明事理也让他们失望。他们也为老挝人的伤风败俗而哀叹。

在皈依基督教这个问题上，这两位福音传教士与他们的葡萄牙、西班牙和法国前任一样，均以失败告终。老挝人在语言和宗教方面几乎没有接受抽象概念的能力，因而无法听懂微妙的西方宗教概念。他们有着照字面理解问题的激情。如果告诉他们基督教和佛教的基本戒律都是“不杀生”，那他们无法接受诸如死刑和“正义之战”之类值得商榷的事，而诡辩则会令他们非常反感。此外，僧人作为精神领袖，与乡民们同住同劳动，靠他严格遵守教义这一德行赢得了一位拳击冠军在西方所享有的尊重。老挝人已经学会将圣洁这种声望与某些禁戒和痛苦的修行联系在一起。僧人树立了彻底放弃尘世间一切的榜样，与村民们微不足道的自我牺牲相比，自然会引起人们的敬畏。因此，老挝人虽然极度宽容，却不会为一位潜在精神领袖的价值所动，尤其是这位潜在的精神领袖会装满了物质财富来到他们面前。如果来自西方的圣人常常将大部分时间用来在一个必须让动物自生自灭的国度里打猎，那么老挝人这种不赞同的态度会逐渐演变成某种反感。我担心在严于律己的多明我会传教士以及耶稣会传教士没有成功的地方，这些福音传教士也不会有太多希望。

不过，这位传教士一点也不感到沮丧。离万象不远的山区生活着苗族人，正如越南高原上的摩伊人没有拒绝福音一样，山区的这些原始居民似乎有望成为传播福音的对象。一旦到了像苗族人这种热衷于户外狩猎活动的人当中，打猎就不会成为阻止他们皈依基督教的障碍。并且，如果传教士的财产比他们多，那只能说明他的精神更为强大，以他为榜样肯定是件好事。在苗族人愿意信奉苦行式的宗教之前，他们必须首先为自己创造出一个舒适、充裕的文明。可是，要想在群山之巅实现兴旺繁荣并且对此心满意足，这种可能性微乎其微。

这位传教士去过一次苗寨，对自己在那里受到的热情接待沾沾自喜。他说苗族人是上帝可爱的孩子。由于这个文化层次上的部落极为殷勤好客，乐于满足陌生人的奇想怪念，全村人好像都聚集在那里，全神贯注地聆听他布道。在我看来，如果这位传教士用苗语布道，这真是件了不起的成就。于是我问他事实是否果真如此，或者他布道时使用的是大多数苗族人能够听懂的老挝语。“都不是。”他说，“我布道时用的是英语。从他们的反应来看，我觉得我们已经在那里播下了种子。”

以如此大胆的方式将语言障碍视为根本不存在，这位福音传教士居然能成功地向他的苗族听众传达基督教的观点，我对此心存疑虑。不过，这场表演其实与第一批耶稣会传教士遭遇的情况相差无几。语言、思想和传统之间的鸿沟太宽、太深。比如，澳门耶稣会派往印度支那的第一位传教士布佐梅神父遭遇的情况更糟。这位神父事先让船上的翻译们替他准备了一些短语，然后借助这些短语开始布道，并且成功地给一些人主持了洗礼。直到他有一次碰巧观看一场滑稽剧表演，并且看到剧中有自己的形象时，他才伤心地发现皈依基督教的人甚至都不知道基督教一词的含义。有位演员装扮成这位神父，却用一个巨大的人造胃道具。他有一个男孩给他当帮手。节目内容包括问男孩他是否愿意进入葡萄牙人的肚子里？男孩随即回答说他愿意，于是演员将男孩塞进了人造胃中；这个荒诞的情节重复了许多遍，让观众大倒胃口。

布佐梅神父惊恐地意识到，请大家钻进葡萄牙人的肚子里正是他询问潜在皈依者是否愿意接受基督教时习惯使用的词语。他在语言上下的一番苦功只是将他的宗教变成了人们背着他取笑的对象。而苗族人至少对这位福音传教士不知所云的通篇大论，除了略微感到迷惑外，不会有其他感觉。

在印度支那其他地方旅行时，总有这样那样乱糟糟的事将行程变得难以确定，但是西贡人说幸运的是老挝没有这些情况。唯一的难处在于如何抵达老挝。只要到了那里，一切都会变得很顺畅，想去任何地方都不会遇到障碍。

严酷的事实是，这个说法根本不靠谱。离开万象的方式与抵达时一模一样——乘坐飞机。要么搭乘飞机，要么无限期地等待军用车队，给北方的川圹市以及万象与川圹之间的哨所运送给养，而这些哨所宛如危机四伏的茫茫大海中的孤岛。老挝的另一个古都是琅勃拉邦，距离万象约三百英里，去那里的唯一途径就是搭乘偶尔出发的机动独木舟，沿湄公河逆流而上，或者从陆路穿过约两百五十英里乡野。现在需要了解以这种方式成行的可能性有多大。

我请了一位华人翻译，因为这些独木舟的主人都是华人。我去了河边，沿着三十英尺高的河岸走了一两英里，来到了干流从暹罗那边翻腾而来的地方。这里的正下方有几个死气沉沉的水潭，相互间并没有完全连在一起。其中一个水潭内有一条独木舟，在阳光暴晒下已经开裂，似乎已经弃之不用。这条小舟很丑，完全不成形，甲板上临时搭了个小棚，搭船的人在整个行程中只能待在臭气熏天的半黑暗中。小棚的两侧有几个开口，只要放下灯芯草编织的帘子，就能将空气和光线挡在外面。

河滩上横七竖八地躺着几个人，一动也不动。翻译提起盖在一张脸上的破布，叫醒了破布的主人。随后便是一段荒谬可笑的对话，而翻译坚持使用洋泾浜法语的做法让事情变得更加复杂。

诺曼·刘易斯：他是船主吗？

翻译：是的。

诺曼·刘易斯：告诉他，我想去琅勃拉邦。

翻译（对船主）：他想去琅勃拉邦。

船主（用法语）：好啊。

翻译：他说好。

诺曼·刘易斯：问他何时出发。

翻译：好的，大概你可以去。他说。

诺曼·刘易斯：我知道，但什么时间？

翻译：什么时间？哈！今天，明天。也许你想去。好吧。

诺曼·刘易斯：你能不能问一问他。

（翻译打定主意不说汉语，免得丢脸，于是用洋泾浜法语啰啰嗦嗦了一大通，我却根本没有听懂。船主也用通常的方式回答。）

翻译：他说发动机不好，坏了。他马上会修。

诺曼·刘易斯：什么时候？

翻译：今天，明天，或许吧。你想去——你就去。

诺曼·刘易斯（改用洋泾浜法语）：行程多久？

船主（用法语）：十个晚上。

翻译：十五个晚上。

诺曼·刘易斯：你为什么说十五个晚上？他不知道吗？

翻译：也许走十个晚上。还要停船。（有一位华人走了过来，竭尽所能地添乱。他说他是来自香港的英国人。）

来自香港的英国人（用英语）：这条船好。顶级。昨天已经过去，你明天再来。怎么样？

诺曼·刘易斯：为什么明天再来？

翻译（突然站到了这位来自香港的英国人一边，指着船主）：他说不走，他弟弟说。

诺曼·刘易斯：他弟弟在哪儿？

翻译和香港英国人：他弟弟走了。

诺曼·刘易斯：他什么时候回来？

船主：今天或许明天。

翻译：或许。

第十八章

川圹之路

我原以为与船主的这种较量会变成常态，但突如其来的消息打破了这一局面。一支车队将前往川圹。还有更好的消息，有辆车在经过危险路段后将离开车队，前往琅勃拉邦，而且车上有一个空座。这是一辆吉普车，车主是法国人，名叫杜邦。我曾经常看到这位留着红髯、招摇过市的军官在万象街头兜风。杜邦来万象出差，现在要回家，而他的家就在琅勃拉邦。

第二天凌晨 3 点左右，他驱车来到了我住的别墅，在一英尺厚的落叶上制造了一场小龙卷风。我透过光秃秃的鸡蛋花树枝看到了他，只见他全身上下裹着防护服，宛如某位开早期潘哈德－勒瓦瑟车①的司机。他不停地按着喇叭，一想起自己忘记了某些事便恼怒地挥舞着胳膊。司机座位与副驾驶座位之间有一个平台，上面蹲坐着一条颇似萨摩耶犬②的狗，显得很是不安。杜邦说这个品种只有苗族人能够培育出来。吉普车后排座上坐着一位老挝司机，周围堆满了行李。他还在呼呼大睡，汽车拐弯时，他的脑袋像刚刚从绳索下放下来的自杀者一样左右滚动。

到目前为止，我已经结识过法国知识分子、士兵和政治家，但杜邦却是实干家，只是他的所作所为常常显得毫无动机，也毫无关联。他是生不逢时的海盗，是冒险家，正傲慢地入乡随俗，而老挝人将驯服并锤炼他的热情。杜邦在琅勃拉邦娶了一位老挝妻子，还说他再也不回法国了。他的孩子或许会成长为佛教徒，而到那时，杜邦本人无疑也会或多或少地遵守佛教礼仪。在此期间，他已经到了无忧无虑地尊重东西方所有迷信的地步，有时也会为它们相互之间的矛盾而困惑，比如，13 号、星期五。在印度支那，所有单数日都比较吉祥，而星期五是一周最吉祥的日子。他携带着一根老挝巫师的手杖，上面雕刻的图案与符号让他能够快速算卦，但是只有当卦辞与他已经做出的决定相符时，他才会将卦辞当回事。杜邦急着赶回琅勃拉邦，因为他妻子已经怀孕，他担心她会骑自行车——尽管他已经将自行车拆了，而且将一些重要部件藏了起来。我们将随车队前行，一路赶到去川圹的岔路口，那里离琅勃拉邦还剩大约一百英里。不过杜邦说，如

---

① 法国生产的早期汽车。1889 年，路易・雷纳・潘哈德和埃米尔・勒瓦瑟在法国建立了世界上最早的一家汽车制造厂，名为“潘哈德・勒瓦瑟机械公司”。他们最先生产出前置发动机、后轮驱动的汽车，奠定了现代汽车传动系统布置的基础，对汽车发展作出了划时代的贡献。

② 大型工作犬，原产于俄罗斯，以西伯利亚游牧民族萨摩人而命名。由于耐力出众、体格健壮，常被欧洲探险家用来拉雪橇，从事南北极探险工作。

果我不反对，我们可以一有机会就开溜，脱离车队。他随即就死亡和命运发表了一番宿命看法。

在车队集合地，我们看到了什么叫纪律。军官们一言不发，四处走动，检查轮胎、枪械和弹药。司机们集合在一起，聆听车队的纪律。一位士兵的老挝妻子没有获准同行，因为人们注意到她已经有孕在身。护送的步兵分坐在五六辆卡车上，另外五六辆卡车则装满了物资。十多辆吉普车被安排在车队中间，前后各有一辆装甲车保护。杜邦想连骗带蒙地挤到紧跟在装甲车之后的位置上，却被赶了回去。他希望在那个位置上能够一有机会就开溜。

我们黎明前就已经动身，但此时的万象仍然没有入眠。车队缓缓驶过不同的街道时，我们经过了一个正在进入高潮的节日欢庆场面，寺庙里的舞者依然在舞台上游荡，某位歌手经麦克风放大后的泣诉声连三十辆汽车的轰鸣声都未能完全淹没之。街头到处都是举着火把的人群。

刚一出城，落叶覆盖下的尘土便飞到空中，形成了遮天蔽日的雾霭。无论是拍打、躲避、捂住脸，还是用手帕蒙住嘴巴，都无济于事。到了最后，你只好作罢。尘土像实心圆锥体一样从前面车辆的车轮下爆发出来。一个小时后，不管我们愿不愿意，身上还是落满了尘土，恰似打磨工。天亮后，杜邦像蒙了一层黄色面具，但情绪看似很平静。我们的老挝司机还在安睡，朝上的面孔所有空洞处都填满了浮尘。那只苗族人培育的狗偶尔猛然痉挛似的摇动身子，抖落毛发中的尘土，并且不停地打着喷嚏，将口水喷溅到我们身上。杜邦用老挝语安抚着它，并且说它能听懂老挝语，还能听懂一些汉语。

车队扬起的尘土如面纱般包裹着所有车辆，外面是隐约可见的森林，更确切地说，是森林在慢慢露出它杂乱无章的树叶。草茎、树干和花朵——如果还有的话——全都包裹在灰色的树叶中。偶尔会有一只白鹇从我们头顶掠过，一头扎进树叶之中，羽毛在雾霭中失去了光泽。只有在车停下来，赭色浓雾慢慢尘埃落定之后，周围的颜色才会渐渐淡化成景色。树木构成的障碍之外，太阳已经升起，猴群正用悲凉的啸鸣声迎接着晨曦。每个灌木丛中都有深色小鸟醒来，唱出一个忧郁的音调。士兵们三五成群，垂头丧气地掏抠着耳朵里的尘土，用保暖瓶里的咖啡漱口，以内行的身份悲观看待这趟行程。杜邦取得了前面司机的谅解，从而得以向前挪进了两个车位。他刚刚找到一条小溪，正准备将他那条狗扔进去——那条狗害怕水——负责整个车队的军官突然吹响了哨子，要他们动身。

正午之前，我们一直沿着蜿蜒曲折的道路颠簸前行，两旁是单调的森林。终于，森林逐渐稀疏，退缩成了矮树丛，再退缩成了灌木丛，最后变成了杂草构成的稀疏草原。嶙峋的巨石之中蜷缩着几间以竹帘为墙的草屋，构成了第一个村庄。我们冲破笼罩一切的尘土，轰隆隆地驶进了这个村庄，左躲右闪，避开赤裸的幼童和年老的家狗。震耳欲聋的车轮声将一群秃鹫惊飞到了空中，黑压压地在我们头顶上盘旋。

我们在这里停车用午餐。我们已经享用了八个小时的尘土，平均时速为七英里。从这里开始，前方可能会遇到麻烦。不过我告诉杜邦，应该不会有麻烦。无论之前的车队遭遇过多少次袭击，只要有我同行，就不会遭遇袭击。我生平第一次见到有人真心实意地同意我的说法。杜邦说，这种车队制度非常荒唐，纯属浪费时间。在这条道路上，即便来回穿梭，遭遇匪徒的概率也不会高于七号公路。总之，如果真的被这种事吓怕了，那么只在夜晚行车有什么错呢，因为土匪——尤其是老挝土匪——此时早已进入梦乡。他说我们确实应该认真考虑如何从车队溜走，因为吞噬充满细菌的尘土所带来的风险要比开溜后遭遇冷枪的风险大数千倍。

只要附近有热饭热菜，杜邦必然会拒绝军用食品，于是他带路走向伪装成餐馆的某个昏暗的华人小屋。他要了三份中餐汤，其中一份给狗，但他惊慌地发现汤端上来时，狗却不见了踪影。华人老板为汤的质量较差向我们致歉，说这是因为在这种偏僻的地方，什么原料都没有。他说如果我们能给他半个小时，他这就派人去抓几只树蛙，给汤添加点味道。由于车队指挥定下的时间有限，我们谢绝了。他匆匆拿出来几条活的肺鱼，摆在那里让我们挑一条烤着吃，但我们也谢绝了。

店主人并没有过于自谦。汤的味道极为糟糕。咖啡有股土味，还有草药的苦味。坐着享用咖啡时，外面的动静引起了我们的注意。我们赶紧出了餐馆，看到杜邦的狗正在附近一块田里享用腐肉，周围有一群秃鹫焦躁不安，因为腐肉是放在那里给它们吃的。杜邦刚刚惊恐地喊叫，就被车队指挥的哨声打断了。指挥这次示意所有军官聚集到他周围。他告诉大家，有消息说七十名伊沙拉克分子已经设下了埋伏，在一百一十五千米处等着我们，也就是前方二十英里处。他说，他们身着崭新的美国军装，装备精良。一百一十五千米处有一条从暹罗进入越南的小道与我们的道路相交。我和杜邦同时意识到，如果这条消息已经过去了数小时，那么伊沙拉克分子很可能不会还在他们最初被发现的地方。不过，他认为他们沿着公路朝我们的方向前进了不到五千米，所以他下达的命令是让护送的步兵在一百一十千米处下车，在车队前面行军五千米。我们还注意到，这位军官认定伊沙拉克如果已经移动的话，只能是朝我们这个方向，因为一旦到达一百一十五千米处，危险就会过去，步兵可以重新回到卡车上。

我们来到了一片灰白的开阔地，周围都是光秃秃的低矮山包，偶尔有一只游荡的粉红色水牛给这里增添了一丝生气。低洼处有茂密的植被，形成了一个个孤岛。仿佛精心设计过一样，耀眼的树木都配有巨型蕨类植物和纤细的竹子。荒废的稻田中隐约可见孔雀的身影，鹳在黄色的沼泽水潭中迈着双腿，在我们靠近时扑翅而去。这里的植被非常敏感，海拔高度稍有变化，就会随之改变。山谷底部到处都是竹林，长成一节一节的细长藤条像马车夫的鞭子一样悬垂在道路上方，在我们经过时轻拂着我们。藤条上面还环绕着蓝色的旋花植物。在这个高度，水沟里充斥着死蝴蝶，它们似乎在饮水的过程中走到了生命的尽头。不过，高度仅仅增加了几百英尺，就足以冲出这种宛如温室中的浓密植被，穿过一道道藤蔓帘子，来到第一批松树前。

接近凶险的一百一十五千米处时，路况越发糟糕。路面宽度只容得下一辆六轮卡车通过，而且汽车常常爆胎。每当有车出现故障，就必须由人将车推到路旁进行修理。桥梁始终是个大问题，因为这些桥梁都是雨季末临时修建的破玩意儿，原本也只希望能撑到下一个雨季开始。一些看似最不牢靠的桥梁必须通过测试方能行驶，先是一辆吉普车，然后是一辆空载卡车。如果忽略了这一预防措施，满载物资的卡车便会一头栽入下面的河流中。这意味着车队的其余车辆必须痛苦地绕道过河。有几辆车陷住了，只好将它们拉出来。任何这种时刻都是发起攻击的天赐良机。

热浪让那条苗族人培育的狗苦不堪言，它的表现据说与它原先的主人一样。它伸出舌头，脑袋要么枕着杜邦的大腿，要么枕着我的大腿，口水不停地流到我们的光腿上。它受不了尘土，不停地打着喷嚏，弄得我们身上更加湿淋淋的。

老挝北部仙境般的景色

一些司机已经出现了疲惫的迹象，或许还有精神压力。驾驶标准在持续下降。我们再次进入了竹林，道路充其量只能被算作一个低矮山包侧面的凸出部分。我们的右边是悬崖，但植被非常茂密，让人根本想不到那里会有很大落差。前面的车辆出事后，杜邦获益匪浅，已经慢慢挤到了紧随最后一辆卡车的位置上。我们绕着山包缓缓行驶，时刻留意着地面下沉后道路上偶尔留下的凹坑。突然，前面的卡车驶离道路后掉下了山坡，几乎是轻飘飘地落到了竹林中，消失在我们的视线之外。直到上千棵柔韧的竹子将其遮蔽的那最后一瞬间，它仍然保持着水平姿势。车内的士兵刚刚站起身、抬起胳膊，不像是惊慌失措，倒像是挥手告别。

不久，步兵下了卡车，排成单人纵队，开始沿着前方道路两侧前进。这种策略在我看来不仅毫无用途，而且非常危险，因为伏击者只需放过步兵，就能不费吹灰之力摧毁毫无抵抗力的车辆。就像走夜路的人会吹口哨给自己壮胆一样，前面的装甲车偶尔会用机枪和小口径炮开路，造成一场小小的林火，给后面的车辆造成巨大不便。我们所听说的敌人纯属凭空想象。下午 5 点，我们缓缓驶进了望温村，午后只前进了约二十千米。

望温村与我们中午享用中式汤菜的村庄并无两样，却坐落在令人最为惊叹的环境中。高耸于村庄之上的山脉不太高，最高的山峰也只有八千英尺，却与我所见过的任何山脉不同。这里没有缓缓上升的山麓，让你有视觉上的准备。四千、五千、六千英尺高的山峰，如垂直的巨大石墙，从绝对平坦的平原上拔地而起。天空中仿佛有一大片涂鸦，高悬在我们的头顶上方，迷雾则已经将涂鸦的下半截擦拭得干干净净。杜邦说，我们晚上要翻越那些高山。

杜邦计划在望温村开溜，即便是来自车队的通知也无法动摇他的决定。车队通知在这个村庄过夜，因为前方十五千米处的村庄有一小股越盟武装，需要派步兵前去清除他们。由于大家已经筋疲力尽，该行动只能推迟到次日清晨。杜邦决定不在望温村过夜，不过就连他也得重新考虑故意违抗车队指挥官的命令是否合适。他最终还是没有公然违抗命令，而是拐弯抹角地达到了目的。望温村让他感到恐惧，于是他找了个借口，说所有睡觉的地方都已被人占了，我们无法找到可以舒舒服服睡觉的地方。

一路颠簸而来，我们浑身上下污秽不堪；衣服上面落满了嫩黄色的尘土，汗水再顺着尘土有规律地流淌下来，全湿透了。作为计策的一部分，杜邦建议我们先吃饭，并在征得车队指挥官的批准后，去十二千米外的小河中洗澡，那里距离越盟活动的村庄仍然有三千米。杜邦将这条河吹得天花乱坠，仿佛它有着神奇的疗效。他说，小河的源头是不远处的一个山洞，河水冰冷刺骨。大家就此达成一致意见后，我们像往常一样又去了一家中餐馆，店主名叫苏哈。我们的到来让苏哈措手不及，他店里的食品根本不够。但是，由于这些村庄在长达六个月的雨季里完全与世隔绝，所以它们总有一些存货，以备不时之需。他伸手从橱柜顶层取下一大块熏鹿肉，掸掉上面的灰尘，放在我们面前。这块肉采用了类似阿根廷加乌乔人①使用的方法进行过处理，黑色、细细的纹理如同奶酪，没有气味，吃到嘴里有股淡淡的甘草味。我们按照丛林生活惯例，用折刀从上面切下一片片肉条。说来也巧，我们发现苏哈不知用什么办法收藏了一瓶顶级的勃艮第红葡萄酒，当初一定是错把它当成阿尔及利亚产的葡萄酒买下的。杜邦一时

---

① 居住于南美大草原上，多为西班牙和印第安人的混合血统。

变得非常兴奋，但他的兴奋劲儿却因为苏哈拒绝将一只绿色长尾鹦鹉卖给他而低落了一些。这只小鸟有一天飞来后，就在这里定居了下来，而且自从品尝过人类文明后无论如何也不愿意再展翅飞翔。不过，它像真正的老挝人一样，喜欢被人带着骑自行车兜风。杜邦入乡随俗的过程包括狂热地收养各种动物。等到那只长尾鹦鹉啄了他几次后，他已经准备倾其所有买下它——包括他在琅勃拉邦的一辆破旧的雪铁龙车——但是无济于事。

我们走出苏哈的店铺时，街头空无一人。杜邦说军官们正在吃东西，干吗还要让他们担心？我们可以不声不响地开车离去，洗个澡，再看看有什么感觉。于是，我们慢慢开着车，假装要去看风景，一点一点地驶离了村庄，经过了哨兵、最后一间房屋、最后一个老挝女孩——她蹲在阳台上，茫然地盯着天空。我们驶进了壮观但险恶的圆形剧场般的风景中，虽然无人相随，胃里装着的上等勃艮第红葡萄酒却能使我们刀枪不入。

真如杜邦所言，那里果然有条河。我们在里面游了半个小时泳，他的老挝司机坐在独木桥上，膝盖之间夹着一把司登冲锋枪。人们总是提醒你，说在这样的国家游泳多么危险，到处都有蚂蟥和寄生虫，但在我看来，这条名叫宋河的湄公河支流却与英格兰南部的任何河流并无两样。黝黑的河水快速流淌，在巨石周围以及桥下形成漩涡。水很凉，水面下有扁平的长杂草。我们下水时，身上芥末色的尘土在水面逐渐散开，稀释后再被水冲走。那条狗虽然吠叫着抗议，还是被一次次扔进了水里。

杜邦现在提起了他的下一步计划：既然一切如此顺利，为什么不散步去河流下游半英里处的帕唐村，请求在那里过夜呢？这样的话，我们至少可以舒舒服服地睡上一晚，然后到早晨——当然，如果我们愿意的话——我们可以立刻与车队会合，没有任何损失。

帕唐村只是起伏不平、半透明状的大山掩映下的一组棕榈树和草屋顶。我们走近时，惊飞了稻田里的一大群鹤。杜邦让司机在我们进村时等在车上。他已经“皈依”了老挝式生活方式，因而非常注意当地礼节；他说绝对不能带枪进村。村里没有生命迹象，杜邦对此感到非常不安。他说，我们必须十分小心，留意小路上是否有一段白线，或者有装饰着红花的十字架。只要见到其中一种，就意味着这个村子对陌生人而言是禁区。前者表明村里有人横死或者有传染病，后者表明正在为守护神举行飨宴。正是由于时不时会禁止外人进入，老挝的村庄虽然会尽可能靠近道路，但是绝不会就在道路旁。我们那天一路上停车的地方都不是真正意义上的老挝村庄，而是军事哨所，周围聚集了几家店铺，店主大多是华人。

杜邦尽管没有发现明确的禁忌标志，却还是感到很不安，因为没有人出来迎接我们。如果打算在村里过夜，那么进入老挝村庄的正确办法是请出村长，征得他的同意。除非如此，否则进入任何房屋都是极为失礼之举。杜邦强调说，老挝人宽宏大量、有教养、殷勤好客，但必要的规矩还是不可或缺的。我们在空荡荡的村子里转悠，他顺便就这个话题给我一一细说，甚至介绍了正确的睡姿：身体必须与带门的那堵墙呈直角，脚要对着门。我随口说我们可以找一间空屋睡在里面。他大惊失色。他说，村民们虽然可以对一些坏规矩的事网开一面，这却是极为严重的事，必须花大钱给屋子举行净化仪式，然后才能重新住人。

我不再提任何建议。我们最终见到了一位惊恐万状的妇女，听到杜邦用老挝语问她后，她说村长不在，短期内不会回来。看到自己在这里显然不受欢迎，杜邦说最好还是不要在这个村子过夜了。我后来思考着这次经历，得到的结论是村民们不敢像往常那样欢迎我们，因为他们无法保证我们的安全，附近有小股伊沙拉克和越盟分子。我以为杜邦会认命，回望温村去，但他却开始提出种种论点，要继续往前走。他说，跟车队在一起，最糟糕的是我们无法看到太多我们想看的景色，也无法干太多我们想干的事。山上有苗族人的村庄，他很想再弄一条苗狗。这种狗很难到手，但他认识一位苗族酋长，或许能如愿以偿。看到我对这类事情非常感兴趣，杜邦便将这个苗族村庄当作一个华而不实的诱惑津津乐道地介绍起来。要想悠闲地享受此类乐趣，就必须通过前方不到三千米外的一个村庄。只要穿过这道障碍，就能抵达山那边五十千米外的芒卡西哨所。这个村庄名叫帕霍梅。杜邦最后建议我们先待在原处，等到天黑一小时后关掉车灯悄悄来到村外，然后打开车灯，确信没有障碍后猛地穿过去。

于是，我们8点半左右动身。杜邦相信在这个时间点上，即便真的有越盟分子住在里面，帕霍梅村也早已进入了甜美的梦乡。很难悄悄逼近这个村庄，因为一路上全是上坡。杜邦停了车，把排气管两端压扁，降低它的响声。响声的确降低了，变成了被勒死之人最后的喘息声，但这样一来各种各样的咔嗒声也变得更加清晰，对此毫无办法。车的大灯刚一关闭，我们便无法避开路面上的凹坑，也无法避开滚落的小石块，因而不断撞到它们身上。幸运的是，这个村庄距离公路约一百码。虽然天色已晚，村子里依然灯光通明，人声鼎沸。我们悄悄经过时，可以看到村里燃着一堆篝火，火堆周围人影幢幢。我们经过时似乎根本无人注意到。

两小时后，我们抵达芒卡西，在一个谷仓式的老挝建筑里睡觉。这个用稻草和竹子搭建的建筑也是军官们的餐厅。昆虫在啃食竹子，稍微有一点动静，空气中便充斥着粉末，像鼻烟一样令人打起喷嚏。

每走一步，该建筑物便会微微晃动，但只有两个人时，它的晃动程度也与次日里面睡了二十个人时相同。

芒卡西是一个工兵连的连部所在地，他们的任务是维护桥梁。官兵们被困在一个小山顶上，非常不舒服。山上林木葱郁，各个方向景色宜人，但谁也不再去注意。这里没有医生，一旦遇到伤病，只能等上数周时间，直到有车队经过这里，把伤病员带上驶往任何一个方向。到了雨季，道路和桥梁都会消失，驻军便会被困在军营里长达五六个月。栅栏外面同样零零散散地分布着老挝人和华人的草屋，酒吧里出售一种用玉米酿造的烈酒，被称作“烧酒”。一切都得靠车队运来，因而总是供应不足，只有当地特产的烧酒除外。一些店老板还存有一种饮料，标签上的英语形容其为“滋补果酒”。这种滋补果酒产自暹罗，大概是某种工业副产品，但是驻军发现，将烧酒与滋补果酒混合在一起，比单独喝任何一种的劲头更大。大清早喝下这么一剂高效药，便能让人更好地熬过一整天的无聊。烧酒加滋补果酒还能放松精神压力。在我们接触到芒卡西的这一习惯后，杜邦改变了计划，忘记了已经有孕在身的妻子，忘记了她可能成功地将自行车装好。他说我们在这里待一天，次日早晨再走。

我们从军营带了一名向导，动身去河里游泳。

逆流而上有一处大家公认的好地方，这里没有杂草，也没有石块，而且由于河水很深且流速很快，非常凉爽提神。我们游了大约一个小时，突然注意到周围出现了几位老挝姑娘。她们并没有看我们，而是两三人一群，来回散步，相互聊天。等她们已经聚集到十二人时，杜邦躲在水中，大声问我们是否打搅了她们。有个姑娘来到岸边，鞠躬致意后低头望着自己的双脚，说这是她们通常沐浴的时候，当然她们也不着急。杜邦问姑娘们能否先后退一会儿，于是她们走到了一旁，围成一圈站在那里。我们趁机出了水，快速穿上衣服，沿着通往她们村庄的小道大约走了一百码，回头看到所有姑娘几乎赤身裸体地下到了水里。正在此时，两位僧人顺着河岸慢慢走来，从她们身边经过，但她们根本没有在意。僧人们裹着神圣的僧袍，对一切视而不见。

我们来到村庄后，杜邦谨慎地求见村长，借口是他想参观塔式寺庙。这位村长显然受过驻军的恩惠，大概给他们提供过劳力。他很有尊严，拥有一座漂亮房屋，里面摆放着欧式家具。他虽然光着脚，身上却穿了套法式西装。在陪同我们的向导的建议下，他脱下裤子，给我们看他的双腿。只见从脚踝到大腿都有当地风格的文身，密密麻麻的，仿佛穿着长筒袜。当地的塔式寺庙刚刚举办完节日庆典活动，一位僧人正将散落在院子里的祭品扫成一堆，里面有竹编大象、水牛、孔雀和老虎，很像毕加索作画之余创作的东西，但更为精美。它们在我眼里有着巨大的艺术价值。我问村长是否可以拿走一个，因为那位僧人正用扫把使劲将它们打烂。村长遗憾地摇摇头。佛教在这些偏远省份已经退化，掺杂了许多卷土重来的神灵。这些物品都已献给了大神，必须在火祭中化为灰烬。我注意到，一张非常淫秽但无疑具有魔力的巨大画像即将化为灰烬，大神对此也将来者不拒。

正当僧人将全村人历时数月创造的艺术品踩碎的时候，一群伊沙拉克或越盟士兵确定了行动时间，希望恰好与车队抵达芒卡西的时间相一致。他们点燃了哨所南面的森林。一股持续的微风正从那个方向刮来，大火开始时只有大约一英里宽，但是在推进的过程中不断扩大，此刻正慢慢向哨所方向逼近。

大火越过了河岸，我们过了一会儿才意识到发生了什么事。天空中出现了雾霭，但老挝任何时候都有雾霭，只是到了一天中的这个时辰，雾霭应该早已消散，而不是越来越浓。接着，我们听到了噼里啪啦的响声，夹杂着刺耳的噗噗声，初听上去像是远方传来的步枪声，但其实是粗壮的竹子爆裂的响声。我们抬头看到芒卡西上空笼罩着一层烟雾，上面为白色，底部为黑色，偶尔夹杂着尖尖的火舌。大火仍然在两英里之外。

我们跑到停车的地方，将车发动后试图朝大火方向开去。杜邦像过 7 月 14 日①一样开心。开了大约五十码，我们就被车队困住了，只好将车丢在路旁，一路奔跑过去。大火锯齿状的锋面越来越近，像火山一样无法抵挡。黑烟被风刮到火场前面，因此起初看不到火焰；但是当火焰进入视线时，它有两百英尺高——是最高树木的两倍。大火呈“之”字形快速逼近，很快便吞噬了竹林，像油井着火一样直冲云天。一条火带脱离了火场，火舌慢悠悠地爬上了山坡，已经与要塞处在同一个水平线上。大片大片的绿色森林要么被留在了后面，要么被火势包围，等着它穿过竹林后再慢慢消耗。火也烧着了藤蔓，顺着一棵大树自下而上，将其变成一条条枯萎的彩色纸带——就像圣诞节的装饰物着了火一样。竹子爆裂的响声如雷贯耳，黑云遮盖了天空，黑灰像洪水中的漂浮物一样被带着穿过乌云。不过，我注意到道路的另一边只有树梢着了火。

命令已经下达，让大家准备撤离要塞。要塞中有大量军火，还有装在桶里的数千加仑汽油。士兵们像蚂蚁一样聚集在一起，将这些东西堆到公路上后再装到卡车上。慌乱逐渐演变成混乱，主要是因为车

① 法国国庆日。

队有一半车辆刚刚抵达，挡在了路上，卡车根本无法驶出要塞。要想撤离要塞，就必须让车队继续向前开，穿过村庄，但是一半的司机不见了踪影，已经跑去观火，而且带走了车钥匙。

与此同时，老挝人和华人纷纷跑出家门，扛着床和被褥，将店里的杂货堆放在车轮之间，就算司机被找回来，车辆也根本无法快速离开。有一户人家已经在开始忙着拆房子。

经过一个小时的艰苦努力与混乱，数百个板条箱以及汽油桶被装到了卡车上，车队也终于不顾一切地穿过村子，安全地停在了村子的另一边。这时风向突变，大火在半英里外转向了别处。几条零星火带朝我们的方向袭来，在竹林中有气无力地烧了一会儿后，一切便都结束了。

次日，我们在黎明前动身，但是天亮时却没有看到日出。一连数小时，我们在云雾缭绕的群山中上行，下行，海拔介于三千至四千英尺之间。周围没有灌木，山两侧有几棵孤零零的树木，上面稀稀拉拉地开着几朵鲜花，宛如初春时节果园里的枝头挂着的花朵。云雾稍稍散去一点后，我们可以看到山顶覆盖着黄色杂草。杜邦说这是苗族人的杰作，意味着我们正进入苗乡。不一会儿，我们将上山去一个村庄，想办法买一条狗。

第十九章

进入苗乡

读者可能对苗族①人知之甚少，他们是印度支那十二个主要民族中最神秘的一个。在整个印度支那，北纬二十度以北、海拔三千英尺以上的地区都能见到他们的踪影。除了凉爽的温带地区外，他们根本受不了炎热的气候，哪怕只是短时间。他们自给自足，很少下山光顾平原和山谷中的集市。当他们迫不得已在海拔三千英尺以下的地方耕种时，也总是回到村中过夜。

苗族人的领土意识完全是垂直的。他们的耕种方式是灾难性的，几年内就会完全耗尽土壤的肥力，结果他们被迫一路南移。在迁徙的过程

① 在越南被称作赫蒙族，在老挝被称作梅奥族。

中，比如1860年，当他们越过印度支那边境时，他们会疯狂、高效地作战，一路杀过低海拔地区，一旦到达山区便立刻分道扬镳，四下散开。印度支那北部的民族志地图上星星点点地分布着一群群苗族人。自1860年以来，他们已经迁徙了约四百英里，目前正慢慢沿着安南山脉向南渗透，因而时不时地某个山顶上会突然冒出来一个新的部落。据说，最近一些年，他们遭到了暹罗北部政府军的攻击，但是只要没有被赶尽杀绝，就不大可能阻止他们穿越群山的缓慢、无声的行程。一些欧洲人对他们的研究纯属皮毛，却就此认定他们的祖先是爱斯基摩人，并且用这种理论来解释他们对炎热气候的恐惧。这些权威报告说，苗族人有许多关于积雪不化及北极岁月的传说。但是吕内·德·拉雍奎耶司令1906年出版的简短描述却没有提及这一点，而且到目前为止还没有关于苗族人的其他描述问世。

苗族人除了偏好山顶外，还有其他独特之处。他们完全独立自主，而且无所畏惧。他们崇尚自由，宁愿生活在规模最小的村庄中。除了1860年入侵这种极为罕见的事件外，他们容忍不了酋长或首领。如果被强迫带到低海拔地区，他们很快会生病死亡。他们平常很温和，但如果迫不得已必须作战，他们会吃掉阵亡敌人的肝脏。

整个印度支那只有苗族人一点也不在乎恶魔，但他们承认世界上确实有恶魔。他们周围的民族都对各种妖魔鬼怪谈之色变，但他们却无动于衷，这让他们名声大作，而他们也精心培养着这一名声。泰族①人普遍认为苗族人是狼人，可以随心所欲地变成老虎；苗族人喜欢鼓励他们持这种看法。他们没有葬俗，但只要有人去世，便会趁机痛饮一番；只要有什么事情给他们借口，他们也会开怀畅饮。夫妻之

① 在中国称作傣族。

间各自保管自己的财产。儿童们享有最大程度的自由；婚前性乱交——甚至与陌生人乱交——非常普遍。苗族人还有“神圣树丛”①，东京的同文②就有一个远近闻名的“神圣树丛”，苗族姑娘常常去那里，将自己随意奉献给所有来客。据说一些大比例尺的地图会非常仔细地标出此类树丛的确切地址，成为东京地区法国驻军的珍惜之物。除了培育出漂亮的白狗外，苗族人还擅长驯化猴和鸟，尤其是一种鹩哥，他们会教它模仿各种声音。苗族人只有在卖家开出天价后才会出售自己饲养的动物，而且必须用纯银支付，然后他们会立刻将银子变成厚重的首饰。

过了芒卡西之后的第一个村庄高耸在一个光秃秃的山顶上，我们吃尽千辛万苦，沿着蜿蜒的小道一路上去后，发现它并不是苗族人的村庄，而是属于“黑”泰族——名称源自女人们别具一格的服饰。这种感觉就像爬到一个鹰巢所在之处却发现生活在里面的只有乌鸦，不过是一种罕见的乌鸦。如果核对一下民族志地图，你会发现他们是老挝唯一的“黑”泰；如果你再跟踪他们从中国云南越过边境一路过来的足迹，便会发现这张地图上还标有一些孤零零的色块。泰族其实是土著人，也是老挝和暹罗各民族的根，但是“黑”泰却是唯一喜欢生活在高山中的部落，过着艰辛的生活，享受着自由。

这个村庄算得上哲学家的避世之地。十到十五间茅舍修建在平坦的山顶上，无论从哪个方向望去，都能看到白色云雾衬托出它们的轮廓。十步开外便是万丈悬崖，消失在雾气中。绵延起伏、仿佛悬浮在

---

① 对某一文化而言具有特殊宗教意义的树丛。
② 越南最北部城市，位于中越边境。

半空中的山峰划过天际。几只乌鸦在茅草屋顶上方盘旋，幼童隔着栅栏向外张望，看到我们后惊恐地哀号起来。

村长在村中央的自家屋里接待了我们。他穿着黑色粗布衣服，看似中式装束，头上缠着黑色包头布，抽着一根一英尺长的烟斗，烟锅大小如顶针箍。我们已经看到几只非常漂亮的白色苗狗在村子里蹦蹦跳跳，于是杜邦用老挝语问是否可以买一只。村长派人去问问有没有人愿意卖狗。在我们等待的时候，他端出一大盘烤鸡，已经按中餐的模式切成了块。双方开始啰啰嗦嗦地说起了客套话，那盘鸡慢慢变凉，杜邦最终决定我们出于礼貌可以吃一点。他回赠给村长一些军用给养，而这又引起了一番你推我搡的来回客套。杜邦问附近是否在举行什么仪式。村长说隔壁的泰族村子里有一场婚配会，但必须翻过山脉才能到达那里。

山区的部落分散成一个个与世隔绝的小村，因此不仅泰族人，就连苗族人也有这种习俗。每年一次，适龄男女聚集在某个各方都方便的聚集点，男女青年在芦笙的伴奏下，以歌曲形式轮流唱出各自的财产、才能或德行。随后便是正式许婚。据目睹该习俗的人所称，韵律格式根本妨碍不了人们用最平庸的方式将婚约中所包括的物品清单一一列举出来。

我们还没有吃完，村长派出去的人就带着一条狗回来了。这条唯一有人愿意出售的狗一副可怜巴巴的凄惨相，大概得了某种疾病，变得骨瘦如柴，而且卖家还出了个天价。

既然无法从这些中介手中买到狗，那唯一的办法就是追根溯源，哪怕这意味着又得步行爬坡。于是，来到去往琅勃拉邦的岔路口时，我们没有向左拐，而是驶进了右边通往川圹的岔路。这条路虽然背离了我们的方向，却会直接穿过老挝的苗乡中心。没过多久，我们遇到了一家苗族人，正像牛马一样吃力地弯腰背着全部家当上山。苗族人丢下包袱，又是疑惑又是好笑地望着我们。其中一人留着辫子，表明他是一家之主。他走过来，从背着的甘蔗里抽出一根，砍掉一头一尾后，哈哈笑着将中间最好的部分递给我们。这是苗族的典型礼节。外乡人滑稽的面庞、可笑的衣服把这位苗族人逗得开怀大笑，他因此心存感激，第一个冲动就是寻找某件东西给这些外乡人。孩子们开心地尖叫着跳到了车上，却又被他们的父亲一一拎了出去。不知道他的妻子是泰族还是佬族，只见她此刻正垂目站在一旁，低头望着杜邦脚上的凉鞋。她的脖子上戴着重达数磅的纯银首饰，不久前刚刚剃了个光头。

最精致的苗族服饰属于印度支那色彩最丰富的一种。女人们穿着刺绣衣服，戴着沉重的银质项链和手链，头上巨大的包头布颇似中国灯笼，几乎将她们淹没了一半。一家之主急匆匆地向杜邦解释，他们今天穿的是平常衣服。他们已经离家一周，一直在罂粟田里干活，现在正回家去小住几天。杜邦问他们村有没有狗，丈夫邀请我们上去亲自看看，因为他不知道村里都有谁在家。

这是漫长、缓慢的爬山过程，但我们身旁这些苗族人步履轻盈，似乎根本没有注意到山坡，也没有注意到身上背着的负担。苗族人占领一个地方后留下的遗产通常是粗硬的杂草，但这里却被有毒的荆棘丛所取代。村庄方圆数英里内，只有这种坚韧的终极植物能够生长。整个村庄已经到了即将搬迁前的最后阶段。目前耕种的田地离得很远，村民们只好分散居住在田地附近的临时住所中。要不了多久，他们就会离村庄太远，根本无法回来，然后整个村庄就会如往常一样向南搬迁到十或者十五英里外，留下由杂草和矮树构成的草原。最后还差芒族人从东京过来——芒族人紧随苗族人之后，也在海拔一千至三千英尺的地方耕种——并最终在老挝造成与中国南方一样裸露的荒地。

这个苗族村庄其实只有几间破烂不堪的茅舍，是能够见到的最低矮、最蒙昧的民居。为什么衣着最为华美的苗族人会住在最破烂的房屋中？他们在几种手工艺上出类拔萃，却根本不愿意在如何居住、如何睡觉上花一点心思。这里没有强制，没有摩伊人那样的家庭妖魔，时刻要求保持家中的整洁；没有从某位无所事事的高雅贵族那里慢慢传下来的品位和文雅标准，因为所有苗族人都在拼命干活；没有资产阶级的竞争精神，因为这里讲究的是百分之百的民主，没有可以模仿的对象。苗族人只需取悦自己，其结果便是一片混乱。

我们被带到了一间茅屋中，仿佛从一千名学童口袋里掏出来的东西在这里撒满了一地：一段段绳子、断了的折叠小刀、纽扣、镜子、空罐头、瓶子、烧坏了的电灯泡。这里聚集着乌鸦叼进窝里的一切，这堆闪亮的宝贝垃圾便是一位苗族人对文明的所有渴望，他可以随意拿取，同时将文明本身抛诸脑后。这些城里人真是既愚蠢又慷慨！

女主人只有十五岁，自己还是个孩子，此刻正与她的婴儿一起躺在角落里的一堆破布上。主人说，孩子病了，她唯一要做的就是让他尽量避光——以及空气。大多数苗族婴儿活不到两周岁。人们也在思索，如果他们个个能长大成人，印度支那肥沃的土地如今会变成什么样。

屋子一角有把枪。一个苗族人需要两年时间，才能制作出一把这种从枪管装火药的鸟铳。仿制的对象是耶稣会传教士最初给华人的枪支，但枪管的制作极为费力，必须不停地用烧红的铁在实心棒材上钻出一个洞来。我们走到外面，带我们进村的苗族人装上自制的弹药。这个过程耗时约五分钟。他在扣动扳机之前提醒我们站到较远的地方，因为鸟铳的响声太大。目标是二十步外的一片小香蕉叶，用竹签串起来后插在河岸上。他开枪的时候，鸟铳发出一声巨响，但是香蕉

苗族妇女

叶纹丝不动。他说这都是我们刚才喝的玉米烧酒惹的祸。看到杜邦在展示他的美国轻型卡宾枪时也没有打中香蕉叶，他很开心。

这个村子里没有狗。他说，所有的狗都随主人去了山下的罂粟田。

琅勃拉邦位于公路尽头，我们盘山而下，穿过湄公河两岸冒着烟雾的竹林。湄公河与它的一条支流在这里汇合，形成了一块三面环水的陆地，一个慵懒圣洁的小曼哈顿岛。城内有一条大街，街两旁都有通往河边的拐弯处，每隔几码就有一座塔式寺庙，屋顶闪闪发光，门和柱子上雕刻着密密麻麻的图案，或镀金，或彩绘。这里有一种绝对错不了的色彩感，一种古金色、蓝绿色与深浅不一的灰色的混合；但僧人们仍在一刻不停地忙碌着，绘画、雕刻、翻修，结果一切都太新（这种批评意见在老挝很罕见）、太整洁，新刷的油漆散发着过于强烈的气味。宝塔的尖顶因新装的玻璃和马赛克而熠熠生辉。身上狮子和龙由于定期洗刷，容貌已失去了棱角，牙齿油漆成了惨白色，并且按要求用绿玻璃重新装上了眼睛。如果有一两年无人打理，琅勃拉邦的景观会大有改观。

虽然琅勃拉邦的佛教寺庙得到了快速维修，但这里还是过于安静，唯一打破这份寂静的只有远处僧堂中僧人们用巴利文念诵佛经的声音，以及缓慢、淡淡的锣声。这是午睡之乡，也是所有法国逍遥者在远东的终极乐土。来到这里的欧洲人不久便有了一种明显的生活方式的变化。他们说话时压低了嗓音，脸上多了一些温和、专注的神情。随之而来的还有纽约的饮酒狂欢者刻意的漫不经心。这是一种态度，人们寻找它，然后像小丑所戴的假鼻子或者狂欢节上所戴的帽子那样，用它来装点自己。已经老挝化的法国人恰似成功接受过额叶切除手术的人，无忧无虑，轻微放荡。他们交谈时会夹杂一些老挝词语，全都表达着一种和谐统一的消极世界观。这里经常听到的一个词语是“*bo pen nhang*”，意为“没关系”。但是用老挝语说出来时，它便多了一层强调某种信念的意味。单身汉立刻迎娶老挝妻子，送给新娘一辆豪华自行车，在上面装饰各种吉祥物和挂饰，再在飞轮周围装上几束人造花，而不是人们在欧洲见到的那种除灰的皮带。这个礼物足以让新娘喜上眉梢。几位画家隐居在此，避开喧嚣的世界，偶尔创作一幅宁静似水的画作，但是琅勃拉邦至今还未诞生一位高更。

抵达琅勃拉邦的当天，杜邦邀请我去他家见见他妻子。他回家后，她的自行车尚未重新装好。夫妻俩居住在一栋地中海式的怡人房屋中，周围到处是塔式寺庙。家中有各种动物，其中一只已经驯化的漂亮大山羊非常喜欢躲在家具后面，冷不丁地冲向猝不及防的客人。

杜邦夫人很美，性格开朗，身材在老挝人当中算是高的，显然是杜邦能够找到的最接近欧洲人类型的女人。夫妻俩似乎恩爱有加。杜邦向我保证，老挝人不懂什么叫嫉妒，他妻子不仅能够料到杜邦出门在外时会寻花问柳，还真的建议他应该采取哪些预防措施。他不知道她本人是否也这样随便，但认为她很可能也是这样。不管怎么样，他不知道自己如何才能证明他在这一点上不像她那么文明。我为无法听懂他妻子的话感到遗憾，只听出了必不可少的“*bo pen nhang*”重复了几遍。杜邦夫人为了让我感到自在一些，礼貌地拿出了家人的相册，我们一起一页页地翻看着。有一两张照片中的女人袒胸露肩，却不是杜邦夫人，显然是她丈夫拍摄的。她一面指给我看这些照片，一面出声笑着。

晚餐后，一位军官带着一位老挝女士到来。他低声告诉我，她是一位公主，是王室成员，有权享用五层华盖伞。他坦率地承认，琅勃拉邦有许多公主，全都名副其实。他低声说，他们已经相处了十五年，但从未为是否要结婚烦恼过……至于其中的原因，他也想不出来。事情非常简单。杜邦在这一点上同意他的看法，并且提到了他的一位下属的情况。这位下属最近刚刚来到琅勃拉邦。杜邦说："他 6 点钟说想结婚。我太太出去替他找一位合适的姑娘，6 点半回到家。7 点钟，僧人们到来，主持婚礼，持续了半个小时。7 点半，我们开了一瓶香槟，为新婚夫妇的健康干杯。到 8 点钟，他们已经上床了。"

当晚最后一项活动是去当地的鸦片馆，这已经成了一种惯例。或许是刻意所为，这家鸦片馆如蜡像展一样破旧、邪恶，虽然是合法经营而且里面也颇为热闹，我们还是只待了几分钟就出来了。抽大烟这种无益的活动显然是无法避开的。人有时总得展现一下自己堕落的一面。

我住在法兰西共和国驻琅勃拉邦领事的官邸中。这位列维先生是法国在老挝北部的高级官员，他表面上略显腼腆拘谨，内心却异常殷勤好客。比如，他从不会正式邀请你共进晚餐，而是更喜欢以很随意的口吻说一声，"你今晚一定得在家用餐"。列维先生娶了一位老挝太太，却没有把她介绍给我，偌大的官邸总是显得空空荡荡的。我们用餐时相对而坐，中间隔着一张大餐桌，光秃秃的桌面泛着黑黝黝的光泽。有时会有一位老挝仆人端着菜悄悄进来，于是我们便能隐约听到远处传来的内室的声音。但是门一关上，就将这动静挡在了外面，我们随即重新陷入寂静之中。这偌大的房间像欧洲的穹顶建筑一样鸦雀无声。正当我们坐在那里时，餐厅不同地方的灯泡逐一熄灭，但迅速被更换。在琅勃拉邦，停止自来水供应与开始供电同时进行，时间为 7 点半。供电的结果也只是灯丝在有气无力地挣扎，我卧室里电灯的亮度远不如一支蜡烛。列维先生克服这一困难的办法是大量使用低压灯泡，只是这种灯泡的寿命太短。

晚饭后，领事先生会放松一个小时，我有时会说服他谈谈他面临的一些问题。让他时刻感到焦虑的是伊沙拉克和越盟。琅勃拉邦的西面是老挝与缅甸的边境，缅甸非正规军会时不时地越过边境。走私鸦片的华人定期与苗族人交易，只要生意出了问题，他们就会变成海盗。当然还有苗族人自身的问题，他们像枯萎病一样在山中蔓延。列维的雄心是改变他们的耕种习惯。只要能说服他们下到海拔一千英尺以下的地方，他就可以给他们人工灌溉的稻田，让他们耕种。他甚至提出，可以给他们提供水牛来干活。

我提起了佧族人①问题。佧族人是老挝的土著民族，其实就是不同名称的摩伊人。佬族人数百年前征服他们后将他们变成了奴隶，如今可以看到佧族人在老挝城镇和村庄的集市上游荡，他们已经完全退化，像北美曾经强大的印第安人部落可怜巴巴的后代一样无助。我问佬族人现在是否真的还有佧族奴隶。列维以他宽容、怀疑的老挝方式微笑着说，这完全取决于你对奴隶制的定义。远东从未出现过昔日西印度种植园中的那种奴隶制。即便没有其他理由，哪怕是出于迷信，印度支那的不同民族在压迫其他民族时也总是轻轻踩踏。他们必须认真考虑祖先的灵魂，而他们本身一旦被逼无奈，也可能被迫采用高效且神秘的方式复仇——所有异族据信都拥有这些复仇方式。他列举了众所周知的事实：越南人有一种集体负疚感，他们举办特殊祭祀活

① 即如今的老听族，也是老挝的土著民族，约占老挝24%的人口，包括使用老挝操南亚语系的34个民族。老听族多居住在老挝的边远省区，刀耕火种，生产力低下，多无文字。历史上，封建统治者曾简单地将老挝人分为两种类型：佬（自由人）和佧（奴隶、奴仆）。

动，以此向最初拥有土地的土著人的灵魂象征性地支付租金，因为他们如今占有了这些土地。列维认为奴隶制偶尔确实存在，但是这种奴隶制更像某个高贵种族收留一个道德低下的民族为臣民。某位劳工碰巧没有薪水很难成为一个议题，因为我们讨论的不是金钱社会，老挝也没有人会为超出生计所需而干活。

列维提到，有证据显示，佧族人在被征服之前有着了不起的艺术创造力。这一点我早已听说过。为了证明他的话，他给我看了他收藏的一件青铜大鼓，与巴黎人类博物馆收藏的一件铜鼓一模一样，而那件铜鼓的介绍说缅甸的克伦人用它举行祈雨仪式。莫里斯·科利斯①在其著作《最早的上帝》中有一幅插图，图中一个相似的铜鼓是中国汉代的战鼓。这面鼓运用了失蜡浇铸工艺，上面装饰的图案丰富到了几乎杂乱无章的地步，与一些中国铜镜的图案相似。它详细描绘了某个原始民族的各种活动，以狩猎、捕鱼、种植水稻为生。一些列队由手持竹板的舞者领头，给他们伴奏的乐手吹着芦笙。他们的长屋被刻画成月牙形的宝船，上面坐满了武士。武士们手持弓箭、长矛和战斧，头盔上插着羽毛。图案中到处都有鸟和动物，而且种类清晰可辨。据远东法国学校的维克多·戈娄布先生提供的信息，这些铜鼓大量出土于越南东京的一块墓地，年代为两千年前中国人统治的时期。这位权威断言，这种艺术与迪亚克人的艺术以及苏门答腊巴塔克人的艺术之间存在着联系，但制作工艺是中国式的。这表明这些民族与摩伊人、佧族人和卡伦人可能曾经在某个同种类的青铜时代文化中相统

---

① 莫里斯·科利斯（1889—1973），英国作家、史学家，曾任大英帝国缅甸地区行政长官，著作包括自传《缅甸庭审记》、传记《马可·波罗》、史学著作《外国泥淖》等。

一，该文化深受中国文化的影响，但或许远远高于他们目前这些后代的水平。

需要指出一点，琅勃拉邦公民们收藏的这些铜鼓已经凄凉地走下了它们最初高高在上的圣坛，沦落到了被用作鸡尾酒桌的地步。

一旦到了琅勃拉邦，人们的旅行动力便会烟消云散，这也是人之常情。就连车队也不光临如此遥远的地方。一群群不幸的人偶尔会出发，在丛林小道上步行三个星期，与孤岛般的哨所中的士兵换防。其他人若想进出琅勃拉邦，只能借助该邦与万象之间每周一班的 DC3 飞机，而机票早就预订一空。

河边的情况与万象如出一辙。虽然理论上应该有独木舟定期来往，但谁也无法就此提供准确信息。有位内行甚至说这个时候根本不可能驾船北行，因为目前水位太低。我刚刚向他表达了谢意，不远处漂着油污的水潭中，一条看似完全被遗弃的废船的发动机突然气喘吁吁地响了起来。两名船员之一说他们半个小时后出发。去哪儿？万象？不是……去川圹，当然是驶往已经无法通航的北方。一群已经投诚的土匪占据了每个座位，据说他们改换门庭后强烈要求被派回去与他们以前的盟友交战。

正当我慢慢将拼图游戏般的洋泾浜法语信息拼凑在一起时，那些刚刚投诚的爱国者到来后准备登船，个个看上去面无表情。他们换上并不合身的军装后，看似已经协调一致，却失去了个性，只剩下相同的苦难根源——一种根深蒂固的恬淡寡欲。他们默默列队走上跳板，再默默走进小船昏暗的船舱。很难相信他们的心中会燃烧信念之火，我也为他们被派回去指挥他们的法国军士感到遗憾。

但是列维先生说还有一条船准备南行，而且为了不让我成为猫捉老鼠式策略的受害者，他派人将船主叫了过来，问他何时开船。这位华人立刻彬彬有礼地回答说，船上的发动机坏了。列维先生像我一样，早就料到对方会这么说，于是说他会派一名机械师去检查发动机。华人听后立刻说，已经在修了，应该明天能修好——大概吧。（华人在与人争辩时总是用“应该”这个词来保护自己的侧翼，相当于汉语中的“差不多”，而且时刻挂在嘴边上）“然后呢？”领事问。华人想了想，说他得先把船开出去试一试。那又得需要一天——大概吧。然后呢？然后他得看看是否有货物要运，而这又取决于其他人。列维无可奈何地摇摇头，将他打发走了。这个人显然是打定了主意，不愿意与西方人的时间观念和组织形式打交道，其中透着一丝不屈不挠的执着。列维让他每天来报告进展情况，但是他每次都说一个困难刚刚解决，随之而来的又是另一个无法衡量的新困难，直到他们最后狡猾地打出王牌：急流区段的水位太低，可能根本到不了万象那么远的地方。很显然，除非有某位军阀或者军政大员采取直接行动，否则没有任何办法能够迫使这个人违背他的民族传统，做出明确承诺。

离开琅勃拉邦的困难还包括金钱。由于将披亚士特的价值人为固定在其实际价值的二点五倍上，印度支那物价很高，而且离西贡越远，开销就越大，因为所有物质都必须通过费时费力的运输方式运进来。一瓶在西贡只卖两先令四便士的劣质淡啤酒，一旦沿着湄公河逆流而行一千五百英里抵达琅勃拉邦，就卖到了八先令。所有其他物品的价格比例相仿。结果，我开始捉襟见肘。一想到在那位华人船长动身去万象之前我有可能被困在琅勃拉邦长达数周，我就不寒而栗。即便行期确定下来，而且假定很快就将动身，我依然必须考虑这趟行程所需的物资。如果一切顺利，顺流而下抵达万象需要五天时间——或者如印度支那人所言，五个晚上。但万一船坏了，时间可能会多出一两倍。杜邦提醒我，根本不可能从沿途的老挝村庄买到任何东西：就连母鸡下多少个鸡蛋，一切都严格计算过，完全按所需产出。

另一个困难是我可以感觉到自己的健康每况愈下，精力在渐渐下降，毅力在慢慢麻木。虽然与前一天相比，这种增加的倦怠无法测量，但是每当我想起自己一个月前的感觉，和当时所能做到的事——甚至在吴哥，我都顶着烈日在古迹中一走就是数英里——我就能判断出自己的身体状况在变差。我的力气突然不知跑到哪里去了。我只能踽踽而行，如释重负地迎来午睡时间。午睡慢慢变成了日常规律，现在会持续整个下午。它已经像吃饭一样必不可少，恐怕即便回到英国，我也将无法再中断这一习惯。

我起初将这种现象归咎于这里独特的高温，就连这些国家土生土长的人也无法适应。这种高温极大地影响了它们的历史。山区居民被炎热河谷中轻松、富庶的生活所吸引，下山后定居在那里，凭借令人敬畏的安逸天赋，也凭借他们储存的精力，创造出了灿烂、奇特的文明，但这些文明却从未有机会繁荣昌盛。他们不久便意志消沉，接受了与他们衰落相符并进一步让他们沉沦的宗教，变成睡眠高手。午餐过后，琅勃拉邦以及整个老挝便进入了一种恍惚状态。在这个季节，傍晚 5 点之前，任何生灵都不会活动。

但是我开始觉得，除了高温外，肯定还有什么地方不对劲。城中央有一座拔地而起的小山，山顶有一座金光灿灿的塔式寺庙。参观这座寺庙的计划一拖再拖，终于成行时，爬山的过程耗尽了我当天的所有精力。到达山顶后，我看到这座寺庙很小，里面只有几座已经腐朽的木质佛像。负责重新装饰的僧人不愿意爬上来，结果佛像的油漆和镀金表面已大多风化，这对于雕刻倒是件好事。不过，这里似乎最近有过一次清理，或许是为了即将开始的修缮工作做准备。一些早已腐朽不堪的佛像被塞进了周围岩石中的神龛内，其中一尊佛像上贴着一张鲜黄色的招贴画。我起初以为那具有某种宗教含义，后来发现它竟然是胜利牌光荣烟花公司的一张广告，上面印有一名中国国民党军队士兵，做出一个“V”字手势。这座寺庙吸引人的东西都在门上，门上面镌刻着树叶、舞女和大象的图案，线条优雅、纠缠在一起。向左右两边极目眺望，映入眼帘的都是云雾朦胧的中国山水画。观看这幅画得隔着塔式寺庙周围种着的鸡蛋花树那些光秃秃、骨瘦如柴的树枝。在稍低的地方，山坡上覆盖着繁花似锦的树木，当地人将这种花称作缅甸金花。

从寺庙下来后，我真真切切地感到午饭前必须睡一觉。我略微有点紧张，便征求一位法国熟人的意见。他像所有法国人一样，推荐我去看一位华裔越南籍医生，并且说这位医生因疗效神奇而闻名遐迩。这种对异国医术随时表现出的信赖标志着入乡随俗的又一个阶段。我以前在中美洲见识过，欧洲人的后裔很乐意接受印第安巫医的治疗，给自己找的借口是“这可说不准，也许有效呢”。这一次，我心中已经有了一个结论，可能是阿米巴痢疾在作祟，虽然它造成我精神萎靡不振，却没有表现出常见的症状。如果医生的诊断相同，我真心希望他能够凭经验用众所周知的柬埔寨疗法治疗我，也就是用“嘭”树树皮的提取液。它的全部疗效取决于病人必须亲自切下树皮，而且必须从略高于他肚脐的地方将树皮切下来。

这位华裔越南籍医生在一个精心修建的单间小屋里坐诊，屋前有个大花园，还能观看河景。花园里的树木上挂着献给河神的供品——河神在琅勃拉邦这样的河滨城镇至关重要。供品装在香蕉叶做的小船上，船头船尾很高，比当地独木舟高出许多。由于老挝的神灵有很高的审美造诣，因而也有人给它们献上了红花。树洞和树上的缝隙中塞满了蛋壳，大概是敬奉给不太熟悉水性的魔仆的。只要不是家中某个

琅勃拉邦的塔式寺庙

仆人所为，这一切只能说明这位大夫谙熟入乡随俗之理。

南端潭大夫在诊室接待了我，也就是在他这间小屋内用帘子隔开来的一个角落。小屋内摆放着黄铜花瓶，里面插着鲜花，墙上挂着他的彩色全家照以及几张文凭，都装在镜框里。他的衣着极其保守、专业，深蓝色的绸褂上印满了中文“寿”字。他的下巴下以及上嘴唇两角垂下来几根白色胡须，让人肃然起敬。

大夫善解人意，却透着不容分说的权威性。他抓住我的双腕，按照中医学说快速给我搭九脉①，每一脉都与体内的某个器官或者某组器官相关。随后是简单地查看指甲，然后说我长期阳盛阴衰——阴阳为体内的正反两极——并且由于轻微气瘀而稍嫌复杂。病因起于肝脏，而肝脏虽为最重要的阳性器官，却也影响着与之相关的阴性器官——脾脏和胰脏。南大夫带着一丝不屑说，气瘀源自精神紧张和心理作用，会自行清除。至于阴阳失调，则需要大量治疗，他愿意给我未来的治疗指点迷津。我必须小心避开被称作 pou、sheng、san、piao 和 yao 的疗法②，仅需服用以金属盐和油料籽榨出的油炼成的一类药，叫作“酱”。而且，我得记住，主宰我的是数字九以及西方方位。精气应该尽可能经常性地通过观赏白花来得到恢复。到了秋天，我就会感觉好多了。

他说，在此期间，即便只是临时手段，也可以接受一次针灸治疗，只是由于天气多云，效果不会太好。他让我侧身躺在床上，从漆盒中取出一根金属短针，满怀深情地凝视着它，吩咐我咳嗽一声，然后便将针扎进了我的大腿后面。在这之后，他让我服下一剂药，味道

---

① 其实中医并无九脉之说。
② 这些疗法不明所指。

像泻盐。他又给我搭了脉，告诉我病症已经有所好转；在周围环境的自然刺激下，我当然感觉好了一些。

我发现，这位大夫至少在一个方面已经遵循了西医做法。在柬埔寨，大夫只有在治疗成功后才能收取费用，报酬是一段印花布、四片蒌叶①、一颗槟榔果、四把稻米、一根蜡烛——插在一截竹子上。这位大夫已经将这些报酬简单地折算成了印度支那披亚士特。

次日，列维先生说他得到消息，有架军用飞机给北面某个哨所空投了物资，有可能在返回万象的途中经停琅勃拉邦。我在指挥部得知，飞机是否会经停琅勃拉邦还是个未知数，但如果经停这里的话，应该在下午3点左右到达。他们尚未用无线电联系上这架飞机。大家普遍认为，任何飞机都必须在下午3点之前降落，否则云雾会越来越浓，而且琅勃拉邦是群山包围中的一块盆地，飞机很难起飞。

一想到自己有可能被困在琅勃拉邦无所事事，我便感到不寒而栗，而这个消息让我一时充满了极大的希望。但是到了下午3点，仍然没有飞机的影子；下午4点，仍然没有任何消息。我只好放弃所有希望。渐浓的云雾再次遮蔽了太阳，琅勃拉邦的轮廓在淡黄色的光线中柔和了许多。每个人都被困在沐浴热水般的空气中，呼吸成了一件费力的事。

下午5点，空中隐约传来了震动声，不一会儿便化作了若隐若现的飞机发动机的声响。几分钟后，飞机到了我们头顶上方，虽然始终不见踪影，却似乎在缓慢地盘旋下降。紧接着，杜邦的红色吉普穿过迷雾呼啸而来。他说飞机即将降落，如果想继续飞行的话，必须立刻

---

① 一种多年生藤蔓植物，叶片厚大，色泽浓绿，有芳香气味，抗病、抗虫性强。

起飞。我将行李扔到吉普车上，与列维挥手作别。列维说天色已晚，飞机当晚不会飞走，他会等我共进晚餐。杜邦是处理紧急情况的业余高手，风驰电掣般地将车开到河岸边，又是按喇叭又是打手势，叫渡船过来。渡船驶到河中央时，我们可以看到飞机就在头顶上方，只有几百英尺高；等我们赶到飞机跑道时，它刚刚降落。这是一架破旧的老古董，JU51，顺着跑道缓慢滑行时，三个螺旋桨有气无力地拍打着，飞机全身像中风似的在颤抖。

现在已经是 5 点 45 分，再过一个小时，闷热的迷雾将更为浓密，成为黑夜。负责空投的士兵想在琅勃拉邦过夜，但飞行员决定继续飞往万象。于是，尽管雷声在看不见的群山边缘之外如川流不息的车辆般隆隆作响，我们还是起飞了。飞行员根本不知道万象的天气状况，因为无线电坏了，而且现在已经来不及盘旋升高。相反，我们将直接沿着湄公河谷向南飞行。他说，只要我们能够看见湄公河，不必被迫降低高度陷入下行气流中，就会没事。就这样，我们径直冲向群山。群山始终隐藏在云雾之中，有时会突然冲破云雾翻滚而来，灰色、丑陋。悬崖峭壁时而直插云霄，时而突然下沉，渐渐矮去，令人恶心。飞行员总是在千钧一发之际避开它们。我们有一次非常接近一座神庙，它高耸在一块凭空凸起的岩石之上。终于，一位负责空投的士兵看了一眼表，说我们已经飞越了群山。几乎就在同时，黑暗突然将我们包裹起来，宛如列车驶进伦敦火车站时的情形。

我们在万象降落时，一场大暴雨刚刚开始发威，这便是宣布雨季到来的响亮的前奏曲。闪电不停地在空中展示着五彩颜色，这是剧场灯光效果的随意滥用，却让人透过它如同在聚光灯下一样，看到雨水惊人的震撼力。只需几天工夫，雨水便会再次洗净老挝的天空——冲走老挝的道路。

第二十章

越　盟

我相信许多政治阴谋家都愿意想象一些惊心动魄的事来自我安慰，这种热衷于凭空想象各种情形的嗜好常常毫无必要地将他们的生活变得更加复杂。

我刚从老挝返回西贡，就应邀见到了刚刚从原平的指挥部来的一位特工。原平是指挥越南南方越盟军队的将军。这位特工将负责安排我安全进入越盟控制区。我相信我们见面的地方经过精挑细选，是从间谍或侦探小说中学来的。

有人在宾馆给我留了张纸条，让我去堤岸的一家舞厅。我在那里看到了那位舞女朋友。她找了个借口，从她坐着的桌子旁过来，递给我一张纸条，上面写有一个地址，并且让我次日上午11

点去那里。我不知道去那里后找谁，她也只有这个地址给我，其他的一概不知。

我发现，这个地址原来是一家小医院，位于堤岸一条拥挤的后街上。如果是刚刚抵达印度支那，我肯定会为这种热闹、欢乐的场面感到高兴。儿童们在玩着瓶盖，苦力背着重负蹒跚而行，富人衣着光鲜，还有乞丐和狗；但是现在的我已经硬起了心肠，可以对这些视而不见。看到这地方是一家小医院时，我怀疑是否地址给错了。医院的一边是一座宝塔，另一边是一家小吃店，没有任何民居的迹象。我走进去，看到里面有一间候诊室，病人们长着东方人的相貌，沿墙排成一行。这大概是这间候诊室内第一次出现欧洲人的面孔，我感到很不自在，也很扎眼，但是像往常一样，谁也没有抬头看我一眼。几分钟后，候诊室一端的门开了，一个女人抱着婴儿走了出来，身后站着一位身穿白大褂的医生，示意下一位病人进去。他似乎没有看到我。另一个女人走了进去，门随即关上了。

看样子，我只能坐下来等着。所有病人都向前挪了一个位子后，我在队伍最后腾出来的空座上坐了下来。门再次打开，刚刚进去的女人走了出来，我看到门里面摆放着铮亮的器械。医生这次一定会出来，也一定会看到我。约定的时间早已过了一刻钟。当表情严肃、上了年纪的医生再次出现时，我微微做了个手势，但对方没有理睬。排在队伍最前面的病人站起身，走了进去，其他人又都往前挪了一个座位。我开始相信我一定来错了地方，而且可以想象轮到我进去后出现的尴尬场面。几个路人走了进来，与候诊室里的朋友聊天，并且将街头闹哄哄的嘈杂声带了进来。之后进来的是一位盲人乞丐，他头戴一顶漂亮的老式东京帽，直径近一米，然后进来了一位卖冰镇甘蔗汁的小贩，以及一位叫卖金鱼的小贩。墙上一只瓷制“爵士乐牌”布谷鸟钟[1]报响了10点半，一两位病人抬头看了一眼，开始打开带来的快餐。小医院的门再次打开，就在这时，坐在我旁边的青年开口了："你就是那位想去乡间走一走的外国人？"我说是的。

他说他叫丁，并且苦笑着说这是他的化名。我好奇地注意到——算是支持我开始形成的一个理论——作为越南人，他的相貌几乎"没有蒙古人的特点"。他的嘴唇很薄，皮肤惨白，与大多数越南人相比，他的颧骨很窄。我已经在其他越南知识分子和革命者身上看到过许多西方人的特性，想知道这种身体上的变异是否在减少蒙古人特征的同时也促进了某些西方典型特征的出现，比如焦躁不安的侵略性、对沉思冥想的厌倦，以及对行动的热衷。

丁告诉我，我的行程都已安排妥当，在越盟控制区想去哪里都可以，唯一的难处在于如何通过封锁线。我也无法确定我们应该什么时候动身。

坐在我们对面的一位姑娘起身走过来，坐到我们身旁。丁介绍她名叫努耶，并解释说意思为"月光"。听到他这样透露她的身份，她做了个鬼脸，为这个名字如此老派表示歉意。她只有十六岁，是我在远东见过的最美丽的姑娘。丁说她会随我同行。她受了伤，获准回西贡，在父母家养伤。我一直以为越盟军队中没有女人作战，便问她如何受的伤。她说她在一个村子里演戏做宣传时，遭遇了伞兵突袭。由于穿着戏装，她未能逃脱，中弹后被丢在那里等死。她确实听到敌人下令埋葬她，但她还是在天黑后成功爬走了。她显然为受伤感到自豪，急于赶回去。她对西贡的肤浅生活深恶痛绝。

"我们在丛林中每天只吃两餐，"她说，带着苦行僧般的满足感，

---

① 因报时声模仿布谷鸟的叫声而得名。

“一点鱼再加米饭。我们的一些兄弟姐妹以前过于放纵，起初觉得很难，但不久便适应了。不过，这种生活很健康。我们 5 点起来晨练。当然，跑步和行军很受欢迎，有利于健康。大家很开心，脸上总是挂着笑容。解放区到处都能听到音乐。每个人都得会一种乐器。当然不是靡靡之音，而是贝多芬和巴赫——是的，我们非常喜欢他们的音乐。”

她就这样一口气连着说下去。这是一场复兴运动，却是亚洲式的复兴运动。这些国家已经掀起了一场极端清教徒式的运动。禁止抽烟（“我们有些兄弟姐妹会躲在小船上抽烟”），禁止赌博，禁止酗酒，禁止女人化妆；统一的粗布衣服，集体娱乐，必须参加的体育活动，强制性的文化（“我们在业余时间里志愿给农民上课”）……这一切与西方推崇的个人主义和自由习惯背道而驰。但是，在欧洲人到来之前越南政府家长式的体制中，国家干预公民生活的方方面面是很正常的事。与越南最后一位明君嘉龙统治下的越南相比，一个现代共产主义的国家要自由得多。

丁的热情要比那位姑娘的热情更趋于理性。等姑娘出去后，他甚至进行了略微痛苦的反思。我拐弯抹角地问越盟方面的损失是否很大，他说最初参与越盟运动的人已经几乎全部遇害。他补充说：“除了知识分子，他们不会白白送死。”

我问他为什么越盟会允许在西贡进行一些小的恐怖活动，比如深夜向咖啡馆或者电影院大门扔手榴弹。他说这样做的原因在于这些店主没有向越盟交钱，因此必须对他们杀一儆百。在某种程度上，这也是表明越盟反对在战争期间有如此轻浮的消遣活动。他说那些活儿都是由精心挑选出来的“刽子手”干的。他在用这个词时厌恶地做了个鬼脸。

所有初步安排全都落了空。对于我来说，不巧的是此时恰逢越盟同时发动了几次小进攻，最大的攻势发生在西贡以南三十英里处的茶荣。战斗尚未结束，我们因而寸步难行。

几天后，我又见了丁一次，还是在那家小医院的候诊室。看样子我可能得等上数周才能正式参观原平将军位于水草平原①的指挥部，于是我问能否安排一个比较容易的行程。我提起了我听说过的某个工程公司，虽然为法国人干活，却能在越盟控制区畅通无阻。工程师们每天都会开着一辆私家车，行驶在法国装甲车都不敢露面的道路上，越盟士兵有时甚至会闲逛过去，看他们干活。这又是一个“两相方便”的私下交易，就像华人中间商从越盟控制区将食品运进西贡一样。在这个例子中，建筑工程之所以能够继续，是因为越盟显然认为将来从中获益的将是他们。

我问丁，既然我认识那些工程师，他们也同意带我同行，是否有可能以这种方式进入越盟控制区，而他是否能在我进入越盟控制区后为我搞到一张通行证，让我自由行走。但是越南人传统上是形式主义者，也是官僚主义者。他们敬畏书面文字，敬畏签过字、盖过多个公章的文件，敬畏口令、会签和现行命令。被官僚体系统治了数世纪之后，人人却都想进入该体系，即使越南人对这样一个体系强加于人的种种拖延手段了如指掌。我相信，在各种托词的烟幕背后，真正的难处在于丁必须向上级汇报，等待上级的决定。

他提出的最重要的反对意见是：我想去的地区远离越盟控制区主体，因此我会看不到所有要展示的东西：广播电台、军工厂、布厂、

① 越南称“塔梅平原”，湄公河三角洲向西北延伸的部分，位于越南南方及柬埔寨东部。

学校、刚刚从法国人那里缴获的一〇五毫米榴弹炮，以及最重要的“再教育”中心。我告诉他，由于我的经费即将用完，在印度支那逗留的时间不会太长，有收获总比没有任何收获要强。他同意问一下有什么办法，两天后给我答复。

两天后，茶荣的战斗仍未结束。越盟攻克了多座岗楼之后，非但没有像往常那样带上缴获的物质撤退，反而调来了增援部队，等待着法国人反攻。他们给从其他地区赶来的法军设下了埋伏，在周边几个省也发动了佯攻。无论是法国人还是丁都不知道这些战斗是否会演变成越盟所承诺的旱季结束前发起的总攻。因此，他们同意我与那些工程师去所说的那座城市，在城中的某家宾馆等待，然后他们安排人接我。即便出现最糟糕的情况，我大不了在那里睡一晚，第二天再由工程师们带我回西贡——他们每天都来回一次。城里的越盟士兵和游击队员将接到通知，迎接我的到来。

第二天下午，我坐上工程公司经理的车，离开了西贡。司机是位低级雇员，刚从欧洲来到越南，而且不是法国人，对政治形势一无所知。正是这位司机讲述了他与一位越盟巡逻兵称兄道弟的过程，让西贡的法国人大为震惊。他当时正在河里游泳，上岸时发现他们在等他。双方比较友好地聊了起来，巡逻兵在得知他是外国人后，随即与他握手告别。这位朋友仍然不清楚越盟与越南之间的区别，但是相信他的国籍就像某种护身符，保护他免遭各种危险。我告诉他，在越南人的眼里，所有欧洲人的长相都一模一样，但他不愿意相信这一点。他相信谁都能看出他身上多出来的百分之十的地中海特征。

从老挝回来后，交趾支那显得明亮刺眼，仿佛大地在旱季接近尾声时突然生锈了。一些坟茔已经被夷为平地，阳光有时候落在坟顶的瓦片上，散开后化作了晶莹剔透的闪闪星光。水牛慢慢走过干涸的大地，弯月般的牛角隐隐泛光。泻湖缩小成了一潭黑色的死水，农民在其中捉鱼，身上沾满了泥浆，远远望去，他们头上戴着的圆帽宛如金灿灿的铜钱漂浮在水面上。平底船在江河上航行，看不到船身，只看到鲨鱼鳍似的船帆划过平原。一辆装甲车驶进了一片棕榈树丛，外籍军团几名脸庞粉红的白发条顿人在那里躲避阳光。

小城只有一家肮脏的内容丰富的宾馆。你得穿过咖啡馆，低头经过一排排干鱼，才能摸黑登上它狭窄的楼梯。房间像酒吧一样装有弹簧门，但这个小城肯定有过辉煌岁月，因为每个房间都有洗澡用的凹室。一位华人妇女正在我的房间里洗澡，但她很快穿好衣服走了出来，我们在过道中相视一笑，点头致意。每个房间的收音机似乎都开到了最大音量，而且都调到了不同的电台上。我抵达后不久，店主便上来向我要钱。他带了一瓶樱桃白兰地，请我免费喝一杯。一位身材矮小的东方女服务员拿来了换洗衣服，然后坐在黄铜床边上，边唱着歌，边清点着几张污秽不堪的钞票，希望我会厌恶地将这些钞票给她。

几分钟后，店主又转了回来，并且带来了一位十二岁左右的越南女孩。他说女孩是来接我去朋友家的。我跟着女孩来到了一条后街，走进了一座黑漆漆的小豪宅。她请我坐到一张雕花椅上，随后便走了出去。这张雕花椅更像王座，因为它摆放在一个低矮的平台上。不一会儿，小女孩端来了一杯柠檬汁，随后又端来了一碟坚果。螺钿家具上扭动的龙和麒麟图案渐渐融入了黑暗中。夜幕已经降临。

正当我打着瞌睡的时候，丁进来了。陪他一起来的还有一位戴着眼镜、优柔寡断的青年，名叫特朗。丁又是开心又是紧张。两个人都穿着粗布工作服，手持司登冲锋枪。丁带来了一双胶靴，要我穿上，但胶靴太小了。他似乎为我身上的白衬衣和裤子担心，可是走出屋后，

交趾支那：捕捉小鱼

我们看到皎洁的月光洒满大地，穿什么衣服根本没有区别。如果说有什么区别的话，他们身上的黑衣服在洁白宽阔的墙壁和路面映衬下，反而比我更扎眼。

街上行人稀少。保大皇帝的士兵驻扎在小城另一边的两座岗楼中，但是丁说那些士兵有令在身，太阳落山后从不离开岗楼。我们听到远处有几声枪响，枪声引起了狗吠，狗吠声又在主人踢了狗一脚后以哀号结束。我们在墙的阴影中前行，丁走在前面，然后是我，最后是特朗。几分钟后，我们出了城，下了一道低矮堤坝后来到了稻田中。这是河边的低洼处，我们高一脚低一脚地行走在水银般的泥淖中。迷雾如堤坝一样在水面上拖曳，说来也怪，月光下的水面显得像固体。我们踩着浅水向前，靴子周围爆发出粼粼波光。一只硕大的猫头鹰扑翅而来，想仔细看看我们，然后发出一声刺耳的怪叫飞走了。

来到小沟边后，我们看到水棕榈①掩映着一条舢板，在等着我们。两名士兵站在船上，我们上船时，他们伸出手来扶稳我们。他们也穿着深色粗布工作服，戴着澳大利亚式的丛林帽。我们坐在船中间，两名士兵分别站在船头和船尾，开始沿着小沟划船，长长的单片船桨固定在桨位上。舢板行进了一小段距离后，其中一名士兵放下船桨，想发动引擎。他遇到了大麻烦。丁打着手电，他拆开了汽化器。特朗说汽油质量很差，大多从华人那里购买，而华人通常会往里面掺石蜡。引擎终于发动了起来。引擎装在一个非常有效的消音系统中，丁说是他们自己设计的。虽然有几声机械式的嗒嗒声，却听不到任何废气排出来的噪音。

---

① 又称亚塔椰子，生长在热带与亚热带水边，其羽状树叶中间的枝干里，充满了含糖分极高的液体。

舢板驶进狭窄的水道后，成百上千只青蛙扑通扑通地跳进我们前面的水中。它们的聒噪声响成一片，掩盖了沿途的其他动静。小船在迷宫般的港汊中拐来拐去。蚊虫令人苦不堪言，我虽然穿了三层长筒袜，它们还是能钻进去，叮咬它们最喜欢的脚踝，并且贪婪地在我的脖子、手腕和前额上吸血。我们经过了一丛丛水棕榈，萤火虫在那里进行奇幻表演，穿过羊齿草编织出一幅画轴，宛如维多利亚时期花哨的签名尾花。舢板停在一片水棕榈丛中，关上了引擎，士兵们侧耳倾听，水面传来的迫击炮声和机枪声像是在两三英里外。向前又行驶了一百码左右，我们再次停了下来。月光映衬出一个黑黝黝的物体，懒洋洋地停靠在水中。我们船上有人打开了小探照灯，惊动了芦苇丛中一群体型庞大的水鸟，它们乱哄哄从低矮的灌木丛中飞到了空中。那黑黝黝的物体其实是一条舢板，漂浮在水中。我们慢慢靠近它，冲锋枪也瞄准了它，结果发现那是条空船，而且已经进了半船水。再往前，我们又遇到了一个障碍：一根圆木横在水面上，相当于路障。与岸上不见身影的哨兵交换了口令后，圆木被拉了回去，足以让我们通过。

没过多久，一架飞机从我们头顶低飞而过，投下一枚照明弹，但由于离我们太远，摇曳的反光未能盖过月光。机枪和迫击炮再次响起。丁用英语说“真刺激”。这是他偶尔使用的三个英语形容词之一，另外两个分别是“真迷人”——用来形容越盟控制区生活的各个方面，以及“真可悲”——留着形容法国人和法国人所做的一切。

我们再次停船是因为赶上了另一条舢板，上面坐满了农民。命令他们上岸后，其中貌似军官的士兵怒气冲冲地训斥起他们。丁说这位军官兄弟在批评他们违反宵禁令；总结性的批评是最轻微的惩罚措施。然后呢？我问。丁说，然后是逮捕后公开批斗，只是谁也不想对初犯者太严厉。我提起了越南古老而简单的惩戒手段，用藤杖鞭笞三十下。丁说谁都更愿意接受那种惩罚，因为批斗会让人很丢面子。挨一顿鞭子不会给人带来耻辱，过错已经当场得到原谅，但批斗会则需要很长时间才会被人淡忘。人们会说，那是被批斗过的谁谁谁。心理手段非但没有鞭笞那么野蛮，反而更为有效。丁说，可能会被批斗的典型错误包括：在受到警告后仍然没有在户外建一个像样的茅厕供家人使用。

我们上岸后呈一列纵队穿过水棕榈丛中的一条小径。月亮已经落到了天边，远处的枪炮声已经停止。在印度支那，交战双方似乎达成了非正式协议，将夜间战斗限制在上半夜。就连永无休止的蛙鸣声也节制了一些。离水边几码远处有几间用树枝和棕榈叶搭建的茅屋，这就是当地的军事指挥部。

丁解释说，在这里新建的这支部队主要负责观察敌人的行动，但是所有男兵都受过全面训练，可以在紧急情况下参与作战。这是多个类似哨所的建制之一，它们构成外围屏障，相互通过无线电联系，将情报反馈给位于塔梅平原中央的总部。他们从这里派侦查员出去，带上便携式信号设备，对某个特定区域里的军事动向进行二十四小时的观察。情报会定期传递给军方信号中心，在那里汇总后再与收到的其他情报进行核对。因此从理论上说，每位法国巡逻兵或者行动小组从离开军营的那一刻起，直到返回军营，一举一动都在全面跟踪下。由于必须绝对精确地了解敌军的武器数量及种类等情报，大家的压力都很大。只有这样，指挥部才能决定是攻击还是避开敌人。丁说，这个特殊哨所，由于其得天独厚的位置，除非遭遇空袭，可谓固若金汤。只有配备了轻武器的小型船只能够靠近这里，但这种船可以在狭窄港汊中用专门对付它们的地雷将其炸毁。只要将行政管理茅屋修建在棕桐树丛中，而且靠近水边，就能避开空中侦察。无论侦察机飞得多么低，他们从不朝它们开火。到了后期——丁认为应该快了——这些外围岗哨将设立新的下级岗哨，离法军占领区更近；它们自己将变成营指挥部，承担纯军事行动功能。

修建这个哨所还有第二个目的，也就是教育与宣传。这是他们的工作，每天要抽出一定时间，消除该地区的文盲。在沦为殖民地之前，每个人的愿望都是让儿子参加科举考试，因此越南的文盲率为零；然而自从沦为殖民地，越南的文盲率已经上升到了百分之八十。丁说，人们现在必须接受教育。在越盟控制区内部，由于持久和平，人们宣布（带着一丝昔日的威严）不会读写是一种错误，会受到惩罚。在这些前哨地区，文盲是否应该受到惩罚则由民意来决定。越盟告诉农民，当文盲是不爱国的行为。一旦他们能读会写，越盟肯定会给他们提供精神食粮。

我们抵达时，除了值班人员外，哨所其他人都已入睡。丁解释说，他们下午 5 点钟吃最后一餐饭，然后成群结队地去划船、游泳或散步，或者去村子里劳动。但是在过去一周，由于周边地区在交战，大家几乎全被困在了营房中。他们已经收到了无线电警告，说敌人的海军突击队在该地区突袭了几次。有一次附近哨所遭到袭击时，他们被迫派人去声东击西，牵制敌人。看样子，我们来得真不是时候。

哨所指挥官走了进来。他一直在外面观察袭击过程，也就是我们听到的枪炮声，袭击目标是保大军队控制的几座岗楼。指挥官二十五岁左右，个子不高，不苟言笑，几颗深深的麻子略微淡化了脸上的表情。他没有军衔胸章，但是丁说他的级别相当于上尉。士兵不向军官敬礼，也像所有人一样称他们为兄弟。“尊重上级是越南人的第二天性，大家不会因为多了军衔就更加尊重某人。”

指挥官首先向我道歉，因为他实在太忙，无法亲自带我转转。他说各部门已经忙成了一团，调到这个地区的保大士兵已经接到命令，要攻打他们。我问他们是如何得到消息的，指挥官冷冷一笑说，他们必须了解情况。为了在遭到此类袭击之前先发制人，越盟决定无论如何也要攻下所有岗楼。一支作战小分队已经带着必要的攻击武器被派了出去。当被问到是否会派人留守那些攻克的岗楼时，指挥官说不会，那样做毫无意义。他们会将岗楼拆毁。他们当天晚上攻克了两座岗楼，但是他认为指挥部可能会决定等到天亮再攻打剩余的岗楼。只要有可能，他们愿意请摄影师将整个行动过程拍成电影，让作战参谋看到指挥官们在战场上如何指挥，并且在必要的时候纠正自己的错误。记录精心组织的进攻过程的影片也可用作示范和宣传目的。

我问是否有可能目睹这种行动，指挥官冷冷地说他认为可能性极小。他无权答应。或许是为直截了当地拒绝我感到抱歉，他接着说这种行动有时会很危险。岗楼通常会不做任何抵抗就投降，或者只是象征性地抵抗一下，因为越盟攻击它们时人数总是压倒性的。不过，在最近一次行动中，虽然双方已经通过和平协商谈妥了投诚事宜，可是当越盟方面过去接管岗楼时，里面突然开火，打死了这次行动的越盟指挥官，以及越盟总部派去观察这次行动的一位高级官员。他说，尽管这是一个罕见的失败例子，却足以证明有时的确会发生意外。

墙上贴满了各种数据表，其中还有一张宣传画，图中的世界地图用大块红色标出了中国和苏联，上面还有一行越南字。指挥官说这行字的意思是“这些人都和你们在一起”。他补充说：“我们的敌人正慢慢让我们信奉共产主义。如果只有成为共产党员才能获得自由，那么我们将成为共产党员。”

我们睡在警卫室的铺位上。这里有蚊帐，桌上还有一盒抗疟疾药片。天还没有亮，我就被军号声吵醒了，但我接着睡觉，直到太阳已经升到半空中才再次醒来。洗漱是在一间茅屋里完成的，里面有木盆，木盆周围箍着金属薄片。屋里还有几个大罐，里面装满了水。丁早已起床，走进洗漱间告诉我，从河里挑水装满这些大罐是很累人的活儿，需要大家轮流执勤，就像做饭和其他家务活儿一样。

后来，他建议我们去游泳。于是我们去了河边，在微温、泛黄的水塘中游了一会儿。丁说这里是男兵专用区域，女兵们沐浴的地方还要再往前走。我注意到那里有非常茂密的水棕榈丛，算是将那里稍微遮挡了起来。丁说，有一段时间，“裸体主义”和男女混在一起晒太阳被视为文化放松并得到正式批准，大家获准每天用半个小时开展这类活动。但这些活动以及写抒情诗已经失宠，被视为不利于大家真实地看待目前的各种问题。谈情说爱也因为对工作效率有害，变成了像抽烟一样只能躲在船里偷偷过把瘾的事情。

10 点钟吃第一顿饭，完全一套贵格会①教派的做法。姑娘们坐在餐桌的一边，个个摆出端庄的模样低垂双眸；男人们坐在餐桌另一边，人人穿着黑布衣服。盯住欧洲人看这种诱惑实在是太大了。丁说在越盟控制区的中心地带，有些年轻人自童年时代起就没有见过西方人，而他们与凶暴、红皮肤、常常留着大胡子的敌人初次打交道时，那种经历尤其令他们害怕。

---

① 又名教友派、公谊会，基督教教派之一，兴起于 17 世纪中期的英国及其美洲殖民地，特点是没有成文的信经、教义，最初也没有专职的牧师，也无圣礼与节日，而是直接依靠圣灵的启示，指导信徒的宗教活动与社会生活，始终具有神秘主义的特色。

饭菜为“蒂卡”（椰奶炖猪肉）和黏米团。但是这种米一点也不黏，反而很像英格兰人吃的米饭。每一颗米都很结实，略显灰色，几乎是干的；只是煮饭的方式很独特，结果饭粒相互黏在一起，可以揉捏成饭团。供饭团蘸着吃的鱼露质量很差，很稀，黑色，散发着恶臭。大家吃饭的速度很快，而且悄无声息，用餐的时间只有十五分钟。丁告诉我，饭后有十五分钟的休息时间，然后便是简短的健身操时间。指挥官纠正了他的说法。按照新的指令，上午第二个身体锻炼时段已经取消，如果条件允许，可以用集体合唱代替。茅屋门口有一小罐水和一只碗，所有人出去时都在那里洗手，然后开始他们古板的健身运动。

哨所里有一名战俘，大家都为此感到自豪，并且给自己找了个借口：尚未有机会将他送到军队的牢笼去。他们其实是想让他在这里多待些日子，将他视为我参观过的模范法国哨所中的宠物蟒蛇——传说中的恶魔一旦无法害人就成为吉祥物，变成了一种大家感到好奇的物件。这是一名德国军团的士兵，发现他纯属意外。他乘坐的吉普车被一个竹地雷炸毁，但这种地雷的威力似乎有限，车内其他人丢下他逃走了，而他的腿受了伤。指挥官说这个人对他们的事业深表同情，一定是被迫为法国人作战的。他希望经过一番思想工作，再经过一段时间的观察，或许有可能让这名德国人加入越盟。丁说，在对这种人进行思想教育之后，还要考验他们的忠诚程度，办法就是让他们有各种机会逃跑。当敌方突击队袭击战俘关押处附近时，卫兵会散开，并且告诉战俘待在原地。那些待在原地的人会得到良好的表现记录，并享受一些小的特殊待遇。

俘虏被关在一间茅屋内，并没有警卫看守。营地指挥官说，除了腿伤外，这位俘虏或者任何人都别想逃出这迷宫般的港汊。这位德国人很是瘦小，皮肤黝黑，或许是因为自己命运不济而显得憔悴。他穿着军装，躺在床铺上，腿上裹着纸做的绷带。得知我不是俘虏后，他起初沉着脸，充满了敌意。我问他感觉如何，他说腿一直很痛，愿意用一年的军饷换一包香烟。他一开始不愿意透露自己的姓名，但是后来说他叫布雷吉纳，来自苏台德①，曾经当过纳粹党卫军的六级小队长。他说那可不是谁都能当上的，而且他还在苏联和西线战场受过伤。我问他在这里的待遇如何，他说他没有什么意见，只是东西太难吃。他是否真的转为支持越盟的观点？他做了个鬼脸。他说，我可以想象他对赤色分子的看法，但如果真到了万不得已的地步，他当上越盟军官的速度要快于在战俘营等死。再说，他们已经告诉过他，外籍军团中的德国人有时会被任命为军官。他的命运无关紧要，因为德国战败已经向他证明：万物皆无目的。目前如果有什么不便的话，那就是他丢了眼镜。他感到很伤心，目前的遭遇只会进一步推迟他与父母团聚的日子。自投笔从戎以来，他就没有再见过他们。

当天晚些时候，空中有了动静。一架飞机飞来后在营地上空盘旋了几次，仿佛在拍照片。由于它飞得实在太低，大家都忍不住想朝它开火。丁认为他们有百分之五十的把握用机枪将它打下来。他说南方的越盟防空力量太弱，他们接到的命令是一旦开火，必须立刻转移。飞机刚一露面，营地便响起了哨声，示意所有人员隐蔽起来。后来下达的命令是非值班人员当天谁也不准离开茅屋。除非部队有行动，否则这样的前线经历只能算管中窥豹，而假如部队驻地碰巧只是沼泽中

---

① 苏台德是一个独特的历史名称，特指第一次与第二次世界大战期间，捷克斯洛伐克境内邻近德国讲德语的居民所居住的地区。1993 年捷克斯洛伐克解体后，苏台德地区归属捷克共和国。

的一座小岛，四周又有高墙般的植被掩蔽，那么飞机在这里的所见所闻可能还不如在潜水艇中来得多。

按照安排，我们应该天一黑就得离开。既然白天没有任何军事行动，晚上必然会有大动作。我们在黄昏登上了舢板，营地指挥官最后一刻表现出来的热情足以证明，他见我们离去时如释重负。

这一晚又是难得的晴空皓月，白色的棕榈树犹如高墙，将天际挡在外面，露出一片青铜色的透明天空。我们穿行在一条条闪亮的水道上，像坐在威尼斯的凤尾船上一样平稳。水道两旁插满了竹制长矛，形成了树篱。舢板终于靠岸，我们爬上了一个小山丘。这里曾经有过一个村庄，虽然供生者居住的小屋已经不见踪影，但一大片掩埋死者的坟墓依然还在，以荒凉的方式反映了什么叫殃及池鱼。山丘的三面都是一望无际的棕榈树林，如同漂白过的纸张，但前方却是一块平地，一英里外的正中央矗立着一座岗楼。岗楼不大，中世纪建筑式的简洁外形，外面围着一圈竹篱笆，孤零零地立在平原上，而这片平原则反射着溜冰场般平淡的光芒。丁看一眼手表后说："我给你准备了一个惊喜，十五分钟后开始进攻。"

可是十五分钟后什么也没有发生。又过了十五分钟，丁开始紧张起来。他说突袭小组已经到位，肯定藏身于某片凹地中，只是我们看不见而已。这时，我们隐约听到了一声低吼，像无线电没有调准频率时发出的怪异声，又像留声机停转时发出的反常低音。丁扬扬得意地说："是高音喇叭。"在劝岗楼里的人投降。

吼声停了，随后便是长时间的沉默。这是顶级的戏剧表演，特殊的布景和奇异的舞台灯光进一步增强了它的效果。岗楼就在那里，像个精心制作的优雅玩具，坚固、完好无损。此时，十多个乃至二十多个守军应该会畏缩在岗楼底部，或许会像人们遇到紧急情况时所做的那样，躲到脆弱的家具下，寻求多一分保护。这一切随时会以慢动作的方式在我们眼前被揉成一团、溶解或者破碎；这也是从远处观看此类暴力死亡过程时总会遇到的效果，就像斗牛场的牛栏门打开那一刻的情景，每个人都在等待着公牛疯狂登场，又是兴奋，又带着一丝恐惧。

平原上稍稍有了一点动静，但是离岗楼很远。这点动静聚集成一缕银烟后又化为无形。一声爆炸撞击着我们的耳朵。迫击炮弹似乎根本不可能瞄准岗楼。又一道不痛不痒的轻烟形成后飘浮到了空中，虽然比前一枚炮弹近了许多，但是离岗楼仍然很远。丁认为这个小分队可能缺乏经验，所以在进行实弹练习。爆炸威力显示，这次动用了一门重型迫击炮，但仍然无望完成这一重任。如果换了榴弹炮，哪怕是小型榴弹炮，几轮下来后也足以将这座岗楼夷为平地。至于迫击炮，除非有一枚炮弹正好落在岗楼的斜屋顶上，否则无济于事。

这时，远处传来了轻微的刺耳呼啸声，就像某扇沉重的大铁门依靠铰链打开一样。我和丁同时微微低了一下头。呼啸声最终变成了爆炸声，比迫击炮声尖利，但没有迫击炮声那么沉闷。轻烟比之前更接近岗楼。袭击者遭遇了一门法国二十五磅大炮的还击。又一声呼啸似乎直接向我们奔来。我们赶紧蜷缩到一座坟墓的矮墙后，黑色的泥土呈扇形落在我们与岗楼之间。丁用英语说了句“真刺激”。几乎是在同一时刻，岗楼脚下冒出了浓烟，我们看到了火星，持续几秒钟后熄灭。丁说：“正中目标，他们现在该投降了。”果不其然。我们只能分辨出栅栏另一边仿佛有条昆虫在蠕动，随即消失在了大地上的一道褶皱中。军营已经投降。又有几枚二十五磅炮弹飞来，然后一切陷入了寂静。

只要任由他们自己处理，亚洲人似乎仍然满足于用这种烟火展示来解决他们之间的纷争。一小撮火药加上保全面子的象征性抵抗，总共半个小时，一切就尘埃落定。对于战败方而言，接下来便是一段体面的思想教育期，然后再改换门庭。所有这些并未背离中国和安南古老的交战观，其折中办法和奇异的骑士精神充满了怪异的诗情画意，甚至有些浅薄。敌对双方的将军会根据小母鸡的内脏来确定交战的时间与地点①；如果天放晴，战斗将暂停；胜利属于在敲打进攻锣声中技术更为熟练的一方。人们会想起那些和颜悦色的火暴脾气前辈——陶将军和葛元帅——留下的兵书，那是越南老式战术中必不可少的内容。他们悠闲地探讨行军途中在马背上煮饭的最佳办法，并且强调咄咄逼人的面具的价值——或者在没有面具的情况下，朝敌人做鬼脸的价值。

帕斯奇尔②在研究越南军队时注意到，在避免最终动武的情况下，胜利通常属于公认的占据道德优势的一方。这是一个民族最根本的和平主义与文明的一部分，只要一有机会便会突然冒出来。这个民族还有一句谚语：“人的最高荣誉是在顺化三年一度的会考中拿到博士学位，然后返回村庄。如果做不到，那就战胜敌人，赢得胜利，作为帝国元帅回来也不是件坏事。”

次日下午，我再次见到了西贡。这也是我最后一次见到它。

开车送我回去的还是那位工程师。他说前一天晚上城里很安静，也就是说，手榴弹袭击的数量没有超过平均数。但是他担心会有更多

① 这里所说的是一种古老的占卦形式，称作“鸟占”或“鸟相学”。
② 此处应该指皮埃尔·帕斯奇尔（1876—1934），曾任法国驻越南全权殖民部长、越南总督。

麻烦，因为一船非洲人刚刚抵达，街上到处都是他们。

果然，我们进入西贡郊区时看到了他们。塞内加尔人像迷途的儿童一样，被带到哨所后便在附近转悠。他们高大的身躯理应出现在阅兵式队伍中，然而他们的黑脑袋如今却越过被人遗忘的亚洲人群的头顶，在其上晃动着。

勃利说，第一批抵达这里的外乡人是遭遇海难的水手，他们“喜爱上了这个国家，谁也不愿意离开，船长只好舞刀弄棒强迫他们登船，装上他们四处乞讨来的稻米”。

这一定就是故事的结局，一个循环的终结……这些胆战心惊的黑人，还有这个国家别过脸去、气鼓鼓的本地人。遭遇海难的那些欧洲人的后人回来得越来越多，或传教或贸易，逐渐钻入这个国家的机制中，改变它，重塑它，并最终将其据为己有。如今，他们再次退入了当初抵达这里的港口，躲在这层非洲堡垒之后，等待着命运的结果。

我不知道这一切是否值得——与西方短暂的强迫婚姻，如今却要以无情的方式结束。是否真的有某种神秘的历史必然性，才带来这一切流血，带来这么多年的鄙视、奴役与耻辱？是否有某种最终带来结果的过程在起作用？

既然没有尺度可以衡量幸福，这些问题也将永远没有最终答案。即便是部分答案，也只能交由下一代的某位观察家去得出。

关于作者

正如《寒鸦蛋糕》（1985）所述，诺曼·刘易斯与笃信唯心论的父母在伦敦以北的恩菲尔德度过了部分童年，又与他几位性格古怪的姨妈在威尔士度过了另一半童年。由于缺乏资金，他放弃了大学生涯，给人拍摄婚礼照片，并且做各种各样的小生意。挣到钱后，他去西班牙、意大利和巴尔干半岛旅行，后来被英国殖民部找上门，要他用照相机在也门为他们收集情报。

1939 年，他移居古巴，但二战爆发后应召为情报部队效力。他的杰作《44 年的那不勒斯》以他战时日记的形式再现了他的这段经历。1878 年出版了其中的一部分。

在这本书问世之前，他还出版了许多小说与游记，最著名的是《出云之龙——柬埔寨、老挝和越南游记》（1951）和《金色大地——缅甸游记》（1952），均为当时畅销书。他根据自己在中美洲的经历创作的小说《火山之下》在俄罗斯售出了六百万册简装版；

《荣誉社会》（1964）是对西西里黑手党的纪实性研究，由《纽约客》杂志分六期连载。

诺曼·刘易斯撰写了十三部小说和十三部非小说类作品，其中大多为游记，但他认为自己一生最大的成就是 1968 年《星期日泰晤士报》刊登的他撰写的文章《巴西的种族灭绝》。这篇文章引起的反应改变了巴西对待印第安人的法律，并且导致了“国际生存组织”的成立，该国际组织有很大的影响力，为部落民族争取各种权利。他后来出版了一本非常成功的著作《传教士们》（1988），书的背景为中美洲和拉丁美洲的印第安人。

他最新出版的书籍包括《古海之声》（1984），《石雕女神：印度游记》（1991），《东方帝国：印度尼西亚游记》（1993），最后一部自传《世界之世界》（1996），以及文集《幸福的蚂蚁堆》（1998）和《乘单桅帆船出海》（2001）。《在西西里》（2002）将他重新带回到了他深爱的意大利，2003 年他出版了最后一部著作《塞维利亚的坟墓》。

九十多岁的刘易斯依然将自己的足迹留在世界许多人迹罕至的地方，之后回到了埃塞克斯郡乡间，与第二位妻子过起了平静的生活。他于 2003 年去世，享年 95 岁。